U0124792

中华诗文选读丛书

伍恒山 主编

宋文选读

伍恒山 编著

长江出版传媒 ▏崇文书局

中华诗文选读丛书
编著人员

主　　编　　伍恒山

编 著 者　　（姓氏笔画为序）

王滔滔　　伍恒山　　余瑞思

姜　焱　徐　全　唐　焱

出版说明

"中华诗文选读丛书"是一套实用的、系统的中国古代文学普及读本，面向初、中等文化程度以上的读者。

丛书所选诗文，从先秦至近代，按文学发展的时代脉络分若干段，每时段中，以诗、文、词、曲、联分列编选并加注释、解读，每一编内大致以作者生年先后为序。

一、选编原则

1. 代表性。所选诗文以其思想性与艺术性在中国文学史上有相当代表性为原则。

2. 普泛性。所选诗文涵盖古文献经、史、子、集四部，比较系统全面。

3. 经典性。所选诗文注重质量，以经典美诗、美文为主，情、词、义并茂，有相当的文采和审美价值。

4. 可读性。所选诗文和解读不为艰深，务求简约，雅俗共赏。

本编虽以短小隽永、内涵丰富、个性特出、意境较高的美文（诗、词、曲、联）为重，但仍收一些篇幅较长的文章。如先秦庄周等人的散文，短章径自选入，长篇则择其重要片段；屈原的诗歌《离骚》，有二千余字，比较长，但因为它在文学史上有极为重要的地位，且其内容非常精彩，所以整篇收入。

又因为文学不是孤立的存在，与中国文化的发展有密不可分的关系,所以选诗选文有意作文化与文学的会通,采取了与以往选本不同的视角,适当选择在中国文化史上有重要作用和地位的篇目,以求尽可能反映中国文学或文化的面貌。如汉代董仲舒《粤有三仁对》,其中"正其谊不谋其利,明其道不计其功"的论点是后代儒者着力之处,并被朱熹列入《白鹿洞书院学规》;宋代周敦颐《太极图说》、张载《西铭》等,都是在文化思想史上具开辟性,产生过重要作用、影响和意义的文章。同时兼顾了艺术上的丰富多彩,收录了一般文学选本很少涉及的书、画以及音乐内容,如先秦的《乐记》、汉蔡邕的《笔论》、唐孙过庭的《书谱》、唐末五代荆浩的《画山水赋》等,这些文章既有精美的文采,又有艺术上的指导作用,对后世影响巨大。还有一些倾向于史论、政论、哲学类的文章,如唐慧能的《坛经·自序品》,刘知幾《答郑惟忠史才论》《直书》,明黄宗羲的《明儒学案序》,顾炎武的《正始论》《论廉耻》,近代陈寅恪的"看花愁近最高楼",等等,这些文章或诗歌要么从史学角度出发,要么从思想角度立论,要么因感时伤世抒情,都有如曹丕《典论·论文》中所说是"经国之大业,不朽之盛事",所以是必须让我们现代的读者约略了解的。这也是本套丛书一个重要的特色。

二、选编依据

1. 总集(选集):刘义庆编《世说新语》,萧统编《文选》,洪兴祖《楚辞补注》,郭茂倩编《乐府诗集》,王霆震编《古文集成》,元好问编《中州集》,清高宗敕编《唐宋诗醇》《唐宋文醇》,吴之振编《宋诗钞》,沈德潜编《古诗源》《唐诗别裁集》《明诗别裁集》《清诗别裁集》,许梿编《六朝文絜》,董诰等编《全唐文》,彭定求等编《全唐诗》,阮元校刻《十三经注疏》,吴楚材、吴调侯编《古文观止》,严可均辑《全上古三代秦汉三国六朝文》,姚鼐编《古文辞类纂》,李兆洛编《骈体文钞》，蘅塘退士选编《唐诗三百首》，曾国藩编《经史百家杂钞》，黎庶昌编《续古文辞类纂》，陈衍编《近代诗钞》，卢前编《全元曲》，胡君复编《古今联语汇选》，黄涵林编《古今楹联名作选粹》，逯钦立编《先秦汉魏晋南北朝诗》，唐圭璋编《全宋词》，隋树森编《全元散曲》，钱仲联编《近代诗钞》，龚联寿编《联话丛编》，王重民校辑《敦煌曲子词集》，龙榆生编《唐宋名家词选》，任中敏编《名家散曲》，曾昭岷等编《全唐五代词》，张岱年主编《中国启蒙思想文库》，戴逸主编《近代文史名著选译丛书》，钟叔河主编《走向世界丛书》，以及明、清、近代多种诗文选集等。

2. 诸子、史、别集：《老子》《关尹子》《孙子》《列子》《墨子》《庄子》《荀子》《韩非子》《晏子春秋》《吕氏春秋》《国语》《战国策》及《史记》《汉书》《后汉书》《三国志》等，以及各大家如李白、杜甫、王维、苏轼等的别集。

三、选读内容

内文内容包含五项：(一)原文；(二)作者简介；(三)注释；(四)解读；(五)点评。其中，第二项，作者有多篇诗文的，"作者简介"就只放置在第一篇诗文的下面；第五项，"点评"是历代名家精到的"点睛"之语，有的点评较多，择优而选，有的没有点评，只能如孔子所说"君子于其所不知，盖阙如也"。注释和解读中，或释典故，或解词语，或点明主旨，或述其内容，或探讨源流，或普及知识，或介绍人物、背景及时代，有的还纠正通常的错误解读，如《明代散文选读》中高启的《游灵岩记》，解读中就纠正了历来以为作者"清高"、不屑与饶介等人为伍的"暗讽"主旨。

《历代名联选读》在体例上稍有例外，它不依上述五项的格式，因为很多名联的作者是佚名的，同时一联中大多上下联都有两位作者,所以"作者简介"不好固定位置,只得随文释义,将它和注释、解读融会在一起加以处理。又坊间对于名联的注释和解读向以道听途说或穿凿附会、习非成是者居多,本书力求破除牵合附会之习,以征信为原则,有理有据,几于每一联下均列出确切出典,以示体例的严谨。

全编搜罗较广,拣择精严,注释、解读务求精切、客观和通达,旨在令读者更好、更全面地了解中国古代文学和文化,并得到阅读的愉悦、知识的增进和身心的陶冶。

编　者

2022 年 5 月 31 日

前　言

　　宋代为中国古代社会人文臻于鼎盛的一代。它总唐以前至三代物质文明及典章制度之极致，又于精神文明集其大成，举凡学术、文学、艺术等各方面都呈高度发展的态势。如学术方面，理学（亦谓之宋学）的建立与昌盛，可与春秋战国诸子百家时代并称为思想界活泼之一大时期；此外如史学之《新唐书》、新旧《五代史》、《资治通鉴》《续资治通鉴长编》等的纂修，地方史志的大量出现，以及对金石文字的整理研究，如《集古录》《金石录》《考古图》等，以金石而证史，均是开创性的贡献，构成史学研究的繁荣和高峰。文学方面，如与诗并称的词，有宋一代为独盛，承五代之余，其气象阔大，蕴藉尤深，堪与唐诗分庭抗礼者；诗亦变唐之风骨而卓然自立于唐诗之外，以义理擅其胜场，而江西诗派尤显特色，影响后世深远；因词之发达，影响于戏曲者，以诸宫调而咏一事，或因叙事而制曲，开元以后戏曲之先声；其白话小说，于宋所谓平话者，如《宣和遗事》为《水浒传》所本，明人辑刻之《古今小说》《三言》，多为宋人之说书，而为白话小说之前驱。艺术方面，宋代音乐已由宫廷专有转向市井，形成了文人音乐、祭祀音乐、说唱音乐、戏曲音乐等形态，其中尤以戏曲音乐为其最高形式，奠定了此后音乐的发展态势；歌唱艺术已普及城乡，所谓"凡有井水处，皆能歌柳词"（《词苑丛谈》），可见词乐的发达；随着宵禁的取消，宋人夜生活逐渐丰富，"新声巧笑于柳陌花衢，按管调弦于茶坊酒肆"（《东京梦华录》），瓦舍勾栏,繁弦促管,市井音乐的繁荣,开创了宋人的极致文化生活。绘画方面,宋代为传统山水画高峰,宫廷画院规模宏大,名家辈出,佳作叠见,如李成、范宽、董源、郭熙、李公麟、张择端等均为不世出的人物,其时水墨格法空前发展,各种技法日趋完善,完全脱离了隋唐以来的"先勾后填",出现了讲究笔墨韵味的皴、擦、点、染等技法程式,这一时期美学著述(如《宣和画谱》)独到、艺术思潮活跃、绘画作品精湛,构成中国画传统审美文化的发展源头。宋代书法,承唐继晋,自宋太宗购摹古先帝王名贤墨迹刻为《淳化秘阁法帖》,遂打破书必真迹的限制,出前人法度之外,另辟蹊径,专主注重意趣,以尚意不尚形之新主张,给书法注入抒情意味,开文人书法之先风,其代表者有蔡襄、苏轼、黄庭坚、米芾四大家,此外,宋徽宗赵佶亦能以瘦金体独树一帜。总之,宋代之文化,在中国古代是承前启后,屹然为高峰的时期,诚如陈寅恪在《邓广铭〈宋史职官志考正〉序》中所说:"华夏民族之文化,历数千载之演进,造极于赵宋之世。"

宋代人文成就的取得,究其因,有两个方面:一是学术层面,二是政治层面。

学术层面,两汉以来学者都专注于一经,师弟相传,墨守旧说,都没有什么创见。马融、郑玄、王肃等人,毕生从事,无非钻研故纸,聚集各种学说,笺注群经,至唐代重新疏解,演绎周详,委曲旁贯,但流于繁碎丛冗,使人生厌倦之心。至宋代,有鉴于唐以前的烦碎,而别出坦途,不役心于章句,直接从精神层面阐发,而为义理方面的研究。这种新思潮,渊源于先秦,并流于魏晋,经六朝、李唐之世,由儒而道,并加入印度的佛教思想,相互渗入,融会贯通,遂发展为性理之学。这个时期的读书人实际上是融儒、释、道三者于一炉,通过切磋、琢磨,而创造出另一种新的学术,当世称之为道学或理学，以阐释义理，兼谈性命为主。北宋初胡瑗、孙复、石介为其发端，其后，经周敦颐、邵雍、张载、程颢、程颐等人而创立，至朱熹则总其成，建立了一个完备的思想体系，世称"程朱理学"。以抽象的"理"为宇宙的精神性本体、产生天地万物的总根源，认为人性也体现了"理"，为学主"格物穷理"。宋之理学以孔孟之道统自任，影响所及，文章虽因袭前人之遗轨，但均以崇朴学、黜浮华，务以理胜为特征，亦即周敦颐《通书·文辞》所谓"文所以载道"。

政治层面，宋太祖赵匡胤惩五代割据、篡夺相仍之弊，建国之后，即以文德匡济之，明君臣之分，严礼义之防，优遇隐逸，以励名节，登用贤俊，以厚廉耻。其治政精神，与汉唐迥异，取修身爱民主义；其施于政，以重用儒臣为其特征，有"作宰相必用读书人"之旨意。又于"受命之三年，密镌一碑立于太庙寝殿之夹室，谓之誓碑"，下令只有太庙四时祭祀及新天子即位时才能谒庙，恭读誓词。其词"一云柴氏子孙有罪，不得加刑，纵犯谋逆，止于狱中赐尽，不得市曹刑戮，亦不得连坐支属；一云不得杀士大夫及上书言事人；一云子孙有渝此誓者，天必殛之"（《宋稗类钞》）。此誓词贯彻于宋朝之始末，大有影响于宋朝文运，所以读书人在宋朝所得待遇及所享之言论宽松为历朝所罕见。太宗、真宗以后，国家安定，人民富庶，天下士民，渐习于义方，故人才辈出，群贤满朝，至仁宗庆历之际，尤称极盛。其施之于选举，亦与唐朝大有区别，唐朝以诗赋取士，宋之取士以策论为优。诗赋所在文采，策论则以义理，此举于士人影响尤大，士子之文章以论理之散文为主。至此，唐韩愈所提倡的古文运动，在文坛宗主欧阳修的主持下，遂得以大发展。

广义之古文实含散文与韵文，狭义之古文即唐韩愈、宋欧阳修等所提倡的散文，它与骈文相对。骈文即韵文的一种，又称四六，以四、六为句（后亦不限四、六，有加长趋势），而以声律对偶，押之以脚韵,句法严整,韵调铿锵。韩、欧所提倡之散文,是以先秦、两汉,特别是以汉司马迁《史记》为典范,以散行单句,不拘格式,而写就的文言文章,虽缺乏骈文的对称、韵律之美,但更能表达其意义,而并有质朴疏宕之气。宋朝取士以策论,主张义理为先,所以散文的应运而生就是必然的了。

宋代的散文发展经历了三个阶段。一、宋初太祖至真宗时(960—1022),承唐、五代之风气,朝廷以诗赋取士,故文章尚为馆阁风格,以西昆体为代表,主要人物为杨亿、刘筠等,其诗文均宗法晚唐李商隐,多写宫廷、恋情及咏物,堆砌典故,词藻华艳,对仗工巧,声律谐和。其体风靡宋初四十年。二、仁宗至神宗时(1023—1085),当西昆体流行之际,同时有柳开、穆修、王禹偁等人,惩西昆之柔靡,而追踪韩、柳之古文以自得,开宋代古文之先声,但所创作古文艰涩难读,故影响不大。至北宋中叶,欧阳修出,以力学博极群书,本以词赋擅名场屋,工俪偶之文,得韩愈遗稿,苦志探索,欲与并辔相驰,及得进士,与尹洙、梅尧臣等游,而文出其上,为一代文宗,迨嘉祐二年(1057)知贡举,遂与梅尧臣等以优游平淡之辞力矫"太学体"之险怪奇涩,自此场屋之习,为之一变。是榜得中者苏轼、苏辙兄弟及曾巩等,与苏洵、王安石等成为欧阳修文风倡导的积极拥护者,也由其汲引奖进而著名于天下。自此宋朝文运大开,诸公相继以散体为尚,因曾巩之温雅、王安石之精悍,继之以苏轼之才力浩瀚,驱驰古今,古文运动遂气势大振,得有辉煌之成果,后之作者奉为师法,其流波及于元、明、清三朝而未已。唐宋八大家乃于此大备。三、哲宗至宋末(1086—1279),欧、苏而后,至哲宗朝,党争纷起,外敌入侵,国运颓唐,文亦不竞。特别是宋自南渡以后,国势日非,起初忠臣义士犹感激奋发,誓与金兵决一死命,后偏安一隅,靖康之耻,日远日忘,日就姑息,和议已成大局,再无复土雪仇之志，共耽燕雀处屋之安，虽偶有一二英杰之士，奋图恢复，但一启兵端，即告失败。故自此之后，在位者以持禄苟容为上策，为学者以空谈心性为得计，暮气消沉，宋朝国运遂此不复振作。故其为文，初尚慷慨之气，有雅健、严正之风，如朱熹、陈亮等，于散于骈，尚足以追北宋之规矩，后则偷安苟容，日趋弱巧，不复有雄深雅健之文。

本书收北宋初至南宋末三百年间文章凡八十四篇，以古体散文为主，偶有韵文，如像赞之类，其中尤以北宋之作者为多，原则上以优美或义理为宗，期有益于读者。文后附点评文字，以前辈大家之叙论为借鉴，使读者略知文章之美及作文之法，或备知人论世之功云。

伍恒山

2022 年 2 月 24 日

目　录

待漏院记^①

王禹偁

天道不言^②，而品物亨^③，岁功成者^④，何谓也？四时之吏^⑤，五行之佐^⑥，宣其气矣。圣人不言^⑦，而百姓亲，万邦宁者，何谓也？三公论道^⑧，六卿分职^⑨，张其教矣。是知君逸于上，臣劳于下，法乎天也。古之善相天下者，自咎、夔至房、魏^⑩，可数也。是不独有其德，亦皆务于勤尔。况夙兴夜寐^⑪，以事一人，卿大夫犹然，况宰相乎？

朝廷自国初因旧制，设宰相待漏院于丹凤门之右^⑫，示勤政也。至若北阙向曙^⑬，东方未明，相君启行，煌煌火城^⑭。相君至止，哕哕銮声^⑮。金门未辟^⑯，玉漏犹滴。彻盖下车，于焉以息。待漏之际，相君其有思乎？

其或兆民未安，思所泰之；四夷未附，思所来之。兵革未息，何以弭之^⑰；田畴多芜，何以辟之。贤人在野，我将进之；佞臣立朝，我将斥之。六气不和^⑱，灾眚荐至^⑲，愿避位以禳之^⑳；五刑未措^㉑，欺诈日生，请修德以厘之^㉒。忧心忡忡^㉓，待旦而入。九门既启^㉔，四聪甚迩^㉕。相君言焉，时君纳焉。皇风于是乎清夷^㉖，苍生以之而富庶。若然，则总百官^㉗，食万钱^㉘，非幸也，宜也。

其或私雠未复，思所逐之；旧恩未报，思所荣之。子女玉帛，何以致之；车马器玩，何以取之。奸人附势，我将陟之^㉙；直士抗言，我将黜之^㉚。三时告灾^㉛，上有忧色，构巧词以悦之；群吏弄法，君闻怨言，进谄容以媚之。私心慆慆^㉜，假寐而坐。九门既开，重瞳屡回^㉝。相君言焉，时君惑

1

焉。政柄于是乎隳哉㉞,帝位以之而危矣。若然,则死下狱,投远方㉟,非不幸也,亦宜也。

是知一国之政,万人之命,悬于宰相,可不慎欤! 复有无毁无誉,旅进旅退㊱,窃位而苟禄,备员而全身者㊲,亦无所取焉。

棘寺小吏王禹偁为文㊳,请志院壁,用规于执政者。

【作者简介】

王禹偁[chēng](954—1001),字元之,济州巨野(今属山东)人。出身贫寒。太宗太平兴国八年(983)进士。历官左司谏、知制诰、翰林学士。秉性刚直,为官清廉,直言敢谏,先后贬知商州、滁州、黄州。政治上积极主张改革,为庆历新政先驱。文学上以宗经复古为旗帜,为北宋诗文革新运动的先驱,著有《小畜集》《小畜外集》。

【注释】

①记:文体名。以叙事为主,兼及议论抒情和山川景观的描写。

②天道:大自然。

③品物:指万物。亨:通达顺利。

④岁功成:农业丰收。

⑤四时之吏:此处指分管春、夏、秋、冬四季的神。

⑥五行:指金、木、水、火、土五行。

⑦圣人:指国君。

⑧三公:太师、太傅、太保,泛指中央长官。论道:研讨治国的方法。

⑨六卿:太宰、司徒、宗伯、司马、司寇、司空。此处泛指中央各部长官。分职:分门负责。

⑩咎(gāo):皋陶(gāoyáo);夔(kuí):后夔。二人都是虞舜的臣子。

房:房玄龄;魏:魏徵。二人都是唐太宗的贤相。

⑪夙兴夜寐:起早睡晚,形容勤劳。夙,早。寐,入睡。

⑫待漏院:唐元和初年开始设置,是朝廷大臣清晨等候上朝的地方。须等到漏尽才能入朝,因此叫待漏院。漏即漏壶,古代滴水计时的铜壶。丹凤门:即朱雀门,皇宫的南门。

⑬北阙:古代宫殿北面的门楼,为臣子等候朝见或上书的地方。向曙:天快亮。

⑭火城:宰臣早朝地,百官先到等候,燃着几百支烛炬,叫"火城"。

⑮哕哕(huìhuì):有节奏的铃声。銮:车铃。

⑯金门:即金马门,汉代宫门名。为学士待诏之处。辟:开。

⑰弭(mǐ):止息。

⑱六气:阴、阳、风、雨、晦、明,指自然气象。

⑲灾眚(shěng)荐至:灾害连续地到来。眚,疾病,疾苦。荐,再,又,连接。

⑳避位:解除官职。禳(ráng):祭祷消灾。

㉑五刑:五种刑罚。古时以墨、劓(yì)、荆(fèi)、宫、大辟为五刑。措:废止。

㉒厘:治理,矫正。

㉓忡忡(chōngchōng):心忧的样子。

㉔九门:古代宫室制度,天子设九门,即路门、应门、雉门、库门、皋门、城门、近郊门、远郊门、关门。后用以称宫门。

㉕四聪:国君对四方的民情随时进行听察,故称为"四聪"。迩:近,接近。

㉖皇风:国家的政治风气。清夷:清明平静。

㉗总:统率。

㉘食万钱:指俸禄优厚。

㉙陟(zhì):提升。

㉚黜(chù)：贬斥。

㉛三时：指春、夏、秋三个农事季节。

㉜慆慆(tāotāo)：纷乱不息的样子。

㉝重瞳：眼睛中有两个瞳子。传说舜是重瞳子。这里指国君的眼睛。

㉞隳(huī)：毁败。

㉟投：放逐。

㊱旅进旅退：一起前进，一起后退。指随众进退，犹言随大流。旅，俱，共同。

㊲备员：充数，凑数。谓居官无所作为。

㊳棘寺：大理寺，古代掌管刑狱的最高机关。

【解读】

本文是对当时宰相的劝诫，属于警论性的文章。所谓待漏院者，是百官晨集以备朝拜之所，创始于唐宪宗元和(806—820)初年。唐李肇《唐国史补》卷中："旧百官早朝，必立马于望仙建福门外，宰相于光宅车坊，以避风雨。元和初，始制待漏院。"宋亦沿制。

本文第一段，作者先论天道，再及人道。指出天道四时五行的转运，要在天官们能宣通自然之气。而统治者之治理天下，也需要自皇帝以至臣下诸官各司其职，各尽其道，各张其教，只有这样，才能够做到君逸臣劳，百姓亲和，万邦安宁。这个道理是效法于天道的。中国政治自宋、唐以上，皇帝的职能是总领天下，但以高拱无为为天职，即上文所说的"圣人不言"，而辅助皇帝、统领群僚、总理天下政务则责成于宰相。宰相在一人之下，万人之上，为最高行政长官，其位置最为重要，所以宰相的好坏是关乎百姓之安居，系乎天下之安危的。文章高屋建瓴，指出治道的关键，引古代"善相"的例子，如三代舜时贤臣咎陶、夔以至唐朝房玄龄、魏徵等人，无一不是以勤政为其特征，最后得出结论，即宰相治理天下所要求的两个重要品质，一是"有其德"，二是

"务于勤"。

第二段,指出宋代设宰相待漏院是沿袭旧制（唐朝的制度），所设地点在丹凤门之右，"丹凤朝阳"，表示宰相为君王分理天下政务，重申其"勤政"之意，也希望宰相在此待漏院休憩等候的间隙，能对此问题加以注意。

第三、四段是本文重点，作者用对比的手法，阐述宰相的两种行为典型及其后果。第一种是勤政的典型，亦即贤相，指出宰相能够考虑到人民安居、招抚四夷、弭息战争、开辟田土、进贤、退佞、修德等等，都能够"忧心忡忡"，言之于上，"时君纳焉"，就不愁天下不安，百姓不富。做到这样，宰相总领百官，而且有丰富的报酬，也是理所应当的。第二种是弊政的典型，亦即奸相，宰相如果高高在上，务在报私仇，荣旧恩，谋一身之享受，日与奸人为伍，与直士为敌，巧词掩饰，谄媚为工，言之于上，"时君惑焉"，其后果导致政柄隳坏，皇帝之位也会变得危险。到这个结局，则如此宰相，就是打入死牢，或者驱逐流放到边远地方，也并不是他命运的不幸，而是理所应当的。

鉴于以上的阐述，因此得出结论，身任宰相，是一定要慎重的，因为"一国之政，万人之命，悬于宰相"。但除上面两种典型而外，还有一种典型就是碌碌无为，备员窃位，这样的宰相，亦即庸相，也是不可取的。

王禹偁于宋太宗太平兴国八年（983）登进士第，授成武县（今山东成武）主簿，迁大理评事。棘寺，为大理寺的别称。古代听讼于棘木之下，大理寺为掌刑狱的官署，故称。本文当作于作者早年任大理寺评事时。文末交代了写作的缘起及撰文的目的，言简意赅。

本文重点是要求宰相既贤能，又勤政，似乎其用意仅止于此，但其深层的意义，则不仅为规劝宰相而设，而是对皇帝之选择亦提出了更高要求，因为宰相是皇帝任命的，皇帝的选择直接关乎宰相的好与坏、忠与奸。所以本文也是对皇帝的警论。

元陶宗仪《辍耕录·作今乐府法》："(乔梦符)尝云：'作乐府亦有法，曰：凤头、猪肚、豹尾六字是也。'大概起要美丽，中要浩荡，结要响亮。"作文亦如是，本文就是此种作文法的典型。

本文结构对称，骈散相间，行文畅达。另外，叙议结合，互为表里，相辅相成，使文章富有说服力和感染力。

【点评】

"迂斋批：句句见待漏意，是时五代气习未除，未免稍徘，然词严气正，可以想见其人，亦自得体。"（[宋]王霆震《古文集成》卷十）

"将千古贤相奸相心事，曲曲描出，辞气严正，可法可鉴。尤妙在先借'勤'字立说，后将'慎'字作敀，……虽名为记，极似箴体。"（[清]吴楚材、吴调侯《古文观止》卷九）

"篇末自署其官以及姓名，亦见敬谨之意，而用规一语，尤觉一片婆心，千载如揭，宜昔人称为垂世立教之文。"（[清]余诚《古文释义》）

"此记首以天道，终以人命，而要归于善体其君之心，呜呼！所系亦大矣！待漏之顷，思乎？否乎？是又在居其职者。"（[清]李扶九《古文笔法百篇》）

黄冈竹楼记①   王禹偁

黄冈之地多竹，大者如椽②。竹工破之，刳去其节③，用代陶瓦。比屋皆然，以其价廉而工省也。

子城西北隅④，雉堞圮毁⑤，蓁莽荒秽⑥，因作小楼二间，与月波楼通。远吞山光，平挹江濑⑦，幽阒辽夐⑧，不可具状。夏宜急雨，有瀑布声；冬宜密雪，有碎玉声。宜鼓琴，琴调和畅；宜咏诗，诗韵清绝。宜围棋，子声丁丁然；宜投壶,矢声铮铮然。皆竹楼之所助也。

公退之暇,被鹤氅衣⑨,戴华阳巾⑩,手执周易一卷,焚香默坐,消遣世虑。江山之外,第见风帆沙鸟,烟云竹树而已。待其酒力醒,茶烟歇,送夕阳,迎素月,亦谪居之胜概也。

彼齐云落星,高则高矣;井干丽谯⑪,华则华矣。止于贮妓女,藏歌舞,非骚人之事⑫,吾所不取。

吾闻竹工云:"竹之为瓦,仅十稔⑬。若重复之,得二十稔。"噫!吾以至道乙未岁,自翰林出滁上⑭,丙申移广陵⑮,丁酉又入西掖⑯。戊戌岁除日⑰,有齐安之命⑱,己亥闰三月到郡⑲。四年之间,奔走不暇,未知明年又在何处,岂惧竹楼之易朽乎?幸后之人与我同志,嗣而葺之⑳,庶斯楼之不朽也。咸平二年八月十五日记。

【注释】

①黄冈:今湖北黄冈,宋时为黄州齐安郡。

②椽(chuán):椽子,放在檩子上架着屋面板和瓦片的木条。

③刳(kū):削,劈。

④子城:城门外的套城,也叫瓮城、月城。

⑤雉堞(zhìdié):城上短墙,泛指城墙。圮(pǐ):坍塌。

⑥蓁(zhēn)莽:杂乱丛生的草木。

⑦挹(yì):汲取。濑(lài):沙滩上的流水。

⑧幽阒(qù):幽静。辽夐(xiòng):辽阔。

⑨鹤氅(chǎng):用羽毛编制的披衣,是道士、隐士的服饰。

⑩华阳巾:道士戴的一种头巾。

⑪齐云、落星、井干、丽谯(qiáo):都是楼名。

⑫骚人：诗人，文人。

⑬稔(rěn)：谷物一熟为一稔，这里引申为一年。

⑭"至道"二句：宋太宗至道元年(995)，王禹偁因讪谤朝廷罪，由翰林学士贬至滁州。

⑮丙申：宋太宗至道二年(996)。广陵：郡名，即扬州。

⑯丁酉：宋太宗至道三年(997)。又入西掖(yè)：指回京复任刑部郎中、知制诰。西掖，中书省的别称。

⑰戊戌：宋真宗咸平元年(998)。除日：除夕。

⑱齐安：郡名，即黄州。

⑲己亥：宋真宗咸平二年(999)。

⑳嗣而葺(qì)之：继续修缮它。葺，修缮。

【解读】

本文开篇即点"黄冈之地多竹"，可代陶瓦，且价廉而工省，交代竹楼制作的条件。其次指出地点在子城西北隅，作小楼二间。然后描写居竹楼上所观之风景佳胜，特别指出在夏、冬两季急雨和密雪时所宜景致，以及平日鼓琴、咏诗、围棋、投壶等文娱功用。

接着，作者着重描述公事完毕后在竹楼上的状态，披鹤氅衣，戴华阳巾，手执《周易》一卷，焚香默坐，水光山色，风帆沙鸟，烟云竹树，夕阳素月，都凑眼前，在在都使人澄怀静虑，遗世忘情，这是作者谪居黄州时所特有的绝美享受。与世上所谓名楼高阁相对，则雅俗之分，不待言而知，从中可以概见作者高洁的情操。

最后，作者以为竹楼寿长十年，"重复之"，最多二十年，固然易朽，但较之最近仕途四年，奔走不暇，未知明年又在何处，其感慨之情油然而见，所以作者不惧竹楼之易朽，而只怜取眼前美景的享受而已。此中亦具古人所常有的"及时行乐"之意，至于后来者"与我同志，嗣而葺之"，则可使竹楼不朽，只是作者对同情者的一种企想。

文末交代写作时间，为宋真宗咸平二年(999)八月十五日，时年四十五岁。

本文寓情于景,借竹楼为题,将自己寄情山水的淡泊旷达,以及对官场失意、奔走不暇的悲凉表达得十分生动。构思巧妙,结构严谨,层次分明,语言轻快自然,多用排比。作为抒情小品,艺术上很有特色。

【点评】

"东莱曰:尝闻之山谷云,或传王荆公称《竹楼记》胜欧阳公《醉翁亭记》,或曰此非荆公之言也。某以谓荆公出此言未失也。荆公评文章常先体制,而后文之工拙,盖尝观苏子瞻《醉白堂记》,戏曰文辞虽极工,然不是醉白堂,乃是韩白优劣论耳,以此考之优《竹楼记》而劣《醉翁亭记》,是荆公之言不疑也。"([宋]王霆震《古文集成》卷十)

"荆公谓王元之《竹楼记》胜欧阳《醉翁亭记》。鲁直亦以为然,曰:'公论文,常先体制而后辞之工拙。'予谓《醉翁亭记》虽浅玩易,然条达迅快,如肺肝中流出,自是好文章。《竹楼记》虽复得体,岂足置欧文之上哉!"([金]王若虚《滹南遗老集》)

"冷淡萧疏,无意于安排措置,而自得之于景象之外,可以上追柳州得意诸记。起结摇曳生情,更觉蕴藉。"([清]吴楚材、吴调侯《古文观止》卷九)

录海人书　　　　　　王禹偁

秦末有海岛夷人上书诣阙者①,曰:"月日②,东海岛夷人臣某谨昧死再拜上书皇帝阙下③:臣世居海上,盗鱼盐之利以自给。今秋乘潮放舟,下岸渐远。无何,疾飙忽作,怒浪四起,飘然不自知其何往也。经信宿④,风恬浪平⑤,天色晴霁,倚桡而望⑥,似闻洲岛间有语笑声,乃叠棹而趋之⑦。至则有居人百余家,垣篱庐舍,具体而微⑧,亦小有耕垦处。

有曝背而偃者⑨,有濯足而坐者⑩,有男子网钓鱼鳖者,有妇人采撷药草者,熙熙然殆非人世之所能及也⑪。臣因问之,有前揖而对臣者⑫,则曰:'吾族本中国之人也⑬,天子使徐福求仙⑭,载而至此,童男卯女即吾辈也夫⑮。夫徐福,妖诞之人也⑯,知神仙之不可求也,蓬莱之不可寻也,至是而作终焉之计⑰。舟中之粮,吾族播之,岁亦得其利;水中之物,吾族捕之,日亦充其腹。又取洲中葩卉以芼之⑱,由是吾族延命而未死焉。死则葬于此水矣,生则育于此洲矣,怀土之情亦已断矣。且不闻五岭之戍、长城之役、阿房之劳也⑲,虽大半之赋、三夷之刑⑳,其若我何?'且出食以饷臣。明日,臣登舟而回,复谓臣曰:'子能以吾族之事闻于天子乎?使薄天下之赋,休天下之兵,息天下之役,则万民怡怡如吾族之所居也㉑,又何仙之求、何寿之祷邪?'臣因漂遐方㉒,传此异说,非敢隐匿,谨录以闻,惟陛下详览焉。"

【注释】

①诣阙:谓赴朝堂。

②月日:某月某日。

③夷人:旧时对少数民族人民的污蔑性称呼。昧死:冒死。

④信宿:两个晚上。

⑤恬:安静。

⑥桡(ráo):船桨。

⑦棹(zhào):船桨。

⑧垣篱庐舍,具体而微:每家的田园、房屋、住舍,都具备形体,只是微小一点而已。

⑨曝背而偃:睡在那里晒背。

⑩濯足:洗脚。

⑪熙熙:和乐的样子。殆:大概。

⑫有前揖:有人上前对我拱手施礼。

⑬中国:中原。

⑭徐福:又名徐市,秦代著名方士。《史记·秦始皇本纪》:"齐人徐市等上书,言海中有三神山,名曰蓬莱、方丈、瀛洲,仙人居之。请得斋戒,与童男女求之。于是遣徐市发童男女数千人,入海求仙人。"

⑮丱(guàn):古代儿童束的上翘的两只角辫。这里指年幼。

⑯妖诞之人:胡作非为的人。

⑰"至是"句:到了这里就产生了在这里定居的计划。

⑱葩卉:花草。芼(mào):栽种。

⑲五岭之戍:秦始皇发遣五十万人攻百越,置南海、桂林、象郡三郡。五岭,即越城岭、都庞岭、萌渚岭、骑田岭、大庾岭,横亘在湖南、两广、江西之间。长城之役:秦始皇为了巩固北方,派蒙恬率三十万大军北击匈奴,取河南地,其后筑起"西起临洮,东止辽东,蜿蜒一万余里"的长城,耗费劳工百万。阿房之劳:阿房宫是秦帝国修建的新朝宫,极宏伟华丽,始建于秦始皇三十五年(前212),动用劳工七十万,直至秦亡还未完工。

⑳三夷之刑:秦有诛三族的刑罚,一人有罪,他的父母、兄弟、妻子都一律处死。夷,杀戮。

㉑怡怡:高高兴兴地。

㉒遐:远。

【解读】

本文近于晋陶渊明的《桃花源记》,借秦末东海岛夷人向皇帝上书的故事,描述了一个自给自足,无赋税、刑罚,单纯的快乐幸福的世外桃源,其目的是对当时现实政治给予针砭,也是对统治者进行委婉的规诫,希望国家能宽赋税,减徭役,薄刑罚,使天下能休养生息,同时也对历代皇朝统治者为求个人之长生久视如求仙、祷寿的荒诞行为给予警醒。文章很简短，描写也很亲切，委婉地表达了作者的政治主张，也阐述了其政治理想。作者曾任左司谏、知制诰，本文亦符合其谏官的身份。

桐庐郡严先生祠堂记① 范仲淹

先生，汉光武之故人也②，相尚以道。及帝握《赤符》③，乘六龙④，得圣人之时⑤，臣妾亿兆⑥，天下孰加焉？惟先生以节高之。既而动星象⑦，归江湖⑧，得圣人之清⑨。泥涂轩冕⑩，天下孰加焉？惟光武以礼下之。

在《蛊》之上九⑪，众方有为，而独"不事王侯，高尚其事"，先生以之。在《屯》之初九⑫，阳德方亨，而能"以贵下贱，大得民也"，光武以之。盖先生之心，出乎日月之上；光武之器，包乎天地之外。微先生不能成光武之大，微光武岂能遂先生之高哉？而使贪夫廉，懦夫立，是大有功于名教也。

某来守是邦⑬，始构堂而奠焉。乃复为其后者四家⑭，以奉祠事。又从而歌曰："云山苍苍，江水泱泱⑮。先生之风，山高水长⑯。"

【作者简介】

范仲淹(989—1052)，字希文，吴县(今江苏省苏州市吴中区)人。少孤贫，力学。宋真宗大中祥符八年(1015)进士，授广德军司理参军。历任兴化县令、秘阁校理、陈州通判、右司谏、苏州知州、权知开封府等职,因秉公直言而屡遭贬斥。宝元三年(1040)任陕西经略安抚招讨副使,兼知延州,抗御西夏。庆历三年(1043)任枢密副使、参知政事,推行新政,力图改革,遭保守派反对而罢政,自请出京,历知邠州、邓州、杭州、青州。皇祐四年(1052),改知颖州,上任途中病逝,谥文正。工诗文,有《范文正公集》。

【注释】

①桐庐郡:古郡名,即睦州,治新安县(今浙江淳安)。严先生:即严子陵,名光,东汉会稽余姚(今属浙江)人,著名隐士。曾与刘秀同学。刘秀即位后,他改名隐居。后被刘秀召到京师洛阳,任为谏议大夫。他不肯接受,归隐于富春山。

②光武:即刘秀,东汉王朝的建立者。

③握《赤符》:指儒生彊华向刘秀奉上《赤伏符》,符中有谶文道:"刘秀发兵捕不道,四夷云集龙斗野,四七之际火为主。"刘秀便以为是天降祥瑞而即帝位。

④乘六龙:《周易·乾·象》曰:"时乘六龙以御天。"六龙,乾卦六爻皆以龙为象,分别表示龙的六种升降变化,即潜、见、惕、跃、飞、亢,概括了世间万物的变化。"乘六龙"意为凭借龙的六种变化,驾驭天地万物。借此象征皇帝君临天下、统治万民之威仪。

⑤得圣人之时:《孟子·万章下》:"孔子,圣之时者也。"即孔子是顺应历史发展的当世圣人。这里借指汉光武帝奉天承运,即皇帝位。

⑥臣妾亿兆:统治天下的民众。

⑦动星象:《后汉书·逸民传》载,严光与光武"共偃卧,光以足加帝腹上。明日,太史奏客星犯御座甚急。帝笑曰:'朕故人严子陵共卧耳。'"

⑧归江湖:光武帝任严子陵为谏议大夫,子陵不受,隐居耕钓于富春山。

⑨得圣人之清:《孟子·万章下》:"伯夷,圣之清者也。"这里指严

光和古时的伯夷一样都是圣贤之人。

⑩泥涂轩冕:把轩冕看得像泥巴一样。泥涂,比喻污浊,此指视为污浊、轻贱。轩冕,古时大夫以上官员的车乘和冕服,借指官位爵禄。

⑪《蛊》:《周易》卦名。该卦第六爻为阳爻,称"上九"。前五爻爻辞均指清除祸害,整饬弊端,即"众方有为"之意;第六爻爻辞"不事王侯,高尚其事",指治蛊之事完毕之后,退居在野,洁身自守。

⑫《屯》:《周易》卦名。该卦第一爻为阳爻,称"初九",其位置居于下卦震体两个阴爻之下,卦象称:"上贵下贱。"初九阳爻本为乾阳尊贵之体,即文中所言"阳德方亨",却能甘居下位,谦卑自处,如此则深得民众拥戴,因此说:"以贵下贱,大得民也。"

⑬是邦:指睦州。

⑭复:免除其赋役。

⑮泱泱:水深广无边的样子。

⑯山高水长:指能够世代相传,与山水共存。

【解读】

本文是作者在宋仁宗景祐元年(1034)出知睦州(杭州淳安)时建严子陵祠堂而作的记述文字。本文的主旨是借汉光武帝与故人严光的故事,写君臣之间、朋友之间要"相尚以道"。严光少有高名,与东汉光武帝刘秀同学,亦为好友。刘秀即位后,多次延聘严光,但他隐姓埋名,退居富春山。本文表达了在两人地位发生巨大变化后,他们依然能够以道相待,严光能"泥涂轩冕",以高节对故人,刘秀则"包乎天地",以虚怀待严光,相互尊重,相互推崇,而各自成其历史上的佳话,体现了严光以道自持、敝屣荣华的高贵品格,也从另一方面展现了刘秀胸怀天下,能成就故人之高,故能成就一己之大。"微先生不能成光武之大,微光武岂能遂先生之高哉?"作者连用两个反问句,对二人的节操与情怀作了极度推崇,其推崇的原因又在于其"大有功于名教",这是作者写作此记所要表达的内涵思想,即"使贪夫廉,懦夫立",提升其独立人格。

文章用《易经》的卦文印证两人行为的合理性,增加了文章的厚度。

本文言简意赅,骈散结合,文辞隽永,笔力亦颇雄健,寓意则十分深长。

【点评】

"中间对偶处仍流走,有节节相生之妙。先生立朝,风度端凝,而为文亦如之。先生文章,湛深经术,而为人亦如之。字句都担斤两。"([清]王符曾《古文小品咀华》)

"题严先生,却将光武两两相形,竟作一篇对偶文字,至末乃归到先生,最有体格。且以歌作结,能使通篇生动,不失之板。妙甚。"([清]吴楚材、吴调侯《古文观止》卷九)

"有起有结,有平有侧,有夹缝。予尤爱其起句,以'先生'特安于光武之上,平中已寓侧也。而每比俱先主人,极得尊题之法。"([清]李扶九《古文笔法百篇》)

岳阳楼记　　　　范仲淹

庆历四年春①,滕子京谪守巴陵郡②。越明年③,政通人和,百废具兴④。乃重修岳阳楼,增其旧制⑤,刻唐贤今人诗赋于其上⑥,属予作文以记之⑦。

予观夫巴陵胜状⑧,在洞庭一湖。衔远山⑨,吞长江,浩浩汤汤⑩,横无际涯,朝晖夕阴,气象万千。此则岳阳楼之大观也,前人之述备矣⑪。然则北通巫峡,南极潇湘⑫,迁客骚人⑬,多会于此,览物之情,得无异乎⑭?

若夫淫雨霏霏⑮,连月不开,阴风怒号,浊浪排空,日星隐耀⑯,山岳潜形,商旅不行,樯倾楫摧⑰,薄暮冥冥⑱,虎啸猿啼。登斯楼也，则有去国怀乡，忧谗畏讥⑲，满目萧然⑳，感极而悲者矣。

至若春和景明，波澜不惊，上下天光，一碧万顷，沙鸥翔集，锦鳞游泳，岸芷汀兰㉑，郁郁青青。而或长烟一空㉒，皓月千里，浮光跃金，静影沈璧㉓，渔歌互答，此乐何极！登斯楼也，则有心旷神怡，宠辱皆忘，把酒临风，其喜洋洋者矣。

嗟夫！予尝求古仁人之心，或异二者之为。何哉？不以物喜，不以己悲㉔。居庙堂之高㉕，则忧其民；处江湖之远㉖，则忧其君。是进亦忧，退亦忧。然则何时而乐耶？其必曰先天下之忧而忧，后天下之乐而乐欤！噫！微斯人，吾谁与归㉗！

时六年九月十五日。

【注释】

①庆历四年：公元1044年。庆历，宋仁宗年号(1041—1048)。

②滕子京谪(zhé)守巴陵郡：滕子京降职任岳州知州。滕子京，名宗谅，字子京。范仲淹任泰州西溪盐仓监，子京任潍、连、泰州从事，协助范仲淹筑捍海堤。一生清正廉明，勤政为民，政绩卓越，任职岳州期间被王辟之赞誉"治最为天下第一"。谪，被贬官，降职。守，太守，此处用作动词。巴陵郡，即岳州，治所在今湖南岳阳。

③越明年：到了第二年。

④具：通"俱"，全，皆。兴：复兴。

⑤制：规模。

⑥唐贤今人：唐代和当代名人。

⑦属(zhǔ)：通"嘱"，嘱托、嘱咐。

⑧夫：那。胜状：胜景，好景色。

⑨衔：包含。

⑩浩浩汤汤（shāngshāng）：水波浩荡的样子。汤汤，水流大而急。

⑪备：详尽，完备。

⑫南极潇湘：南面直到潇水、湘水。南，向南。极，尽，最远到达。

⑬迁客：谪迁的人，指降职远调的人。骚人：诗人。战国时屈原作《离骚》，因此后人也称诗人为骚人。

⑭览物之情，得无异乎：看到自然景物而引发的情感，怎能不有所不同呢？览，观看，欣赏。得无……乎，大概……吧。

⑮若夫：用在一段话的开头以引起下文。下文的"至若"，同此。"若夫"近似"像那"，"至若"近似"至于"。淫雨：连绵不断的雨。霏霏：雨或雪（繁密）的样子。

⑯日星隐耀：太阳和星星隐藏起光辉。

⑰樯（qiáng）倾楫（jí）摧：桅杆倒下，船桨折断。樯，桅杆。倾，倒下。楫，船桨。摧，折断。

⑱薄暮：傍晚。薄，迫近。冥冥：昏暗的样子。

⑲"去国"二句：离开国都，怀念家乡，担心（人家）说坏话，惧怕（人家）批评指责。

⑳萧然：凄凉冷落的样子。

㉑岸芷（zhǐ）汀（tīng）兰：岸上的小草，小洲上的兰花。芷，香草名，即白芷。汀，小洲，水边平地。

㉒而或长烟一空：有时大片烟雾完全消散。或，有时。长，大片。一，全。空，消散。

㉓静影沈璧：湖水平静时，明月映入水中，好似沉下一块玉璧。沈，同"沉"。

㉔不以物喜，不以己悲：不因为外物好坏和自己得失而或喜或悲。此句为互文。以，因为。

㉕庙堂:指朝廷。下文的"进",即指"居庙堂之高"。

㉖处江湖之远:处在偏远的江湖间,意思是不在朝廷上做官。之,定语后置的标志。

㉗微斯人,吾谁与归:(如果)没有这种人,那我同谁一道呢? 微,(如果)没有。斯人,这种人(指前文的"古仁人")。谁与归,就是"与谁归"。

【解读】

岳阳楼是江南三大名楼(黄鹤楼、岳阳楼、滕王阁)之一,位于今湖南省岳阳市。该楼始建于唐朝初年,北宋时,滕子京为巴陵郡守时重修,并请好友范仲淹做《岳阳楼记》。《岳阳楼记》成为千古名篇,岳阳楼也因此闻名天下。

本文作于宋仁宗庆历六年(1046),作者因庆历新政失败被贬知邓州(今属河南南阳)时。据说范仲淹并未到过岳阳,滕子京重修岳阳楼,竣工之后,为请范仲淹作记,特函寄《洞庭秋晚图》一幅,以供参考。范仲淹于是据图发挥,充分展开时间空间的想象,通过写岳阳楼的景色,以及阴雨、晴朗时带给人的不同感受,揭示了"不以物喜,不以己悲"的古仁人之心,表达了自己"先天下之忧而忧,后天下之乐而乐"的政治抱负。文章超越了单纯写山水楼观的具体记述,而将自然界的晦明变化、风雨阴晴和"迁客骚人"的"览物之情"结合起来,由此及彼,由表入里,从而将文章的重心放到更阔大的背景、更深层的理念上,跳出一己的圈子,放到胸怀天下的政治理想的表述上,极大地扩大了文章的境界。全文骈散结合,结构完整,层次分明,记叙、写景、抒情、议论融为一体,动静相生,明暗相衬,文词优美,音节和畅(特别是虚词的巧妙运用,增加了文章隽永的韵味),情怀高越,意境高远,是为记体中的杰构。

【点评】

"迁斋批:首尾布置与中间状物之妙,不可及矣。然最妙处在临了防遣一转语，乃知此老胸襟宇量，直与岳阳洞庭同其广大。《后山诗话》云：文正为《岳阳楼记》，用对语说时景，世以为奇。尹师鲁读之曰：传奇体耳。传奇，唐裴所著小说也。"（[宋]王霆震《古文集成》卷十）

"范文正公《岳阳楼记》，或谓其用赋体，殆未深考耳。此是学吕温《三堂记》，体制如出一辙。然《岳阳楼记》闳远超越，青出于蓝矣。夫以文正千载人物，而乃肯学吕温，亦见君子不以人废言之盛心也。"（[明]孙绪《无用闲谈》）

"中间悲喜二大段，只是借来翻出后文忧乐耳，不然便是赋体类。一肚皮圣贤心地，圣贤学问，发而为才子文章。"（[清]金圣叹《天下才子必读书》卷十五）

"岳阳楼大观，已被前人写尽，先生更不赘述，止将登楼者览物之情，写出悲喜二意。只是翻出后文忧乐一段正论。以圣贤忧国忧民心地，发而为文章，非先生其孰能之？"（[清]吴楚材、吴调侯《古文观止》卷九）

朋党论① 欧阳修

臣闻朋党之说，自古有之，惟幸人君辨其君子小人而已②。大凡君子与君子，以同道为朋；小人与小人，以同利为朋。此自然之理也。

然臣谓小人无朋，惟君子则有之。其故何哉？小人所好者利禄也，所贪者财货也。当其同利之时，暂相党引以为朋者③，伪也。及其见利而争先，或利尽而交疏，则反相贼害④，虽其兄弟亲戚，不能相保。故臣谓小人无朋，其暂为朋者，伪也。君子则不然。所守者道义⑤，所行者忠信，所惜者名节。以之修身，则同道而相益；以之事国，则同心而共济⑥,终始如一。此君子之朋也。故为人君者,但当退小人之伪朋⑦,用君子之真朋,则天下治矣。

尧之时⑧,小人共工、驩兜等四人为一朋⑨,君子八元、八恺十六人为一朋⑩。舜佐尧,退四凶小人之朋,而进元、恺君子之朋,尧之天下大治。及舜自为天子,而皋陶、夔、稷、契等二十二人⑪,并列于朝,更相称美,更相推让。凡二十二人为一朋,而舜皆用之,天下亦大治。书曰⑫:"纣有臣亿万⑬,惟亿万心;周有臣三千,惟一心。"纣之时,亿万人各异心,可谓不为朋矣,然纣以亡国。周武王之臣,三千人为一大朋,而周用以兴⑭。后汉献帝时⑮,尽取天下名士囚禁之,目为党人。及黄巾贼起,汉室大乱。后方悔悟,尽解党人而释之,然已无救矣。唐之晚年,渐起朋党之论⑯。及昭宗时,尽杀朝之名士,或投之黄河⑰,曰:"此辈清流,可投浊流⑱。"而唐遂亡矣。

夫前世之主,能使人人异心不为朋,莫如纣;能禁绝善人为朋,莫如汉献帝;能诛戮清流之朋,莫如唐昭宗之世,然皆乱亡其国。更相称美推让而不自疑,莫如舜之二十二臣,舜亦不疑而皆用之。然而后世不诮舜为二十二人朋党所欺⑲,而称舜为聪明之圣者⑳,以能辨君子与小人也。周武之世,举其国之臣三千人共为一朋。自古为朋之多且大,莫如周,然周用此以兴者,善人虽多而不厌也。

夫兴亡治乱之迹㉑,为人君者,可以鉴矣㉒。

【作者简介】

欧阳修(1007—1072),字永叔,号醉翁、六一居士。吉州庐陵永丰

（今属江西）人。四岁丧父，家境贫困，从母郑氏学。仁宗天圣八年（1030）进士，授将仕郎，试秘书省校书郎。充任西京留守推官，与尹洙、梅尧臣以歌诗唱和。景祐间为馆阁校勘，作文为范仲淹辩，贬夷陵令。庆历中召知谏院，改右正言、知制诰，赞助新政。新政失败，上疏反对罢范仲淹政事，出知滁、扬、颖等州。皇祐间召为翰林学士、史馆修撰。嘉祐二年（1057）知贡举，倡古文，排抑"太学体"，文风大变。五年（1060），擢枢密副使，次年拜参知政事。英宗初，以尊英宗父濮王为皇，起濮议之争。神宗立，请出知亳、青、蔡。以反对王安石新法，坚请致仕。卒谥"文忠"。他是宋朝第一个在散文、诗、词各方面都很有成就的杰出文学家，是当时的文坛领袖，领导了北宋诗文革新运动。平生奖掖后进，曾巩、王安石、三苏父子俱受其称誉。亦擅史学，与宋祁等修《新唐书》，自撰《新五代史》。有《欧阳文忠公集》一百五十三卷。

【注释】

①朋党：指同类的人以恶相济而结成的集团。这里指人们因某种共同的目的而结成的集团。

②幸：希望。

③党引：结为私党，互相援引。

④贼害：伤害，残害。

⑤守：信奉。

⑥共济：谓共同度过，共同成事。

⑦退：斥退，排除，摒弃。

⑧尧：尧和下文中的舜、周武王都是儒家推崇的古代圣君。

⑨共工、驩（huān）兜：旧传共工、驩兜、三苗、鲧（gǔn）等四人为尧时的"四凶"。

⑩八元、八恺（kǎi）：《左传·文公十八年》："昔高阳氏有才子八人：苍舒、隤敳、梼戭、大临、尨降、庭坚、仲容、叔达，齐圣广渊，明允笃诚，天下之民谓之八恺。高辛氏有才子八人：伯奋、仲堪、叔献、季仲、伯虎、

仲熊、叔豹、季狸，忠肃共懿，宣慈惠和，天下之民谓之八元。"元，善。恺，和顺。

⑪皋陶（gāoyáo）、夔（kuí）、稷（jì）、契（xiè）：都是传说中帝舜时贤臣，皋陶掌管司法，夔掌管音乐，稷掌管农事，契掌管教育。

⑫书：《尚书》，一部上古时代政府文告和追述古代事迹著作的汇编。"尚"即"上"。《尚书》是儒家五经之一。

⑬亿：古为十万。

⑭用：因此。

⑮汉献帝：刘协，东汉最末的皇帝，公元189—220年在位。"党锢之祸"系桓帝、灵帝时事，本文说是献帝时，系作者误记。

⑯"唐之晚年"二句：唐朝宪宗至宣宗年间，朝臣之间产生了以李德裕为首和以牛僧孺为首的两党互相倾轧的斗争，延续了近四十年（821—859），旧史称"牛李党争"或"朋党之争"。

⑰"及昭宗时"三句：唐哀帝天祐二年（905），权臣朱全忠（朱温）在白马驿（今河南滑县北）诱杀被朝廷降职贬官的宰相裴枢、吏部尚书陆扆、工部尚书王溥等三十余人，诬为朋党，史称"白马驿之祸"。到天祐四年（907），朱温就篡夺了帝位，改国号为梁。本文误记为昭宗时事。昭宗是哀宗前的一个皇帝。

⑱此辈清流，可投浊流：据《旧五代史·梁书·李振传》，朱温的谋士李振在咸通、乾符年间接连几次都没有考上进士，对朝廷大臣深怀不满。当朱温杀害裴枢等人时，他便献计说："此辈自谓清流，宜投于黄河，永为浊流。"朱温笑着接受了他的意见。

⑲诮（qiào）：责备。

⑳聪明：耳聪目明，指天资高能力强。

㉑迹：事迹，这里引申为"道理"。

㉒可以鉴：可以把它作为一面镜子。唐太宗曾说："以古为镜，可以知兴替。"

【解读】

本文属政论文体，是作者在宋仁宗庆历四年(1044)向皇帝上的一篇奏章，针对当时保守势力诬蔑范仲淹等人结为朋党的言论，旗帜鲜明地提出"小人无朋，惟君子则有之"的论点，有力地驳斥政敌的谬论，显示革新者的凛然正气和过人胆识。

文章开篇点题，提出朋党之说，自古有之。只是君子与小人之间有很大的区别，君子"以同道为朋"，小人则"以同利为朋"。

接着作者提出自己独特的论点，即事实上"小人无朋，惟君子则有之"。因为小人以利禄相结，是短暂的结合，是虚假的朋党，即伪朋党，一旦利益不在，则"反相贼害"，即使在兄弟亲戚之间，也不能保有其团结。而君子则不然，因为他们是以道义相结，"所守者道义，所行者忠信，所惜者名节"，以之修身事国，则同道相益，同心共济，而终始如一，这才是真的朋党，是君子的朋党。国家重用君子之朋党，天下就会得到治理。

第三、四段，援引古代君子之朋使天下治理，小人之朋使天下灭亡的事实，进一步论证君子之朋是对国家有利的，小人之朋是对国家有害的。并总结前世如商纣、汉献帝、唐昭宗等禁绝善人为朋而亡国的教训，舜帝及周武王用朋而不疑的成功经验，指出其间的区别在于"以能辨君子与小人"，巧妙地回应并证实自己提出的君子有朋且有益的论点，具有相当的说服力。

末段提出对皇帝的劝诫，希望当时的人君能够看到历代兴亡治乱的轨迹，而重用以道义相结合的君子之朋，达到天下治理的目的。

本文观点鲜明，逻辑清晰，叙议结合，论据充分，所以行文理直气壮。

【点评】

"文章写得理直气壮，使保守派强加的罪名不攻自破。气度从容不迫，逻辑清晰严密，心平气和而又颇有锋芒，这正是欧阳修说理文特

有的风格。"(阴法鲁《古文观止译注》)

"这篇政论是很有名的。文中连用排比,增加了说理的气势,也使事理在正反两面的对比中显得更加明白清楚。"(王水照《宋代散文选注》)

纵囚论① 欧阳修

信义行于君子,而刑戮施于小人②。刑入于死者,乃罪大恶极,此又小人之尤甚者也③。宁以义死,不苟幸生④,而视死如归⑤,此又君子之尤难者也⑥。

方唐太宗之六年⑦,录大辟囚三百余人⑧,纵使还家,约其自归以就死。是以君子之难能⑨,期小人之尤者以必能也⑩。其囚及期,而卒自归无后者。是君子之所难,而小人之所易也。此岂近于人情?或曰:"罪大恶极,诚小人矣。及施恩德以临之,可使变而为君子。盖恩德入人之深,而移人之速,有如是者矣。"曰:"太宗之为此,所以求此名也。然安知夫纵之去也,不意其必来以冀免⑪,所以纵之乎?又安知夫被纵而去也,不意其自归而必获免,所以复来乎?夫意其必来而纵之,是上贼下之情也⑫;意其必免而复来,是下贼上之心也。吾见上下交相贼以成此名也,乌有所谓施恩德与夫知信义者哉?不然,太宗施德于天下,于兹六年矣,不能使小人不为极恶大罪,而一日之恩,能使视死如归而存信义,此又不通之论也。"

然则何为而可?曰:"纵而来归,杀之无赦,而又纵之,而又来,则可知为恩德之致尔。然此必无之事也。若夫纵

24

而来归而赦之,可偶一为之尔。若屡为之,则杀人者皆不死,是可为天下之常法乎？不可为常者,其圣人之法乎？是以尧、舜、三王之治⑬,必本于人情,不立异以为高,不逆情以干誉⑭。"

【注释】

①纵囚:释放囚犯。

②刑戮:刑罚,杀戮。

③小人之尤甚者:小人中尤其坏的人。

④不苟幸生:不苟且侥幸地活着。

⑤视死如归:形容不怕死,把死看得像回家一样。这里指为了信义,不惜牺牲生命。

⑥尤难者:很难以做到的事。

⑦唐太宗之六年:唐太宗贞观六年(632)。

⑧录:取,选择。大辟(pì):古代五刑之一,指死刑。

⑨难能:不容易做到的。

⑩期:希望。

⑪冀免:希望赦免。

⑫贼:偷窃,引申为窥测。

⑬三王:指夏禹、商汤、周文王,一说指夏禹、商汤和周代的文王、武王。

⑭逆情:违背人情。干誉:求取名誉。

【解读】

唐太宗纵囚一事,见《旧唐书·太宗纪》:"贞观六年(632)十二月辛未,亲录囚徒,归死罪者二百九十人于家,令明年秋末就刑。其后应期毕至,诏悉原之。"本文是对此事的评论,作者通过唐太宗纵放死囚的史实，用君子与小人相比较，指出唐太宗的做法有悖人情，违反法度，是沽名钓誉的一种手段，"不可为常者"，不是圣人之道，不值得效法。

本文第一段，开门见山，从"信义行于君子，而刑戮施于小人"说起，为全文定下基调。认为刑至于论死，则属罪大恶极，为小人之尤甚者，而君子则"宁以义死"。

第二段，叙述唐太宗在贞观六年将记录在案的三百余名死刑犯纵放回家，与他们相约，等明年的这个时候再回来领死。结果大出人意料，这些死刑犯都如期赶到了。唐太宗见其守信，于是都赦免了他们。作者指出唐太宗纵囚的行为，是以君子都难于做到的行为期望最坏的小人一定能做到，是不近人情的做法。有人认为死囚固然罪大恶极，但如果国家施与他们以恩德，他们也可能会因此感化而变为好人，变为君子，所以唐太宗纵囚的行为是想用恩德感化他们。但作者指出，唐太宗纵囚只是一种沽名钓誉的行为，进而分析唐太宗纵囚的心理，无论是"不意其必来以冀免"，还是"意其必来而纵之"，都是上下相贼害的行为，亦即上下都以奸心相试探而成全其仁君的名誉，并不存在"施恩德与夫知信义"的事实，否则太宗在位六年，果真有恩德于民，何至于使天下小人犯下极恶大罪呢？所以反证太宗之"施恩德"立论不成立。

末段分析太宗的这种行为只能偶一为之，而一旦以为常式，则国家无法纪可言，这是违背人情的。因为犯大罪者，不归之于法之严惩，是使天下无守法之心，国家又安能达到治理？作者最后指出，"是以尧、舜、三王之治，必本于人情，不立异以为高，不逆情以干誉"，是对当时人君的规诫，希望时君按照正常的法则管理国家，不要"立异"，不要"逆情"，以做出超越常规、法律的行为。

文章据史立论，层层辨析推进，条理清晰，善用反证法驳辩对立的观点，具有较强的思辨力。

释秘演诗集序①

欧阳修

予少以进士游京师②，因得尽交当世之贤豪。然犹以谓国家臣一四海③，休兵革④，养息天下以无事者四十年，而智谋雄伟非常之士，无所用其能者，往往伏而不出⑤。山林屠贩⑥，必有老死而世莫见者，欲从而求之不可得。

其后，得吾亡友石曼卿⑦。曼卿为人，廓然有大志⑧。时人不能用其材，曼卿亦不屈以求合⑨。无所放其意，则往往从布衣野老⑩，酣嬉淋漓⑪，颠倒而不厌。予疑所谓伏而不见者，庶几狎而得之⑫，故尝喜从曼卿游，欲因以阴求天下奇士⑬。

浮屠秘演者⑭，与曼卿交最久，亦能遗外世俗⑮，以气节相高，二人欢然无所间。曼卿隐于酒，秘演隐于浮屠，皆奇男子也。然喜为歌诗以自娱，当其极饮大醉，歌吟笑呼，以适天下之乐，何其壮也！一时贤士，皆愿从其游，予亦时至其室。十年之间，秘演北渡河，东之济郓⑯，无所合，困而归。曼卿已死，秘演亦老病。嗟夫！二人者，予乃见其盛衰，则予亦将老矣！

夫曼卿诗辞清绝，尤称秘演之作，以为雅健，有诗人之意⑰。秘演状貌雄杰，其胸中浩然⑱。既习于佛，无所用，独其诗可行于世,而懒不自惜。已老,胠其橐⑲,尚得三四百篇,皆可喜者。曼卿死,秘演漠然无所向。闻东南多山水,其巅崖崛崟⑳,江涛汹涌,甚可壮也,遂欲往游焉,足以知其老而志在也。于其将行,为叙其诗,因道其盛时,以悲其衰。

【注释】

①释:释迦牟尼的简称。僧人皆从佛姓而称释。

②京师:北宋都城汴京,今河南开封。

③臣一:臣服统一。四海:指全国。

④兵革:指战争。

⑤伏:隐居,藏匿。

⑥屠贩:屠夫和小商贩。

⑦石曼卿:石延年,字曼卿,一字安仁。南京应天府(今河南商丘)人。早年屡试不中,明道元年(1032)以大理评事召试,授馆阁校勘、右班殿直,改太常寺太祝,累迁大理寺丞,官至秘阁校理、太子中允。文章雄劲有力,宗法韩柳。诗作俊爽,在天圣、宝元间称豪于一时。

⑧廓然:开朗、豪放的样子。

⑨合:指遇到赏识、重用自己的人。

⑩布衣:百姓。野老:乡村老人。

⑪酣:尽情喝酒。淋漓:充盛,酣畅。

⑫庶几:或许。狎:亲近而且态度随便。

⑬阴:暗中。

⑭浮屠:梵语,和尚。

⑮遗外:超脱,鄙弃。

⑯之:至。济:济州,治所在巨野(今属山东菏泽),北宋时辖巨野、金乡、任城、郓城四县。郓:郓城(今属山东菏泽)。

⑰诗人:指《诗经》三百篇的作者。

⑱浩然：刚直正大之气。

⑲肷：从旁边打开。橐：袋子。

⑳巅崖：高崖。崛峥：高峻陡峭。

【解读】

本文是作者为北宋诗僧秘演的诗集所作的序。作者在文中介绍了石曼卿、释秘演两位诗坛奇士，突出了秘演这样一位怀才不遇、隐身佛门的"奇男子"。作者在叙述他们有奇才异能，而"不屈以求合"，"以气节相高"的行事时，既颂其为人，亦系之以感慨之情。

本文第一段，叙述作者自中进士之后，"得尽交当世之贤豪"，但犹以为不足，认为国家承平数十年，有很多特别的人才可能伏隐山谷，不能得到表现，所以想去寻找他们，为下文打下伏笔。

第二、三段，叙述作者结识亡友石曼卿后，知其有才，且有大志，但不能被当时所重用，所以退而求其次，"从布衣野老"而嬉游。作者认为石曼卿既是奇人，进而欲通过他结交更多的"天下奇士"，而浮屠释秘演就是曼卿的朋友，也是"奇男子"之一。释秘演能遗世脱俗，与石曼卿同样"以气节相高"，而喜为歌诗。作者描述了释秘演极饮大醉时，"歌吟笑呼"快乐豪壮的情景。然后叙述十年间释秘演之游历、际遇，结果终"无所合，困而归"，而石曼卿已死，释秘演已老病，而自己也入老境。

末段归到本文题旨，即释秘演善诗，开箧得诗三四百篇，作者认为其诗可行于世，当其欲往游东南山水之际，遂为作此序，通过对释秘演为人、才能及性情的叙述，充分肯定了释秘演诗歌的价值，同时也透露了作者对释秘演以及人生盛衰的感慨。

本文结构巧妙，作者并未孤立地描写秘演，而是把他和石曼卿放在一起对比映衬。二人性情相同，志趣相同，才智相同，隐于山林亦相同，一隐于酒，一遁于佛，同以诗酒娱乐人生。作者通过自己与秘演、曼卿二人的亲密关系，真实而生动地展现了他们的性情、志趣，以及秘演由盛而衰的过程,由衷发出世事沧桑、人生易老的嗟叹,具有强烈的感染力。

本文重在写人,以一序而写三人,层层推进,生动率真,而诸人情性俱出,跃然纸上,允为佳构。

【点评】

"明人茅坤称此序'多慷慨呜咽之音,命意最旷而逸',实在是很恰当的。"(关永礼《古文观止·续古文观止鉴赏辞典》)

梅圣俞诗集序 欧阳修

予闻世谓诗人少达而多穷[①],夫岂然哉!盖世所传诗者,多出于古穷人之辞也。凡士之蕴其所有[②],而不得施于世者,多喜自放于山巅水涯之外[③],见虫鱼草木、风云鸟兽之状类,往往探其奇怪。内有忧思感愤之郁积,其兴于怨刺[④],以道羁臣寡妇之所叹[⑤],而写人情之难言,盖愈穷而愈工[⑥]。然则非诗之能穷人,殆穷者而后工也[⑦]。

予友梅圣俞,少以荫补为吏[⑧],累举进士,辄抑于有司[⑨],困于州县,凡十余年。年今五十[⑩],犹从辟书[⑪],为人之佐[⑫]。郁其所蓄[⑬],不得奋见于事业[⑭]。其家宛陵[⑮],幼习于诗。自为童子,出语已惊其长老。既长,学乎六经仁义之说[⑯]。其为文章,简古纯粹[⑰],不求苟说于世[⑱]。世之人,徒知其诗而已。然时无贤愚,语诗者必求之圣俞。圣俞亦自以其不得志者,乐于诗而发之。故其平生所作,于诗尤多。世既知之矣,而未有荐于上者[⑲]。

昔王文康公尝见而叹曰[⑳]:"二百年无此作矣!"虽知之

深,亦不果荐也㉑。若使其幸得用于朝廷,作为雅颂㉒,以歌咏大宋之功德,荐之清庙㉓,而追商、周、鲁《颂》之作者㉔,岂不伟欤!奈何使其老不得志而为穷者之诗,乃徒发于虫鱼物类、羁愁感叹之言!世徒喜其工,不知其穷之久而将老也,可不惜哉!

圣俞诗既多,不自收拾。其妻之兄子谢景初,惧其多而易失也,取其自洛阳至于吴兴以来所作,次为十卷。予尝嗜圣俞诗㉕,而患不能尽得之,遽喜谢氏之能类次也㉖,辄序而藏之。

其后十五年,圣俞以疾卒于京师。余既哭而铭之㉗,因索于其家,得其遗稿千余篇,并旧所藏,掇其尤者六百七十七篇为一十五卷㉘。呜呼!吾于圣俞诗,论之详矣,故不复云。

【注释】

①达:显达,在仕途上顺利得志。穷:困顿,在仕途上困窘不得志。

②蕴其所有:指怀抱理想和才干。蕴,蓄藏。

③放:放任,纵情。

④兴于怨刺:兴起怨恨、讽刺的念头。怨刺,怨恨、讽刺。

⑤道:表达出。羁(jī)臣:即"羁旅之臣",指旅居在外或被贬谪的官员。

⑥工:精美。

⑦殆:大概。穷:使……穷。

⑧荫:指因前辈功勋而得官。补:指官员有缺额,选人授职。

⑨辄:总是。抑:压抑,阻止。有司:官吏。古代设官分职,各有专司,故称。

⑩今:通"近"。

⑪辟书:征召的文书。

⑫佐:辅佐,指郡县的副职。

⑬郁:压抑,使不得舒发。

⑭奋见:发挥、表现出来。

⑮宛陵:宣城的古称。

⑯六经:指《诗》《书》《礼》《乐》《易》《春秋》六部儒家经典。

⑰简古:指文风简洁古朴。

⑱苟:苟且。说:通"悦"。

⑲荐:推荐。

⑳王文康公:王曙,字晦叔,号文康。河南(今河南洛阳)人。宋仁宗时任宰相。

㉑果:终于,到底。

㉒雅颂:《诗经》中雅为朝廷的乐曲,颂为宗庙祭祀的乐曲。代指盛世之乐、庙堂之乐。

㉓清庙:太庙,古代帝王的宗庙。

㉔商、周、鲁《颂》:《商颂》,宋戴公时,正考父得之于周太师,共十二篇,归以祀其先王,孔子删诗时,余《那》等五篇。《周颂》,周初宗庙之乐歌,多周公所定,亦有康王以后之诗,有《清庙》等三十一篇。《鲁颂》:鲁之庙乐,旧谓皆鲁僖公之诗,有《駉》《泮水》等四篇。

㉕嗜:喜欢。

㉖遽(jù):骤然,顿时。类次:分类、编排。

㉗铭之:给他写了墓志铭。

㉘掇:采取,选择。尤:优异。

【解读】

本文是为诗人梅圣俞诗集所作的序文。梅圣俞(1002—1060),名尧臣,字圣俞。宣州宣城(今属安徽省宣城市)人,世称宛陵先生。初以恩荫补桐城主簿,历镇安军节度判官。皇祐三年(1051)始得宋仁宗召试,赐同进士出身,为太常博士。以欧阳修荐,为国子监直讲,累迁尚书都官员外郎,故世称"梅直讲""梅都官"。嘉祐五年(1060)去世,年五十九。梅尧臣少即能诗,与苏舜钦齐名,时号"苏梅";与欧阳修同为北宋诗歌革新运动的推行者,并称"欧梅"。为诗主张写实,反对西昆体涂为粉饰、靡艳迷离的诗风,而开创了不事雕饰、自然清新的风格。梅诗覃思清微,深远闲淡,尤为人称道。他亡故后,欧阳修为了表达其怀念之情,将他的诗编成集子,并作此序文。

本文开篇提出诗穷而后工的观点,指出世上所传的诗,大多出于古代不得志的人之手。注意,此处之穷,指不得志,与"达"相对。即《孟子·尽心上》"穷则独善其身,达则兼善天下"之未能官位显达之穷,也即世所谓怀才不遇。因为不得志,遂将自己所郁积的"忧思感愤"寄寓诗篇,"其兴于怨刺,以道羁臣寡妇之所叹,而写人情之难言",所以诗人越不得志,他的诗就写得越好。这是作者抛出的"诗穷而后工"的著名论调,为后文写梅圣俞做巧妙的铺垫。

第二、三段铺写自己的朋友梅圣俞"累举进士"之后,却"抑于有司,困于州县"的经历,他郁郁不得志,所以不能在事业上有更多表现,于是将自己的郁愤均发之于诗。诗作既多,又得到官至枢密使的王文康赞誉,认为二百年少有的好诗,但虽有知赏,却并不推荐,穷而将老,所以作者有叹惜的感慨。

第四、五段写梅圣俞初次结集为十卷,以及死后于其家得遗稿千余篇,并整理结集为十五卷的经过。

本文高屋建瓴,以"诗穷而后工"为论点,以梅圣俞其人不得志与其诗歌成就之高印证之,字里行间充满对老友梅圣俞不能显达的同情。行文纡徐委婉,叙议结合,结尾戛然而止,语短情长,十分蕴藉。

【点评】

"'穷而后工'四字,是欧公独创之言,实为千古不易之论。"([清]

吴楚材、吴调侯《古文观止》卷十)

"得意之作。'然则非诗之能穷人'二句,跌宕。'辄抑于有司',穷久。'年今五十',提出将老。'不求苟说于世'至'乐于诗而发之',一句一折。'虽知之深亦不果荐也',跌宕。'其妻之兄子谢景初',景初之诗颇工,盖其渊源有自,鲁直谓从妇翁得句法,则亦本于此也。"
([清]何焯《义门读书记》卷三十)

"这篇文章,明白畅晓,舒纡婉转,可以看出欧阳修文风的主要特点。"(王水照《宋代散文选注》)

送杨寘序①

欧阳修

予尝有幽忧之疾②,退而闲居,不能治也。既而学琴于友人孙道滋③,受宫声数引④,久而乐之,不知疾之在其体也。

夫琴之为技小矣。及其至也,大者为宫,细者为羽⑤,操弦骤作⑥,忽然变之,急者凄然以促,缓者舒然以和。如崩崖裂石,高山出泉,而风雨夜至也;如怨夫寡妇之叹息⑦,雌雄雍雍之相鸣也⑧。其忧深思远⑨,则舜与文王、孔子之遗音也⑩;悲愁感愤,则伯奇孤子、屈原忠臣之所叹也⑪。喜怒哀乐,动人心深,而纯古淡泊,与夫尧舜三代之言语、孔子之文章、《易》之忧患、《诗》之怨刺无以异⑫。其能听之以耳,应之以手,取其和者,道其堙郁⑬,写其忧思⑭,则感人之际,亦有至者焉。

予友杨君,好学有文,累以进士举,不得志。及从荫调为尉于剑浦⑮,区区在东南数千里外⑯,是其心固有不平者。且少又多疾,而南方少医药,风俗饮食异宜。以多疾之体,有不平之心,居异宜之俗,其能郁郁以久乎^⑰?然欲平其心以养其疾,于琴亦将有得焉。故予作琴说以赠其行,且邀道滋,酌酒进琴以为别^⑱。

【注释】

①杨寘(zhì):按《宋史·文苑传》,字审贤,合肥人。少时有文才,乡试即为第一。宋仁宗庆历二年(1042),进京赴考,国子监、礼部皆第一。崇政殿殿试,仁宗临轩启封,遂擢为第一。授将作监丞,任颍州通判,因母亲病逝,未及赴任,不久亦病逝。此序作于庆历七年(1047),有"累以进士举,不得志"等语,与传异,疑另有其人。

②幽忧:过度的忧伤和劳累。

③孙道滋:作者的朋友,生平不详。

④宫声数引:古代的音乐分宫、商、角、徵、羽五个音阶。文中所说的宫声,泛指各种曲调。引,曲调的一种体制,此作量词用。

⑤大者为宫,细者为羽:宫声宏大,羽声微弱。

⑥骤作:屡次弹。骤,屡次。

⑦怨夫:即旷夫,没有妻室的男子。

⑧雍雍:和谐,和睦。

⑨忧深思远:《左传·襄公二十九年》载,吴季札聘鲁观乐,为之歌《唐》,曰:"思深哉!其有陶唐氏之遗民乎?不然,何忧之远也?"

⑩舜与文王、孔子之遗音:舜作五弦之琴,以歌《南风》,曰:"南风之薰兮,可以解吾民之愠兮。南风之时兮,可以阜吾民之财兮。"文王为西伯时,纣拘之于羑里。文王忧愁,援琴而鼓之,曰《拘幽操》。孔子学琴于师襄,曰《文王操》。去鲁,作《龟山操》。将适晋,闻杀窦犫、舜华,止于息陬,为《陬操》。

⑪伯奇:尹吉甫子,吉甫听后妻之言,疑而逐之,伯奇自伤见放,援琴作《履霜操》,投河而死。屈原:名平,字灵均,战国时楚人,仕楚为三

间大夫,怀王信谗,作《离骚》以悟之,后自沉于汨罗江而死。

⑫尧舜三代之言语:指收有尧、舜、禹三代文章的《尚书》。孔子之文章:《论语·公冶长》:"子贡曰:'夫子之文章,可得而闻也。'"文章,如《春秋》之属。《易》之忧患:周文王被囚羑里时演《周易》。《周易·系辞传》:"《易》之兴也,其于中古乎! 作《易》者,其有忧患乎!"《诗》之怨刺:《诗》即《诗经》。《汉书·礼乐志》:"周道始缺,怨刺之诗起。"

⑬道:通"导",疏通。埋(yīn):塞。

⑭写(xiè):通"泻",排遣。

⑮荫调:凭先辈或父兄的官爵受封,而又改调另外的官职。尉:县尉,为县令之佐。掌军事、治安。剑浦:县名,今福建南平。

⑯区区:形容小,文中指剑浦。

⑰郁郁:忧伤、沉闷的样子。

⑱进琴:赠琴,一说弹琴。

【解读】

本文是作者给杨寘临行所作的赠序,以琴说理,以排解"予友杨君"不得志的郁郁之情。

第一段,从自己得"幽忧之疾"说起,通过学琴,久之而疾自解。

第二段是重点,讲述琴为小技,但它的形态和功用,以及达到的境界,其喜怒哀乐,"动人心深",其"纯古淡泊"可与"尧舜三代之言语、孔子之文章,《易》之忧患,《诗》之怨刺"相提并论,并能排解人之"埋郁",发散其"忧思",且能感人之至,可见琴之为技功用之大,境界之至。

末段切题,写杨君仕途之不得志,因父辈之恩荫而得调一小官,且远在东南数千里之外,其有不平之心在情理之中。所以作者在其出发之前,写了这篇琴说,以琴道对杨君进行劝勉,希望他能珍重身体,纾解心情。

本文现身说法,通过自己对琴的理解领悟,来排解杨君郁结的情绪,情深意挚,具有很强的说服力。

【点评】

"言学琴于孙道滋,其乐可以忘疾。"([宋]黄震《黄氏日钞》卷六十一)

"此文当肩视昌黎而直上之。"([明]茅坤《唐宋八大家文钞》卷四十六)

"古之善言琴者,惟韩退之《听颖师弹琴诗》,然未免三分琵琶七分筝之诮。若此文与枚乘《七发》中'龙门之桐高百尺而无枝'一篇,便真有琴声出于纸上。"([清]《唐宋文醇》卷二十五)

"千秋绝调,此移我情。风雨如晦,取公此序,朗读数通,亦足解幽忧之疾。"([清]储欣《唐宋十大家全集录·六一居士全集录》卷五)

"文之幽渺凄厉,如秋宵之风雨,是欧文中别饶一种风格。"([清]林纾《选评古文辞类纂》)

五代史伶官传序①

欧阳修

呜呼!盛衰之理,虽曰天命,岂非人事哉!原庄宗之所以得天下②,与其所以失之者,可以知之矣。

世言晋王之将终也③,以三矢赐庄宗④,而告之曰:"梁,吾仇也⑤;燕王,吾所立⑥;契丹,与吾约为兄弟⑦,而皆背晋以归梁。此三者,吾遗恨也。与尔三矢,尔其无忘乃父之志⑧!"庄宗受而藏之于庙⑨。其后用兵,则遣从事以一少牢告庙⑩,请其矢,盛以锦囊,负而前驱,及凯旋而纳之⑪。

方其系燕父子以组⑫,函梁君臣之首⑬,入于太庙,还矢先王⑭,而告以成功,其意气之盛,可谓壮哉!及仇雠已灭⑮,天下已定,一夫夜呼⑯,乱者四应,仓皇东出,未及见贼

37

而士卒离散，君臣相顾，不知所归。至于誓天断发⑰，泣下沾襟，何其衰也！岂得之难而失之易欤⑱？抑本其成败之迹⑲，而皆自于人欤？

书曰⑳："满招损，谦受益。"忧劳可以兴国，逸豫可以亡身㉑，自然之理也。故方其盛也，举天下之豪杰㉒，莫能与之争；及其衰也，数十伶人困之，而身死国灭，为天下笑。夫祸患常积于忽微㉓，而智勇多困于所溺㉔，岂独伶人也哉！作《伶官传》。

【注释】

①伶(líng)官：宫廷中的乐官和授有官职的演戏艺人。

②原：推究，考查。庄宗：后唐庄宗李存勖，李克用长子。唐昭宗天祐五年(908)，继父为晋王。后梁龙德三年(923)称帝，国号唐，年号同光。同年灭后梁。后吞并岐国，灭亡前蜀，"五代领域，无盛于此者"。然后期沉湎声色，用人无方，纵容皇后干政，重用伶人、宦官，猜忌、杀戮功臣，横征暴敛，吝惜钱财，以致百姓困苦，藩镇怨愤，士卒离心。同光四年(926)，在兵变中被杀。

③晋王：李克用，沙陀人。因受唐王朝之召镇压黄巢起义有功，被命为河东节度使，后封晋王。

④矢：箭。

⑤梁：后梁太祖朱温，原是黄巢部将，叛变归唐，被命为宣武军节度使(治所在汴州，今河南开封)，后封梁王。天祐四年(907)，朱温代唐称帝，国号梁，史称"后梁"。

⑥燕王：指刘仁恭，本是卢龙节度使李可举部下将领。投靠晋王李克用后，被任命为卢龙军节度使。随后交恶晋国，投靠朱温。其子刘守光夺位自立，被朱温封为燕王。此处称刘仁恭为燕王，是笼统说法。

⑦契丹:我国古代北方的一个部族,是东胡的一支,在今辽河上游一带游牧。10世纪初,耶律阿保机统一各部。天祐二年(905),李克用与耶律阿保机在云中(今山西大同)结为兄弟。

⑧其:语气副词,表示命令或祈求。乃:你的。

⑨庙:指宗庙,古代帝王祭祀祖先之所,同下文的"太庙"。

⑩从事:原指州郡长官的僚属,这里泛指一般幕僚随从。少牢:用一猪一羊祭祀。

⑪纳之:指把箭放好。

⑫系(jì):捆绑。组:绳索。后梁乾化四年(914),李存勖平定幽州,刘仁恭、刘守光父子成擒,全部被处死。

⑬函:木匣。此处用作动词,盛以木匣。

⑭先王:指晋王李克用。

⑮仇雠(chóu):仇敌。

⑯一夫:指同光四年(926)发动贝州兵变的军士皇甫晖。

⑰誓天断发:截发置地,向天发誓。

⑱岂:难道。欤(yú):表疑问的语气助词。

⑲抑:表转折的连词,相当于"或者""还是"。本:考究。迹:事迹,道理。

⑳书:《尚书》。

㉑逸豫:安逸舒适。

㉒举:全,所有。

㉓忽微:极言细微。忽是寸的十万分之一,微是寸的百万分之一。

㉔溺:溺爱,对人或事物爱好过分。

【解读】

本文录自欧阳修编撰的《新五代史·伶官传》,题目是后人所加。这篇短文是一篇总结历史教训,为后世君主提供历史鉴戒的史论,历来为后学所推崇。全篇仅四百来字,通过总结后唐李存勖成功之壮与亡国之速的教训,雄辩地阐明了"盛衰之理"在于人事,"忧劳可以兴国,逸豫可以亡身"的道理。

开篇即以感慨意味极浓的起句统摄全篇,提出中心观点:"盛衰之理,虽曰天命,岂非人事哉!"明显地表达了作者的侧重点是放在"人事"上。

第二段承上叙事,以"三矢"贯穿前后,着力描绘出庄宗忠实执行父命的形象,概括了庄宗全盛时期的征战情况,体现了庄宗的"忧劳",突出了"人事"的作用。全段叙事欲抑先扬,为下文写"抑"张本。

第三段转而议论,先赞叹庄宗的成功,继而慨叹他的失败。这一大起大落的转折,将庄宗极盛和极衰的两种情形作了极强烈的对照。下面连用两个设问句,前一句以反问的形式否定"得之难而失之易"的说法,后一句强调成败得失"皆自于人"。这样设问既引人深思,又寓结论于疑问之中,说明"盛""衰"异时,截然相反,本源在于"人事",与开头提出的论点相照应。

第四段进一步议论,引出教训,总结全文。本来行文至第三段,论点已得到证明,似乎可以结束了,可是作者又进一步议论。用"故"字承接上文,再次评论庄宗的盛衰,以"莫能与之争"和"身死国灭,为天下笑"两种截然相反的结果,引出"夫祸患常积于忽微,而智勇多困于所溺,岂独伶人也哉"的教训,得出具有更普遍意义的结论。

全文紧扣"盛衰"二字,夹叙夹议,史论结合,笔带感慨,语调顿挫多姿,感染力很强,成为历来传诵的佳作。

【点评】

"张廉卿曰:叙事华严处,得自《史记》,子固、介甫所希。汪曰:推广言之,更见包举。要之,不重在推广上,只是不肯用正笔顺笔作收耳。李曰:推开作结,有烟波不尽之势,所谓篇终接混茫者也。茅鹿门曰:此等文章,千年绝调。沈曰:抑扬顿挫,得《史记》神髓,《五代史》中第一篇文字。"(高步瀛《唐宋文举要》甲编卷六)

"文短而有力,语少而富有感情,历来为一些散文家所推崇。"(王水照《宋代散文选注》)

相州昼锦堂记①　　　　　欧阳修

仕宦而至将相②,富贵而归故乡,此人情之所荣,而今昔之所同也。盖士方穷时,困厄闾里③,庸人孺子,皆得易而侮之④,若季子不礼于其嫂⑤,买臣见弃于其妻⑥。一旦高车驷马⑦,旗旄导前⑧,而骑卒拥后,夹道之人,相与骈肩累迹⑨,瞻望咨嗟⑩。而所谓庸夫愚妇者,奔走骇汗,羞愧俯伏,以自悔罪于车尘马足之间。此一介之士,得志于当时,而意气之盛,昔人比之衣锦之荣者也⑪。

惟大丞相魏国公则不然⑫。公,相人也,世有令德⑬,为时名卿。自公少时,已擢高科⑭,登显仕。海内之士,闻下风而望余光者⑮,盖亦有年矣⑯。所谓将相而富贵,皆公所宜素有,非如穷厄之人,侥幸得志于一时,出于庸夫愚妇之不意,以惊骇而夸耀之也。然则高牙大纛⑰,不足为公荣;桓圭衮裳⑱,不足为公贵。惟德被生民⑲,而功施社稷,勒之金石⑳,播之声诗㉑,以耀后世而垂无穷,此公之志,而士亦以此望于公也,岂止夸一时而荣一乡哉!

公在至和中㉒,尝以武康之节来治于相㉓,乃作昼锦之堂于后圃。既又刻诗于石,以遗相人。其言以快恩仇、矜名誉为可薄㉔,盖不以昔人所夸者为荣,而以为戒。于此见公之视富贵为如何,而其志岂易量哉! 故能出入将相,勤劳王家,而夷险一节㉕。至于临大事,决大议,垂绅正笏㉖,不动声色,而措天下于泰山之安,可谓社稷之臣矣!其丰功盛烈,所以铭彝鼎而被弦歌者㉗,乃邦家之光㉘,非闾里之荣也。余虽不获登公之堂,幸尝窃诵公之诗,乐公之志有成,而喜为天下道也。于是乎书。

【注释】

①相州:地名,治所在今河南安阳。昼锦堂:堂舍名。韩琦所建。韩琦,相州人。经仁宗、英宗、神宗三朝,十年辅相,执掌大政。至和元年(1054),以武康军节度使知相州,在州署后院修建一座堂舍,并据《汉书·项籍传》"富贵不归故乡,如衣锦夜行"之句,反其意而用之,名"昼锦堂"。

②仕宦:做官。

③困厄闾里:在乡里受困苦。

④易:轻视。

⑤季子不礼于其嫂:苏秦,字季子。战国时洛阳人。初为连横,说秦王不用,大困而归,嫂不为炊。后说燕赵为合纵,遂配六国相印。说楚过洛阳,父母郊迎,嫂蛇行匍匐,四拜自跪而谢。

⑥买臣见弃于其妻:朱买臣,西汉会稽吴人。家贫好学,负薪读书,妻以为羞,弃朱而去。后朱买臣任会稽太守,妻子要求复婚。朱买臣便叫人端来一盆水泼在马头上,让她再收回来,她羞愧自缢。

⑦高车驷马:泛指显贵者的车乘。驷马,四匹马拉的车子。

⑧旄:古时旗杆顶部用旄牛尾做的装饰,也指有这种装饰的旗。

⑨骈肩累迹:肩挨肩,足迹相迭。形容人多拥挤。

⑩瞻望:仰慕,仰望。咨嗟:赞叹。

⑪衣锦之荣:富贵之后回故乡的荣耀。

⑫大丞相魏国公:指韩琦。大,是尊称。魏国公,韩琦的封号。

⑬令德:美好的德行。令,美、善。

⑭已擢高科:已中了高高的科第。擢,举拔,提升。科,科第,指科举及第。

⑮余光:本指落日余晖,此处借指人们远远地瞻望韩琦的丰采。

⑯有年:多年。

⑰高牙大纛(dào):高官的仪仗队。牙,牙旗,旗杆上装饰有象牙的大旗,用作仪仗。纛,仪仗队的大旗。

⑱桓圭:圭是古代帝王诸侯举行朝聘、祭祀、丧葬等隆重仪式时所用的玉制礼器,长条形,上尖下方,名称、大小因爵位和用途不同而异。桓圭为公爵所执。衮裳:衮衣绣裳,画有卷龙的上衣和绣有花纹的下裳,古代帝王与上公的礼服。

⑲被:及。生民:人民。

⑳勒:雕刻。金石:钟鼎碑碣,古代在上面镌刻文字图画以颂功纪事。

㉑播之声诗:颂扬在乐章里。

㉒至和:宋仁宗赵祯的年号(1054—1056)。

㉓武康之节:武康军节度使。治洋州(今陕西洋县),领洋、果、阶、扶四州。

㉔快恩仇:快意恩仇,即有恩报恩,有仇报仇。快,放肆,纵情。矜:注重,崇尚。薄:轻视,鄙薄。

㉕夷险一节:太平的时候和患难的时候表现完全一样。夷,平。险,难。节,等级,等次。

㉖绅:古代士大夫束于腰间、一头下垂的大带子。笏:朝笏,也叫手板,古代臣子朝见君王时所执的狭长板子,用来指画或记事。

㉗彝鼎:钟鼎。

㉘邦家:国家。邦,古代诸侯的封国,泛指国家。

43

【解读】

本文是作者于宋英宗治平二年(1065)为宰相韩琦在故乡相州修建的昼锦堂写的一篇记,歌颂了宰相韩琦"出入将相,勤劳王家","而措天下于泰山之安"的丰功伟绩。

本文第一段,写"仕宦而至将相,富贵而归故乡",这两者都是古今人情最以为荣的事,例举战国纵横家苏秦穷困时"不礼于其嫂"、汉时朱买臣"见弃于其妻",及至后来二人得势,衣锦还乡,致其嫂、其妻"奔走骇汗,羞愧俯伏,以自悔罪"的世俗形态作为铺垫,说明"昼锦"在世人眼中的重要位置。

第二段则一反前文,写大丞相魏国公韩琦与前两者有本质的不同。苏秦、朱买臣是前节困,后来荣显,而韩琦则"世有令德,为时名卿",且少年得志,"擢高科,登显仕","所谓将相而富贵,皆公所宜素有,非如穷厄之人,侥幸得志于一时",并不需要"高牙大纛""桓圭衮裳"来向世人炫耀。其所关注的是要"德被生民,而功施社稷,勒之金石,播之声诗,以耀后世而垂无穷",简单地说,就是要为国家建功立业,使名声能永垂于天下后世,这才是韩琦的志向,天下士人也都寄望于他。

第三段写韩琦于宋仁宗至和年间到自己家乡相州任职,作昼锦堂于后圃,并刻诗于石的经过,叙述韩琦不矜名誉、不快恩仇,而戒世俗之夸荣,且能"勤劳王家","措天下于泰山之安",这是国家之光荣,并不限于一乡一里之荣誉。虽名"昼锦",而实不以富贵为念,与苏秦、朱买臣等衣锦还乡、夸耀乡里迥异。文末作者交代写此记的原因,是要彰显宰相韩琦高远的志向及不骄矜的高尚品德。

本文采用对比的写法进行渲染,避实就虚,先声夺人,虚写昼锦堂,实则写韩琦之为人,歌颂其高贵的品德,表达了对主人公的敬仰之情。行文叙议结合,迂回起伏,过渡自然,含蓄隽永。

【点评】

"唐子西《语录》云:凡为文,上句重,下句轻,则或为上句压倒。《昼锦堂记》云:仕宦而至将相,富贵而归故乡。下云:此人情之所荣,而今昔之所同也。非此两句,莫能承上句。《居士集序》云:言有大而非夸。此虽只一句,而体势则甚重,下乃云:学者信之,众人疑焉。非用两句,亦载上句不起。韩退之《与人书》云:泥水马弱,不敢出,不果鞠躬亲问,而以书。若无'而以书'三字,则上重甚矣。此为文之法也。"([宋]胡仔《苕溪渔隐丛话前集》卷三十)

"迂斋批:文字委曲,善于形容。"([宋]王霆震《古文集成》卷十)

"昔欧阳文忠为韩魏公作《昼锦堂记》,脱稿数日,忽走价另易稿本示魏公,公阅之,与前作无一句更改,惟于'仕宦至将相,富贵归故乡'二句中添两'而'字,魏公叹赏,以为文气始足。文家落笔不苟处如此,因附识之。"([清]赵翼《陔余丛考》卷二十七)

"题无深意,特高一层起论,施诸魏公独不为夸。荆川云:前一段依题说起,后乃归之于正。此反题格也,按反题却愈切题,所以佳。"([清]何焯《义门读书记》卷三十七)

丰乐亭记①
欧阳修

　　修既治滁之明年夏②,始饮滁水而甘。问诸滁人③,得于州南百步之近。其上丰山耸然而特立④,下则幽谷窈然而深藏⑤,中有清泉滃然而仰出⑥。俯仰左右⑦,顾而乐之。于是疏泉凿石,辟地以为亭,而与滁人往游其间。

　　滁于五代干戈之际⑧,用武之地也。昔太祖皇帝,尝以周师破李景兵十五万于清流山下,生擒其将皇甫晖、姚凤于滁东门之外，遂以平滁。⑨修尝考其山川，按其图记⑩，升高以望清流之关，欲求晖、风就擒之所，而故老皆无在者，盖天下之平久矣。

自唐失其政，海内分裂，豪杰并起而争，所在为敌国者，何可胜数？⑪及宋受天命，圣人出而四海一⑫。向之凭恃险阻⑬，刬削消磨⑭。百年之间，漠然徒见山高而水清，欲问其事，而遗老尽矣⑮。今滁介江淮之间，舟车商贾、四方宾客之所不至⑯，民生不见外事，而安于畎亩衣食⑰，以乐生送死⑱。而孰知上之功德，休养生息，涵煦百年之深也⑲。

修之来此，乐其地僻而事简⑳，又爱其俗之安闲。既得斯泉于山谷之间，乃日与滁人仰而望山，俯而听泉，掇幽芳而荫乔木㉑，风霜冰雪，刻露清秀㉒，四时之景，无不可爱。又幸其民乐其岁物之丰成㉓，而喜与予游也。因为本其山川，道其风俗之美，使民知所以安此丰年之乐者，幸生无事之时也。夫宣上恩德，以与民共乐，刺史之事也㉔，遂书以名其亭焉。

【注释】

①丰乐亭：在今安徽滁州城西丰山北，为欧阳修被贬滁州后建造的，亭东有紫薇泉。苏轼曾将《丰乐亭记》书刻于碑。

②明年：第二年，即庆历六年（1046）。

③问诸滁人：向滁人打听泉水的出处。诸，兼词，之于。

④耸然而特立：高峻挺拔地矗立着。耸然，高耸的样子。特，突出。

⑤窈然：深幽的样子。

⑥滃(wěng)然:水势盛大的样子。

⑦俯仰:这里为环顾的意思。

⑧五代:指后梁、后唐、后晋、后汉、后周。干戈:古代兵器,此指战争。

⑨太祖皇帝:即宋太祖赵匡胤,宋王朝的建立者,涿郡(今河北涿州)人。李景:即李璟,南唐第二位皇帝。后因受后周威胁,削去帝号,改称国主,史称南唐中主。清流山:在滁州西北,上有清流关。后周显德二年(955),周世宗发兵攻淮南,围寿州(今安徽寿县)。李璟派刘彦贞率两万人驰援寿州,命皇甫晖、姚凤等将兵三万屯定远(今属安徽)。次年刘彦贞败于正阳(今安徽寿县正阳关),皇甫晖等退保清流关。赵匡胤时为后周殿前都虞候,周世宗命其倍道而袭之。晖等走守滁州,匡胤直抵城下。晖请成列而战,笑许之。晖整众出,匡胤突阵击晖,擒之,并擒姚凤,遂克滁州。

⑩图记:指地图和文字记载。

⑪唐末,天下大乱,卒伍盗贼,起为节镇,因而立国,计:杨行密据淮南,国号吴;李昇据江南,国号南唐;王审知据福建,国号闽;王建据两川,国号前蜀;孟知祥据两川,国号后蜀;刘隐据广州,国号南汉;刘崇据山西,国号北汉;钱镠据两浙,国号吴越;马殷据湖南,国号楚;高季兴据荆南,国号南平。是为十国。

⑫圣人出而四海一:指宋太祖赵匡胤统一天下。

⑬向:从前。

⑭划(chǎn):削平。

⑮遗老:指经历战乱的老人。

⑯舟车商贾:坐船乘车的商人。

⑰畎:田地。

⑱乐生送死:使生者快乐,礼葬死者。

⑲涵煦:滋润教化。

⑳事简:公务简单。

㉑"掇幽芳"句:春天采摘清香的花草,夏天在大树荫下休息。掇,拾取。荫,荫庇,乘凉。

㉒"风霜"二句:秋天刮风下霜,冬天结冰下雪,经风霜冰雪后草木凋零,山岩裸露,更加清爽秀丽。刻露,清楚地显露出来。

㉓岁物:收成。

㉔刺史:官名,原为朝廷所派督察地方之官,后沿为地方官职名称,同太守、知州、知府等互名。

【解读】

本文作于宋仁宗庆历六年(1046)。庆历五年作者贬滁州,第二年作丰乐亭,亭成,因以记其事。本文记述了建造丰乐亭的经过,着重记叙了宋承五代干戈,自太祖攻破南唐,平定天下,近百年之间,国家安定,休养生息,而使人民得以享受富足安乐的生活。故作此记,以彰显朝廷涵煦天下的恩德,并表达自己与民同乐之意。

第一段,记叙作此亭的时间及地理特点,以及建亭的原因和目的。

第二、三段,借叙宋太祖于五代干戈之际,率军攻破南唐军队,及平定天下,使国家百年散尽硝烟,承平无事,人民安居乐业,得以乐生送死,幸福生活来之不易,从而彰显国家涵煦百年休养生息的深仁厚泽。

末段写作者来知滁州,爱其山水风俗之安乐,"又幸其民乐其岁物之丰成",因述其山川风俗之美,并进一步阐明作此记的原因,乃是在宣扬朝廷的恩德,并传达自己与民同乐的情绪。

本文语言优美,叙述温婉,情与景融,有叙有议,着重在议,而叙议之合理自然,使人于不觉中感受并领会作者的情绪以及所要表达的深意,显示了作者深厚的艺术功力。

【点评】

"记山水,却纯述圣宋功德;记功德,却又纯写徘徊山水。寻之不得其迹,曰:只是不把圣宋功德看得奇怪,不把徘徊山水看得游戏。此所谓心地淳厚,学问真到文字也。"([清]金圣叹《天下才子必读书》卷十三)

"按,林希元曰:此篇专归功于上之功德,第一节先叙滁之景,以为亭,第二节论滁为干戈用武之地,第三节论圣宋平定之事,第四节论民生丰乐,皆上之功德,第五节论滁人立亭,共享丰年之乐,第六节论宣上意,以与民同乐,所以名亭。希元于此文脉络,善为分疏矣。若修言外之意,顾未之及也。尝考唐末五代,干戈纷争,生民荼苦备矣,宋兴,削平天下,斩其蓬蒿藜藿,而养以雨风,至于仁宗犹天下之母焉,一以柔道滋培和气,一时四海宴清,人民欢乐,然而名实亦少混焉,武备亦少弛焉,文恬武嬉,积日阅考以取卿相者多,席祖宗太平余业,几及百年,百姓长子养孙,不见兵革,于斯时也,在《易》之丰,所为日中者也。君子见微而知彰,修所以一则曰幸其民乐岁之丰成,再则曰幸生无事之时,岂非深危夫斯世斯民之不能长久其幸者哉!至于神宗,日中则昃,于是言利之臣进,而天下十室九空,边疆之衅开,而西北肝脑涂地,迨至金人长驱直入,王业偏安,而滁乃复为用武之地矣。然则斯文也,有《蟋蟀》风诗之意焉,所以诏天下万世以居安思危者,旨深哉!"([清]《唐宋文醇》卷二十六)

"唐人喜言开元事,是乱而思治。此'丰乐'二字,直以五代干戈之滁,形今日百年无事之滁,是治不忘乱也。一悲一幸,文情各极。"([清]储欣《唐宋十大家全集录·六一居士全集录》卷五)

"作记游文,却归到大宋功德休养生息所致,立言何等阔大。其俯仰今夕,感慨系之,又增无数烟波。较之柳州诸记,是为过之。"([清]吴楚材、吴调侯《古文观止》卷十)

醉翁亭记

欧阳修

环滁皆山也。其西南诸峰，林壑尤美①。望之蔚然而深秀者②，琅琊也③。山行六七里④，渐闻水声潺潺⑤，而泻出于两峰之间者，酿泉也⑥。峰回路转⑦，有亭翼然临于泉上者⑧，醉翁亭也。作亭者谁？山之僧智仙也。名之者谁？太守自谓也⑨。太守与客来饮于此，饮少辄醉⑩，而年又最高，故自号曰醉翁。醉翁之意不在酒，在乎山水之间也。山水之乐，得之心而寓之酒也⑪。

若夫日出而林霏开⑫，云归而岩穴暝⑬，晦明变化者⑭，山间之朝暮也。野芳发而幽香⑮，佳木秀而繁阴，风霜高洁，水落而石出者，山间之四时也。朝而往，暮而归，四时之景不同，而乐亦无穷也。

至于负者歌于涂⑮，行者休于树，前者呼，后者应，伛偻提携⑰，往来而不绝者，滁人游也。临溪而渔，溪深而鱼肥；酿泉为酒，泉香而酒冽⑱。山肴野蔌⑲，杂然而前陈者⑳，太守宴也。宴酣之乐，非丝非竹㉑，射者中㉒，弈者胜㉓，觥筹交错㉔，起坐而喧哗者，众宾欢也。苍颜白发，颓然乎其间者㉕，太守醉也。

已而夕阳在山㉖，人影散乱，太守归而宾客从也。树林阴翳㉗，鸣声上下㉘，游人去而禽鸟乐也。然而禽鸟知山林之乐，而不知人之乐；人知从太守游而乐，而不知太守之乐其乐也。醉能同其乐，醒能述以文者，太守也。太守谓谁㉙？庐陵欧阳修也㉚。

【注释】

①壑(hè)：山谷。尤：格外，特别。

②蔚然：草木繁盛的样子。深秀：幽深又秀丽。

③琅琊(lángyá)：山名。琅邪山，亦称琅玡山、琅琊山。在滁州西南十里。东晋元帝为琅邪王时，曾居此山，故名。

④山：名词作状语，沿着山路。

⑤潺潺(chánchán)：流水声。

⑥酿泉：泉名。因水清可以酿酒，故名。

⑦峰回路转：山势回环，路也跟着拐弯。

⑧翼然：四角翘起，像鸟张开翅膀的样子。临：靠近。

⑨自谓：自称，此指用自己的别号来命名。

⑩辄(zhé)：就，总是。

⑪得：领会。寓：寄托。

⑫林霏：树林中的云雾之气。开：消散，散开。

⑬归：聚拢。暝(míng)：昏暗。

⑭晦明：阴晴，明暗。

⑮芳：花草发出的香味，此指花。

⑯负者：背着东西的人。

⑰伛偻(yǔlǚ)：腰背弯曲的样子，此指老年人。提携：小孩子被大人领着走，此指小孩子。

⑱洌(liè)：清澈。

⑲山肴：用从山野捕获的鸟兽做成的菜。野蔌(sù)：野菜。蔌，菜蔬的总称。

⑳杂然：杂乱的样子。陈：摆开，陈列。

㉑丝：弦乐器的代称。竹：管乐器的代称。

㉒射：此指投壶，古人宴饮时的一种游戏，把箭向壶里投，投中多的为胜，负者照规定的杯数喝酒。

㉓弈:下棋。

㉔觥(gōng)筹交错:酒器和酒筹交互错杂。形容宴饮尽欢。觥,酒杯。筹,行酒令的筹码,用来记饮酒数。

㉕颓然乎其间:醉醺醺地坐在宾客中间。颓然,原形容精神不振的样子,此指醉醺醺的样子。

㉖已而:随后,不久。

㉗阴翳(yì):形容枝叶茂密成阴。翳,遮盖。

㉘鸣声上下:指鸟到处鸣叫。

㉙谓:为,是。

㉚庐陵:古郡名,即吉州,治所在今江西省吉安市。

【解读】

本文作于宋仁宗庆历六年(1046)。是年,作者有《题滁州醉翁亭》诗,称"四十未为老,醉翁偶题篇",始以醉翁自号。本文纯在描写滁州山水之美与游赏滁州山水的快乐情绪,以醉翁名亭,亦以表示作者陶醉于山水之意。

本文第一段,开篇先声夺人,一句"环滁皆山也",横空而来,使人于突兀中得知滁州之特点,就是四面皆山。次叙西南林壑的优美,通过望而引出琅邪之山,通过行而知有酿泉,知有醉翁之亭。由亭而知建亭者山之僧智仙,以及给此亭命名的太守。由远及近,逐层深入,由最初之突兀而变为曲折平易,最终叙述命名此亭的原因,乃是因为太守与客来饮于此,饮少辄醉,而年又最高,故自号醉翁,而醉翁之意并不在酒,而是在心中的山水之乐。

第二、三段,重点描述琅邪山朝暮、四时变化多姿的美丽景致,给人带来无穷快乐。并描写游人往来游历此间具体的状态,以及鱼酒山珍之美,太守宴享宾客欢乐的场景,抒发了作者身为太守得享此中游乐而陶醉其间的快乐情绪。

末段叙述太守筵宴既散,游人归去,山林顿静,这时突然禽鸟鸣声响起,山中主人正式登场,将人为的喧宾夺主作一收束。由禽鸟之乐与人之乐的比较,作者表达了虽然两不相知,但在自己是深知其所以乐和与人同乐的快乐的。一个"醉"将作者陶然于天地山水之间,与自然和谐同体的情绪描写得淋漓尽致。

本文骈散结合,结构巧妙,音韵和谐,情景交融,意境优美。文章起、承、转、合,无不统摄于作者主观感受和体验的波澜起伏。山水之乐、人情之乐、宴酣之乐、禽鸟之乐、太守陶醉于山水之乐,一"乐"字贯串全文,有提纲挈领的作用,而其深层所要表达的乃心之快乐,遂跃然纸上。

【点评】

"洪氏评欧公《醉翁亭记》、东坡《酒经》皆以'也'字为绝句,欧用二十一'也'字,坡用十六'也'字。欧记人人能读,至于《酒经》,知之者盖无几。每一'也'上必押韵,暗寓于赋,而读之者不觉其激昂渊妙,殊非世间笔墨所能形容。"([宋]叶寘《爱日斋丛抄》卷四)

"文中之画。昔人读此文谓如游幽泉邃石,入一层才见一层,路不穷兴亦不穷,读已令人神骨翛然长往矣。此是文章中洞天也。"([明]茅坤《唐宋八大家文钞》卷四十九)

"盖天机畅则律吕自调,文中亦具有琴焉,故非他作之所可并也。况修之在滁,乃蒙被垢污而遭谪贬,常人之所不能堪,而君子亦不能无动心者,乃其于文萧然自远如此,是其深造自得之功,发于心声而不可强者也。"([清]《唐宋文醇》卷二十六)

"风平浪静之中,自具波澜潆洄之妙。笔歌墨舞纯乎化境,洵是传记中绝品。至记亭所以名醉翁,以及醉翁所以醉处,俱隐然有乐民之乐意在,而却又未尝着迹。立言更极得体,彼谓似赋体者,固未足与言文;即目为一篇风月文章,亦终未窥见永叔底里。"([清]余诚《古文释义》)

秋声赋

欧阳子方夜读书①,闻有声自西南来者,悚然而听之②,曰:"异哉!"初淅沥以萧飒③,忽奔腾而砰湃④,如波涛夜惊,风雨骤至。其触于物也,鏦鏦铮铮⑤,金铁皆鸣;又如赴敌之兵⑥,衔枚疾走⑦,不闻号令,但闻人马之行声。余谓童子:"此何声也?汝出视之。"童子曰:"星月皎洁,明河在天⑧,四无人声,声在树间。"

余曰:"噫嘻,悲哉!此秋声也,胡为而来哉?盖夫秋之为状也⑨,其色惨淡⑩,烟霏云敛⑪;其容清明,天高日晶⑫;其气栗冽⑬,砭人肌骨⑭;其意萧条⑮,山川寂寥。故其为声也,凄凄切切,呼号愤发。丰草绿缛而争茂⑯,佳木葱茏而可悦⑰;草拂之而色变,木遭之而叶脱。其所以摧败零落者,乃其一气之余烈⑱。

"夫秋,刑官也⑲,于时为阴⑳;又兵象也,于行为金㉑,是谓天地之义气㉒,常以肃杀而为心。天之于物,春生秋实。故其在乐也,商声主西方之音㉓,夷则为七月之律㉔。商,伤也,物既老而悲伤;夷,戮也,物过盛而当杀㉕。嗟乎,草木无情,有时飘零㉖。人为动物,惟物之灵。百忧感其心㉗,万事劳其形。有动于中,必摇其精。而况思其力之所不及,忧其智之所不能,宜其渥然丹者为槁木㉘,黟然黑者为星星㉙。奈何以非金石之质㉚,欲与草木而争荣?念谁为之戕贼㉛,亦何恨乎秋声㉜!"

童子莫对，垂头而睡。但闻四壁虫声唧唧，如助余之叹息。

【注释】

①欧阳子：欧阳修自称。方：正在。

②悚（sǒng）然：惊惧的样子。

③淅沥：拟声词，形容风雨之声。以：表并列，而。萧飒：形容风吹草木的声音。

④砰湃：通"澎湃"，波涛汹涌的声音。

⑤鏦鏦（cōngcōng）铮铮：金属相击的声音。

⑥赴敌：奔走去袭击敌人。

⑦衔枚：古时行军或袭击敌军时，让士兵衔枚以防出声。枚，形似竹筷，衔于口中，两端有带，系于脖上。

⑧明河：银河。

⑨盖夫：发语词。秋之为状：秋天所表现出来的意气容貌。状，情状，指下文所说的"其色""其容""其气""其意"。

⑩惨淡：黯然无色。

⑪烟霏：烟雾。敛：收，聚。

⑫日晶：日光明亮。晶，明亮。

⑬栗冽：寒冷。

⑭砭（biān）：古代用来治病的石针，此指用针刺。

⑮萧条：寂寞冷落，没有生气。

⑯绿缛：碧绿繁茂。缛，繁密。

⑰葱茏：青翠茂盛的样子。

⑱一气：指秋气。余烈：余威。

⑲刑官：执掌刑狱的官。《周礼》把官职与天、地、春、夏、秋、冬相配，称为六官。秋天肃杀万物，所以司寇为秋官，执掌刑法，又称刑官。

⑳于时为阴:古人以阴阳配合为四时,春夏为阳,秋冬为阴。

㉑又兵象也,于行为金:秋天又是兵器和用兵的象征,在五行上属于金。《礼记·月令》:"(季秋之月)天子乃教于田猎,以习五戎,班马政。"古代把秋季和五行的金相配,金是制造兵器的材料,所以秋又是兵象。

㉒天地之义气:《礼记·乡饮酒义》:"天地严凝之气,始于西南,而盛于西北,此天地之尊严气也,此天地之义气也。"由西南方至西北方,正是秋的方位。

㉓商声主西方之音:古代将乐声分为宫、商、角、徵(zhǐ)、羽等五声,并分配于四时,角属春,徵属夏,商属秋,羽属冬,宫属中央。同时五声和五行相配,商声属金,主西方之音。

㉔夷则为七月之律:《礼记·月令》以十二律(黄钟、大吕、太蔟、夹钟、姑洗、中吕、蕤宾、林钟、夷则、南吕、无射、应钟)配十二月,七月为夷则。

㉕杀:衰亡。

㉖有时:有固定时限。

㉗感(hàn):同"撼",动摇。

㉘渥(wò)然丹者:指红润的容貌。槁(gǎo)木:枯木,此指衰老。

㉙黟(yī)然:黑色的样子。星星:鬓发花白的样子。

㉚奈何:为何。非金石之质:指人体不能像金石那样长久。《古诗十九首》中有"人生非金石,岂能长寿考"的诗句。

㉛戕(qiāng)贼:残害。

㉜亦何恨乎秋声:指人的衰颓是被忧思折磨的结果,与秋声并无关系。

【解读】

本文作于宋仁宗嘉祐四年(1059),时欧阳修五十三岁。是岁二月,作者免知开封府,然恳乞江西,未能如愿,且老病相侵,在衰飒郁抑的情绪下，借"秋声"为题，写下这篇赋。该文描写了秋天萧瑟变幻的景象，抒发了自己抑郁凄凉的情绪。

第一段，写秋声自西南而起，其风自小而大的情状，从听觉入手，描写了秋风变化的急剧和来势的猛烈。

第二段，叙述秋天的色、容、气、意诸般状态，描写出秋意萧条，秋声凄切的状态，直至草木遭秋风"摧败零落"的结果。这纯是秋气余烈（余威）之所致。

第三段，从古代对秋的理论上的理解，阐述秋气本来常以肃杀为心，所以伤残草木，是自然的结果。由此推及，人由生而忧劳而老病，与草木摇落同腐，都是自然的道理，劝诫自己不必太过在意，但也寄托了自己对人生飘零无奈的无限感慨之情。

本文通过对作者的"悚然"与童子的淡然、作者的悲凉之感与童子的简单自然的鲜明对比描写，传达了对秋声的两种不同的感受，相映成趣，意味隽永。本文骈散结合，词采丰赡，排比铺陈，既严整又灵动，打破了六朝以迄宋初骈赋、律赋的格式，吸纳韩、柳散体的优长，将诗文革新的精神带进了辞赋的领域。这一突破性的开拓创新，直接启发了苏轼前后《赤壁赋》的创作。

【点评】

"欧阳修模写之工，转折之妙，悲壮顿挫，无一字尘涴。"（［宋］楼昉《崇古文诀》）

"萧瑟可诵，虽不及汉之雅，而词致清亮。"（［明］茅坤《唐宋八大家文钞》卷六十）

"形容物状，模写变态，末归于人生忧感与时俱变，使人读之有悲秋之意。"（［明］归有光《欧阳文忠公文选》）

"作赋本意只是自伤衰老，故有动于中，不觉闻声感叹。一起先作一翻虚写，第二段方作一翻实写，一虚一实已写尽秋声。第三段止说秋之为义以肃杀，引起第四段自伤衰老为一篇主意。结尾"虫声唧唧"

亦是从声上发挥，绝妙点缀。读前幅，写秋声之大，真如狂风怒涛，令人怖恶；读末幅，写虫声之小，真如嫠妇夜泣，令人惨伤：一个'声'字写作两番笔墨，便是两番神境。"（[清]孙琮《山晓阁选宋大家欧阳庐陵全集》卷四）

祭石曼卿文

欧阳修

维治平四年七月日[①]，具官欧阳修[②]，谨遣尚书都省令史李敭至于太清[③]，以清酌庶羞之奠[④]，致祭于亡友曼卿之墓下，而吊之以文曰：

呜呼曼卿！生而为英，死而为灵。其同乎万物生死，而复归于无物者，暂聚之形[⑤]；不与万物共尽，而卓然其不朽者，后世之名。此自古圣贤，莫不皆然，而著在简册者[⑥]，昭如日星[⑦]。

呜呼曼卿！吾不见子久矣，犹能髣髴子之平生[⑧]。其轩昂磊落[⑨]，突兀峥嵘[⑩]，而埋藏于地下者，意其不化为朽壤[⑪]，而为金玉之精。不然，生长松之千尺，产灵芝而九茎[⑫]。奈何荒烟野蔓，荆棘纵横，风凄露下，走燐飞萤[⑬]。但见牧童樵叟，歌吟而上下，与夫惊禽骇兽，悲鸣踯躅而咿嘤[⑭]。今固如此，更千秋而万岁兮，安知其不穴藏狐貉与鼯鼪[⑮]？此自古圣贤亦皆然兮，独不见夫累累乎旷野与荒城！

呜呼曼卿！盛衰之理[⑯]，吾固知其如此，而感念畴昔[⑰]，悲凉凄怆，不觉临风而陨涕者[⑱]，有愧乎太上之忘情[⑲]。尚飨[⑳]！

【注释】

①维:发语词。治平四年:即公元1067年。治平,宋英宗年号(1064—1067)。

②具官:唐宋以来,官吏在奏疏、函牍及其他应酬文字中,常把应写明的官职爵位写作具官,表示谦敬。欧阳修写作此文时官衔是观文殿学士、刑部尚书、知亳州军州事。

③尚书都省:即尚书省,管理全国行政的官署。令史:管理文书工作的官职。李敭:其人不详。太清:地名,在今河南商丘东南,是石曼卿葬地。欧阳修《石曼卿墓表》:"既卒之三十七日,葬于太清之先茔。"

④清酌:古代祭奠时所用之清酒。庶:各种。羞:通"馐",精美的食品,此指祭品。

⑤暂聚之形:指肉体生命。

⑥简册:指史籍。

⑦昭如日星:就像太阳和星星那样明亮。

⑧髣髴:同"仿佛",依稀,隐约。

⑨轩昂:形容精神饱满,气度不凡。磊落:形容胸怀坦荡。

⑩突兀:特出,奇特。峥嵘:卓越,不平凡。

⑪朽壤:腐朽的土壤。

⑫产灵芝而九茎:灵芝,一种菌类药用植物,古人认为是仙草,九茎一聚者更被当作珍贵的祥瑞之物。《汉书·宣帝纪》:"金芝九茎,产于函德殿铜池中。"

⑬走燐(lín)飞萤:动物尸体腐烂后产生的磷化氢,在空气中自动燃烧,并发出绿色或蓝色火焰,夜间常见于坟间及荒野,俗称之为鬼火。燐,即磷,一种非金属元素。萤,荧光,黄绿冷色。

⑭踯躅(zhízhú):徘徊不进的样子。咿嘤(yīyīng):拟声词,鸟兽啼哭声。

⑮貉(hé):兽名。外形似狐而较小,肥胖,毛灰棕色,两耳短小,两

颊有长毛横生。栖息山林间,昼伏夜出,捕食鱼虾和鼠兔等小动物。鼯(wú):鼯鼠,亦称大飞鼠。外形像松鼠,前后肢之间有宽大的薄膜,尾巴长。生活在高山树林中,能利用前后肢之间的薄膜从高处向下滑翔。鼪(shēng):黄鼠狼。

⑯盛衰:此指生死。

⑰畴(chóu)昔:往昔,从前。

⑱陨涕:落泪。

⑲有愧乎太上之忘情:指自己不能像圣人那样忘情。太上,最高,也指圣人。忘情,超脱了人世一切情感。《世说新语·伤逝》:"圣人忘情,最下不及情;情之所钟,正在我辈。"

⑳尚飨(xiǎng):旧时作祭文的结语,表示希望死者来享用祭品之意。

【解读】

石延年,字曼卿,卒于庆历元年(1041),葬于亳州永城县太清乡。二十六年后之治平四年(1067),作者"除观文殿学士,转刑部尚书,知亳州",遣人至墓地,祭吊亡友,遂有此作,借以寄托其哀思。

开端一小节为祭文的例行套语,交代祭奠时间、地点,祭奠者的身份,祭奠对象及相关情况。

第二段,总发其感慨,认为人生而为英,死而为灵,而要活得有意义,不与草木同腐,而永世不朽者,就是自己留给后世的名声。

第三段,叙述自己对亡友的思念,并借描写墓地长松、灵芝的生长与牧童、樵叟优游情况,抒写了亡友的精魂自当不朽,而借禽兽等之悲鸣,寄托了自己对亡友的悲感。

末段写人生而死,乃自然之理,但追念往昔,自不能忘情,抒发了作者对亡友的深切怀念和"悲凉凄怆"之情。

本文意势矫健,语言悲凉,行文避实就虚,环环相扣,脉络分明,有赞许,有思念,有哀悼,有感慨,前后呼应,情文互生,感人至深。

【点评】

"胸中自有透顶解脱,意中却是透骨相思,于是一笔已自透顶写出去,不觉一笔又自透骨写入来。不知者乃惊其文字一何跌荡,不知非跌荡也。"([清]金圣叹《天下才子必读书》卷十三)

"此文三提曼卿,分三段看:第一段许其名垂后世,写得卓然不磨;第二段悲其生死,写得凄凉满目;第三段自述感伤,写得唏嘘欲绝,可称笔笔入神。"([清]孙琮《山晓阁选宋大家欧阳庐陵全集》卷四)

"意势矫健,音节苍凉,非六一不能为此。"([清]王文濡《评校音注古文辞类纂》卷七十四)

泷冈阡表①

欧阳修

呜呼!惟我皇考崇公②,卜吉于泷冈之六十年③,其子修始克表于其阡④。非敢缓也,盖有待也。

修不幸,生四岁而孤⑤。太夫人守节自誓⑥,居穷⑦,自力于衣食,以长以教⑧,俾至于成人⑨。太夫人告之曰:"汝父为吏,廉而好施与,喜宾客;其俸禄虽薄,常不使有余,曰:'毋以是为我累。'故其亡也,无一瓦之覆、一垄之植以庇而为生。吾何恃而能自守邪?吾于汝父,知其一二,以有待于汝也。自吾为汝家妇,不及事吾姑⑩,然知汝父之能养也⑪。汝孤而幼,吾不能知汝之必有立,然知汝父之必将有后也。吾之始归也⑫,汝父免于母丧方逾年⑬,岁时祭祀,则必涕泣曰:'祭而丰,不如养之薄也!'间御酒食⑭,则又涕泣曰:'昔常不足,而今有余,其何及也!'吾始一二见之,以为新免于丧适然耳⑮。既而其后常然,至其终身,未尝不然。吾虽不及事姑，而以此知汝父之能养也。汝父为吏，尝夜烛治官书⑯，屡废而叹。吾问之，则曰：'此死狱也，我求其生不得尔⑰。'吾曰：'生可求乎？'曰：'求其生而不得，则死者与我皆无恨也，矧求而有得邪⑱！以其有得，则知不求而死者有恨也。夫常求其生，犹失之死，而世常求其死也。'回顾乳者剑汝而立于旁⑲，因指而叹曰：'术者谓我岁行在戌将死⑳，使其言然，吾不及见儿之立也，后当以我语告之。'其平居教他子弟，常用此语，吾耳熟焉，故能详也。其施于外事，吾不能知；其居于家，无所矜饰，而所为如此，是真发于中者邪！呜呼！其心厚于仁者邪！此吾知汝父之必将有后也。汝其勉之！夫养不必丰，要于孝；利虽不得博于物，要其心之厚于仁。吾不能教汝，此汝父之志也。"修泣而志之，不敢忘。

先公少孤力学，咸平三年㉑，进士及第。为道州判官㉒，泗、绵二州推官㉓，又为泰州判官。享年五十有九，葬沙溪之泷冈。

太夫人姓郑氏，考讳德仪㉔，世为江南名族。太夫人恭俭仁爱而有礼。初封福昌县太君，进封乐安、安康、彭城三郡太君。自其家少微时，治其家以俭约，其后常不使过之，曰："吾儿不能苟合于世，俭薄所以居患难也。"其后修贬夷陵㉕，太夫人言笑自若，曰："汝家故贫贱也，吾处之有素矣。汝能安之，吾亦安矣。"

自先公之亡二十年，修始得禄而养㉖。又十有二年，列官于朝㉗，始得赠封其亲。又十年，修为龙图阁直学士、尚书吏部郎中，留守南京㉘，太夫人以疾终于官舍，享年七十有二。又八年，修以非才入副枢密，遂参政事㉙。又七年而罢㉚。自登二府㉛，天子推恩㉜，褒其三世。盖自嘉祐以来㉝，逢国大庆，必加宠锡㉞。皇曾祖府君累赠金紫光禄大夫、太师、中书令，曾祖妣累封楚国太夫人㉟。皇祖府君累赠金紫光禄大夫、太师、中书令兼尚书令，祖妣累封吴国太夫人。皇考崇公累赠金紫光禄大夫、太师、中书令兼尚书令，皇妣累封越国太夫人。今上初郊㊲，皇考赐爵为崇国公，太夫人进号魏国。

于是小子修泣而言曰："呜呼！为善无不报，而迟速有时，此理之常也。惟我祖考，积善成德，宜享其隆。虽不克有于其躬㊳，而赐爵受封，显荣褒大，实有三朝之锡命㊴，是足以表见于后世，而庇赖其子孙矣㊵。"乃列其世谱，具刻于碑。既又载我皇考崇公之遗训，太夫人之所以教，而有待于修者，并揭于阡。俾知夫小子修之德薄能鲜，遭时窃位，而幸全大节，不辱其先者，其来有自。

熙宁三年，岁次庚戌，四月辛酉朔，十有五日乙亥㊶，男推诚保德崇仁翊戴功臣、观文殿学士、特进、行兵部尚书、知青州军州事、兼管内劝农使、充京东东路安抚使、上柱国、乐安郡开国公、食邑四千三百户、食实封一千二百户修表㊷。

【注释】

①泷（shuāng）冈：地名，在江西永丰南凤凰山上。阡（qiān）表：墓表，犹墓碑，因其竖于墓前或墓道内，表彰死者，故称。阡，墓道。

②皇考:指亡父。皇,对先代的敬称。崇公:欧阳修的父亲,名观,字仲宾,追封崇国公。

③卜吉:指占问选择风水好的葬地。

④克:能够。

⑤孤:古时年幼就死了父亲称孤。

⑥太夫人:指欧阳修的母亲郑氏。古时列侯之妻称夫人,列侯死后,子称其母为太夫人。守节自誓:指郑氏决心守寡,不再嫁人。

⑦居穷:家境贫寒。

⑧以长以教:一边抚养一边教育。以……以……,一边……一边……。

⑨俾(bǐ):使。

⑩姑:丈夫的母亲。

⑪养:奉养,指孝顺父母。

⑫始归:才嫁过来的时候。古时女子出嫁称归。

⑬免于母丧:母亲死后,守丧期满。旧时父母去世,儿子须谢绝人事,做官的解除职务,在家守孝二十七月(概称三年),也称守制。免,指期满。

⑭间:间或,偶尔。御:进用。

⑮适然:偶然这样。

⑯治:处理。官书:官府的文书。此指刑狱案件文书。

⑰求其生不得:指无法免除他的死刑。

⑱矧(shěn):况且。

⑲剑:抱。

⑳戌:地支的第十一位,可与天干的甲、丙、戊、庚、壬相配来纪年。欧阳修的父亲卒于大中祥符三年(1010),为庚戌年。

㉑咸平三年:公元1000年。咸平,宋真宗年号(998—1003)。

㉒道州:治所在今湖南道县。判官:始于隋。至唐,节度使、观察

64

使、防御使均置判官,为地方长官的僚属,辅理政事。宋沿唐制,于团练、宣抚、制置、转运、常平诸使亦设置判官。

㉓泗、绵二州:即泗州、绵州。泗州,治所在今安徽泗县。绵州,治所在今四川绵阳。推官:官名。唐朝始置,节度使、观察使、团练使、防御使、采访处置使下皆设一员,位次于判官、掌书记,掌推勾狱讼之事。宋代诸州幕职中亦有节度、观察推官。

㉔讳:名讳。

㉕夷陵:今湖北宜昌。宋仁宗景祐三年(1036),范仲淹与宰相吕夷简不和,罢知饶州,朝臣多论救,独谏官高若讷以为当贬。欧阳修写信骂高"不复知人间有羞耻事",并叫他"直携此书于朝,使正予罪而诛之"。高上其书于仁宗,欧阳修因此被贬为夷陵令。

㉖天圣八年(1030),欧阳修举进士,授将仕郎,试秘书省校书郎,充西京留守推官。

㉗庆历三年(1043),欧阳修以太常丞知谏院,未几,拜右正言、知制诰。

㉘留守:宋制,西、北、南三京均置留守,以知府事兼之。南京:宋时南京为应天府,治所在今河南商丘。

㉙枢密:枢密使,枢密院主官。枢密院是管理军国要政的最高国务机构之一,枢密使的权力与宰相相当。参知政事:参知政事,副宰相,辅助宰相处理政务。嘉祐五年(1060),欧阳修拜枢密院副使。六年,参知政事。

㉚神宗治平四年(1067),欧阳修出知亳州。

㉛二府:宋以中书省、枢密院为二府,文事出中书,武事出枢密。

㉜推恩:帝王对臣属推广封赠,以示恩典。

㉝嘉祐:宋仁宗年号(1056—1063)。

㉞锡:同"赐"。

㉟府君:旧时对已故者的敬称,多用于碑版文字。

65

㊱妣:亡母。

㊲今上:当今的皇上,指神宗赵顼(xū)。郊:祭天。

㊳躬:亲自,亲身。

㊴三朝:仁宗、英宗、神宗。

㊵庇赖:庇荫,庇护。

㊶熙宁三年:公元1070年。熙宁,宋神宗年号(1068—1077)。此年为庚戌年,四月为辛酉月,十五日为乙亥日。朔:初一。

㊷推诚保德崇仁翊戴功臣:宋因唐制,以功臣名号赐予臣僚,上加推忠、翊戴……诸字。观文殿学士:官名,观文殿为延恩殿所改名,位资政殿学士上,以宠辅臣之去位者任之。特进:官名,汉置,位三公下,宋为从一品散官。行:谓兼摄官职。管内:管辖的区域之内。劝农使:官名,系兼领使职,掌劝课农桑之事。京东东路:宋置,统青、密、沂、登、莱、淄、潍诸州之地,今山东境。上柱国:官名,宋制,勋官一十二,最尊者曰上柱国,正二品。开国公:封爵名,宋制,爵一十二,自王以下,六曰开国公,七曰开国郡公,正二品。食邑:宋制,封爵之差,食邑自二百户至一万户,凡十四等。食实封一百户至一千户,凡七等。

【解读】

　　本文是作者为其父母所作的墓表,作于宋神宗熙宁三年(1070),时作者六十四岁。皇祐五年(1053),作者四十七岁时撰有《先君墓表》,本文即据此修改而成。曾敏行《独醒杂志》卷二:"两府例得坟院,欧阳公既参大政,以素恶释氏,久而不请。韩公为言之,乃请泷冈之道观。又以崇公之讳,因奏改为西阳宫,今隶吉之永丰。后公罢政,出守青社,自为阡表,刻碑以归。"

　　作者父亲死后葬在泷冈,即今江西省永丰县沙溪镇的凤凰山。父死后四十二年,其母亦卒,遂合葬于此。父死后六十年,作者始撰阡表刻石墓前,以追悼父母,并表彰其美德。

　　本文第一段交代撰写墓表的时间及卜葬的地点,并交代为什么在其父死后六十年才撰写墓表,刻石纪念,并不是作者主观上故意延缓,而是另有深层的原因,即"盖有待也"。有待,是在等待合适的时机。古人重孝道,曾子《孝经·开宗明义章》云:"子曰:'夫孝,德之本也,教之所由生也。复坐,吾语汝。身体发肤,受之父母,不敢毁伤,孝之始也;立身行道,扬名于后世,以显父母,孝之终也。夫孝,始于事亲,中于事君,终于立身。'"其父死时,作者尚小,未能尽孝,后来读书、中进士、及入官,至参大政,惟"天子推恩,褒其三世",熙宁三年,"今上初郊,皇考赐爵为崇国公,太夫人进号魏国",历时六十年之久,最终如其所愿,达到立身行道、显亲扬名终孝的目的。这就是作者"盖有所待"而撰写阡表迟至六十年的原因。

第二段是本文的重点,主要借其母太夫人郑氏之口,叙述其父亲之为人及生平行状,从侧面歌颂了其父事亲能孝、为官能公直廉明的事迹及精神,也同时从另一侧面抒写了母亲"守节自誓",而抚养作者使之遵父志而成立,间接颂扬了母亲品德的贤良。

第三段,交代父亲主要的履历、享年及所葬之处。

第四段,交代母亲郑氏后族之渊源及俭薄之家风。

第五段,列叙自己六十年内立身行道,居官进爵,乃至"天子推恩,褒其三世"的经过。

第六段,交代撰表刻碑之所以迟迟的原因,并揭载父亲遗训、母亲教导对自己成长及立身的作用。

末段交代修表的时间,及作者赐官封爵的履历。

本文重点主要来自作者母亲的口述,选取其父对父母的至孝,对死囚的至仁,在母亲的追忆中,一个仁孝清廉高尚的父亲形象便展现在读者面前。同时对母亲的叙写,主要从其口述所知的几个方面,一是父亲去世,没有余财,而母亲守节自誓,衣食自力,抚养作者成人;二是在作者成长过程中,能够遵其父志,谆谆教诲,使之成立,凸显其贤妻良母的现象。行文纡徐委婉,娓娓道来,感情真挚,感人至深。

本文以"有待"二字统领全文,结构严密,层次分明,前后呼应。明表父亲,暗写其母,相互映衬,构思十分巧妙。其语言之从容温雅,体现了作者独特的风格。

【点评】

"幼孤而欲表父之德也,于其母之言,故为得体。"([明]茅坤《欧阳文忠公文钞》卷三十)

"不事藻饰,但就真意写出,而语语精绝,即闲语无不入妙,笔力浑劲,无痕迹可求。欧公文当以此为第一。"([清]孙琮《山晓阁选宋大家欧阳庐陵全集》卷三)

"开口便擒'有待'二字,随接以太夫人教言。其有待处即决于乃翁素行,因以死后之贫验其廉,以思亲之久验其孝,以治狱之叹验其仁,或反跌,或正叙,琐琐曲尽,无不极其斡旋。中叙太夫人,将治家俭薄一节重发,而诸美自见。末叙历官赠封,以赞叹语结之。句句归美先德,且以自己功名皆本于父母之垂裕,深得立言之体。"([清]林云铭《古文析义》卷十四)

"以'有待'句为主,却将'能养''有后'两段实发有待意,逐层相生,逐层结应,篇法累累如贯珠。其文情恳挚缠绵,读之真觉言有尽而意无穷。"([清]过珙《古文评注》卷九)

沧浪亭记① 苏舜钦

予以罪废②,无所归,扁舟南游,旅于吴中③。始僦舍以处④,时盛夏蒸燠⑤,土居皆褊狭⑥,不能出气⑦。思得高爽虚辟之地⑧,以舒所怀,不可得也。

一日过郡学⑨,东顾草树郁然,崇阜广水⑩,不类乎城中。并水得微径于杂花修竹之间⑪,东趋数百步,有弃地,纵广合五六十寻⑫,三向皆水也。杠之南⑬,其地益阔,旁无民居,左右皆林木相亏蔽。访诸旧老,云:"钱氏有国,近戚孙承祐之池馆也⑭。"坳隆胜势⑮,遗意尚存。予爱而徘徊,遂以钱四万得之,构亭北碕⑯,号"沧浪"焉。前竹后水,水之阳又竹⑰,无穷极,澄川翠干⑱,光影会合于轩户之间,尤与风月为相宜。

予时榜小舟⑲,幅巾以往⑳,至则洒然忘其归㉑。箕而浩歌,踞而仰啸㉒,野老不至,鱼鸟共乐。形骸既适,则神不烦;观听无邪,则道以明。返思向之汩汩荣辱之场㉓,日与锱铢利害相磨戛㉔,隔此真趣,不亦鄙哉!

噫,人固动物耳㉕!情横于内而性伏,必外寓于物而后遣㉖。寓久则溺,以为当然;非胜是而易之,则悲而不开㉗。惟仕宦溺人为至深,古之才哲君子,有一失而至于死者多矣,是未知所以自胜之道㉘。予既废而获斯境,安于冲旷㉙,不与众驱,因之复能见乎内外失得之原,沃然有得,笑闵万古㉚。尚未能忘其所寓目,用是以为胜焉㉛。

【作者简介】

苏舜钦(1008—1048),字子美,号沧浪翁,参知政事苏易简之孙,岳父为同平章事兼枢密使杜衍。梓州铜山(今四川中江)人,迁居开封。景祐进士。曾任大理评事。庆历中,范仲淹荐为集贤校理、监进奏院。他支持范仲淹改革,亦遭反对派倾陷,被除名,退居苏州沧浪亭,以诗文寄托愤懑。诗与梅尧臣齐名,风格豪健。文多论政之作,辞气慷慨激切。又工书法。著有《苏学士文集》。

【注释】

①沧浪亭:在今江苏苏州城南三元坊附近,原为五代时吴越国广

陵王钱元璙的花园,五代末为中吴军节度使孙承祐的别墅。北宋庆历年间为苏舜钦购得,在园内建沧浪亭,后以亭名为园名。

②废:黜免,放逐。

③吴中:指今江苏苏州。

④僦:租。

⑤蒸、燠(yù):均指热。

⑥土居:当地的房舍。褊狭:指面积狭窄。

⑦出气:指通风透气。

⑧高爽:高大轩敞。虚:空闲。辟:僻静。

⑨过:拜访。

⑩崇阜(fù):高山。

⑪并(bàng)水:沿水而行。并,通“傍”。修:长。

⑫寻:长度单位,一寻为八尺。

⑬杠:独木桥。

⑭钱氏有国:指五代十国时钱镠建立的吴越国。孙承祐:吴越王钱俶的小舅子,任中吴军节度使,镇守苏州,在苏州大建园亭。

⑮坳:低洼。隆:高处。胜势:美好的形势。

⑯北碕(qí):曲折的河岸。

⑰阳:山的南面或水的北面。

⑱澄川翠干:澄澈的小河,翠绿的竹子。川,水流。

⑲榜:船桨,借指船。这里作动词用,意为划桨、划船。

⑳幅巾:古代男子以一幅绢束头发,称为幅巾。这里表示闲散者的装束。

㉑洒然:畅快的样子。

㉒箕:伸开两腿坐着,形状如簸箕。浩歌:放声高歌。踞:蹲,坐。

㉓向:从前,原先。汩汩:沉迷。

㉔锱(zī)铢:比喻极其微小的数量。磨戛:摩擦撞击,此指钩心

斗角。

㉕动物:受外物所感而动。

㉖"情横"两句:意即感情充塞在内心而天性抑伏,必定要寓寄于外物而后得到排遣。

㉗"寓久"四句:意为感情寄寓于某事物一长久,就会认为理所当然,如果没有胜过它的事物去替换,就会悲哀而无法排解。

㉘自胜之道:克制自己、战胜自己的办法。

㉙冲旷:冲淡旷远,这里既指沧浪亭的空旷辽阔的环境,也兼指淡泊旷适的心境。

㉚"因之"三句:意即对于内外失得的本源,内心深有所得,因而对万古以来久溺仕宦者感到可笑可悯。内,指情性。外,指情所寓之物。失,指前文所言"寓久则溺"的情况。得,指能"胜是而易之"。悯,同"悯",悲悯。

㉛用是以为胜焉:意即把沧浪亭作为战胜仕宦之物,使自己从所溺之中解脱出来。

【解读】

本文是作者为建筑沧浪亭而写的一篇记文,记叙了建亭的始末及游处其间的感受,抒发了作者寄情山水、忘怀得失、冲旷自得的情怀。

本文第一段,写作者被贬官之后,到苏州(吴中)旅居,想寻找一处"高爽虚辟"的合适居处而不能得。

第二段,记叙一日"过郡学"意外发现东面有一处"弃地",四周皆水,其地宽阔,旁无民居,颇为喜爱,访知为前吴越王钱氏近戚孙承祐池馆,因以四万钱买得,遂于北岸构筑沧浪亭。其亭前竹后水,尤与风月相得。

第三段,描写作者经常驾小舟前往游处洒然忘归和与鱼鸟共乐的经历,由此与汩汩于名利场比较,知此中真趣的难得。

末段,纯是议论,由游处沧浪亭闲适自如的感悟,而得知仕宦溺人至深,抒发了作者明乎内外失得之原,安于冲旷,放情自然,以抒所怀的道理。

文章有叙有议,以叙为主,融写景、抒情、议论于一体。叙事简洁,写景清新,感情真挚,富含诗情画意。

【点评】

"文致曲折淋漓,大苏集中最多此种。"([清]过珙《古文评注》卷十)

"俯昂凭吊,慷慨无穷,大有卢陵笔意。今中丞宋抚军捐俸重修此亭,其旁踵事增华,益加壮丽,吴之名流咸觞咏于此焉。风流相赏,千载感召,有以哉!"([清]程润德《古文集解》)

袁州学记①

李 觏

皇帝二十有三年,制诏州县立学②。惟时守令,有哲有愚。有屈力殚虑③,祗顺德意④;有假官借师⑤,苟具文书⑥。或连数城,亡诵弦声⑦。倡而不和,教尼不行⑧。

三十有二年,范阳祖君无择知袁州⑨。始至,进诸生,知学宫阙状⑩。大惧人才放失,儒效阔疏⑪,亡以称上意旨。通判颍川陈君侁⑫,闻而是之,议以克合。相旧夫子庙⑬,狭隘不足改为,乃营治之东北隅⑭。厥土燥刚,厥位面阳,厥材孔良⑮。瓦壁黝垩丹漆⑯,举以法,故殿堂室房庑门⑰,各得其度。百尔器备,并手偕作。工善吏勤,晨夜展力,越明年成。

舍菜且有日⑱,盱江李觏谂于众曰⑲:"惟四代之学⑳,考诸经可见已。秦以山西鏖六国㉑,欲帝万世。刘氏一呼^㉒，而关门不守，武夫健将，卖降恐后，何邪？诗书之道废，人唯见利而不闻义焉耳。孝武乘丰富^㉓，世祖出戎行^㉔，皆孳孳学术^㉕。俗化之厚，延于灵、献^㉖。草茅危言者^㉗，折首而不悔^㉘；功烈震主者，闻命而释兵。群雄相视，不敢去臣位，尚数十年。教道之结人心如此。今代遭圣神，尔袁得贤君，俾尔由庠序^㉙，践古人之迹。天下治，则谭礼乐以陶吾民^㉚；一有不幸，犹当伏大节^㉛，为臣死忠，为子死孝。使人有所法，且有所赖。是惟国家教学之意。若其弄笔墨以徼利达而已^㉜，岂徒二三子之羞^㉝，抑亦为国者之忧。"

　　此年实至和甲午^㉞，夏某月甲子记。

【作者简介】

　　李觏［gòu］(1009—1059)，字泰伯，号盱江先生，建昌军南城（今属江西）人。出生微寒，但能刻苦自励，奋发向学，勤于著述。俊辩能文，举茂才异等不中。亲老，以教书授徒谋生，受业者常数十百人。博学通识，尤长于礼。他不拘泥于汉、唐诸儒的旧说，敢于抒发己见，推理经义，成为"一时儒宗"。皇祐初，范仲淹荐为试太学助教。嘉祐中，历任太学说书、海门主簿、太学直讲、权同管勾太学。一生著述宏富，生前自编《退居类稿》十二卷，《皇祐续稿》八卷，门生邓润甫辑《后集》六卷。现存有《直讲李先生文集》（又称《盱江先生全集》）三十七卷。其中《周礼致太平论》《庆历民言》及《礼论》等是其思想和学术的代表作。

【注释】

①袁州：治所在今江西宜春。

②皇帝二十有三年：宋仁宗庆历四年（1044）。下文"三十有二年"为宋仁宗皇祐五年（1053）。制诏：颁布诏令。

③屈（jué）力殚（dān）虑：尽心竭力。屈、殚，都是竭尽的意思。

④祗(zhī):恭敬。

⑤假官借师:假借官府和师长的名义。

⑥苟:不严肃,随便。

⑦亡:通"无"。诵弦:诵读与弦歌,这里指读书。

⑧尼(nǐ):阻止。

⑨范阳:古郡名,在今河北涿县一带。祖君无择:祖无择,字择之,蔡州(今河南上蔡)人。宝元元年(1038)进士,历知南康军、海州,提点淮南刑狱,入直集贤院,改广南东路转运使。出知袁州,首建学宫。同修起居注、知制诰,加龙图阁直学士、权知开封府,进学士,知郑、杭二州。神宗立,知通进、银台司。因忤王安石,谪忠正军节度副使。寻复光禄卿、秘书监、集贤院学士,主管西京御史台,移知信阳军,卒。

⑩阙:空缺,没有。

⑪儒效:儒者的作用,儒学的效用。阔疏:衰减,缺乏。

⑫通判:官名。宋初始于诸州府设置,即共同处理政务之意。地位略次于州府长官,但握有连署州府公事及监察官吏的实权。

⑬夫子庙:即孔庙。

⑭治:古代指地方官署所在地。

⑮厥材孔良:那里的树木很好。厥,其,那。孔,甚,很。

⑯黝垩(yǒu'è):涂以黑色和白色。黝,淡青黑色,此指涂饰黑色。垩,白色涂料,此指用白色涂料粉刷。

⑰庑(wǔ):堂屋周围的廊屋。

⑱舍菜:即释菜。也作"舍采"。古代学子入学以蘋蘩(两种可食用的水草,古代常用于祭祀)之属祭祀先圣先师。

⑲盱(xū)江:水名,一称抚河,又称建昌江,在今江西东部。谂(shěn):规劝,劝告。

⑳四代:虞、夏、商、周。

㉑山西:崤山以西。鏖(áo):激战,苦战。

㉒刘氏：指汉高祖刘邦。

㉓孝武：指汉武帝刘彻。

㉔世祖：东汉光武帝刘秀的庙号。戎行(háng)：军队行伍。

㉕孳孳(zīzī)：同"孜孜"。勤勉，努力不懈。

㉖灵、献：东汉末年的汉灵帝、汉献帝。

㉗草茅：指在野的人。危言：发表正直的言论。

㉘折首：斩首。

㉙庠(xiáng)序：古代对学校的称谓。

㉚谭：同"谈"，谈论。

㉛伏：保持，怀。

㉜徼(yāo)：通"邀"，求取。

㉝二三子：第二人称复数，你们。

㉞至和甲午：宋仁宗至和元年(1054)。

【解读】

宋代鉴于唐末五代武人跋扈、社会动乱的历史教训，以文人治国，大力提倡儒学。本文记叙袁州知州祖无择与通判陈侁合力修建袁州新学宫的经过，在针砭办学不力的地方官的同时，也指出了办学的重大意义，强调重视教育、兴办学校对于巩固政权的重要作用。

本文第一段，宋仁宗庆历元年(1041)，朝廷颁令州县兴建学校。作者总叙当时全国各地学宫的现状，有尽心尽力办学的，但也有只是做做样子的，因此，国家提倡，底下并不呼应，遂导致教化不能畅行各地。

第二段，记叙宋仁宗皇祐二年(1050)范阳祖无择任袁州知州，看到袁州旧学宫破败的情况，深恐人才散失，失去儒学教化的功效，于是与通判颍川陈侁商议，以旧学宫狭隘，不足改造，于是将学宫移建于旧学宫之东。新学宫于第二年建成，建造时材料、装饰都质地精良，美轮美奂。

第三段，记叙学宫建成，即将举行舍菜的祭敬仪式，作者遂将建学宫、兴儒学告诫大家，总结秦始皇灭亡的原因，在于"诗书之道废"，人无操守，见利忘义，所以刘氏一呼，遂"关门不守，武夫健将，卖降恐后"，而汉朝则自武帝倡立儒学，汉光武又继之，孳孳学术，因此风俗敦厚，所以天下得享长久。作者通过历史上正反两方面的经验教训，指出学术教育是关系国家兴衰的大事，因为只有通过学习儒学，懂得忠孝礼义的意义，陶冶人民的情操，"使人有所法，国有所赖"，风俗才会敦厚，国家才会得到治理，否则人人只知利而不知义，见利忘义，则国家的忧患就很大，就很容易危亡。最后对袁州的读书人提出希望，勉励他们努力学习，发扬礼义。

本文叙述清楚，说理亦充分，论据具有典型意义。

管仲论①

苏　洵

管仲相桓公②，霸诸侯，攘戎狄③，终其身，齐国富强，诸侯不叛。管仲死，竖刁、易牙、开方用④。桓公薨于乱⑤，五公子争立⑥，其祸蔓延，讫简公⑦，齐无宁岁。夫功之成，非成于成之日，盖必有所由起；祸之作，不作于作之日，亦必有所由兆⑧。故齐之治也，吾不曰管仲，而曰鲍叔⑨；及其乱也，吾不曰竖刁、易牙、开方，而曰管仲。何则？竖刁、易牙、开方三子，彼固乱人国者，顾其用之者，桓公也。夫有舜而后知放四凶⑩，有仲尼而后知去少正卯⑪。彼桓公何人也？顾其使桓公得用三子者，管仲也。

仲之疾也，公问之相。当是时也，吾以仲且举天下之贤者以对，而其言乃不过曰"竖刁、易牙、开方三子，非人情⑫，不可近"而已。呜呼，仲以为桓公果能不用三子矣乎？仲与桓公处几年矣，亦知桓公之为人矣乎！桓公声不绝乎耳，色不绝乎目，而非三子者，则无以遂其欲。彼其初之所以不用者，徒以有仲焉耳。一日无仲，则三子者可以弹冠相庆矣⑬。仲以为将死之言，可以絷桓公之手足邪⑭？夫齐国不患有三子，而患无仲。有仲，则三子者，三匹夫耳⑮。不然，天下岂少三子之徒？虽桓公幸而听仲，诛此三人，而其余者，仲能悉数而去之邪？呜呼，仲可谓不知本者矣！因桓公之问⑯，举天下之贤者以自代，则仲虽死，而齐国未为无仲也，夫何患三子者？不言可也。

五霸莫盛于桓、文⑰，文公之才，不过桓公，其臣又皆不及仲。灵公之虐⑱，不如孝公之宽厚⑲。文公死，诸侯不敢叛晋。晋袭文公之余威⑳，得为诸侯之盟主者百有余年。何者？其君虽不肖㉑，而尚有老成人焉㉒。桓公之薨也，一乱涂地，无惑也。彼独恃一管仲，而仲则死矣。

夫天下未尝无贤者，盖有有臣而无君者矣。桓公在焉，而曰天下不复有管仲者，吾不信也。仲之书㉓，有记其将死，论鲍叔、宾胥无之为人㉔，且各疏其短㉕，是其心以为是数子者，皆不足以托国，而又逆知其将死，则其书诞谩不足信也㉖。吾观史䲡以不能进蘧伯玉而退弥子瑕，故有身后之谏㉗；萧何且死，举曹参以自代㉘。大臣之用心，固宜如此也。夫国以一人兴，以一人亡，贤者不悲其身之死，而忧其国之衰，故必复有贤者，而后可以死。彼管仲者，何以死哉？

【作者简介】

苏洵(1009－1066),字明允,号老泉,眉州眉山(今属四川)人。年二十七始发愤为学,岁余举进士,又举茂才异等,皆不中。遂闭门苦读,精通六经、百家之说。仁宗嘉祐元年(1056),携子苏轼、苏辙赴试京师。欧阳修上其所著文二十二篇,士大夫争相传阅。除试秘书省校书郎。以文安县主簿参与修纂建隆以来礼书,名《太常因革礼》,书成而卒。长于散文,尤擅政论,议论明畅,笔势雄健,为唐宋八大家之一,与子轼、辙合称三苏。著有《嘉祐集》。

【注释】

①管仲:名夷吾,字仲,谥敬,颍上(今属安徽)人,春秋时期齐国的政治家、军事家。

②桓公:即齐桓公。姜姓,吕氏,名小白。姜姓齐国第十六位国君,前685—前643年在位。春秋五霸之首。

③攘:排斥。戎狄:古民族名,西方曰戎,北方曰狄。

④竖刁、易牙、开方:三人都是齐桓公时期备受宠幸的近臣。

⑤薨(hōng):古代称诸侯之死。

⑥五公子争立:指齐桓公的五个儿子相继登位,即公子武孟、公子昭(齐孝公)、公子潘(齐昭公)、公子商人(齐懿公)、公子元(齐惠公)。

⑦讫:直到。简公:齐简公,前484年至前481年在位。

⑧兆:预兆,证候,迹象。

⑨鲍叔:姒姓,鲍氏,名叔牙,史称鲍叔。春秋时期齐国大夫,善于知人,管仲之被重用,出自他的推荐。

⑩四凶:旧传共工、驩兜、三苗、鲧为尧时的四凶。

⑪有仲尼而后知去少正卯:少正卯,鲁国人,曾讲学而门徒众多。《史记·孔子世家》:"由大司寇行摄相事……于是诛鲁大夫乱政者少正卯。"《孔子家语·始诛》载孔子言少正卯五大恶:"一曰心逆而险,二

曰行辟而坚,三曰言伪而辩,四曰记丑而博,五曰顺非而泽。"

⑫非人情:管仲认为他们不合人情。《韩非子·十过》:"(齐桓)公妒而好内,竖刁自猰以为治内。"(猰:阉割)"齐、卫之间不过十日之行,开方为事君,欲适君之故,十五年不归见其父母。""易牙为君主味,君之所未尝食唯人肉耳,易牙蒸其首子而进之。"

⑬弹冠而相庆:据《汉书·王吉传》记载,王吉和贡禹是好朋友,取舍相同,世称"王吉在位,贡禹弹冠"。后用"弹冠相庆"指一人做了官,他的同伙也互相庆贺有官可做。弹冠,弹去帽子上的灰尘。

⑭絷(zhí):用绳索绊住马足,此指束缚。

⑮匹夫:指普通人。

⑯因:顺着,趁着。

⑰五霸:春秋五霸,一般认为是齐桓公、晋文公、秦穆公、楚庄王、宋襄公。桓、文:齐桓公、晋文公。

⑱灵公:指晋灵公,晋文公之孙,因暴虐,在位14年时被杀。

⑲孝公:指齐孝公,齐桓公之子。齐桓公死后,在宋国的支持下夺得了王位。

⑳袭:沿袭,继承。

㉑肖:贤明。

㉒老成人:年高有德的人。此特指旧臣。

㉓仲之书:指《管子》。

㉔宾胥无:也叫"宾须无"。齐桓公时大臣。决狱折中,不杀无辜,不诬无罪。

㉕疏:分条陈述。

㉖诞谩:荒诞无稽。

㉗史鰌(qiū):字子鱼,也叫史鱼,春秋时期卫国大夫。蘧(qú)伯玉:即蘧瑗,春秋时卫国大夫,卫灵公时贤臣,天下闻名,孔子很敬重他。弥子瑕(xiá):春秋时卫国大夫,善于奉承,深得卫灵公宠爱。据

《史记·孔子世家》记载,史鳅临终时,让儿子不依照礼制停放他的尸体,国君如果问,便说自己未能进蘧伯玉而退弥子瑕。

㉘"萧何"二句:萧何、曹参,西汉开国功臣。据《史记·萧相国世家》载,萧何死前推举曹参为相,萧规曹随。

【解读】

本文是作者论管仲死前不荐贤自代,而导致齐桓公宠信小人,以至身死国乱,着重证明管仲其实并不贤明的道理。

第一段,叙述管仲"相桓公,霸诸侯,攘戎狄,终其身,齐国富强"的事实,但管仲死后,则小人如竖刁、易牙、开方进用,导致桓公死于乱,其子争立,其祸蔓延。探讨齐国所以兴、所以乱的原因,是在管仲死前不能荐贤以自代。

第二段,详细叙述管仲得病将死,桓公请教后事的安排,谁可以替代其为相。而管仲并不荐贤,只是告诫桓公不能接近竖刁、易牙、开方三人,证明管仲缺乏对桓公的真正了解,也不明白为政的根本道理,是以论管仲为相不明之罪。

第三段,用五霸中与齐桓公并称的晋文公及其死后国家仍富强,得为诸侯盟主者百有余年的事实,作为对比,论证国家的兴亡在人才的使用。齐国管仲一死,后继无人,小人当道,所以国家祸乱;晋文公死,而余威犹在,其君虽不肖,赖有老成人,也即是能守法的贤人在,所以国家兴盛。说明其实天下并非无贤能之士,而在乎当政者能否发现和举用而已。再次论证齐国之祸败,管仲之罪责难逃。

末段总结"夫国以一人兴,以一人亡"的沉痛教训,并列举史实,以说明大臣用心处在荐贤、退不肖,而管仲则不能如此进贤以退不肖,所以进一步得出管仲为相不明的结论。

本文主旨在指责管仲不能举贤以自代,立论新颖,层层推进,说理明确,论证充分,具有较强的逻辑性,行文亦纵横捭阖,前后起伏照应,故历代称之,以为古文范例。

"议论精明而断制，文势圆活而婉曲，有抑扬，有顿挫，有擒纵。场屋程文论，当用此样文法。先暗记侯王两集，下笔无滞碍，便当读此。"（［宋］谢枋得《文章轨范》卷三）

"正意全责仲不能举贤自代，独见其大，而行文极有法度。迂斋楼昉曰：老泉诸论中，惟此论纯正，开阖抑扬之妙，责管仲最深切，意在言外。"（［清］徐乾学《古文渊鉴正集》卷四十七）

"以齐乱坐实管仲，固是深文；然咎其不能荐贤，自是正论。此老泉文之醇者。仲劝公勿用三子，后卒致乱。人皆服其先见，此独责其不能举贤自代，翻进一层。笔如老吏断狱，一字不可移易。"（［清］沈德潜《唐宋八家文读本》）

六国论

苏 洵

六国破灭，非兵不利，战不善，弊在赂秦①。赂秦而力亏，破灭之道也②。或曰：六国互丧，率赂秦耶③？曰：不赂者以赂者丧，盖失强援，不能独完。故曰：弊在赂秦也。

秦以攻取之外④，小则获邑，大则得城，较秦之所得与战胜而得者，其实百倍；诸侯之所亡与战败而亡者，其实亦百倍。则秦之所大欲，诸侯之所大患，固不在战矣。思厥先祖父⑤，暴霜露⑥，斩荆棘，以有尺寸之地，子孙视之不甚惜⑦，举以予人，如弃草芥。今日割五城，明日割十城，然后得一夕安寝。起视四境，而秦兵又至矣。然则诸侯之地有限，暴秦之欲无厌⑧，奉之弥繁，侵之愈急⑨，故不战而强弱胜负已判矣⑩。至于颠覆⑪，理固宜然。古人云："以地事秦,犹抱薪救火,薪不尽,火不灭。"⑫此言得之。

齐人未尝赂秦,终继五国迁灭⑬,何哉？与嬴而不助五国也⑭。五国既丧,齐亦不免矣。燕赵之君,始有远略,能守其土,义不赂秦,是故燕虽小国而后亡,斯用兵之效也。至丹以荆卿为计⑮,始速祸焉⑯。赵尝五战于秦,二败而三胜,后秦击赵者再⑰,李牧连却之⑱。洎牧以谗诛⑲,邯郸为郡,惜其用武而不终也。且燕赵处秦革灭殆尽之际⑳,可谓智力孤危㉑,战败而亡,诚不得已。向使三国各爱其地㉒,齐人勿附于秦,刺客不行,良将犹在,则胜负之数,存亡之理,当与秦相较㉓,或未易量。

呜呼！以赂秦之地,封天下之谋臣,以事秦之心,礼天下之奇才,并力西向,则吾恐秦人食之不得下咽也。悲夫！有如此之势,而为秦人积威之所劫㉔,日削月割,以趋于亡,为国者无使为积威之所劫哉！

夫六国与秦皆诸侯,其势弱于秦,而犹有可以不赂而胜之之势。苟以天下之大㉕,下而从六国破亡之故事㉖,是又在六国下矣㉗。

【注释】

①弊在赂秦:弊病在于贿赂秦国。赂,贿赂。此指向秦割地求和。

②道:原因。

③率:全都,一概。

④以攻取:用攻战(的办法)而夺取。以,用,凭。

⑤厥先祖父:泛指他们的先人祖辈,指列国的先公先王。厥,其。先,对去世的尊长的敬称。祖父,祖辈与父辈。

⑥暴(pù)霜露:冒着霜露。形容创业的艰苦。

⑦视:对待。

⑧厌:同"餍",满足。

⑨"奉之"二句:(诸侯)送给秦的土地越多,(秦国)侵略诸侯也越厉害。奉,奉送。弥、愈,都是"更加"的意思。繁,多。

⑩判:确定,断定。

⑪至于:以至于。颠覆:灭亡。

⑫"以地事秦"四句:语见《史记·魏世家》和《战国策·魏策》。事,侍奉。抱薪救火,比喻以错误的做法去消灭祸患,反而使祸患扩大。

⑬迁灭:灭亡。古代灭人国家,同时迁其国宝、重器,故说"迁灭"。

⑭与:亲附。嬴:秦王族的姓,此借指秦国。

⑮丹以荆卿为计:指燕国太子丹派遣荆轲刺秦王之事。

⑯始:才。速:招致。

⑰再:两次。

⑱李牧:战国时期赵国名将、军事家,前期在赵国北部边境败匈奴,破东胡;后期抵御秦国,先后在肥之战和番吾之战中击败秦军,是赵国赖以支撑危局的唯一良将。后赵王迁中了秦国的离间计,夺取了李牧的兵权并将其杀害,赵国大败而亡。却:使……退却。

⑲洎(jì):及,等到。

⑳"且燕赵"句:燕赵两国正处在秦国把其他国家快要消灭干净的时候。革,改变,除去。殆,几乎,将要。

㉑智力:智谋和力量(国力)。

㉒向使:假使,假令。

㉓当(tǎng):同"倘",如果。

㉔积威:积久而成的威势。劫:胁迫,劫持。

㉕苟:如果。

㉖从：跟随。故事：旧事，先例。

㉗下：指在六国之后。

【解读】

战国末期先后为秦所吞并之韩、赵、魏、楚、燕、齐，合称六国。本文作者总结六国破灭的经验教训，借论六国以赂秦而亡，实际上是对当时宋朝统治者每年向契丹、西夏等大量输币纳绢、乞取苟安的现实，予以针砭，表现了作者强烈的忧国忧民之心。

本文第一段，提出论点，六国破灭，不是武器不良，也不是作战不善，其主要的问题是在贿赂秦国。

第二段，从史实的角度，叙述秦国在战场上攻取所获得的好处，远远不如攻取之外亦即各诸侯国"赂秦"获得的好处，论述各国不能珍惜先人创下的基业，而畏惧秦国，率以与人，月削日夺，苟且求安，而土地有限，秦国则贪欲无厌，以有限奉无穷，所以最终强弱胜负乃至颠覆的结果就是必然的了。

第三段，总结齐国不赂秦，但也归于覆灭，其原因在远交秦国，却不帮助其他五个国家，所以五个国家丧亡之后，自己落得孤立无援，因此也不免灭亡。又举燕国义不赂秦，与秦对抗，虽然最终仍不免灭亡，但它是在最后被消灭的，反证不赂秦而用兵对抗的效果。而赵国在与秦的对抗中，历经多次战争，败少胜多，但最终仍不免于灭亡的原因，是在用武之不终。由此推论，如果六个国家齐心协力与秦国对抗，其结果存亡胜负，都是不可预估的。

末后，作者另辟路径，提出假设，假如六国用赂秦的土地封天下的谋臣，用事秦的心思礼待天下的奇才，并力西向，秦国也会感到威胁，寝食不安。但六国毕竟灭亡，所以作者发出感慨，六国被秦国所威胁，赂秦以苟安，而趋于灭亡，希望当时的统治者能够借鉴历史的教训，而不为契丹、西夏所威胁。如果不吸取六国的教训，即使国家之大，也难免不走六国灭亡的老路，这是作者最后对当时的统治者发出的严重警告。

本文借历史教训以暗讽现实,具有强烈的现实意义。文章结构谨严缜密,雄辩恣肆,文辞古朴,颇能代表老泉文风。

【点评】

"赂字篇眼,紧粘后祸,为鉴警时也。若就六国言六国,不如次公中肯,而警时则此较激切。以地赂,以金增赂,所赂不同而情势同,读之魄动。"([清]浦起龙《古文眉诠》卷六十三)

"以赂秦作主,而又补出不赂者以赂者丧,是非利害,了然如指诸掌。至其气雄笔健,段落紧密,尤自出人头地。篇末一结,若预烛南宋之主和,而深为寄慨,识更远到。"([清]唐德宜《古文翼》卷七)

"老泉论六国赂秦,其实借论宋赂契丹之事,而卒以此亡,可谓深谋先见之识矣。"(高步瀛《唐宋文举要》甲编卷八引何景明)

"宋真宗景德元年,与契丹主(圣宗)为澶渊之盟,宋输辽岁币银十万两,绢二十万匹。仁宗庆历二年,契丹遣萧英、刘六符至宋求关南十县地。富弼再使契丹,卒定盟,加岁币银绢各十万两匹,且欲改称献或纳,弼皆不可。仁宗用晏殊议,竟以纳字许之。此宋赂契丹之事也。至于西夏,亦复有赂。庆历三年,元昊上书请和,赐岁币绢十万匹,茶三万斤。见《宋史》真宗、仁宗本纪,寇准、曹利用、富弼等传,及《续资治通鉴长编》。此虽非割地,然几与割地无异,故明允慨乎其言之也。"(高步瀛《唐宋文举要》甲编卷八)

心 术①

苏 洵

为将之道,当先治心②。泰山崩于前而色不变,麋鹿兴于左而目不瞬③,然后可以制利害,可以待敌④。

凡兵上义⑤,不义,虽利勿动。非一动之为害,而他日将有所不可措手足也。夫惟义可以怒士⑥,士以义怒,可与百战。

凡战之道，未战养其财⑦，将战养其力，既战养其气，既胜养其心。谨烽燧⑧，严斥堠⑨，使耕者无所顾忌，所以养其财；丰犒而优游之⑩，所以养其力；小胜益急⑪，小挫益厉⑫，所以养其气；用人不尽其所欲为，所以养其心。故士常蓄其怒，怀其欲而不尽。怒不尽则有余勇，欲不尽则有余贪。故虽并天下，而士不厌兵⑬。此黄帝之所以七十战而兵不殆也⑭。不养其心，一战而胜，不可用矣。

凡将欲智而严⑮，凡士欲愚。智则不可测，严则不可犯，故士皆委己而听命⑯，夫安得不愚？夫惟士愚⑰，而后可与之皆死。

凡兵之动⑱，知敌之主⑲，知敌之将，而后可以动于险⑳。邓艾缒兵于蜀中㉑，非刘禅之庸㉒，则百万之师可以坐缚㉓，彼固有所侮而动也㉔。故古之贤将，能以兵尝敌㉕，而又以敌自尝㉖，故去就可以决㉗。

凡主将之道，知理而后可以举兵㉘，知势而后可以加兵，知节而后可以用兵㉙。知理则不屈，知势则不沮㉚，知节则不穷。见小利不动，见小患不避，小利小患，不足以辱吾技也㉛，夫然后有以支大利大患㉜。夫惟养技而自爱者，无敌于天下。故一忍可以支百勇，一静可以制百动。

兵有长短，敌我一也。敢问："吾之所长，吾出而用之，彼将不与吾校㉝；吾之所短，吾蔽而置之㉞，彼将强与吾角㉟。奈何？"曰："吾之所短，吾抗而暴之㊱，使之疑而却㊲；吾之所长，吾阴而养之，使之狎而堕其中㊳。此用长短之术也。"

善用兵者，使之无所顾，有所恃㊟。无所顾，则知死之不足惜；有所恃，则知不至于必败。尺箠当猛虎㊵，奋呼而操击㊶；徒手遇蜥蜴㊷，变色而却步，人之情也。知此者，可以将矣㊸。袒裼而案剑㊹，则乌获不敢逼㊺；冠胄衣甲㊻，据兵而寝㊼，则童子弯弓杀之矣。故善用兵者，以形固㊽。夫能以形固，则力有余矣。

【注释】

①心术：心计、计谋。这里是将略的意思。术，方法。

②治心：指锻炼培养军事上的胆略、意志和吃苦的精神等。治，研究。这里指锻炼。

③麋：麋鹿，毛淡褐色，雄的有角。角像鹿，尾像驴，蹄像牛，颈像骆驼，但整体来看又哪一种动物都不像，故俗称"四不像"。兴：起，这里是突然出现的意思。于左：从旁边。左，周围，附近。瞬：眨眼。

④待敌：对付敌人。待，对付，对待。

⑤兵：军事，战争。上义：崇尚正义。上，通"尚"，崇尚。

⑥怒士：激励士兵。怒，激励。

⑦养其财：积聚军用的物资。养，积蓄。财，物资。

⑧谨烽燧（suì）：慎重地搞好警报工作。烽燧，古代边防报警的两种信号，白天放烟叫"烽"，夜间举火叫"燧"，引申为边警。

⑨严斥堠（hòu）：严格地作好侦察。斥堠，古代用来瞭望敌情的土堡，也指侦察。堠，也写作"候"。

⑩犒：犒赏，旧指用酒食或财物慰劳将士。优游：闲暇自得的样子。

⑪急：严格，严厉。

⑫挫:挫折,这里指打了败仗。厉:通"励",勉励,激励。

⑬厌兵:厌恶打仗。

⑭黄帝:轩辕,古代部落联盟首领。曾战胜炎帝于阪泉,战胜蚩尤于涿鹿,诸侯遵之为天子。殆:通"怠",懈怠。

⑮欲:须要,定要。

⑯委己:委屈自己。委,委屈。

⑰惟:由于。

⑱动:进攻,出击。

⑲主:主帅。

⑳动于险:在险地进攻。

㉑邓艾缒(zhuì)兵于蜀中:邓艾,三国时魏国将领。魏元帝景元四年(263),他率兵从一条艰险的山路进攻蜀汉,山高谷深,士兵都用绳子系着放下山去,邓艾自己也用毡布裹着身体,滑下山去。缒,系在绳子上放下去。

㉒刘禅:三国时蜀汉后主,小名阿斗,昏庸无能,在邓艾兵临城下时仓皇出降。

㉓坐缚:坐着被捆绑起来,此指极容易被俘获。

㉔彼:指邓艾。固:本来。侮:轻视、轻侮。

㉕尝敌:试探敌人的情况。尝,尝试,试探。

㉖以敌自尝:利用敌人的军事行动,来发现自己军队的问题。

㉗去就:撤退或进攻。

㉘举兵:动员士兵。举,发动,动员。

㉙节:节制。

㉚沮:沮丧。

㉛不足以辱吾技:不值得白费我的本领。辱,屈辱,埋没。技,技能,本领。

㉜支:经得起,对付得了。

88

㉝校：较量。

㉞置：放到一边，放弃不用。

㉟强：使用强力，强迫。角（jué）：角斗，竞争。

㊱抗：高，引申为突出地。暴：显露。

㊲却：退。

㊳狎而堕其中：落进我们设置的圈套中。狎，轻忽。堕，落。

㊴恃：依靠。

㊵箠（chuí）：鞭子。

㊶操击：即"操之以击"，拿起来击打。操，拿。

㊷蜥蜴：一种爬行动物，形似壁虎，俗称"四脚蛇"。

㊸将：带兵。

㊹祖裼（tǎnxī）：脱去上衣，裸露肢体。案剑：以手抚剑，预示击剑之势。案，通"按"，抚摸。

㊺乌获：战国时秦国的大力士，相传能力举千钧。

㊻冠胄衣甲：戴着头盔，穿着铠甲。胄，盔。冠、衣，都用作动词。

㊼据兵：靠着兵器。

㊽以形固：指利用各种有利形势来巩固自己。

【解读】

针对北宋中期内部积贫积弱、外部强邻环伺的形势，苏洵精心研究古今兵法与战例，《权书》十篇是他这时期系统研究战略战术问题的军事专著。《管子》有《心术》上下篇，称"心之在体，君之位也"，"心安是国安，心治是国治也。治也者心也，安也者心也"。此文亦称"为将之道，当先治心"，故为《权书》十篇之首。本文论治心的重要，其下分论七事，看似各不相属，实皆治心的要点。

第一段，从军事角度出发，首先提出论点，即"为将之道，当先治心"。治心的作用，在使军队严整不动，处变不惊，以制利害，而待敌人。

第二段，指出用兵以"义"最为重要，正义决定战争的胜负，且能鼓舞士气。

第三段，指出战争过程中治心的几个具体方面或具体步骤，一未战养财，二将战养力，三既战养气，四既胜养心。即养人民和国家之财，作后勤之保障；将临阵时，让士卒蓄积力气；一旦投入战斗，就要保持士气旺盛，即使小胜，或小挫，都不能懈怠；战斗打胜了，就要约束将士的行为，要养其心，使之不任意发泄情绪，保持军纪的严整。否则，就会使军心涣散，不可再用。

第四段，指出将领和士兵的区别，将领要智慧而严厉，士兵要忠勇而愚蠢。所谓"士欲愚"者，是要使士兵委身听命，与将领同心，临阵杀敌，奋不顾身。用现在的话说，就是要绝对服从命令。

第五段，指出军事行动，要对敌方主将有相当了解，再采取相应对策。与《孙子兵法·谋攻》"知彼知己，百战不殆"中的"知彼"道理相同，即为将者要抓住敌将的弱点，出奇制胜，并举三国时邓艾由阴平道"缒兵于蜀中"，而刘禅昏庸，举国投降的史实进行论证，强调不能贸然单纯地行险以侥幸。

第六段，指出主将之道，要知理、知势、知节，做到这几点，才可以用兵。知理是指知战争之义理，如果正义在我之一方，自然兵出有名，理直气壮；知势是指对山川形势了然于心，为将者就可以巧妙地依势排兵布阵；知节是指在战斗中善于节制自己的部队，不贪小利，不避小患，不贪小利才可以得大利，不避小患才可以避大患。所以在形势不明或不利的情况下，要能忍能静，要厉兵秣马，才能无敌于天下。

第七段，阐述用兵的长短之术，与《孙子兵法·始计》中"兵者，诡道也，故能而示之不能，用而示之不用"的精神相同。

末段阐述善用兵之主将如何使用其士卒的方法，其道理近乎《孙子兵法·谋攻》中的"知己"，强调要使士卒有勇，具备精良的武器，同时时时保持警惕，严阵以待，方能取得战争的胜利。

本文是总分结构，先提出论点，再从不同角度论述为将治兵作战之道，逐层深入，各有重点，各有心得，虽不作结，而题旨不言自现。以"治心"贯串全篇，文虽散而不乱。如明宋濂所云：《老子》《孙武子》，一句一理，如串八宝珍瑰，间错而不断，文字极难学，惟苏老泉数篇近之，《心术篇》之类是也。"

【点评】

"此文绝似《孙子·谋攻篇》，而文采过之。自谓孙吴之简切，无不如意，诚非诱辞也。通篇逐段自为起讫，而层次自有浅深。盖由治心而养士，由养士而审势，由审势而出奇，由出奇而守备，逐段相生而下，不复不蔓也。至于名言硕论，络绎奔赴，熟之更足增长人智识。"（[清]过珙《古文评注》卷九）

"此篇殆集中（指《嘉祐集》）之翘楚也。公不特工于文，且精于兵学，于此可见。"（[清]蔡铸《古文评注补正全集》）

"惟义可以怒士，是鼓众以勇也；养技而自爱，是大将养勇之道。此二语，虽孙吴不能过。"（[清]林纾《评嘉祐集》）

张益州画像记①

苏　洵

至和元年秋②，蜀人传言，有寇至，边军夜呼，野无居人。妖言流闻③，京师震惊。方命择帅，天子曰："毋养乱④，毋助变。众言朋兴⑤，朕志自定。外乱不作，变且中起⑥。不可以文令，又不可以武竞⑦。惟朕一二大吏，孰为能处兹文武之间，其命往抚朕师⑧。"乃推曰："张公方平其人。"天子曰："然。"公以亲辞⑨，不可，遂行。

冬十一月，至蜀。至之日，归屯军⑩，撤守备，使谓郡县⑪："寇来在吾,无尔劳苦⑫。"明年正月朔旦⑬,蜀人相庆如他日,遂以无事。又明年正月,相告留公像于净众寺⑭,公不能禁。

眉阳苏洵言于众曰:"未乱,易治也;既乱,易治也。有乱之萌,无乱之形,是谓将乱。将乱难治,不可以有乱急,亦不可以无乱弛。是惟元年之秋,如器之欹⑮,未坠于地,惟尔张公,安坐于其旁,颜色不变,徐起而正之⑯。既正,油然而退⑰,无矜容⑱。为天子牧小民不倦⑲,惟尔张公;尔繄以生⑳,惟尔父母㉑。且公尝为我言:'民无常性,惟上所待。人皆曰蜀人多变,于是待之以待盗贼之意,而绳之以绳盗贼之法㉒。重足屏息之民㉓,而以磓斧令㉔。于是民始忍以其父母妻子之所仰赖之身,而弃之于盗贼,故每每大乱。夫约之以礼㉕,驱之以法㉖,惟蜀人为易。至于急之而生变㉗,虽齐鲁亦然。吾以齐鲁待蜀人,而蜀人亦自以齐鲁之人待其身。若夫肆意于法律之外,以威劫齐民㉘,吾不忍为也。'呜呼!爱蜀人之深,待蜀人之厚,自公而前,吾未始见也。"皆再拜稽首曰㉙:"然。"

苏洵又曰:"公之恩在尔心,尔死,在尔子孙。其功业在史官,无以像为也。且公意不欲,如何?"皆曰:"公则何事于斯㉚?虽然㉛,于我心有不释焉。今夫平居闻一善㉜,必问其人之姓名,与乡里之所在,以至于其长短大小美恶之状,甚者或诘其平生所嗜好㉝,以想见其为人。而史官亦书之于其传。意使天下之人,思之于心,则存之于目。存之于目,故其思之于心也固㉞。由此观之,像亦不为无助。"

苏洵无以诘，遂为之记。

公，南京人。为人慷慨有节，以度量雄天下。天下有大事，公可属㉟。系之以诗曰：

天子在祚㊱，岁在甲午㊲。西人传言，有寇在垣㊳。庭有武臣㊴，谋夫如云。天子曰嘻，命我张公。公来自东，旗纛舒舒㊵。西人聚观，于巷于涂㊶。谓公暨暨㊷，公来于于㊸。公谓西人："安尔室家，无敢或讹㊹。讹言不祥，往即尔常㊺。春尔条桑㊻，秋尔涤场㊼。"西人稽首，公我父兄。公在西囿㊽，草木骈骈㊾。公宴其僚，伐鼓渊渊㊿。西人来观，祝公万年。有女娟娟(51)，闺闼闲闲(52)。有童哇哇(53)，亦既能言。昔公未来，期汝弃捐(54)。禾麻芃芃(55)，仓庾崇崇(56)。嗟我妇子，乐此岁丰。公在朝廷，天子股肱(57)。天子曰归，公敢不承(58)？作堂严严(59)，有庑有庭(60)。公像在中，朝服冠缨(61)。西人相告，无敢逸荒(62)。公归京师，公像在堂。

【注释】

①张益州：即张方平，字安道，自号乐全居士，南京（今河南商丘）人。官至参知政事。时知益州（今四川成都）。

②至和元年：公元 1054 年。至和，宋仁宗赵祯年号（1054—1056）。

③妖言：怪诞不经的传言。流闻：流传。

④毋（wú）养乱：不要酿成祸乱。毋，不要，别。

⑤朋兴：群起。

⑥"外乱"二句：边境骚乱不能解决，事变将会在内地发生。外，外部，此指边境地区。且，将要，将会。中，内，里，此指内地。

⑦文令：文教政令（感化）。武竞：以武力与之竞争。

⑧其:用在谓语前面,表示命令语气。抚:安抚,抚慰。

⑨以亲辞:用侍奉父母亲为理由来推辞。

⑩归屯军:即"使屯军归"。归,使动用法。屯军,驻防的军队。

⑪使谓郡县:派人对所属郡县的长官说。使谓,即"使使谓"。

⑫无尔劳苦:不用你们辛苦。尔,你(们)。

⑬明年:第二年。正月朔旦:正月初一。朔,农历每月的初一。

⑭净众寺:又名万佛寺,在成都西北。

⑮欹(qī):倾斜,歪斜。

⑯徐:缓慢,慢慢地。正:使……正。

⑰油然:舒缓的样子。退:退下,坐下来。

⑱无矜(jīn)容:没有居功自傲自夸的表情。

⑲牧:治理,管理。

⑳繄(yī):是。以生:即"以之生",依靠他生存。

㉑惟尔父母:他就是你们的父母。

㉒绳:约束。

㉓重(chóng)足:叠足不前,形容十分害怕的样子。屏(bǐng)息:指恐惧而不敢出大气。屏,抑制。

㉔以碪(zhēn)斧令:即"以碪斧令之"。用刀斧等刑具命令他们,使他们畏惧而服从。碪,同"砧",古代用于斩首或腰斩的刑具,犯人伏其上以受刑。

㉕夫(fú):发语词,用于句首表示将发议论。

㉖驱:驾驭,役使。

㉗急:使……急,逼迫。

㉘齐民:平民。齐,同等,齐等。

㉙再拜:拜了又拜,表示恭敬。稽首:古时的一种跪拜礼,叩头至地,是九拜中最恭敬者。

㉚则:同"乃",表承接关系,语气比"乃"急促。何事于斯:为何如

此干。斯，这样。

㉛虽然：即使如此。

㉜平居：平日，在日常生活中。

㉝诘(jié)：追问，询问。下文“苏洵无以诘”的“诘”，是反诘、无话可说的意思。

㉞固：牢固，不会忘记。

㉟属(zhǔ)：通“嘱”，嘱托，嘱咐。

㊱祚(zuò)：皇位。

㊲岁：岁星。古代用它来纪年。甲午：甲午年，即宋仁宗至和元年(1054)。

㊳垣(yuán)：墙。此指边境。

㊴庭：通“廷”。朝廷，庙堂。

㊵纛(dào)：古代军队或仪仗队的大旗。舒舒：形容旗帜漫卷的样子。

㊶涂：通“途”，道路。

㊷暨暨(jìjì)：果断刚毅的样子。

㊸于于：行动舒缓自得的样子。

㊹或：语助词，无义。讹(é)：谣言。

㊺往即尔常：要去做你们平常该做的事情。

㊻条(tiāo)桑：采桑。条，通“挑”，挑拣，挑取。

㊼涤(dí)场：清扫场地。涤，扫除，打扫。

㊽囿：古代指有围墙的园林，用以畜养禽兽供玩赏。

㊾骈骈(piánpián)：茂盛的样子。

㊿伐：敲击，敲打。渊渊：鼓声。

(51)娟娟：美好的样子。

(52)闺闼(tà)：旧时指妇女所居内室的门户。闲闲：从容自得的样子。

㊳哇哇：拟声词，小儿学语声。

㊴期：预定，设想。弃捐：抛弃，舍弃。

㊵禾麻：泛指农作物。芃芃（péngpéng）：草木茂盛的样子。

㊶仓庾（yǔ）：粮仓。庾，露天的谷堆或谷仓，泛指粮库。崇崇：高大。

㊷股肱（gōng）：比喻帝王左右辅助得力的大臣。股，大腿。肱，手臂。

㊸承：接受，承受。表示下级接受上级的命令或吩咐。

㊹作：建造。严严：严肃庄重的样子。

㊺庑（wǔ）：堂下周围的走廊或廊屋。庭：厅堂。

㊻朝服：古时君臣朝会时所穿的礼服。此用作动词，穿朝服。冠缨：帽带。此用作动词，戴帽子系帽带。

㊼逸荒：安逸荒废。逸，安闲，安逸。

【解读】

本文作于宋仁宗嘉祐元年（1056）。作者借蜀中（四川）妄言蛮贼入寇，军民骚扰，张方平受命入蜀平乱，审以形势，静以镇之，终使"蜀遂大安"的事实，赞颂张方平其人坦诚大度、镇静从容的品德。

第一、二段即交代事件发生的时间、地点、原因、人物、经过及结果，记叙文所须六要素均备，是本文的核心文字。"至和元年秋"至"遂以无事"一节，有苏轼《张文定公墓志铭》相印证："改户部侍郎，移镇西蜀。始李顺以甲午岁（994）叛，蜀人记之，至是方以为忧，而转运使摄守事，西南夷有邛部川首领者，妄言蛮贼依智高在南诏，欲来寇蜀。摄守，妄人也，闻之大惊，移兵屯边郡，益调额外弓手，发民筑城，日夜不得休息，民大惊扰，争迁居城中。男女昏会，不复以年，贱粥谷帛市金银，埋之地中。朝廷闻之，发陕西步骑戍蜀，兵仗络绎，相望于道。诏促公行，且许以便宜从事。公言：'南诏去蜀二千余里，道险不通，其间皆杂种，不相役属，安能举大兵为智高寇我哉？此必妄也。臣当以静镇之。'道遇戍卒兵仗辄遣还。入境,下令邛部川曰:'寇来吾自当之,妄言者斩。'悉归屯边兵,散遣弓手,罢筑城之役。会上元观灯,城门皆通夕不闭,蜀遂大安。"正因此,所以蜀人于第二年在净众寺为张方平画像,以表达对张的感谢之情。

第三段,是作者的议论,先论治乱之理,治乱的形态,及应变之方,插入作者亲见张方平从容扶正器具一小事以及张对作者的一段话语,从侧面反映张方平之雍容镇静与真诚仁厚的品德。

第四段,叙述作者与蜀人对张方平恩德与功业的议论,论证为其画像的必要性,交代作记的原因。

末段,交代张方平的籍贯以及其节概、度量,可系天下安危的古大臣之风,并以诗颂而总其全篇。

本文有叙有议,委婉曲折,先以极简练的文字渲染异常紧张的氛围,映衬出局势的危急,张方平临危受命,从容不迫处理这种将乱的局面,将作者对张方平的钦仰褒扬之情表现得淋漓尽致。次以议论,以平日小事与言论,进一步印证其为人之从容与恩德,以增加其人物形象的厚度,说明画像的必要性,转折自然,手法巧妙。末段秉承史法,有记有诵,曲终奏雅,典重可风,余韵悠长。

【点评】

"词气严整有法度。说不必有像,而亦不可无像,此三四转奇甚。最好处是善回护人,公蜀人也,所以尤难。"([明]杨慎《三苏文范》卷四引楼昉)

"词气严重,极有法度。益州常称老苏似司马子长,此记自子长之后殆不多得。"([明]茅坤《唐宋八大家文钞》卷一百十六)

"横目之民,其性一也。任边远封疆大吏者,当书此文于座右。"([清]《唐宋文醇》卷三十六)

太极图说

周敦颐

无极而太极①。太极动而生阳②,动极而静,静而生阴,静极复动。一动一静,互为其根③。分阴分阳,两仪立焉④。阳变阴合,而生水火木金土。五气顺布⑤,四时行焉⑥。五行一阴阳也⑦,阴阳一太极也,太极本无极也。

五行之生也,各一其性⑧。无极之真⑨,二五之精⑩,妙合而凝⑪。乾道成男⑫,坤道成女⑬。二气交感⑭,化生万物。万物生生而变化无穷焉。

唯人也得其秀而最灵⑮。形既生矣,神发知矣⑯。五性感动而善恶分⑰,万事出矣。圣人定之以中正仁义而主静⑱,立人极焉⑲。

故圣人"与天地合其德,日月合其明,四时合其序,鬼神合其吉凶"。君子修之吉,小人悖之凶。故曰:"立天之道,曰阴与阳。立地之道,曰柔与刚。立人之道,曰仁与义。"又曰:"原始反终⑳,故知死生之说。"大哉易也㉑,斯其至矣!

【作者简介】

周敦颐(1017—1073),本名敦实。字茂叔,号濂溪,世称濂溪先生。道州营道(今湖南道县)人。以荫为分宁县主簿,历南安军司理参军、桂阳令、虔州通判等,有治绩。熙宁初,知郴州,擢广南东路转运判官,移提点刑狱。后以疾求知南康军,因家庐山莲花峰下。精于易学,喜谈名理,提出无极、太极、理、气、心、性、命等,成为宋明理学的基本范畴,为理学思想的开山鼻祖,程颢、程颐皆从其受业。卒谥元。有

《太极图说》《通书》及文集，后人合编为《周子全书》。

【注释】

①无极：古代哲学术语。指无形无象的宇宙本原，即道体本原。《老子》第二十八章："常德不忒，复归于无极。"言确保常德无亏，就能恢复到道体本原。太极：古代哲学家称最原始的混沌之气。谓太极运动而分化出阴阳，由阴阳而产生四时变化，继而出现各种自然现象，是宇宙万物之原。《易·系辞上》："易有太极，是生两仪，两仪生四象，四象生八卦。"孔颖达疏："太极谓天地未分之前，元气混而为一，即是太初、太一也。"

②阳：我国古代哲学认为宇宙中通贯物质和人事的两大对立面之一。与"阴"相对。如天、火、暑是阳，地、水、寒是阴。《易·系辞上》："一阴一阳之谓道。"高亨注："一阴一阳，矛盾对立，互相转化，是谓规律。"

③根：事物的本源，根由，依据。《老子》第十六章："夫物芸芸，各复归其根。"王弼注："各返其所始也。"

④两仪：指天地。《易·系辞上》："是故易有太极，是生两仪。"孔颖达疏："不言天地而言两仪者，指其物体；下与四象（金、木、水、火）相对，故曰两仪，谓两体容仪也。"

⑤五气：五行之气，五方之气。《鹖冠子·度万》："五气失端，四时不成。"

⑥四时：四季。《易·恒》："四时变化而能久成。"《礼记·孔子闲居》："天有四时，春秋冬夏。"

⑦五行：水、火、木、金、土。我国古代称构成各种物质的五种元素，古人常以此说明宇宙万物的起源和变化。

⑧性：事物的性质或性能。

⑨真：未经人为的东西。指本原、本性等。《庄子·秋水》："谨守而勿失，是谓反其真。"

⑩二五：指阴阳与五行。精：精粹，精气，精神。

⑪妙合：巧妙地融合。凝：凝结，凝固，积聚，形成。

⑫乾道：天道，阳刚之道。《易·乾》："乾道变化，各正性命。"

⑬坤道：谓大地的属性。《易·坤》："坤道其顺乎，承天而时行。"
孔颖达疏："言坤道柔顺，承奉于天以量时而行。"

⑭二气：指阴、阳。《易·咸》："柔上而刚下，二气感应以相与。"

⑮秀：指花卉植物开花或开出的花朵。引申为优秀、特出者。

⑯神：精神。发：生发，生成。知：同"智"，智识，智慧。

⑰五性：人的五种性情。《大戴礼记·文王官人》："民有五性，喜、
怒、欲、惧、忧也。"感动：犹感应。谓受影响而引起反应。

⑱中正：居于正中位置，不偏不倚。

⑲人极：纲纪，纲常。社会的准则。

⑳原始反终：探求事物发展的起源，并回归其终极目的。

㉑易：古代指阴阳变化消长的现象。《易·系辞上》："生生之谓
易。"韩康伯注："阴阳转易，以成化生。"

【解读】

本文是作者对《太极图》所作的解说。

开篇先声夺人，提出"无极而太极"论点，但并未对此作溯源式分
析，而是接着具体叙述太极的特征、变化，而生成阴阳、五行的性质，指
出太极动而生阳，静而生阴，循环往复，而相互为对立的根本，并指出
五行就是阴阳，阴阳就是太极，最后归结太极其本质就是无极。

第二段叙述五行的性质是一致的，并阐述无极之真源与阴阳五行
（二五）之结合，遂衍生乾坤，诞生男女，化生万物而生生不已，变化无
穷的现象。

第三段，突出万物之中人与圣人的价值与作用，以人得其秀，而最
为灵长，而其本具之五性（喜、怒、欲、惧、忧，或指仁、义、礼、智、信）因
感而动，而分善恶，而万事由之以生。而圣人于万事中以中正仁义之

精神,静以制之,所以达到人之最高境界。

末段阐述圣人的品德,是君子之品德,与天地同体,与日月同明,与四时合序,与鬼神合吉凶。并提出确立天道的原则是阴阳,确立地道的原则是柔刚,确立人道的原则是仁义,而究其始终,则以易(变化无穷)为其常态。

作者认为,"太极"是宇宙的本原,人和万物都是由阴阳二气和水火木金土五行相互作用生成的。五行统一于阴阳,阴阳统一于太极。作者用自己对宇宙万物现象与本质的感悟,用简朴而抽象的语言,提出了对阴阳对立、相互变化而生成世界的看法,对后世影响很大,为宋明理学哲学体系的形成提供了基础。

【点评】

"天理之节文乃其恰好处,恰好处便是理。合当如此,更无太过,更无不及,当然而然,便即是中。故濂溪《太极图说》'仁义中正',以中字代礼字,尤见亲切。"([宋]陈淳《北溪字义》卷上)

"千有余载,至宋中叶,周敦颐出于舂陵,乃得圣贤不传之学,作《太极图说》《通书》,推明阴阳五行之理,命于天而性于人者,了若指掌。"([元]脱脱等《宋史·道学列传·周敦颐》)

"《太极图说》与《通书》不类,疑非周子所为。不然,则或是其学未成时所作。不然,则或是传他人之文,后人不辨也。"([清]《黄宗羲全集》第五册引陆九韶)

"刘蕺山曰:'一阴一阳之谓道',即太极也。天地之间,一气而已,非有理而后有气,乃气立而因之寓也。就形下之中而指其形而上者,不得不推高一层,以立至尊之位,故谓之太极,而实无太极之可言,所谓'无极而太极'也。使实有是太极之理,为此气从出之母,则亦一物矣,又何以生生不息,妙万物而无穷乎?今曰'理本无形,故谓之无极',无乃转落注脚。太极之妙,生生不息而已矣。生阳生阴,而生水火木金土,而生万物,皆一气自然之变化,而合之只是一个生意,此造

101

化之蕴也。惟人得之以为人,则太极为灵秀之钟,而一阳一阴分见于形神之际,由是殽之五性,而感应之途出,善恶之介分,人事之所以万有不齐也。惟圣人深悟无极之理,而得其所为静者主之,乃在中正仁义之间,循理为静是也。天地此太极,圣人此太极,彼此不相假而若合符节,故曰'合德'。若必捐天地之所有,而畀之于物,又独钟畀之于人,则天地岂若是之劳也哉? 自无极说到万物上,天地之始终也;自万事反到无极上,圣人之终而始也。始终之说,即生死之说,而开辟混沌、七尺之去留不与焉。知乎此者,可与语道矣。主静要矣,致知亟焉。"([清]黄宗羲等《宋元学案·濂溪学案下》)

"百家谨案:周子之作《太极图说》,朱子特为之注解,极其推崇,至谓得千圣不传之秘,孔子后一人而已。二陆不以为然,遂起朱陆之同异,至今纷纷奴主不已。宗朱者诋陆以及慈湖、白沙、阳明,宗陆者诋朱及周,近且有诋及二程者矣。"([清]黄宗羲等《宋元学案·濂溪学案下》)

"北宋理学兴起,必溯源于周濂溪,而濂溪《太极图说》,上本《易·系》,其论宇宙观点,显然近于道家,而其《易通书》,亦盛尊颜渊。此又证孔门诸贤,独颜渊最与后起道家义有其精神之相通也。"(钱穆《庄老通辨》)

爱莲说

周敦颐

水陆草木之花,可爱者甚蕃①。晋陶渊明独爱菊。自李唐来,世人盛爱牡丹。予独爱莲之出淤泥而不染,濯清涟而不妖②,中通外直③,不蔓不枝④,香远益清,亭亭净植⑤,可远观而不可亵玩焉⑥。

予谓菊,花之隐逸者也;牡丹,花之富贵者也;莲,花之君子者也。噫！菊之爱，陶后鲜有闻⑦；莲之爱，同予者何人？牡丹之爱，宜乎众矣。

【注释】

①蕃：多。

②濯（zhuó）：洗涤。清涟（lián）：水清而有微波，此指清水。妖：妖艳，艳丽。

③中通外直：(它的茎)内空外直。通，空。直，挺立。

④不蔓（màn）不枝：不生枝蔓，不长枝节。蔓、枝，名词用作动词。

⑤亭亭净植：笔直而洁净地立在那里。亭亭，耸立的样子。

⑥亵（xiè）：亲近而不庄重。玩：玩弄。

⑦鲜（xiǎn）：少。

【解读】

据度正《濂溪先生周元公年表》载，嘉祐八年（1063）五月，周敦颐作《爱莲说》。

本文托物言志，作者借莲的品质，阐述了爱莲的理由，并借此含蓄地表明了自己的人格和操守。

第一段，写水陆草木之花，可爱者很多，如晋陶渊明爱菊，李唐以来，一般人都喜爱牡丹。文气至此一折，突然提出作者与众不同"爱莲"的论点，其理由是其品质"出淤泥而不染""中通外直""不蔓不枝""可远观而不可亵玩"等特点。

第二段，分析菊与牡丹的特性，并分其品类，以为菊花是隐逸者的品格，牡丹是富贵者的品格，而莲花则是君子的品格。指出爱菊者只有晋之陶渊明，爱莲者更少有同调，而爱牡丹者则比较普遍，因为它符合众人喜爱富贵的心理。

本文短小精悍，语言优美，托物言志，借莲花之可爱，突出其对君子人格的崇拜，并以之自许，富含哲学意味。

【点评】

"《爱莲说》一篇,濂溪先生之所作也。先生尝以爱莲名其居之堂,而为是说以刻焉。熹得窃闻而伏读之有年矣。属来守南康郡,实先生故治,然寇乱之余,访其遗迹,虽壁记文书,一无在者,熹窃惧焉。即与博士弟子立祠于学,又刻先生像、《太极图》于石,《通书》遗文于版,会先生曾孙直卿来自九江,以此说之墨本为赠,乃复寓其名于后圃临池之馆,而刻其说置壁间,庶几先生之心之德,来者有以考焉。"([宋]朱熹《爱莲说记》,转引自邓显鹤编《周子全书》卷三)

"周子《爱莲说》如屈原《橘颂》。《左传》云:譬诸草木,吾臭味也。屈正平《离骚经》一篇之中,固以香草而比君子矣,然于《九章》中特出《橘颂》一章,朱文公谓受命不迁,谓橘逾淮为枳也,原自比志节如橘,不可移徙也,末乃言橘之高洁,可比伯夷,宜立以为像而效法之,亦因以自托。余因文公之言,而谓濂溪周子作《爱莲说》,谓莲为花之君子,亦以自况,与屈原千古合辙。不宁惟是,而二篇之文皆不满二百字,咏橘、咏莲皆能尽物之性,格物之妙,无复余蕴,盖心诚之所发,越万物皆备于我之所著形,是可敬也,读者宜精体之。"([宋]史绳祖《学斋佔毕》卷二)

"周子《爱莲说》一篇,仅百余字,形容莲之可爱,宛然如在目前。盖不必求太极于梅枝而全体呈露矣。"([明]张纶言《林泉随笔》)

"逢年云:不意先生作文乃尔倜傥风流。予谓茂叔窗前草不除,殊有奇趣,世间真道学本无头巾气。"([清]王符曾《古文小品咀华》)

谏院题名记①

司马光

古者谏无官,自公卿大夫至于工商②,无不得谏者。汉兴以来,始置官③。夫以天下之政,四海之众,得失利病,萃于一官使言之④,其为任亦重矣。居是官者,当志其大⑤,舍其细;先其急,后其缓;专利国家,而不为身谋。彼汲汲于名者⑥,犹汲汲于利也,其间相去何远哉⑦!

天禧初⑧,真宗诏置谏官六员,责以职事⑨。庆历中⑩,钱君始书其名于版⑪。光恐久而漫灭⑫,嘉祐八年⑬,刻著于石。后之人将历指其名而议之曰:"某也忠,某也诈,某也直,某也曲。"呜呼!可不惧哉⑭!

【作者简介】

司马光(1019—1086),字君实,号迂叟。陕州夏县涑水乡(今属山西)人,世称涑水先生。仁宗景祐五年(1038)进士,屡迁至天章阁待制兼侍讲、知谏院等。神宗继位,擢翰林学士。反对王安石变法,自请外任,居洛阳十五年,六任闲职,编纂《资治通鉴》。哲宗继位,太皇太后听政,拜尚书左仆射兼门下侍郎,主持朝政,尽废新法。卒赠太师、温国公,谥"文正"。著述颇多,主要有《温国文正司马公文集》《稽古录》《涑水记闻》等。

【注释】

①谏院:宋代职掌规谏朝政缺失的机构。由门下省析置,以分隶门下、中书的左右谏议大夫、司谏、正言谏官。题名:谏官把自己的名字题写在木版或石碑上,立于谏院中,以警戒后人。

②工商:从事手工业和从商的人,代指市井百姓。

③"汉兴"二句:汉武帝元狩五年(前118)始置谏大夫。东汉光武帝时改为谏议大夫。

④萃(cuì):聚集。

⑤志:记。

⑥汲汲(jí jí):形容心情急切。

⑦去：距离。

⑧天禧(xǐ)：宋真宗赵恒年号(1017—1021)。

⑨责：要求。此指规定。

⑩庆历：宋仁宗赵祯年号(1041—1048)。

⑪钱君：可能指钱明逸，庆历四年(1044)为右正言，供职谏院。版：木板。

⑫漫灭：磨灭，模糊难辨。

⑬嘉祐：宋仁宗赵祯年号(1056—1063)。

⑭惧：令人警戒。

【解读】

本文是作者于宋仁宗嘉祐八年(1063)对谏院题名所作的记叙文字，虽名为记，实则主要议论，论述谏官责任的重大以及谏官所必须具有的品德。

第一段，叙述谏官的历史。作者称古代人人都可以对君上的行为进行规劝，而设置谏官专职，是到汉朝才开始的。接着论述天下之大，人员之众，所有国家的"得失利病"，而归总于一个专职的谏官机构行使其规正，可谓责任重大。正因如此，所以要求谏官具有对人事抓大放小、先急后缓的能力，同时更要具备"专利国家，而不为身谋"的品德。

第二段，叙述宋朝于真宗天禧初设置谏官六人，并建谏院，至仁宗庆历中，钱姓谏官始在谏院立版，题谏官名于其上，并于嘉祐八年更隆重其事，刻置石碑，其作用是让世人知道，某某是忠臣，某某是奸诈者，某某有正直言论，某某却有邪曲言行，告诫入谏院为官者须具荣誉之感，而怀敬惧之心，做到时刻自警自正，尽职尽责。这是作本记的目的。

本文短小精悍，层次鲜明，言简意赅，议论明白，而起笔突兀，结句警策，使人感觉意味深长。

【点评】

"迂斋批：首尾二百来字，而包括无余。识治体，明职守，笔力高简如此，可以想见其人。结尾三四语，凛凛乎秋霜烈日。"（[宋]王霆震《古文集成》卷十）

"书谏官之名于石，本以示荣，记中却以示戒，非大儒不能为此言。通篇皆责备语，无一闲话。看来似过于朴直，然其不可及处，正不外此。公有传家集八十卷，语多此类。余每诵读，未尝不正襟起敬。"（[清]林云铭《古文析义》卷十四）

"文仅百余字，而曲折万状，包括无遗。尤妙在末后一结。后世以题名为荣，此独以题名为惧。立论不磨，文之有关世道者。"（[清]吴楚材、吴调侯《古文观止》卷九）

"必有一种台阁气象，而后其文乃贵；必有一副干净肚肠，而后其文乃洁；必有一管严冷笔伏，而后其文乃遒；必有一段不朽议论，而后其文乃精。兼四美者，其斯文乎！前从古者起，末用后人结。想曩贤作文，便欲与天地日月并寿，决不苟作。"（[清]王符曾《古文小品咀华》）

训俭示康①   司马光

吾本寒家②，世以清白相承③。吾性不喜华靡，自为乳儿，长者加以金银华美之服，辄羞赧弃去之④。二十忝科名⑤，闻喜宴独不戴花⑥。同年曰⑦："君赐，不可违也。"乃簪一花⑧。平生衣取蔽寒，食取充腹，亦不敢服垢弊以矫俗干名⑨，但顺吾性而已。众人皆以奢靡为荣，吾心独以俭素为美。人皆嗤吾固陋⑩，吾不以为病。应之曰："孔子称：

'与其不逊也，宁固。'⑪又曰：'以约失之者鲜矣！'⑫又曰：'士志于道，而耻恶衣恶食者，未足与议也。'⑬"古人以俭为美德，今人乃以俭相诟病。嘻，异哉！

近岁风俗尤为侈靡，走卒类士服，农夫蹑丝履⑭。吾记天圣中⑮，先公为群牧判官⑯，客至未尝不置酒，或三行、五行⑰，多不过七行。酒沽于市⑱，果止于梨、栗、枣、柿之类，肴止于脯醢、菜羹⑲，器用瓷漆。当时士大夫家皆然，人不相非也。会数而礼勤⑳，物薄而情厚。近日士大夫家，酒非内法㉑，果肴非远方珍异，食非多品，器皿非满案，不敢会宾友，常数日营聚㉒，然后敢发书。苟或不然，人争非之，以为鄙吝。故不随俗靡者盖鲜矣㉓。嗟乎！风俗颓敝如是，居位者虽不能禁，忍助之乎！

又闻昔李文靖公为相㉔，治居第于封丘门内㉕，厅事前仅容旋马㉖。或言其太隘㉗，公笑曰："居第当传子孙，此为宰相厅事诚隘，为太祝、奉礼厅事已宽矣㉘。"参政鲁公为谏官㉙，真宗遣使急召之，得于酒家，既入，问其所来，以实对。上曰："卿为清望官㉚，奈何饮于酒肆？"对曰："臣家贫，客至无器皿、肴果，故就酒家觞之㉛。"上以无隐㉜，益重之。张文节为相㉝，自奉养如为河阳掌书记时㉞。所亲或规之曰："公今受俸不少，而自奉若此。公虽自信清约㉟，外人颇有公孙布被之讥㊱。公宜少从众㊲。"公叹曰："吾今日之俸，虽举家锦衣玉食，何患不能？顾人之常情㊳，由俭入奢易，由奢入俭难。吾今日之俸岂能常有？身岂能常存？一旦异于今日，家人习奢已久，不能顿俭㊴，必致失所。岂若吾居位去位、身存身亡,常如一日乎?"呜呼!大贤之深谋远虑,岂庸人所及哉!

御孙曰:"俭,德之共也;侈,恶之大也。"⑩共,同也,言有德者皆由俭来也。夫俭则寡欲:君子寡欲,则不役于物⑪,可以直道而行⑫;小人寡欲,则能谨身节用⑬,远罪丰家。故曰:"俭,德之共也。"侈则多欲:君子多欲则贪慕富贵,枉道速祸⑭;小人多欲则多求妄用,败家丧身,是以居官必贿,居乡必盗。故曰:"侈,恶之大也。"

昔正考父馇鬻以餬口,孟僖子知其后必有达人⑮。季文子相三君⑯,妾不衣帛,马不食粟,君子以为忠。管仲镂簋朱纮,山节藻棁⑰,孔子鄙其小器。公叔文子享卫灵公,史鰌知其及祸;及戍,果以富得罪出亡⑱。何曾日食万钱⑲,至孙以骄溢倾家。石崇以奢靡夸人⑳,卒以此死东市㉑。近世寇莱公豪侈冠一时㉒,然以功业大,人莫之非,子孙习其家风,今多穷困。其余以俭立名、以侈自败者多矣,不可遍数,聊举数人以训汝㉓。汝非徒身当服行㉔,当以训汝子孙,使知前辈之风俗云。

【注释】

①训:解说。康:司马光的儿子。

②寒家:指门第低微,家资少。

③清白:形容词活用作名词,指清正廉洁的家风。

④羞赧(nǎn):羞愧得脸红。形容非常羞愧。赧,因羞愧而脸红。

⑤忝:辱,有愧于,常用作谦辞。科名:科举功名,此指取得功名。

⑥闻喜宴:唐制,进士放榜,醵钱宴乐于曲江亭子,称曲江宴,亦称

闻喜宴。后唐明宗天成二年(927)，诏命新进士闻喜之宴，年赐钱四百贯。宋太宗端拱元年(988)，定由朝廷置宴，皇帝及大臣赐诗以示宠异，遂为故事。至明清，称琼林宴。

⑦同年：同榜登科的人。

⑧簪(zān)：插，戴。

⑨垢弊：肮脏破烂的衣服。矫俗干名：故意用不同流俗的姿态来猎取名誉。干，追求，求取。

⑩固陋：固执而不通达，寒伧。

⑪"与其"二句：《论语·述而》："子曰：'奢则不孙(逊)，俭则固。与其不孙也，宁固。'"意思是，奢侈就会骄纵不逊，节俭就会寒酸。与其骄纵不逊，宁可寒酸。不逊，傲慢无礼。固，鄙陋，寒酸。

⑫以约失之者鲜(xiǎn)矣：见《论语·里仁》。鲜，少。

⑬"士志于道"三句：见《论语·里仁》。恶衣恶食，粗劣的衣食。形容生活俭朴。

⑭蹑(niè)：踩，踏。丝履：以丝织品制成的鞋，古代为华贵的服饰。

⑮天圣：宋仁宗年号(1023—1032)。

⑯群牧：群牧司，宋代中央掌管国家马匹的机构。

⑰行：斟酒一遍。

⑱沽：买酒。

⑲脯：干肉。醢(hǎi)：肉酱。

⑳会数(shuò)：会晤频繁。礼勤：礼意殷勤。

㉑内法：宫廷酿酒之法。

㉒营聚：张罗，准备。

㉓随俗靡：跟风随俗。靡，倾，倒。

㉔李文靖公：李沆，宋太宗、真宗时的宰相，谥文靖。

㉕治居第：造住宅。封丘门：宋时开封城北墙西门的旧称。

㉖厅事：私人住宅的堂屋。旋马：马转身

㉗隘：狭窄。

㉘太祝、奉礼：太祝和奉礼郎，太常寺的两个官职，掌管宗庙礼仪，常由功臣子孙担任。

㉙参政鲁公：鲁宗道，宋真宗是为右正言（谏官），后为谕德（太子属官）。宋仁宗时为参知政事。酒馆待客事，鲁宗道任谕德，非谏官。

㉚卿：皇帝对大臣的称呼。清望官：地位显贵、有名望的官职。

㉛觞之：请人喝酒。

㉜无隐：坦言，不隐瞒。

㉝张文节：张知白，宋真宗、仁宗时的宰相，谥文节。

㉞自奉养：自己生活享受。河阳：今河南孟州。掌书记：唐代外官之一，亦为观察使或节度使的属官，掌朝觐、聘问、慰荐、祭祀、祈祝之文与号令、升黜之事。宋代亦置此职。

㉟自信：自表诚信。清约：清廉节约。

㊱颇：皆，悉。公孙布被之讥：公孙弘，汉武帝时丞相。年轻时家贫，曾经以养猪为生。四十而学，被征召为博士，备受武帝信任，一路做到左内史、御史大夫，但生活仍十分简朴。汲黯上书武帝："弘位在三公，奉禄甚多，然为布被，此诈也。"

㊲少：稍，略。

㊳顾：但是。

㊴顿：立刻，马上。

㊵御孙：春秋时期鲁国大夫。引文见《左传·庄公二十四》。共：通"洪"，大。

㊶不役于物：不受外物的牵制、摆布。

㊷直道而行：按照正道行事。

㊸谨身节用：约束自己，节约用度。

㊹枉道：不按正道行事。速祸：招致祸患。速，招。

㊺"昔正考父"二句：《左传·昭公七年》："孟僖子……及其将死

也，召其大夫曰：‘礼，人之干也。无礼，无以立。吾闻将有达者曰孔丘，圣人之后也，而灭于宋。其祖弗父何，以有宋而授厉公。及正考父，佐戴、武、宣，三命兹益共。故其鼎铭云：“一命而偻，再命而伛，三命而俯。循墙而走，亦莫余敢侮。于是，鬻于是，以糊余口。”其共也如是。臧孙纥有言曰：“圣人有明德者，若不当世，其后必有达人。”今其将在孔丘乎？’”正考父，春秋时宋国大夫，是孔子的先祖。饘（zhān），稠粥。鬻（zhōu），同“粥”。餬，以粥、糊充实口腹。孟僖子，春秋时鲁国司空，三桓之一。

㊻季文子：季孙行父，春秋时鲁国大夫，曾辅佐宣、成、襄三公，以忠俭著称，谥文。相：辅助，佑助。

㊼镂：雕。簋（guǐ）：古代祭祀、宴享时盛黍稷的器皿。一般圆腹，侈口，圈足。朱纮（hóng）：古代天子冠冕上的红色系带。山节藻棁（zhuō）：古代天子的庙饰。山节，刻成山形的斗拱；藻棁，画有藻文的梁上短柱。后用以形容居处豪华奢侈，越等僭礼。

㊽“公叔文子”四句：《左传·定公十年》：“初，卫公叔文子朝，而请享灵公，欲令公临其家。退，见史鳍而告之。史鳍曰：‘子必祸矣！子富而君贪，其及子乎！’……及文子卒，卫侯始恶于公叔戌，以其富也。……十又四年春，卫公叔戌来奔。”公叔文子，公叔发，春秋时卫国大夫。享，宴请。戌，公叔文子的儿子。

㊾何曾：西晋时宰相，生活奢侈。《晋书》本传云：“然性奢豪，务在华侈。帷帐车服，穷极绮丽，厨膳滋味，过于王者。每燕见，不食太官所设，帝辄命取其食。蒸饼上不拆作十字不食。食日万钱，犹曰无下箸处。”

㊿石崇：西晋时人，任荆州刺史时，劫掠往来富商，因而致富。曾与晋武帝司马炎的舅舅王恺比赛奢侈，王恺自叹不如。

(51)卒：终于。东市：刑场。

(52)寇莱公：寇准，宋真宗时名相，封莱国公。

㊧聊:姑且,暂且。

㊤非徒:不但,不仅。身:自身。服行:实行。

【解读】

北宋中期,社会风俗日益奢靡,令司马光深感忧虑。为使子孙后代避免此种不良社会风气的影响和侵蚀,司马光撰写了这篇家训,以教育晚辈继承和发扬俭朴家风,永不奢侈腐化。

本文第一段,鲜明地表示作者崇尚俭素的态度。叙写其家世清寒,自己则生性不喜奢靡,平生只求适性,温饱已足,也不愿矫世干名。人皆以奢靡为荣,而自心则以俭素为美。对时人竞相奢华的习惯表达了自己不同的看法。

第二段,从近世整个社会竞相奢靡的风气写起,由此追忆自己父亲朴素的家风以及当时人普遍崇俭的习惯,与当前奢侈习俗作鲜明的对比,痛惜风俗颓敝,希望在位者加以注意。

第三段,列举宰相李沆、参政鲁宗道及宰相张知白清俭自守的作风,提出"由俭入奢易,由奢入俭难"的著名论点,揭示家风若习奢而不能俭,一旦地位情势发生变化,"必致失所"的后果,赞扬了前述几位大贤的深谋远虑,为庸人所不及。

第四段,论述节俭是德的根本,奢侈是罪恶之大源。分析俭素则能寡欲,君子寡欲,就不被物情所拘缚,就能直道而行;小人倘若也能寡欲,也就能够谨身节用,远离犯罪,使家庭富裕。反之,君子多欲,就会贪慕富贵,必至违背正道、违法犯罪;小人多欲,更是会丧身败家。所以得出结论,奢侈是罪恶的大源,导致"居官必贿,居乡必盗"的结果。

第五段又借古人崇俭或侈靡的例子,并联系到近世宰相寇准后人穷困的经历,反复强调俭素可以兴家,侈靡足以得罪的道理。要求儿子司马康能够记取自己的训诫,并以之训诫其子孙,继承祖辈俭素的家风。

文章阐述俭德为美、奢习为恶的道理，指出人情"由俭入奢易，由奢入俭难"的教训，勉励子孙行俭戒奢，保持节俭家风。行文夹叙夹议，立论鲜明，广征博引，说理透彻，具有深刻的教育意义；而叙述平实自然，娓娓道来，亲切有味，使人信服。

寄欧阳舍人书①

曾　巩

巩顿首再拜，舍人先生：

去秋人还②，蒙赐书③，及所撰先大父墓碑铭④。反复观诵，感与惭并。

夫铭志之著于世，义近于史，而亦有与史异者。盖史之于善恶，无所不书。而铭者，盖古之人有功德、材行、志义之美者，惧后世之不知，则必铭而见之⑤。或纳于庙，或存于墓，一也⑥。苟其人之恶，则于铭乎何有？此其所以与史异也。其辞之作，所以使死者无有所憾，生者得致其严⑦。而善人喜于见传，则勇于自立⑧；恶人无有所纪，则以愧而惧。至于通材达识，义烈节士，嘉言善状，皆见于篇，则足为后法。警劝之道，非近乎史，其将安近⑨？

及世之衰，人之子孙者，一欲褒扬其亲⑩，而不本乎理。故虽恶人，皆务勒铭以夸后世⑪。立言者既莫之拒而不为，又以其子孙之所请也，书其恶焉，则人情之所不得，于是乎铭始不实⑫。后之作铭者，常观其人⑬。苟托之非人⑭，则书之非公与是⑮，则不足以行世而传后。故千百年来，公卿大夫至于里巷之士，莫不有铭，而传者盖少。其故非他，托之非人，书之非公与是故也。

然则孰为其人而能尽公与是欤？非畜道德而能文章者，无以为也。盖有道德者之于恶人，则不受而铭之⑯；于众人，则能辨焉。而人之行，有情善而迹非⑰，有意奸而外淑⑱，有善恶相悬而不可以实指⑲，有实大于名，有名侈于实⑳。犹之用人，非畜道德者，恶能辨之不惑㉑，议之不徇㉒？不惑不徇，则公且是矣。而其辞之不工，则世犹不传，于是又在其文章兼胜焉㉓。故曰：非畜道德而能文章者，无以为也，岂非然哉？

　　然畜道德而能文章者，虽或并世而有，亦或数十年、或一二百年而有之。其传之难如此，其遇之难又如此。若先生之道德文章，固所谓数百年而有者也㉔。先祖之言行卓卓㉕，幸遇而得铭其公与是，其传世行后无疑也。

　　而世之学者，每观传记所书古人之事，至其所可感，则往往蠹然不知涕之流落也㉖，况其子孙也哉！况巩也哉！其追睎祖德㉗，而思所以传之之由，则知先生推一赐于巩而及其三世㉘，其感与报，宜若何而图之㉙？

　　抑又思㉚，若巩之浅薄滞拙㉛，而先生进之㉜；先祖之屯蹶否塞以死㉝，而先生显之，则世之魁闳豪杰不世出之士㉞，其谁不愿进于门㉟？潜遁幽抑之士㊱，其谁不有望于世㊲？善谁不为，而恶谁不愧以惧？为人之父祖者，孰不欲教其子孙？为人之子孙者，孰不欲宠荣其父祖？此数美者，一归于先生。

　　既拜赐之辱㊳，且敢进其所以然㊴。所谕世族之次㊵，敢不承教而加详焉㊶。愧甚，不宣㊷。巩再拜。

【作者简介】

曾巩(1019—1083),字子固。建昌军南丰(今属江西)人,世称南丰先生。唐宋八大家之一。宋仁宗嘉祐二年(1057)进士,历任太平州司法参军,越州通判,知齐、洪、福、明、亳、沧等州。元丰四年(1081),以史学才能被委任史官修撰,管勾编修院,判太常寺,官至中书舍人。曾巩出自欧阳修门下,完全接受了欧阳修先道而后文的古文创作主张,而且比欧阳修更着重于道。文风冲和平淡,致力于文章结构的完整和谨严。其文长于议论,尤其是政论文,语言质朴,立论精辟,说理曲折尽意,近似欧阳修文。记叙文亦常多议论,如《宜黄县县学记》《墨池记》,都于记叙中纵谈古今。著作今传《元丰类稿》五十卷。

【注释】

①欧阳舍人:欧阳修,时以知制诰知滁州。知制诰职掌同中书舍人,主要是起草诰命。

②去秋:当指庆历六年(1046)。

③书:指欧阳修《与曾巩论氏族书》。

④先大父:去世的祖父。曾巩祖父曾致尧,太宗太平兴国八年(983)进士。入仕后,坚守刚直,敢于言事,屡遭贬斥,历知州府,终户部郎中。真宗大中祥符五年(1012)卒于官,享年六十六岁。墓碑铭:指欧阳修所作《尚书户部郎中赠右谏议大夫曾公神道碑铭》。文中说:"庆历六年夏,其孙巩称其父命以来请曰:'愿有述。'遂为之述。"即指此事。

⑤铭而见之:作铭文使其显现。见,通"现"。

⑥"或纳于庙"三句:意谓铭文或入家庙,或存墓中,其用意相同。

⑦生者得致其严:谓活着的人能借以表达自己的尊敬之情。严,尊敬。

⑧"喜于"二句:谓积善之人乐于见到自己的事迹流传于世,就奋

116

发起来有所建树。

⑨"警劝"三句:谓铭警恶勉善的作用,不与史书相近,那又与什么相近呢?

⑩一欲:一心只想。

⑪务:从事,致力。勒铭:镌刻碑铭。

⑫不实:不合事实,意谓虚夸。

⑬常观其人:应当察看撰写铭文的人本身怎么样。

⑭非人:不适当的人。

⑮非公与是:谓写出的铭文就不公平、不合事实。

⑯不受而铭之:不接受为他作铭的请求。

⑰情善:内心善良。迹非:事迹不怎么好。

⑱意奸:内心刁恶。外淑:外表善良。

⑲"有善恶"句:有善有恶极其悬殊,却又不能切实加以指出。

⑳侈:超过。

㉑恶(wū):怎么。惑:困惑,迷乱。

㉒徇:依从,曲从。指偏袒。

㉓文章兼胜:文章也相应写得好。

㉔固:诚然,确实。

㉕卓卓:特立,高超出众。

㉖盭(xì)然:悲伤痛惜的样子。

㉗睎:仰慕。

㉘三世:指曾巩自己以及他的父亲、祖父三代。

㉙图:图谋、考虑(报答)

㉚抑:然而。

㉛滞拙:迟钝笨拙。

㉜进之:使之学有所进。

㉝屯(zhūn)蹶否(pǐ)塞:不得志,不顺利。屯、否,皆《易》卦名,象

征艰难阻塞,时运不通。巩之先祖曾致尧为官刚直,多次遭贬,故云。

㉞魁闳:形容器宇不凡,气量宏大。不世出:不常出。

㉟进于门:谓拜入您的门下。

㊱潜遁:隐退。幽抑:犹郁抑。忧愤郁结,忧懑压抑。

㊲有望于世:对于世事前途有所期待。

㊳辱:感到惭愧,表示客气的应酬语。

㊴敢:自言冒昧之词。

㊵所谕世族之次:指欧阳修在《与曾巩论氏族书》里讨论曾氏的世系次序。

㊶敢:岂敢。加详:加以详细考查。

㊷不宣:不一一细说。旧时书信末尾常用语。

【解读】

碑铭是刻于碑石上对死者生平记叙与褒扬的文字。宋仁宗庆历六年(1046)夏,曾巩奉其父易占之命,请欧阳修撰其故祖父曾致尧神道碑铭。欧阳修撰成碑铭,又随寄《与曾巩论氏族书》,为曾巩辨析曾氏源流,此系曾巩答谢之文。

本文叙述作者蒙欧阳修为其故祖父撰写碑铭,反复观诵,引起感动与惭愧两种感情,由此缘起,宕开一笔,以主要论述铭志作为一种记叙体裁与史(历史记事)的区别而发挥其议论,认为铭志虽然与史相接近,但史于人事的善恶是无所不书,而铭则主要是后人对祖先的纪念和颂扬,所以是隐恶扬善,以褒扬为主。但死者并非全是善人,如果是恶者,也要写碑铭以夸于后世,那么所写情事就非真实,这是矛盾的。如果将恶人也写成善人,那么世上就是非颠倒了。于是作者指出,这就关系到写作者了。写作者了解其人为恶人,自当拒绝为之书写,因为内容违背公正与事实,是不能够传扬于后世的。作者认为千百年来碑铭文字众多,但传于后世者少,就是因为内容缺乏公正与违背事实之故。

作者进而提出,怎样的人才能写出公正而不违背事实的碑铭呢?那就必须是富有道德而且善于写文章的人才能够做到。有道德者对于恶人,自然不会接受去为他歌功颂德,对于众人,也能辨别其"情善而迹非"、"意奸而外淑"、名实不相符等种种情况,而不徇情面,据实抒写,这样内容就公正而不违背事实了。但作者还指出,即使能辨别真伪,但也要文章写得好,即道德文章兼胜,否则其文也是不能传世的。

作者因此总结,道德文章兼胜者,几十年或一二百年才能偶尔碰到,所以要得到好的碑铭文字非常困难。而欧阳修则是真正数百年难遇的道德文章兼胜者,所以给作者先祖撰写的碑铭是公正而与事实相符的,从而得出结论,此碑铭及其祖父之善言嘉行必能流传于后世。

最后表达对欧阳修由衷的赞美和感谢。

本文主要是议论,先高屋建瓴,论述碑铭文字与历史记事的区别,而得出撰写好的碑铭之难得,尤其求能撰写者之更难得,是几十年或一二百年都难遇到的,而自己则侥幸遇到了数百年难得一遇道德与文章兼胜的欧阳修,感激他能为故祖父撰写碑铭。行文至此,自然回到题旨,既求之得人,委婉地表达了欧阳修所撰写的故祖父碑铭之既公正而又不违背事实,足以传世。这样,自然既赞扬了欧阳修的道德文章,又肯定了祖父的才德。本文思路缜密,结构严整,而议论开阔,逐层深入,"因铭祖父而推重欧公,则推重欧公,正是归美祖父",行文回环曲折,纡徐委婉,首尾呼应,允称佳构。

【点评】

"此书纤徐百折,而感慨呜咽之气,博大幽深之识,溢于言外。较之苏长公所谢张公为其父墓铭书特胜。"([明]茅坤《唐宋八大家文钞》卷九十九)

"层次如累丸,相生不绝如抽茧丝,浑涵光芒其议论也,温柔敦厚其情文也。曾文至此,岂后人所能沿袭拟议。"([清]储欣《唐宋十大家全集录·南丰先生全集录》卷二)

"子固感欧公铭其祖父,寄书致谢,多推重欧公之辞。然因铭祖父而推重欧公,则推重欧公,正是归美祖父。至其文纡徐百折,转入幽深,在南丰集中,应推为第一。"([清]吴楚材、吴调侯《古文观止》卷十一)

《战国策》目录序

曾 巩

刘向所定《战国策》三十三篇①,《崇文总目》称十一篇者阙②。臣访之士大夫家,始尽得其书,正其误谬,而疑其不可考者,然后《战国策》三十三篇复完。

叙曰:向叙此书,言周之先③,明教化,修法度,所以大治;及其后,谋诈用而仁义之路塞,所以大乱。其说既美矣,卒以谓此书战国之谋士度时君之所能行④,不得不然,则可谓惑于流俗而不笃于自信者也⑤。

夫孔孟之时,去周之初已数百岁,其旧法已亡,旧俗已熄久矣。二子乃独明先王之道,以为不可改者,岂将强天下之主以后世之所不可为哉?亦将因其所遇之时、所遭之变,而为当世之法,使不失乎先王之意而已。二帝三王之治⑥,其变固殊,其法固异,而其为国家天下之意,本末先后,未尝不同也。二子之道,如是而已。盖法者,所以适变也,不必尽同;道者,所以立本也,不可不一。此理之不易者也。故二子者守此,岂好为异论哉?能勿苟而已矣。可谓不惑乎流俗而笃于自信者也。

战国之游士则不然⑦,不知道之可信,而乐于说之易合,其设心注意,偷为一切之计而已⑧。故论诈之便而讳其败,言战之善而蔽其患,其相率而为之者,莫不有利焉而不胜其害也,有得焉而不胜其失也。卒至苏秦、商鞅、孙膑、吴起、李斯之徒以亡其身⑨,而诸侯及秦用之者亦灭其国。其为世之大祸明矣,而俗犹莫之寤也⑩。惟先王之道,因时适变,为法不同,而考之无疵⑪,用之无弊,故古之圣贤未有以此而易彼也。

或曰:"邪说之害正也,宜放而绝之,则此书之不泯⑫,其可乎?"对曰:"君子之禁邪说也,固将明其说于天下,使当世之人皆知其说之不可从,然后以禁则齐。使后世之人皆知其说之不可为,然后以戒则明。岂必灭其籍哉?放而绝之,莫善于是。是以孟子之书,有为神农之言者,有为墨子之言者⑬,皆著而非之。至于此书之作,则上继《春秋》⑭,下至楚汉之起,二百四十五年之间,载其行事,固不可得而废也。"

此书有高诱注者二十一篇⑮,或曰三十二篇,《崇文总目》存者八篇,今存者十篇。

【注释】

①刘向:字子政,汉高祖异母弟楚元王五世孙,经学家、目录学家、文学家。曾校书天禄阁,撰成《别录》,编订《战国策》《楚辞》等,著有《说苑》《新序》等。

②《崇文总目》:书名,为北宋官府昭文、史馆、集贤、秘阁四馆藏书的总目录,分类编目,计六十六卷,仁宗时王尧臣等奉敕撰。阙:残缺,不完善。

③周之先:周朝初期。

④卒:结尾。

⑤笃:坚定。

⑥二帝:谓唐尧、虞舜。三王:指夏禹、商汤、周文武,即三代之圣王。

⑦游士:行游各国,谋为诸侯所用之策士。

⑧偷:苟且,只顾目前之意。

⑨苏秦:字季子,洛阳(今河南洛阳东)人。师鬼谷子,习纵横家言。尝游说秦惠王,不用,乃往说六国,合纵抗秦,遂配六国相印,使秦不敢窥函谷关者十五年。后客于齐,齐大夫使人杀之。

商鞅:卫之庶孽公子,姓公孙氏,好刑名法术之学。秦孝公任用他实行变法,奠定了秦强盛的基础。封地在商,号商君,因称商鞅。孝公死后,被诬陷,车裂而死。

孙膑:齐人,军事家。著有《孙膑兵法》。曾与庞涓同学兵法,后涓为魏惠王将军,恐其贤于己,诳其入魏,处以膑刑而黥之,使其不得用于世。孙膑逃亡齐国,为军师,在桂陵之战和马陵之战中击败庞涓,使魏国失去了霸主地位。

吴起:卫人,军事家、政治家。历仕鲁、魏、楚三国,通晓兵、法、儒三家思想,在内政及军事上都有极高的成就,与孙武并称“孙吴”。因在楚国厉行变法,被守旧贵族杀害。

李斯:楚人。尝从荀卿学。入秦,拜客卿,上《谏逐客书》。又协助秦始皇统一天下。后为丞相,定郡县之制,下禁书令。后被赵高诬为谋反,腰斩于咸阳市。

⑩寤:同“悟”,觉悟。

⑪疵:缺点,过失。

⑫泯:灭,毁。

⑬“有为”二句:指《孟子》书中记载了农家、墨家的言论学说。见《孟子·滕文公上》篇。

⑭《春秋》:鲁国史书,记录了从鲁隐公元年(前722)到鲁哀公十四年(前481)共242年的大事。

⑮高诱:东汉涿郡涿县(今河北涿州)人,曾注释《战国策》《吕氏春秋》《淮南子》等。

【解读】

《战国策》,又称《国策》,为西汉刘向编订的国别体史书,原作者不明,一般认为非一人之作。全书共三十三卷,主要叙述战国时期谋士纵横家的政治主张,同时反映了战国时期的一些历史特点和社会风貌,是研究战国历史的重要典籍。

本文是曾巩在校定《战国策》后作的序文。文中作者先概括了刘向编定《战国策》的用意所在。刘向认为"战国之谋士度时君之所能行,不得不然",作者即对此二语予以辩驳,认为刘向所说非是。作者先是指斥刘向对"道"(先王之道)的不自信,直白地说,也就是指斥刘向根本不懂得"道"。接着提出自己的观点,指出法可变,而道不可变,认为二帝三王未尝不变法,但所不变者为道,而战国时谋士不知"道",只知道苟合之计,在变法的同时也将"道"改变了。然后痛詈谋士"论诈之便而讳其败,言战之善而蔽其患"之不是,言其言行虽亦有利而其害则无穷,并举苏秦、商鞅、孙膑、吴起、李斯之徒以亡其身,诸侯用之而灭其国的事实,再次指出谋士之言行是为世之大祸,而进一步肯定因时适变而用之无弊的先王之道。

据前所论,既然《战国策》之类的书是邪说害正,何不将它禁绝,让天下人不再去读它?作者指出这是为了给世人提供一个反面的教材,让天下人知道当时这些人的言行之错误,而后人则用以为戒,并不是要引导他们做这些邪说害正的事。并举出孟子书"有为神农之言者,有为墨子之言者",其道理相同。且是书记战国二百多年历史,"固不可得而废"。此是就整理《战国策》的意义谈自己的看法,切中本题。

文章主要是议论,条理清晰,结构严整,前后呼应,语言从容和缓,藏锋不露。清林纾论此文"立言既圆通,而又得体,可云载道之文"。

【点评】

"大旨与《新序》相近，有根本，有法度。王遵岩曰：此序与《新序》序相类，而此篇为英爽轶宕。"（[明]茅坤《唐宋八大家文钞》卷一百）

"孟子曰：圣王不作，诸侯放恣，处士横议。《战国策》皆其横议之文也，而实执国命，以交天下之兵。所谓充塞仁义者，刘向以为不得不然，惑也。巩辞而辟之，当矣。明道德之出于一，而枉尺之必不可以直寻，其为世道人心益良厚。然于篇末设为或问，以著此书之不可泯，必存其籍而后可以为戒，则犹有议焉。古者左史记言，右史记动，事为《春秋》，言为《尚书》。周衰，史氏渐亡，然晋董狐之书赵盾，齐太史之书崔杼，皆以死守。其职虽亡，不能尽亡也。左丘明用左史之例，以传夫子之《春秋》，故其文虽亦纪言，而主于事，复自集列国之语，以备右史，故其文虽亦纪事，而主乎言。《战国策》《国语》类也夫，亦战国之史云尔，何议存议废为？然则巩沾沾焉著其不可废之故，亦惑也。柳宗元唯不明乎此，故作《非国语》以尤左丘明，而不自知其陋，无异举斲胫剖心之属非《泰誓》也。巩知二百四十五年之行事载焉，较胜宗元矣，而未了然知其即是战国之史，善恶毕载，不得以其邪说暴行而议存议废者，则亦不无小失云。"（[清]《唐宋文醇》卷五十五）

《李白诗集》后序

曾　巩

《李白诗集》二十卷，旧七百七十六篇，今千有一篇、杂著六十篇者，知制诰常山宋敏求字次道之所广也①。次道既以类广白诗，自为序而未考次其作之先后②。余得其书，乃考其先后而次第之。

盖白，蜀郡人，初隐岷山③，出居襄汉之间，南游江淮，至楚观云梦。云梦许氏者，高宗时宰相圉师之家也，以女妻白,因留云梦者三年。去之齐鲁,居徂徕山竹溪④。入吴。至长安,明皇闻其名⑤,召见,以为翰林供奉⑥。顷之不合,去,北抵赵、魏、燕、晋,西抵岐、邠⑦,历商於⑧,至洛阳,游梁最久⑨。复之齐鲁,南浮淮泗,再入吴,转徙金陵,上秋浦、浔阳⑩。天宝十四载⑪,安禄山反。明年,明皇在蜀,永王璘节度东南⑫。白时卧庐山,璘迫致之。璘军败丹阳,白奔亡至宿松,坐系浔阳狱⑬。宣抚大使崔涣与御史中丞宋若思验治白⑭,以为罪薄宜贳⑮,而若思军赴河南,遂释白囚,使谋其军事。上书肃宗,荐白材可用,不报。是时白年五十有七矣。乾元元年⑯,终以污璘事长流夜郎⑰。遂泛洞庭,上峡江⑱,至巫山,以赦得释。憩岳阳、江夏⑲,久之,复如浔阳⑳,过金陵,徘徊于历阳、宣城二郡。其族人阳冰为当涂令,白过之,以病卒,年六十有四,是时宝应元年也㉑。其始终所更涉如此。此白之诗书所自叙可考者也。

范传正为白墓志㉒,称白偶乘扁舟,一日千里,或遇胜景,终年不移,则见于白之自叙者,盖亦其略也。旧史称白山东人㉓,为翰林待诏,又称永王璘节度扬州,白在宣城谒见,遂辟为从事;而新书又称白流夜郎㉔,还浔阳,坐事下狱,宋若思释之者,皆不合白之自叙,盖史误也。

白之诗连类引义㉕,虽中于法度者寡,然其辞闳肆隽伟㉖,殆骚人所不及,近世所未有也。旧史称白有逸才,志气宏放,飘然有超世之心,余以为实录,而新书不著其语,故录之,使览者得详焉。

【注释】

①知制诰:掌管"制诰"(起草皇帝命令)的官员。广:增补。

②考次:查考编次。次,编次,按次序编排。

③岷山:在四川北部,绵延四川、甘肃两省边界。

④徂徕山:在山东泰安东南,属泰山支脉。

⑤明皇:唐玄宗李隆基,谥至道大圣大明孝皇帝,后世诗文多称为明皇。

⑥翰林供奉:官名。唐玄宗开元初改翰林待诏置,以文学之士充任,与集贤殿书院学士分掌制诏书敕。开元二十六年(738),改为翰林学士。

⑦岐:岐州,治所在今陕西凤翔。邠(bīn):邠州,治所在今陕西彬县。

⑧商於:古代秦楚边境地域名。春秋时,指楚国商密(今河南淅川西南)、於中(今河南西峡东)之地,位于秦岭南麓、丹水与淅水的交汇处。战国时,秦封商鞅于邬(今陕西商洛),改名为商。邬与於同音,后世渐渐将此商与楚国之商於混淆。此后,商於遂演变为以秦岭"商"开始、以武关后"於"结束的"六百里"地的合称。

⑨梁:梁园,又名梁苑、菟园、睢园、修竹园,是西汉梁孝王刘武在都城睢阳(今河南商丘)营建的游赏延宾之所。李白有《梁园吟》。

⑩秋浦:今安徽池州贵池区。浔阳:今江西九江。

⑪天宝十四载:公元755年。天宝,唐玄宗年号(742—756)。载,天宝三载正月朔,改"年"为"载"。

⑫永王璘:李璘,李隆基第十六子。初封永王,领荆州大都督、开府仪同三司。安史之乱爆发后,册封山南、江西、岭南、黔中四道节度使,领江陵大都督,镇守江陵,招兵买马,设置官署。至德元载(756)十二月,李璘擅自率领水军东巡,唐肃宗李亨以其阴谋叛乱、割据江东名义派兵围剿。

126

⑬坐系:获罪入狱。

⑭验治:查验处治。

⑮贳(shì):赦免,宽纵。

⑯乾元元年:公元758年。乾元,唐肃宗年号(758—760)。

⑰污:沾染。长流:远途流放。夜郎:汉时我国西南地区古国名,在今贵州西北及云南、四川两省部分地区。

⑱峡江:长江自重庆奉节瞿塘峡以下,至湖北宜昌,称为峡江。

⑲憩:休息,歇息。

⑳如:至,到。

㉑宝应元年:公元762年。宝应,唐代宗年号(762—763)。

㉒范传正:唐宪宗元和八年(813),为宣歙观察使。李白病逝后,葬于当涂县南十里之龙山东麓。范传正将李白墓由龙山迁葬青山,并亲撰《唐左拾遗林学士李公新墓碑》,立碑石于墓前。

㉓旧史:指《旧唐书》。

㉔新书:指《新唐书》。

㉕连类引义:联结同类的事物而引发主题。

㉖闳肆隽伟:博大奔放,隽永奇伟。

【解读】

本文是作者为《李白诗集》所作的后序,叙述了《李白诗集》编辑的经过,介绍了李白的生平、轶事和评价。

本文第一段,交代编辑《李白诗集》的经过。先叙述《李白诗集》二十卷,旧七百余篇,现在所见到的为九百余篇,为宋敏求所增加并分类编辑,并写有序,但没有对诗作编辑年次。作者因在宋敏求的基础上,再考证李白诗的年次,而以时间先后加以重新编辑。

第二段是重点,简明扼要地对李白的生平作了叙述,而强调所叙述的经历是在《李白诗集》中可以得到印证的。可以说,这是一篇李白简明而富有质量和内涵的传记。

第三段,简要记述李白的两三件轶事,称有些轶事各书所记或有抵牾,并称也与李白所自叙的经历不合,指出其不合理性。

末段高度评价李白诗歌的艺术水平,称为骚人所不及,又为近世所未有,并认为《旧唐书》"称白有逸才,志气宏放,飘然有超世之心",是对李白中肯的评价。

本文条理清晰,结构严谨,用词精练,出言有据,叙事简要而详明,是序跋类古文中的杰作。

【点评】

"不论着李白诗,而独详白生平踪迹,此其变调也。然其结胎在卧庐山,永王璘迫致之上,盖如此,李白夜郎之流,浔阳之狱可释然无愧矣。"([明]茅坤《唐宋八大家文钞》卷一百一)

"文甚严洁。为考白诗之先后而次第之,故于白始终所更涉特详,而并辨新、旧二书之误,或以为变调者,谬也。"([清]何焯《义门读书记》卷四十一)

赠黎安二生序①   曾 巩

赵郡苏轼②,余之同年友也③。自蜀以书至京师遗余④,称蜀之士曰黎生、安生者。既而黎生携其文数十万言,安生携其文亦数千言,辱以顾余⑤。读其文,诚闳壮隽伟⑥,善反复驰骋⑦,穷尽事理。而其材力之放纵⑧,若不可极者也。二生固可谓魁奇特起之士⑨,而苏君固可谓善知人者也。

顷之⑩,黎生补江陵府司法参军⑪,将行,请予言以为赠。余曰:"余之知生,既得之于心矣,乃将以言相求于外邪?"黎生曰:"生与安生之学于斯文⑫,里之人皆笑以为迂阔⑬。今求子之言,盖将解惑于里人。"

余闻之,自顾而笑。夫世之迂阔,孰有甚于予乎！知信乎古,而不知合乎世;知志乎道⑭,而不知同乎俗。此余所以困于今而不自知也。世之迂阔,孰有甚于予乎！今生之迂,特以文不近俗,迂之小者耳,患为笑于里之人。若余之迂大矣,使生持吾言而归,且重得罪,庸讵止于笑乎⑮?

然则若余之于生,将何言哉？谓余之迂为善,则其患若此;谓为不善,则有以合乎世,必违乎古,有以同乎俗,必离乎道矣。生其无急于解里人之惑,则于是焉必能择而取之⑯。遂书以赠二生,并示苏君,以为何如也?

【注释】

①黎安二生:黎生、安生,生平不详。

②赵郡:即赵州,治所在今河北赵县。苏轼祖籍赵郡,故称。

③同年:同榜登科的人。曾巩和苏轼都是宋仁宗嘉祐二年(1057)进士。

④遗(wèi):赠予。

⑤辱:谦辞。此指屈尊。

⑥闳(hóng)壮:雄健。隽(juàn):喻意味深长。

⑦驰骋:纵马疾驰,奔驰。此指奔放。

⑧放纵:书法、文章、才情等恣肆奔放。

⑨魁奇:杰出,特异。特起:特出,杰出。

⑩顷之:不久。

⑪补:充任。司法参军:州府僚佐,掌议法断刑。

⑫斯文：指礼乐教化、典章制度。特指文学。

⑬迂阔：迂远而不切实际。

⑭道：指圣人之道，即儒家学说。

⑮庸讵(jù)：岂，怎么。

⑯择而取之：指在古文、道与时文、世俗之间的选择。

【解读】

这是一篇赠序，作于治平四年(1067)。曾巩针对黎生提出的因迂阔而遭时人非议一事，阐明古今、道俗的矛盾，并以自己为例，激励二生要"信乎古"，"志乎道"，不要与世俗苟同。

本文重在"心""外"二字。信古志道，就是心；合世同俗，就是外。黎生之求序，实不懂所谓古道是要用心去坚持的，他们只是文章合于古，而道之自信并不坚，所以要求作者赠言，以解外人之讥评。作者据此层层推进，紧扣"迂阔"二字，论述信古志道的利弊，给黎、安二生以开导和提醒。作者认为信古志道，是内心的笃信和自信，为读书人所当为，不必怕外人的嘲笑而改变方向。违古离道，即合世同俗，是心外之物，不须求而得，不必过于加以注意；若不同俗且不合世，则古道自存，反求即是，贵在自己如何选择而已。

本文以志道离俗为宗旨，以迂阔为外在表现，要在自信与否，层层展开论述。立意高屋建瓴，论事细致入微，行文委婉曲折，环环相扣，首尾相应，可谓构思缜密，曲尽其妙。

【点评】

"二生盖东坡荐于公者，说迂阔之弊，宛转可佳。"([宋]黄震《黄氏日钞》卷六十三)

"因人笑黎生之迂阔，而引以为同病，立言既妙，却又转进一层。言生特以文不近俗迂之小者，及其告以无急解里人之惑，言外又隐然见得黎生尚未迂阔，在一步紧一步，此荆川所谓'谨密'者也。一篇之

中,有诱掖,有锻炼,可为前修接引后进之法。"（[清]吕留良《古文精选·曾文》）

"通篇拿定'里人笑为迂阔'一语,步步洗发,就作文上挽到立身行己上去,命意正大无匹。其文似嘲似解,总言自信得过,不可移于世俗之毁誉,而以迂阔不迂阔两路听人自择,严中带婉,此有德者之言也。"（[清]林云铭《古文析义》卷十五）

"文近昌黎,唯层次少简,不及昌黎之能作千波万澜也。"（[清]林纾《选评古文辞类纂》）

墨池记　　　　曾　巩

临川之城东①,有地隐然而高②,以临于溪③,曰新城。新城之上,有池洼然④,而方以长,曰王羲之之墨池者⑤,荀伯子《临川记》云也⑥。羲之尝慕张芝⑦,临池学书,池水尽黑,此为其故迹,岂信然邪⑧！方羲之之不可强以仕⑨,而尝极东方,出沧海⑩,以娱其意于山水之间,岂有徜徉肆恣⑪,而又尝自休于此邪？

羲之之书,晚乃善⑫,则其所能,盖亦以精力自致者⑬,非天成也。然后世未有能及者,岂其学不如彼邪？则学固岂可以少哉！况欲深造道德者邪⑭？

墨池之上,今为州学舍。教授王君盛恐其不章也⑮,书"晋王右军墨池"之六字于楹间以揭之⑯。又告于巩曰："愿有记。"推王君之心⑰,岂爱人之善,虽一能不以废⑱,而因以及乎其迹邪？其亦欲推其事以勉其学者邪？夫人之有一能,而使后人尚之如此⑲,况仁人庄士之遗风余思⑳,被于来

131

世者如何哉㉑！

　庆历八年九月十二日曾巩记㉒。

【注释】

①临川:临川郡,抚州(今属江西)的古称。

②隐然而高:微微地高起。隐然,不显露的样子。

③临:从高处往低处看。此指靠近。

④洼然:凹陷的样子。

⑤王羲之(303—361):字逸少,东晋人。官至右军将军、会稽内史,人称王右军、王会稽。善书法,兼擅隶、草、楷、行各体,精研体势,心摹手追,广采众长,备精诸体,冶于一炉,摆脱了汉魏笔风,自成一家,影响深远。风格平和自然,笔势委婉含蓄,遒美健秀。世称"书圣",代表作《兰亭序》被誉为"天下第一行书"。

⑥荀伯子:南朝宋人,曾任临川内史。著有《临川记》六卷,其中提到:"王羲之尝为临川内史,置宅于郡城东南高坡,名曰新城。旁临回溪,特据层阜,其地爽垲,山川如画。今旧井及墨池犹存。"

⑦张芝:东汉末年书法家,善草书,世称"草圣"。王羲之"曾与人书云:'张芝临池学书,池水尽黑,使人耽之若是,未必后之也。'"(《晋书·王羲之传》)

⑧信然:果真如此。

⑨强以仕:勉强要(他)作官。王羲之原与王述齐名,但他轻视王述,两人感情不好。后羲之任会稽内史时,朝廷任王述为扬州刺史,管辖会稽。羲之深以为耻,称病去职,誓不再仕,从此"遍游东中诸郡,穷诸名山,泛沧海"。

⑩极东方:游遍东方。极,穷尽。东方,或作"东中",晋室南渡后对浙江会稽一带的泛称,后专指会稽。出沧海:出游东海。沧海,指东海。

132

⑪徜徉肆恣：尽情游览。徜徉，徘徊，漫游。肆恣，任意，尽情。

⑫"羲之"二句：《晋书·王羲之传》："羲之书初不胜庾翼、郗愔，及其暮年方妙。尝以章草答庾亮，而翼深叹伏。"

⑬盖：大概。以精力自致者：靠自己的精神和毅力取得的。致，取得。

⑭深造：谓不断前进，以达到精深的境地。

⑮教授：学官名。宋朝在各路的州、县学均置教授，掌管学校课试等事。章：通"彰"，显著。

⑯楹间：指厅堂的前柱之间的上方一般用于挂匾额的地方。楹，厅堂的前柱。揭：挂起，标出。

⑰推：推测。

⑱一能：一技之长，指王羲之的书法。不以废：不让它埋没。

⑲尚：尊重，崇尚。

⑳仁人庄士：指品德高尚、行为端庄的人。遗风余思：遗留下来令人思慕的美好风范。余思，指后人的怀念。

㉑被于来世：对于后世的影响。被，影响。如何哉：会怎么样呢？

㉒庆历八年：公元 1048 年。

【解读】

本文作于宋仁宗庆历八年（1048）。文章叙王羲之"临池学书，池水尽黑"和"羲之之书，晚乃善"的遗闻轶事，强调刻苦学习的重要性。

本文按照题意，通常写法无非记叙墨池的来历、传说等等，但作者却自出机杼，匠心独运，既不为题目和体裁所拘，又不粘不离，尊题切意。他不满足于就题论事，而是思路开阔，立意高远。除了开头几句略微介绍墨池的方位及来历外，便紧扣住王羲之书法成就乃"以精力自致者，非天成也"这句话生发开去，由书法而推及治学，以至道德修养。认为这一切都要依靠刻苦学习，依靠后天的努力。并进一步推论，"人之有一能"尚且为后人追思不已，如果深造道德，那么这种"仁人庄士之遗风余思",对天下后世的影响就会更大。这是全篇的主旨。

本文短小精悍,构思精妙,脉络清晰,而波澜迭起,"尺幅之间,云霞百变"。文中多用设问句、反问句和感叹句,尤为全篇神来之笔,不仅揭示和深化了题旨,起到停顿转折、层层递进的作用,而且平添了一唱三叹的情韵,使文章摇曳生姿。文章即事生情,托物言志,叙议交错,开合自然,蕴藉深厚,而笔势平易委婉,纡徐有度,充分显示了作者雍容婉曲、醇正严谨的风格。

【点评】

"看他小小题,而结构却远而正。"([明]茅坤《唐宋八大家文钞》卷一百四)

"寂寥短章,而使人味之隽永,此曾、王之所长也。"([清]《唐宋文醇》卷五十六)

"能与学两层,到底因其地为州学舍,而求文记之者即教授,故推而论之,非若今人腔子之文也。"([清]何焯《义门读书记》卷四十一)

"因墨池会得羲之学书,从此落想,便为天地间大有关系文字。"([清]王符曾《古文小品咀华》)

醒心亭记①

曾 巩

滁州之西南②,泉水之涯③,欧阳公作州之二年④,构亭曰"丰乐",自为记,以见其名之意。既又直丰乐之东几百步⑤,得山之高,构亭曰"醒心",使巩记之。

凡公与州之宾客者游焉,则必即丰乐以饮⑥。或醉且劳矣,则必即醒心而望,以见夫群山之相环,云烟之相滋⑦,旷野之无穷,草树众而泉石嘉⑧,使目新乎其所睹,耳新乎其所闻,则其心洒然而醒⑨,更欲久而忘归也。故即其事之所以然而为名⑩,取韩子退之《北湖》之诗云⑪。噫!其可谓善取乐于山泉之间,而名之以见其实又善者矣⑫!

虽然,公之乐,吾能言之。吾君优游而无为于上⑬,吾民给足而无憾于下⑭,天下之学者皆为材且良⑮,夷狄鸟兽草木之生者皆得其宜⑯,公乐也。一山之隅⑰,一泉之旁,岂公乐哉!乃公所以寄意于此也⑱。

若公之贤,韩子殁数百年而始有之⑲,今同游之宾客,尚未知公之难遇也。后百千年,有慕公之为人,而览公之迹,思欲见之,有不可及之叹,然后知公之难遇也,则凡同游于此者,其可不喜且幸欤⑳!而巩也,又得以文词托名于公文之次㉑,其又不喜且幸欤!

庆历七年八月十五日记。

【注释】

①醒心亭:古亭名,在滁州西南丰乐亭东山上,欧阳修所建。

②滁(chú)州:宋属淮南东路,今属安徽。

③涯:边际。

④作州:任知州。

⑤直:当,临。几:将近,接近。

⑥即:到,到达。

⑦滋:生。

⑧嘉:美。

⑨洒然:不拘束的样子。

⑩即:依照,根据。所以然:可以造成这种醒心的效果。

⑪韩子退之:即韩愈,字退之。《北湖》:"闻说游湖棹,寻常到此

回。应留醒心处，准拟醉时来。"

⑫其实：这个地方真实的情景。

⑬吾君：指宋仁宗。优游：悠闲自得的样子。无为：清静而无所事事。

⑭给(jǐ)足：富裕，丰足。

⑮为材且良：有才能而且贤良。

⑯夷狄：泛指少数民族。我国古代称东方部族为夷，北方部族为狄。

⑰隅(yú)：角落。

⑱寄意：寄托自己的心意。

⑲殁(mò)：死。始：才。

⑳欤：语气词，表示反问。

㉑托名：留名。次：后面。

【解读】

本文作于宋仁宗庆历七年(1047)，是欧阳修给作者的命题作文。欧阳修于庆历五年(1045)被贬知滁州(今安徽滁州)，于庆历六年(1046)相继建丰乐亭和醉翁亭，并分别自写其记。后又在丰乐亭东几百步的高山上筑醒心亭，命曾巩作记。

本文第一段，写醒心亭的地理位置，及欧公命作者写记的缘起。

第二段，写醒心亭的功用及命名。欧公与宾客出游，在丰乐亭饮宴，有时醉酒，或疲劳之后，就到醒心亭眺望风景，群山环绕，云烟旷野，草树泉石，在在新乎耳目，而在在使其心"洒然而醒"，流连忘归。故欧公以"醒心"为亭名，同时交代"醒心"二字，是渊源于唐韩愈《奉和虢州刘给事使君三堂新题二十一咏·北湖》一诗，原诗云："闻说游湖棹，寻常到此回。应留醒心处，准拟醉时来。"

第三段，宕开一笔，从作者对欧公屡屡提及的"乐"字说起，如《丰乐亭记》《醉翁亭记》之乐，写作者对欧公"乐"的理解，即国家安定，人民幸福，文化兴盛，乃至"夷狄鸟兽草木之生皆得其宜"，此系欧公发自内心的快乐之所在，并不是只一山一泉的快乐。就像《醉翁亭记》所言，"醉翁之意不在酒"，而是在乎天下和谐幸福的快乐，游玩之乐，只是寄此意于山水间而已。

第四段叙欧公之贤，是唐韩愈之后数百年间才难得一遇的道德学问兼善的人才，写自己能亲见欧公，并与之同游，抒发了心中的钦仰与喜悦之情。

本文紧扣"乐"字，以两亭（丰乐亭、醒心亭）相映照，层层生发，颂扬了欧阳修不以个人贬谪为忧而以岁丰民给为乐的古仁人胸怀，并从中寄托美好的政治理想。行文绵密，叙述清楚，语言简洁，而意旨深远。

【点评】

"《醒心亭记》为欧阳公守滁作，洒然使人醒者也。"（[宋]黄震《黄氏日钞》卷六十三）

"《丰乐亭记》，欧公之自道其乐也。《醒心亭记》，子固能道欧公之乐也。然皆所谓'后天下之乐而乐'者，结处尤一往情深。"（[清]张伯行《唐宋八大家文钞》卷十五）

"其言之非谀且妄，故后半但觉清新，后之人则不可以率尔画虎也。"（[清]何焯《义门读书记》卷四十二）

西　铭　　　　张　载

乾称父，坤称母①；予兹藐焉，乃混然中处②。故天地之塞，吾其体③；天地之帅，吾其性④。民吾同胞，物吾与也⑤。

大君者⑥，吾父母宗子⑦；其大臣，宗子之家相也⑧。尊高年，所以长其长；慈孤弱，所以幼其幼。圣，其合德；贤，其秀也⑨。凡天下疲癃、残疾、惸独、鳏寡，皆吾兄弟之颠连而无告者也⑩。

于时保之，子之翼也⑪；乐且不忧，纯乎孝者也⑫。违曰悖德，害仁曰贼⑬。济恶者不才，其践形，惟肖者也⑭。

知化则善述其事，穷神则善继其志⑮。不愧屋漏为无忝，存心养性为匪懈⑯。恶旨酒，崇伯子之顾养⑰；育英才，颍封人之锡类⑱。不弛劳而厎豫，舜其功也⑲；无所逃而待烹，申生其恭也⑳。体其受而归全者，参乎㉑！勇于从而顺令者，伯奇也㉒。

富贵福泽，将厚吾之生也㉓；贫贱忧戚㉔，庸玉汝于成也㉕。存，吾顺事㉖；没，吾宁也㉗。

【作者简介】

张载（1020—1077），字子厚。祖籍大梁（今河南开封），生于长安（今陕西西安），后侨寓于凤翔郿县横渠镇（今属陕西），世称"横渠先生"。少喜谈兵，至欲结客取洮西地。范仲淹劝其读《中庸》，乃博览群书，而反求之六经。讲《易》京师，遇程颐兄弟，以为不及，于是撤座辍讲，尽弃异学。登仁宗嘉祐二年（1057）进士，先后任祁州司法参军、云岩令、签书渭州军事判官等。神宗熙宁初，为崇文院校书。寻称疾屏居南山下，读书讲学。熙宁十年（1077），以吕大防荐知太常礼院，以疾归，道卒。门人欲谥明诚，后定谥献。宁宗嘉定中赐谥明。理学创始人之一，其学以《易》为宗，以《中庸》为体，以孔孟为法。讲学关中，传其学者称为关学。有《正蒙》《易说》等，后人编为《张子全书》。

【注释】

①"乾称父"二句：《周易·说卦传》："乾，天也，故称乎父；坤，地

也,故称乎母。"

②"予兹"二句:江永《近思录集注》卷二引朱熹注:"人禀气于天,赋形于地,以藐然之身,混合无间而位乎中。"予,我。兹,语气词。藐,小,幼。混然,浑然一体,不见痕迹。中处,处于天地之中。

③天地之塞:乾坤的阴阳二气充塞天地。《孟子·公孙丑上》:"其为气也,至大至刚,以直养而无害,则塞于天地之间。"吾其体:我以天地二气为体,此身气血都禀受于它。《朱子语类》卷九十八:"塞只是气,吾之体即天地之气。"

④天地之帅:天地的乾健坤顺性质为阴阳二气所遵循。帅,带领,遵循。吾其性:我因此而成就了自己的本性。《朱子语类》卷九十八:"帅是主宰,乃天地之常理也,吾之性即天地之理。"

⑤"民吾"二句:即民胞物与,意谓世人皆为我的同胞,万物俱是我的同辈。指泛爱一切人和物。同胞,同一父母所生的兄弟姊妹。与,同类。

⑥大君:指天子。

⑦吾父母:指乾坤、天地。宗子:嫡长子。

⑧家相:上古时期卿大夫家中的管家,后泛指臣仆。

⑨圣,其合德:圣人与天地德性相合为一。《周易·文言传》:"夫大人者,与天地合其德,与日月合其明,与四时合其序,与鬼神合其吉凶。"贤,其秀也:贤人是钟集了天地的灵秀而产生的。秀,灵秀。

⑩"凡天下"二句:《孟子·梁惠王下》:"老而无妻曰鳏,老而无夫曰寡,老而无子曰独,幼而无父曰孤。此四者,天下之穷民而无告者。"疲癃,衰老龙钟的人。惸(qióng)独,孤苦伶仃的人。鳏(guān),鳏夫,无妻或丧妻的男子。寡,寡妇。颠连,困顿,苦难。无告,无可诉告。一说为无靠,告通"靠"。

⑪"于时"二句:《诗经·周颂·我将》:"畏天之威,于时保之。"于时,郑玄笺:"时,是也。"保之,郑玄笺:"得安文王之道。"江永《近思录

139

集注》卷二引朱熹注:"畏天以自保。"翼,小心翼翼。《诗经·大雅·大明》:"维此文王,小心翼翼。"郑玄笺:"小心翼翼,恭慎貌。"

⑫乐且不忧:《周易·系辞上》:"乐天知命,故不忧。"纯乎孝者:《左传·隐公元年》:"君子曰:颍考叔,纯孝也。爱其母,施及庄公。《诗》曰:'孝子不匮,永赐尔类。'其是之谓乎!"杜预注:"纯,犹笃也。"

⑬害仁曰贼:《孟子·梁惠王下》:"贼仁者谓之贼。"

⑭济恶:助长为恶。不才:没有才能。践形:体现出人的天赋品质。《孟子·尽心上》:"形色,天性也,惟圣人然后可以践形。"赵岐注:"圣人内外文明,然后能以正道履居此美形。"肖:相似。此处即专指子对父的相似。

⑮"知化"二句:二"其"字都指天地乾坤。天地乾坤所做之事为化育,所存之志为神妙的天机,圣人继承其事其志犹如孝子继承父母。知化、穷神,语出《周易·系辞下》:"穷神知化,德之盛也。"

⑯"不愧"二句:不愧屋漏,《中庸》:"《诗》云:'相在尔室,尚不愧于屋漏。'故君子不动而敬,不言而信。"相在尔室意为诸侯卿大夫觐见助祭,屋漏为宗庙的西北隅,不愧意为有神见己所为而己不惭愧。无忝,《诗经·小雅·小宛》:"夙兴夜寐,毋忝尔所生。"忝,羞辱,有愧于。存心养性,《孟子·尽心上》:"存其心,养其性,所以事天也。"匪懈,《诗经·大雅·烝民》:"夙夜匪懈,以事一人。"夙夜,早晚。匪懈,不懈。

⑰"恶旨酒"二句:恶旨酒,《孟子·离娄下》:"禹恶旨酒而好善言。"意为禹不喜欢美酒,而喜欢有益的话。崇伯子,夏禹之父鲧封于崇,史称崇伯,崇伯子即夏禹。顾养,顾念父母的养育之恩。《孟子·离娄下》:"孟子曰:'世俗所谓不孝者五……博弈好饮酒,不顾父母之养,二不孝也。'"

⑱"育英才"二句:育英才,《孟子·尽心上》:"孟子曰:'君子有三乐,而王天下不与存焉。父母俱存,兄弟无故,一乐也。仰不愧于天,俯不怍于人,二乐也。得天下英才而教育之,三乐也。'"颍封人,即颍

考叔,曾任颍谷封人。春秋时郑国人,以事母至孝著称,《左传·隐公元年》有记载。锡类,永赐尔类,意思是上天会恩赐福祉给孝顺的人。

⑲"不弛劳"二句:不弛劳,勤劳而不松懈。厎(dǐ)豫,得以欢乐。《孟子·离娄上》:"舜尽事亲之道,而瞽瞍厎豫。"赵岐注:"厎,致也。豫,乐也。"舜其功也,意为这是舜所获得的成功。史称舜事其父瞽瞍至孝。

⑳"无所逃"二句:申生,春秋时晋献公太子。晋献公宠爱骊姬,申生为其所潛,自经而死。文中所说"待烹",犹言待死,并非确指。恭,申生死后的谥号。

㉑体其受:身体发肤,受之于父母。归全:保全身体,归之于父母。参:曾参,字子舆,孔子弟子,以孝著称,相传《孝经》为其所作。

㉒勇于从而顺令:勇于顺从父母的旨意。伯奇:古代孝子。《孔子家语·七十二弟子解》:"高宗以后妻杀孝己,尹吉甫以后妻放伯奇。"尹吉甫为周宣王大臣。《汉书》卷七十九颜师古注引《说苑》:"前母子伯奇,后母子伯封,兄弟相重。后母欲令其子立为太子,乃潛伯奇,而王信之,乃放伯奇也。"

㉓厚生:生计温厚,丰衣足食。《尚书·大禹谟》:"正德,利用,厚生,惟和。"

㉔忧戚:忧愁烦恼。戚,忧愁,悲伤。

㉕庸:用,以。玉汝于成:爱护而使之有成就。

㉖存:生存。顺事:顺从天地之事。

㉗没:通"殁",死亡。宁:安宁。

【解读】

熙宁三年(1070),王安石变法,作者因受二程牵连,回归横渠,专事讲学著书立说,遂撰《砭愚》和《订顽》二文悬挂于书房东、西两牖,作座右铭,以时刻警醒、劝勉自己。程颐见后,将《砭愚》改称《东铭》,《订顽》改称《西铭》。

本文通过叙述天、地、人三者,尤其是人与人之间相亲爱、依存的关系,阐述了自己对天地、对社会的了解,并申述自己知自然之化机,而顺天应命的思想,展现了作者与天同体,淡然于生死而无所畏惧的胸怀。

第一段,叙述天、地、人之间的关系,尤重在本体的阐述。认为天是父,地是母,而人则很藐小,却同处于其间。天地之气所充满者,是人类的本体;天地之意志所总领者,即是人类的本性;众生之人民,是为人类一父母所生之同胞,自然万物,是与人类密切相关者。

第二段,由人类本体的关系,而就人伦一节逐层深入推进,认为天子(皇帝)是人类父母的宗子(大宗的嫡长子),天子属下的大臣,则是宗子的家相(管家)。人类尊重老人,是因为他们年长;慈爱孤儿弱小者,是因为他们幼小。圣人,是各种品德总合在一起的个体;贤人,是天地中优秀的部分。而总凡天下中包括疲癃、残疾、惸独、鳏寡等弱势群体,都是我们的兄弟中之困顿不堪而无处投诉的人。

然后作者强调,我们要保育好这些弱势的群类,这是人类作为天地之子协助天地的责任。要让老年人得享快乐而无忧虑,因为这是对天地父母至纯的孝道。如果与此相违,那么人类的行为就背离了天地的道德,这种损害人类仁德的行为我们即称之为贼。助长凶恶的人是天地父母不成材的儿子,而那些能够遵行天地父母意旨的人就是与天地父母相像的人。

第四段,阐述人类中个人的修养,认为通晓天地的变化,就善于继续天地父母的事业;穷究事物的神妙,就善于继承父母天地的意志。独处于室时,亦慎守善德,使无愧于心,这才是不使天地父母受到玷辱;保存本心,养育正性,要做到恒久,而坚持不懈。然后例举孝养父母,要如夏禹"恶旨酒"那样坚决;养育英才,要如颍封人(颍考叔)那样广以善心施诸众人;事奉亲人,要不松懈,要如虞舜那样使父母终以欢乐;在父母前恭顺,要如晋太子申生那样即使无处逃死,也甘以待戮。临终时,将从父母那里得来的身体完整地归还给天下父

142

母的是曾参;勇于听从以顺从父母之令的是周宣王时重臣尹吉甫之长子伯奇。

末段,阐明自己的人生态度,认为富贵福泽,这些都只是增厚我生存的保障,而贫贱忧戚,也可以砥砺我的意志,帮助我达到成功。在生时,我顺从天地父母的意愿,去做我必须做的事业;生命不存在了,我就安然地回归天地父母的怀抱。

作者以弘扬儒学为己任,终其一生而未尝止息,最终立足于当时的社会实际,确立了以儒学为价值本位、以"天人合一"为理论特色的新哲学体系。本文正是作者哲学思想和价值理念的集中表现。

作者从天地出发,以人在天地之间,而与天地为同体,所以世上的成事万物都是与我们密切相关的,所以我们不仅要关心自己,也同样要关心他人,关心世上与我们密切相关的所有事物,包括我、家庭、社会、自然等,这是儒家仁学的价值取向。将对自己的爱推广于天地万物,这是本文所要表达的中心意旨所在。文末二句,"存,吾顺事;没,吾宁也",表明了作者对待人立足现世、纯任自然的积极态度,与释道两家有着根本区别。

【点评】

"《西铭》之为书,推理以存义,扩前圣所未发,与孟子性善养气之论同功。"([宋]《二程遗书·伊川文集·答杨时论〈西铭〉书》)

"张载作《西铭》,又极言理一分殊之情,然后道之大原出于天者,灼然而无疑焉。……二程深推服之,(杨)时疑其近于兼爱,与其师颐辨论往复,闻理一分殊之说,始豁然无疑。"([元]脱脱等《宋史·道学列传·张载》)

"此篇张子书于四牖示学者,题曰订顽;伊川程子以启争为疑,改曰西铭。龟山杨氏疑其有体无用,近于墨氏,程子为辨明其理一分殊之义,论之详矣。"([清]王夫之《张子正蒙注》卷九)

"张氏又本其哲学上的见地,创万物一体之说,见于其所著的《西

铭》。与惠施泛爱之说相近。"（吕思勉《中国通史》第十七章）

"《西铭》原名《订顽》。横渠讲学关中，于学堂双牖，左书'砭愚'，右书'订顽'。因伊川语曰：'是当起争端。'乃改'订顽'曰'西铭'，'砭愚'曰'东铭'。《东铭》以戏言戏动、过言过动为戒，所以开警后学者甚切。然语气象之博大，辞义之深粹，则非《西铭》之匹也。后程门专以《西铭》教人，故学者亦遂多知《西铭》，而不及《东铭》云。"（钟泰《中国哲学史》第三编第四章）

"《西铭》全文最可贵的是因为它表现了'民吾同胞，物吾与也'的博爱精神。人所以能有这种精神，是基于'天地之塞吾其体，天地之帅吾其性'的天人一本的形上肯定。……至于'尊高年，所以长其长；慈孤弱，所以幼其幼，……凡天下疲癃残疾，惸独鳏寡，皆吾兄弟之颠连而无告者也'云云，则为博爱精神的具体说明，也就是能体天之德的表现。这样横渠使天人合一论不只限于成圣成贤的修养，也包括仁爱与民本精神的发扬，而达成成圣成贤的终极目标。这是一个新的发展。"（韦政通《中国思想史》第三十四章）

义田记①

钱公辅

范文正公，苏人也②。平生好施与，择其亲而贫、疏而贤者，咸施之。方贵显时，置负郭常稔之田千亩③，号曰义田，以养济群族之人。日有食，岁有衣，嫁娶婚葬皆有赡④。择族之长而贤者主其计⑤，而时其出纳焉。日食，人一升；岁衣，人一缣⑥；嫁女者五十千，再嫁者三十千；娶妇者三十千，再娶者十五千；葬者如再嫁之数，葬幼者十千。族之聚者九十口，岁入给稻八百斛⑦。以其所入，给其所聚，沛然有余而无穷⑧。仕而家居俟代者与焉⑨，仕而居官者罢莫给。此其大较也⑩。

初，公之未贵显也，尝有志于是矣⑪，而力未逮者三十年⑫。既而为西帅⑬，及参大政⑭，于是始有禄赐之入，而终其志。公既殁⑮，后世子孙修其业，承其志，如公之存也。公既位充禄厚，而贫终其身。殁之日，身无以为敛，子无以为丧。惟以施贫活族之义，遗其子而已。

昔晏平仲敝车羸马⑯。桓子曰⑰："是隐君之赐也。"晏子曰："自臣之贵，父之族，无不乘车者；母之族，无不足于衣食；妻之族，无冻馁者⑱；齐国之士，待臣而举火者三百余人。以此而为隐君之赐乎？彰君之赐乎？"于是齐侯以晏子之觞而觞桓子⑲。予尝爱晏子好仁，齐侯知贤，而桓子服义也⑳。又爱晏子之仁有等级，而言有次第也。先父族，次母族，次妻族，而后及其疏远之贤。孟子曰："亲亲而仁民，仁民而爱物。"晏子为近之。今观文正公之义，贤于平仲，其规模远举，又疑过之。

呜呼！世之都三公位㉑，享万钟禄㉒，其邸第之雄㉓，车舆之饰，声色之多，妻孥之富㉔，止乎一己而已；而族之人，不得其门而入者，岂少哉？况于施贤乎！其下为卿大夫、为士、廪稍之充㉕，奉养之厚，止乎一己；族之人，瓢囊为沟中瘠者㉖，岂少哉？况于他人乎！是皆公之罪人也㉗。公之忠义满朝廷，事业满边隅㉘，功名满天下，后必有史官书之者，予可无录也。独高其义，因以遗于世云。

【作者简介】

钱公辅（1021—1072），字君倚。武进（今江苏常州）人。仁宗皇祐元年(1049)进士。历通判越州、知明州,擢知制诰。英宗即位,陈《治平十议》。因阻王畴由翰林学士升任枢密副使,谪为滁州团练使。神宗时,拜天章阁待制、知邓州,复知制诰,知谏院。因忤王安石,出知江宁府,徙扬州,改提举崇福观。

【注释】

①义田:泛称为赡养族人或贫困者而置的田产。

②范文正公:即范仲淹,"文正"是他死后的谥号。苏人:范仲淹为苏州吴县(今江苏省苏州市吴中区)人。

③负郭:靠近外城,指近郊。负,背靠。郭,外城,古代在城的外围加筑的一道城墙。稔(rěn):庄稼成熟,丰收。

④赡(shàn):供养,供给。

⑤计:计簿,账目。

⑥缣(jiān):双丝织的浅黄色细绢,这里指一匹丝织物。

⑦斛(hú):量器名,也是容量单位,多用于粮食。古时以十斗为一斛,南宋末改为五斗。

⑧沛(pèi)然:充沛的样子。

⑨俟(sì):等待。与(yù):通"预",参与其中。

⑩较:概略,大旨。

⑪尝:已经。

⑫逮(dài):及,到。

⑬为西帅:指范仲淹出任陕西经略安抚招讨副使。

⑭参大政:指范仲淹担任参知政事。参,参与。大政,指国政,国家大事。

⑮殁(mò):死,去世。

⑯晏平仲:名婴,又称晏子,春秋时齐国夷维(今山东高密)人。在齐灵公、庄公、景公时历任卿相。后人把他的言行编纂成书,名《晏子春秋》。敝:坏,破旧。羸(léi):瘦,弱。

⑰桓（huán）子：田氏，名无宇，谥号桓，故称田桓子。春秋时齐国大夫，田氏家族首领之一。

⑱馁（něi）：饥饿。

⑲齐侯：指齐景公。齐是侯爵国，所以称它的国君为侯。觞（shāng）：古代盛酒器具，向人敬酒或自饮也叫"觞"。

⑳服义：在正确的道理或正义面前，表示心服。

㉑三公：古代中央三种最高官职的合称。周以太师、太傅、太保为三公，西汉以丞相、太尉、御史大夫为三公，东汉以太尉、司徒、司空为三公。唐宋沿用东汉之制，但已非实职。

㉒万钟：极言俸禄优厚。钟，古代容量单位，十斛或六石四斗为一钟。

㉓邸（dǐ）第：指官僚和贵族的大住宅。

㉔孥（nú）：儿女。

㉕廪（lǐn）稍：旧时指公家按时供给的粮食。

㉖瓢囊：瓢勺与食袋。特指行乞之具。瘠：通"胔（zì）"，腐肉，腐尸。

㉗公之罪人：公家（或国家）的罪人。

㉘边隅（yú）：边疆，边境。

【解读】

古有收族之义。《仪礼·丧服》："大宗者，收族者也。不可以绝。"这是儒家亲仁本质的具体体现。本文借范仲淹设义田以周赡族人，与春秋时齐国贤相晏婴周赡"齐国之士"的对比描写，既表彰了晏子"亲亲而仁，仁民而爱物"的高尚精神，同时更展现了范仲淹为后人计之"规模远举"的"高义"，仁风流泽，意义深远。

范仲淹是北宋名臣，其功名事业，为世人所熟知和景仰。但对于其乐善好施、周赡亲族之事，则知之者甚少。作者与范仲淹同为吴人，同朝做官，故知之者深，于是作《义田记》以颂其高义，借以表敬仰之情。

文章第一段记叙范仲淹之为人、事迹及其置义田的经过及目的，详细叙述义田具体分配的制度。第二段写范仲淹有志于此而力未逮者三十年，当其发达显贵，才有能力达其志向，并叙述其子孙亦能承其志，修其业。为达此置义田的目的，范仲淹是倾其所有，不留余财，所以"位充禄厚，而贫终其身"，以至死后无以为殓，可见其不为一己的高尚精神，其中一句"惟以施贫活族之义"，揭示了其义田的中心意义。第三段写晏子赡养齐国之士，也是亲仁之举，并与范仲淹相比较。第四段写世上高官厚禄的人很多，但都只顾到一己之奉养，从不想到周赡族人，作者指出这些人"是皆公之罪人"，而范仲淹"功名满天下"，而能念"收族"之义，行"收族"之举，是远较那些只顾一己之私的达官贵人为崇高的。

本文章法井然，条理清楚，叙议结合，特别是第一段叙述翔实，给议论做了有力铺垫，较空发议论者优胜殊多。

【点评】

"最有法度之文，宋人中难得。"（[清]金圣叹《天下才子必读书》卷十五）

"常见世之贵显者，徒自肥而已，视亲族不异路人。如公之义，不独难以望之晚近，即求之千古以上，亦不可多得。作是记者，非特以之高公之义，亦以望后世之相感而效公也。"（[清]吴楚材、吴调侯《古文观止》卷九）

"文正公仁孝之心从本源发出，直贯至千百年，故义田历久规模不废。若稍有近名徇外之心，则不久而争且废矣。叙论明畅，可化鄙薄为宽敦。"（[清]蔡世远《古文雅正》）

读孟尝君传①

王安石

世皆称孟尝君能得士②,士以故归之③,而卒赖其力,以脱于虎豹之秦。嗟乎!孟尝君特鸡鸣狗盗之雄耳④,岂足以言得士?不然,擅齐之强⑤,得一士焉,宜可以南面而制秦⑥,尚何取鸡鸣狗盗之力哉?夫鸡鸣狗盗之出其门,此士之所以不至也。

【作者简介】

王安石(1021—1086),字介甫,号半山。抚州临川(今属江西)人。庆历二年(1042)进士。历任扬州签判、鄞县知县、舒州通判、常州知州等职,政绩显著。嘉祐三年(1058),调为度支判官,上万言书,主张改革政治。嘉祐八年(1063),因母亲病逝,辞官回江宁守丧,朝廷屡召不就。治平四年(1067)神宗即位,起知江宁府,旋召为翰林学士。熙宁二年(1069),被任为参知政事。从熙宁三年(1070)起,两度任同中书门下平章事,积极推行新法。熙宁九年(1076)罢相后,退居江宁。封荆国公,世称王荆公。卒谥"文",又称王文公。其散文简洁峻切,短小精悍,论点鲜明,逻辑严密,有很强的说服力,充分发挥了古文的实际功用,为"唐宋八大家"之一。著有《临川集》。

【注释】

①孟尝君传:指《史记·孟尝君列传》。孟尝君:姓田名文,齐国人,战国四公子之一。封于薛地(在今山东滕州东南)。食客数千人,名声闻于诸侯。

②称:称颂,赞扬。

③归:投奔,投靠。

④特：只，仅，不过。鸡鸣狗盗：孟尝君曾在秦国为秦昭王所囚，有被杀的危险。他的食客中有个能为狗盗的人，就在夜里装成狗混入秦宫，偷得狐白裘，用来贿赂昭王宠妃，孟尝君得以被放走。可是他逃至函谷关时，正值半夜，关门紧闭，按规定要鸡鸣以后才能开关放人出去，而追兵将到。于是他的食客中会学鸡叫的人就装鸡叫，结果群鸡相应，终于及时赚开城门，逃回齐国。后成为孟尝君能得士的美谈。雄：长，首领。

⑤擅：拥有。

⑥南面：指居于君主之位。君王坐位面向南，故云。

【解读】

本文是王安石读《史记·孟尝君列传》后写的一篇读后感。

孟尝君是战国时齐国贵族田文的封号，他以门客众多，人才济济，历来受到人们的称道。作者则一反世俗之见，以驳论的形式，斩截的语言，公认的常理，强有力地对世俗传统的论点进行了反驳，指出鸡鸣狗盗之徒并不能作为国家栋梁之士，反映出作者对人才独特新颖的看法。

开篇即提出世俗传统的论点，认为孟尝君养了许多门客，收罗了许多人才，正是依靠这些人才，他才得以从秦国的险境中逃脱回来。接着突然以"嗟乎"感叹词作一转折，提出自己的绝然不同的观点，认为孟尝君所得的所谓人才都只是一些鸡鸣狗盗之士，而非真正的人才，为什么呢？如果是真正的人才，就要正面地面对秦国，而非作一些鸡鸣狗盗的勾当，因为齐国本来有很富强的基础，只要得到一位真正的人才，任用得当，就可以使齐国强大，进而制服秦国，根本就不需要利用到这些鸡鸣狗盗之徒的力量。由此得出结论，正是因为孟尝君只是鸡鸣狗盗之徒的雄长，所以真正的贤能之士不屑与之为伍，也间接地论证了孟尝君门下没有真正人才的论点。

本文结构严谨，议论新颖，短小精悍，仅九十字，却写得大起大落，反转腾挪,前后呼应,精警有力。

【点评】

"王安石转折有力,首尾无百余字,严劲紧束,而宛转凡四五处,此笔力之绝。"([宋]楼昉《崇古文诀》卷二十)

"凿凿只是四笔,笔笔如一寸之铁,不可得而屈也。读之可以想见先生生平执拗,乃是一段气力。"([清]金圣叹《天下才子必读书》卷十五)

"文不满百字,而抑扬吞吐,曲尽其妙。"([清]吴楚材、吴调侯《古文观止》卷十一)

"谢枋得曰:笔力简而健,然一篇得意处,只是擅齐之强,得一士焉,宜可以南面而制秦,尚何取鸡鸣狗盗之力哉? 先得此数句作此一篇文字,然亦是祖述前言。韩文公《祭田横墓文》云:'当赢氏之失鹿,得一士而可王,何五百人之扰扰,不能脱夫子于剑芒? 岂所宝之非贤,抑天命之有常?'"([清]《唐宋文醇》卷五十八)

"此文乃短篇中之极则,雄迈英爽,跌宕变化,故能尺幅中具有万里波涛之势。"(高步瀛《唐宋文举要》引李刚己)

送孙正之序①   王安石

时然而然,众人也②;已然而然,君子也③。已然而然,非私己也④,圣人之道在焉尔⑤。夫君子有穷苦颠跌⑥,不肯一失诎己以从时者⑦,不以时胜道也⑧。故其得志于君,则变时而之道⑨,若反手然⑩,彼其术素修而志素定也⑪。时乎杨墨⑫,己不然者,孟轲氏而已⑬;时乎释老⑭,己不然者,韩愈氏而已。如孟韩者,可谓术素修而志素定也,不以时胜道也。惜也不得志于君，使真儒之效不白于当世⑮，然其于众人也卓矣。呜呼！予观今之世，圆冠峨如⑯，大裙襜如⑰，坐而尧言⑱，起而舜趋⑲，不以孟韩之心为心者，果异于众人乎？

予官于扬⑳，得友曰孙正之。正之行古之道，又善为古文，予知其能以孟韩之心为心而不已者也。夫越人之望燕为绝域也㉑，北辕而首之㉒，苟不已㉓，无不至。孟韩之道去吾党㉔，岂若越人之望燕哉？以正之之不已，而不至焉，予未之信也。一日得志于吾君，而真儒之效不白于当世，予亦未之信也。

正之之兄官于温㉕，奉其亲以行，将从之，先为言以处予㉖。予欲默，安得而默也！

庆历二年闰九月十一日。

【注释】

①孙正之：孙侔，字正之，一字少述。吴兴（今浙江湖州）人。早年丧父，事母至孝。尝屡举进士不中，母卒，誓绝仕进，客居江淮间，屡荐皆不就。序：一种文体，用于临别赠言。

②时然而然：时尚如此，我即如此。众人：普通人，世俗之辈。

③已然而然：自己认为这样正确，就这样去做。君子：有道德者。

④私己：自以为是，偏爱自己。私，偏爱。

⑤圣人之道：儒家的政治主张和道德伦理观念。焉尔：于此而已。

⑥颠跌：跌倒。引申为挫折、困窘。

⑦诎（qū）：屈服。从时：顺从时宜。

⑧以时胜道：苟合时俗而损丧道义德行。

⑨变时：改变时俗潮流。之：往、到。

⑩反手:翻转手掌。比喻事情极容易办。

⑪术:学术。素:平素,向来。修:整饬,有条不紊。

⑫杨:杨朱,战国初期思想家、哲学家,道家杨朱学派创始人。主张贵己、重生、为我,反对墨子的兼爱和儒家的伦理思想。墨:墨子,春秋战国时期思想家、教育家、科学家、军事家,墨家学派创始人。主张兼爱、非攻、尚贤,不满儒家的礼等学说。墨家当时影响很大,与儒家并称显学。

⑬孟轲:即孟子。

⑭释:佛教创始人释迦牟尼的简称,后泛指佛教。老:春秋末期哲学家老子的简称。老子后被道教奉为始祖,故这里泛指道教。

⑮真儒:真正的儒者,大儒。效:效用。白:明白,显明。

⑯圆冠:圆冠方领为儒生的装束。冠,帽子。峨如:高高竖起的样子。

⑰裙:下裳。此处指官僚贵族所穿的衣服。襜(chān)如:衣着整齐的样子。

⑱尧:唐尧,五帝之一,后禅位于舜。《汉书·眭两夏侯京翼李传》:"尧言布于天下,至今见诵。"

⑲舜:虞舜,五帝之一,后禅位于禹。趋:小步而行,表示恭敬。《荀子·非十二子》:"禹行而舜趋,是子张氏之贱儒也。"

⑳扬:扬州(今属江苏),当时为淮南路的治所。庆历二年(1042),王安石进士及第,以秘书郎签书淮南节度判官厅公事。

㉑越:春秋战国时越国,地在今浙江绍兴一带。后也称此地为越。燕:周代分封的诸侯国,其地在今河北北部和辽宁西部,后也称此地为燕。绝域:极边远的地域。

㉒辕:驾车用的直木或曲木。这里指驾车。首:首途,启程。

㉓苟:假如。已:停止。

㉔去:离开,距离。吾党:我辈。

㉕温:温州,治所在永嘉(今属浙江)。

㉖处予:安慰我。处,犹安。这里指临别相赠以言。

【解读】

本文作于宋仁宗庆历二年(1042)。王安石进士及第后,即赴扬州任签书淮南节度判官厅公事。在扬州,他与孙侔认识并成为挚友。不久,孙侔随父母、兄长去外地生活,王安石为此写了这篇序送给孙侔,对好友寄予殷切的期望。本文作为赠序,重点放在相互劝勉这一点上。

文章开篇就提出一个君子的标准,认为应当像孟子、韩愈那样独立于世,而不能像常人那样随波逐流,人云亦云,附合时俗。而要做到这样,就必须有学术修养和确定的志向。举孟轲和韩愈的例子,表达了自己"得志于君,则变时而之道"的志向。接着顺势引出朋友孙正之,指出孙以孟轲、韩愈为榜样,"行古之道,又善为古文",一定能达到君子的境界。这是作者对孙正之的期望,同时也是对自己的勉励。

本文是作者早年的散文,可以看出作者在青年时期就树立了致君尧舜,以天下为己任的志向,也可以说本文是他步入仕途时表明自己政治抱负的宣言。

【点评】

"两相箴规,两相知己之情可掬。"([明]茅坤《唐宋八大家文钞》卷八十六)

"纾曰:文字最易觇人肺腑,此文拈一'道'字,何等阔大!然三用'得志于君',则处处似求得权力,方能行道,乃不知孔孟一无权力,而道亦长垂于后世,固未计得君与不得君也。且'道'字宜言化时,不能言变时。言变时,其中已含用权用力之意,况必在得志于君之后,则变时纯用权力可知。且'术修志定'四字,看似冠冕堂皇,然此术是安石误人之经学,此志是安石坚僻之意见。自以为修,自以为定,则正人君子，更无所用其箴规，故安石平日与君子往还，得君以后，概行拒绝，正自以为修，自以为定也。其尤有语病处，不得于君，真儒之效即不白于当世，'效'字似指功施而言，然则孔孟何尝有一日之得君，而儒效又何尝不白于当世？此'效'字可包正人心、息邪说而言，不必专指得君行政。此文在在由功利上计较，然处处用萦复之笔，骨力坚凝，自是临川本色。"（[清]林纾《选评古文辞类纂》）

同学一首别子固[①]

王安石

　　江之南有贤人焉，字子固，非今所谓贤人者，予慕而友之[②]。淮之南有贤人焉，字正之，非今所谓贤人者，予慕而友之。二贤人者，足未尝相过也[③]，口未尝相语也[④]，辞币未尝相接也[⑤]。其师若友[⑥]，岂尽同哉？予考其言行，其不相似者，何其少也！曰：学圣人而已矣。学圣人，则其师若友，必学圣人者。圣人之言行，岂有二哉？其相似也适然[⑦]。

　　予在淮南，为正之道子固，正之不予疑也；还江南，为子固道正之，子固亦以为然。予又知所谓贤人者，既相似，又相信不疑也。

　　子固作《怀友》一首遗予[⑧]，其大略欲相扳以至乎中庸而后已[⑨]。正之盖亦尝云尔。夫安驱徐行[⑩]，辅中庸之庭[⑪]，而造于其堂[⑫]，舍二贤人者而谁哉？予昔非敢自必其有至也，亦愿从事于左右焉尔。辅而进之，其可也。噫[⑬]！官有守，私有系[⑭]，会合不可以常也[⑮]。作《同学一首别子固》以相警[⑯]，且相慰云。

155

①同学:共同学习圣人之道。一首:一篇。子固:曾巩(1019—1083),字子固。

②慕:仰慕。友:与……交朋友。

③相过:拜访,交往。过,访问。

④相语:交谈。

⑤辞:指书信往来。币:缯帛,丝织品,古代常用作馈赠的礼品。

⑥若:和,与。

⑦适然:当然。

⑧《怀友》:原文见吴曾《能改斋漫录》卷十四。其文云:"因介卿(即介甫)官于扬,予穷居极南……为作《怀友》书两通,一自藏,一纳介卿家。"遗(wèi):赠送。

⑨大略:大体上。扳(pān):同"攀",援引。至乎中庸:语本曾巩《怀友》"望中庸之域,其可以策而及也"。中庸,儒家奉行的道德标准,认为不偏为中,不变为庸,即处事不偏不倚。

⑩安驱:缓步徐行。徐:缓慢。

⑪辚(lìn):车轮碾过。此指经过。

⑫造:到达。

⑬噫(yī):唉,表示感叹。

⑭守:职守,工作岗位。私:私人。系:牵系,系念。

⑮会和:遇合,相遇而彼此投合。

⑯警:警策,勉励。

【解读】

王安石与曾巩是同乡,且有姻亲关系。宋仁宗庆历元年(1041),同在京参加礼部试。次年,王安石中进士后赴扬州任职,曾巩则落第回家。分别后,两人仍保持着密切联系。庆历三年(1043)三月,王安石自扬州回江西临川，五月至家省亲，并至南丰谒曾巩，临别时作此文相赠。

"同学"，即共同学习，互勉共进的意思。本文表现了作者和朋友之间的相互敬慕、勉励，以期携手共进的情怀，也表明作者青年时期就怀有企慕圣人、有所作为的志向，与《送孙正之序》的内容相接近。本文在表现形式上的最大特色，是陪衬手法的运用。文章一开始便以曾巩和孙正之相提并论，称赞他们是学习圣人而言行不一的贤人，表示自己与他们志同道合，要相互勉励，以达到中庸之道的境界。

本文以别为题，感情真挚。别子固而以正之陪说，交互映发，错落参差，而情见乎辞。行文纡徐委婉，结构亦颇紧凑，在作者散文中别具一格。

【点评】

"此为瘦笔，而中甚腴。学文必当由瘦以入腴，如先学腴，即更无由得瘦也。"（[清]金圣叹《天下才子必读书》卷八）

"略朋友离别之情，而叙道义契合之雅，使人读之油然有感。"（[清]张伯行《唐宋八大家文钞》卷十九）

"别子固而以正之陪说，交互映发，错落参差。至其笔情高寄，淡而弥远，自令人寻味无穷。"（[清]吴楚材、吴调侯《古文观止》卷十一）

游褒禅山记①   王安石

褒禅山亦谓之华山，唐浮图慧褒始舍于其址②，而卒葬之，以故其后名之曰"褒禅"。今所谓慧空禅院者，褒之庐冢也③。距其院东五里，所谓华阳洞者，以其乃华山之阳名之也④。距洞百余步，有碑仆道⑤，其文漫灭⑥，独其为文犹可识⑦，曰"花山"。今言"华"如"华实"之"华"者，盖音

157

谬也⑧。

其下平旷，有泉侧出⑨，而记游者甚众，所谓前洞也。由山以上五六里，有穴窈然⑩，入之甚寒，问其深，则其好游者不能穷也，谓之后洞。余与四人拥火以入⑪，入之愈深，其进愈难，而其见愈奇。有怠而欲出者⑫，曰："不出，火且尽⑬。"遂与之俱出。盖予所至，比好游者尚不能十一⑭，然视其左右，来而记之者已少。盖其又深，则其至又加少矣⑮。方是时⑯，予之力尚足以入，火尚足以明也。既其出⑰，则或咎其欲出者⑱，而予亦悔其随之而不得极夫游之乐也⑲。

于是予有叹焉。古人之观于天地、山川、草木、虫鱼、鸟兽，往往有得，以其求思之深而无不在也⑳。夫夷以近㉑，则游者众；险以远，则至者少。而世之奇伟、瑰怪、非常之观㉒，常在于险远，而人之所罕至焉，故非有志者不能至也。有志矣，不随以止也，然力不足者，亦不能至也。有志与力，而又不随以怠，至于幽暗昏惑而无物以相之㉓，亦不能至也。然力足以至焉，于人为可讥，而在己为有悔。尽吾志也，而不能至者，可以无悔矣，其孰能讥之乎㉔！此予之所得也。

余于仆碑，又以悲夫古书之不存，后世之谬其传而莫能名者㉕，何可胜道也哉㉖！此所以学者不可以不深思而慎取之也㉗。

四人者：庐陵萧君圭君玉，长乐王回深父，余弟安国平父、安上纯父㉘。至和元年七月某日㉙，临川王某记。

【注释】

①褒禅山:在今安徽含山东北。

②浮图:梵语译音,也写作"浮屠"或"佛图",有佛陀、佛教、佛塔或佛教徒等义,这里指佛教徒(和尚)。慧褒:唐代高僧。舍:建舍。址:基址,此指山脚、山麓。

③庐冢(zhǒng):墓旁屋舍。

④阳:山的南面。古代称山的南面、水的北面为"阳",山的北面、水的南面为"阴"。名:命名。

⑤仆道:"仆于道"的省略,倒在路旁。仆,倒下。

⑥漫灭:磨灭,指因风化剥落而模糊不清。

⑦犹:还,仍。

⑧谬:错误。

⑨侧出:从旁边涌出。

⑩窈(yǎo)然:深远幽暗的样子。

⑪拥火:拿着火把。拥,持,拿。

⑫怠:懈怠。

⑬且:副词,将,将要。

⑭尚:还。不能十一:不及十分之一。不能,不及,不到。

⑮加:更,更加。

⑯方:当,正在。

⑰既:已经,……以后。其:助词。

⑱或:有人。咎(jiù):责怪。

⑲其:第一人称代词,指自己。极:尽。夫:这,那,指示代词。

⑳求思:探求、思索。

㉑夫:表议论的发语词。夷:平坦。以:连词,表并列,而且,并且。

㉒瑰(guī)怪:奇异,怪异。瑰,珍奇。

㉓幽暗昏惑:幽深昏暗,叫人迷乱(的地方)。相(xiàng):帮助,辅助。

159

㉔其：加强反问语气的副词，难道。孰：谁。

㉕谬其传：把那些(有关的)传说弄错。谬，使……谬误，把……弄错。莫能名：不能说出真相(一说真名)。

㉖何可胜道：怎么能说得完。胜，尽。

㉗慎取：谨慎取舍。

㉘庐陵：吉州庐陵郡，今江西吉安。萧君圭：字君玉。长乐：福州长乐郡，治所在今福建闽侯。王回：字深父。父，通"甫"，下文的"平父""纯父"的"父"同。安国平父：王安国，字平父。安上纯父：王安上，字纯父。

㉙至和元年：公元 1054 年。至和，宋仁宗年号(1054—1056)。

【解读】

宋仁宗至和元年(1054)七月，作者任舒州通判期满，在离任赴京的途中路过褒禅山，游历之后，写下此篇游记。它借记游探胜而明理言志，是一篇说理性的游记。

作者用登山探险的亲身经历，具体生动地论述了志向、力量、物质条件三者间的关系。文中着重说明世人任何奇伟壮丽异乎寻常的境界，常在险远之处，必须具有不畏险阻坚持到底的意志、充足的力量和必要的客观条件才能达到，表现出作者坚毅不拔，反对浅尝辄止、半途而废，提倡深入探索的积极进取精神。此外，作者认为对待古书应该"深思而慎取"，见解也很精辟，反映出治学态度的严谨。

本文以游记形式，寄托人生哲理，在艺术表现上很有特色。文章以游踪为线索，先记游，后议论，议论承记游而来，记游为议论作铺垫，转折自然。叙事简明生动，说理虚实有据，布局严谨而有变化，无杂沓繁复之嫌，而有节奏鲜明稳健之功，颇能引人入胜。

【点评】

"末以山名误字推及古书，作无穷之感，俱在学问上立论，寓意最

深。"([清]林云铭《古文析义》卷十五)

"一路俱是记游,按之却俱是论学。古人诣力到时,头头是道。川上山梁,同一趣也。借游华山洞,发挥学道。或叙事,或诠解,或摹写,或道故,意之所至,笔亦随之,逸兴满眼,余音不绝,可谓极文章之乐。"([清]吴楚材、吴调侯《古文观止》卷十一)

"此文足以概荆公之生平。'志'字是通篇之主,谓非定力以济之,即有志亦复无用。故公之行新法坚决,不信人言也。所谓'无物以相之',相者,火也,火尽又焉得至?故行新法亦必须人以助。武灵王行新法,有肥义诸人相之,公不得韩、富为之相,专恃吕惠卿、李定辈,无济也。'于人可讥',则指同时指斥新法者;'在己为有悔',非悔新法之不可行,悔新法之不意行也。'尽吾志'三字,表明公之倔强到底,不悔新法之不善,而恨奉行者之不力。始终不肯认过之意,溢于言表。按至和为仁宗年号,公实未相,新法亦未萌芽,吾言似少近穿凿锻炼,不知言者心声,公之宿志如此,则异日之设施亦正如此,但以文字决之,已足为公一生之行述。惟文字之千盘百转,尽伸缩之能事,自属可贵。"([清]林纾《选评古文辞类纂》)

答司马谏议书①　　　　王安石

某启②:

昨日蒙教③,窃以为与君实游处相好之日久④,而议事每不合,所操之术多异故也⑤。虽欲强聒⑥,终必不蒙见察⑦,故略上报⑧,不复一一自辨⑨。重念蒙君实视遇厚⑩,于反复不宜卤莽⑪,故今具道所以⑫,冀君实或见恕也⑬。

盖儒者所争,尤在于名实⑭。名实已明,而天下之理得矣。今君实所以见教者,以为侵官、生事、征利、拒谏⑮,以

161

致天下怨谤也⑯。某则以为受命于人主⑰，议法度而修之于朝廷⑱，以授之于有司，不为侵官；举先王之政⑲，以兴利除弊，不为生事；为天下理财，不为征利；辟邪说⑳，难壬人㉑，不为拒谏；至于怨诽之多，则固前知其如此也㉒。

人习于苟且非一日，士大夫多以不恤国事、同俗自媚于众为善㉓。上乃欲变此㉔，而某不量敌之众寡，欲出力助上以抗之，则众何为而不汹汹然㉕？盘庚之迁㉖，胥怨者民也㉗，非特朝廷士大夫而已。盘庚不为怨者故改其度㉘；度义而后动㉙，是而不见可悔故也㉚。

如君实责我以在位久，未能助上大有为，以膏泽斯民㉛，则某知罪矣；如曰今日当一切不事事㉜，守前所为而已㉝，则非某之所敢知㉞。

无由会晤，不任区区向往之至㉟。

【注释】

①司马谏议：司马光，字君实，时任翰林学士兼侍读学士、右谏议大夫。神宗用王安石行新法，他竭力反对。

②某：自称。启：写信说明事情。

③蒙教：承蒙指教。指接到来信。

④窃：谦辞。私下，私自。君实：司马光的字。游处：同游共处，即交游、来往。

⑤操：持，使用。术：此指政治方略。

⑥强聒（guō）：硬在耳边啰嗦，强作解说。聒，语声嘈杂。

⑦蒙：敬辞。受到。

⑧略：简略。上报：给您写回信。

⑨辨：通"辩"。辩解。

162

⑩重(chóng)念:再思,再三思考,表示慎重的意思。视遇:看待。

⑪反复:指书信往来。卤莽:简慢无礼。

⑫具道:详细说明。所以:原委。

⑬冀(jì):希望。

⑭名实:名义和实际。

⑮侵官:侵犯原有官吏的职权。

⑯怨谤(bàng):怨恨,指责。

⑰人主:皇帝。

⑱议法度:讨论、审定国家的法令制度。修:修订。

⑲举:推行。

⑳辟邪说:驳斥错误的言论。辟,驳斥,排除。

㉑难(nàn):责难。壬(rén)人:佞人,指巧辩谄媚之人。

㉒固:本来。前:预先。

㉓恤(xù):关心。同俗自媚于众:指附和世俗的见解,向众人献媚讨好。

㉔上:皇上。此指宋神宗赵顼(xū)。

㉕汹汹然:吵闹、叫嚷的样子。

㉖盘庚:商朝中期的一个君主。商汤建立商朝,定都于亳(今河南商丘)。此后三百年中,因王族内乱,加上黄河下游常常闹水灾,都城一共搬迁了五次。为了摆脱政治上的困境和自然灾害,盘庚即位后,决定迁都到殷(今河南安阳西北)。这一决定曾遭到全国上下的怨恨反对。后来,盘庚发表文告说服了他们,完成了迁都计划。事见《尚书·盘庚》。

㉗胥(xū)怨:相怨。多指百姓对上的怨恨。胥,相,相互。

㉘度:打算,计划。

㉙度(duó)义:考虑是否合理。

㉚是:用作动词,意谓认为做得对。

㉛膏泽：用作动词，施加恩惠。

㉜一切不事事：什么事都不做。事事，做事。前一"事"字是动词，后一"事"字是名词。

㉝守前所为：墨守前人的作法。

㉞所敢知：愿意领教的。知，领教。

㉟不任区区向往之至：意谓私心不胜仰慕。这是旧时写信的客套语。不任，不胜，受不住，形容情意的深重。区区，小，指自己，自谦之辞。向往，仰慕。

【解读】

本文从形式上看，虽是书信体裁，实则是一篇短小精悍的政论文。

宋神宗熙宁三年（1070），正当变法在激烈斗争中推行时，司马光接连三次写信给作者，要求废止新法，恢复旧制。司马光在第一次信中指责作者特设"制置三司条例司"负责制定新法是侵犯其他官员的职权，派遣官吏到各地去推行新法是惹事生非，行"青苗法"等只是征敛财富的手段，还批语作者拒不接受意见。这就是"侵官""生事""征利""拒谏"四大罪状。本文是作者接到司马光第二封信后的复信，主要回答司马光第一封信中提出的责难。文中逐一批驳司马光提出的侵官、生事、征利、拒谏四条罪状，并对"天下怨谤"的原因进行深刻剖析。作者痛斥当时士大夫"不恤国事、同俗自媚于众"的恶习，并举盘庚迁都的史实为说明，指出流俗的意见不可靠，也表明了自己不同流俗、不畏人议的倔强精神。最后声明只接受"未能助上大有为"的指责，不能接受"一切不事事"，表现出推行变法的决心和无所畏惧的气概。

文章旗帜鲜明，理足气壮，结构清晰严密，说理精辟有据，语言简练犀利，充分体现出作者性格、行文峭折刚劲的特色。

【点评】

"公之锐志强气，此书可以观矣。惜乎，公之褊于心而疏于术也。

夫起千年之积弊，复往古之明规，非精于术者不能也。自谓术之素矣，非公于心而尽于理者，亦不能也。公以其所学者欲试之行，自谓世莫加焉，然周公心法，治要布方，策者甚多，顾独取其制度之末。汉儒解释之误者以为据，不可为精；民议汹汹而不采，多闻直谅之友溢于朝著而不谘，不可为公。且尽彼夫立功名、破俗论、齐法令、矫民情者，商鞅之余喙，非圣人之至训也。"（[清]李光地《书王荆公答司马谏议书后》）

"半山文善用揭过法，只下一二语，便可扫却他人数大段，是何简贵！"（[清]刘熙载《艺概·文概》）

"固由兀傲性成，究亦理足气盛，故劲悍廉厉无枝叶如此。不似上皇帝书，尚有经生习气也。"（[清]王文濡《评校音注古文辞类纂》卷三十）

易传序① 程 颐

易，变易也，随时变易以从道也②。其为书也，广大悉备③，将以顺性命之理④，通幽明之故⑤，尽事物之情，而示开物成务之道也⑥。圣人之忧患后世，可谓至矣⑦。去古虽远，遗经尚存。然而前儒失意以传言，后学诵言而忘味。自秦而下，盖无传矣。予生千载之后，悼斯文之湮晦⑧，将俾后人沿流而求源⑨，此《传》所以作也⑩。《易》有圣人之道四焉："以言者尚其辞，以动者尚其变，以制器者尚其象，以卜筮者尚其占⑪。"吉凶消长之理，进退存亡之道，备于辞。推辞考卦，可以知变，象与占在其中矣。君子居则观其象而玩其辞，动则观其变而玩其占。得于辞不达其意者有矣，未有不得于辞而能通其意者也。至微者，理也；至著者，象也。体用一源⑫，显微无间。观会通以行其典礼，则辞无所不备。故善学者,求言必自近。易于近者,非知言者也。予所传者,辞也。由辞以得其意,则在乎人焉。

有宋元符二年己卯正月庚申^⑬,河南程颐正叔序^⑭。

【作者简介】

程颐(1033—1107),字正叔,洛阳(今属河南)人,世称伊川先生。程颢弟。年未冠,才能为胡瑗所重,授太学学职。英宗治平、神宗元丰间,大臣屡荐,不仕。哲宗初,以司马光、吕公著荐为崇政殿说书,后出管勾西京国子监。绍圣中,因政见不合,削籍送涪州编管。徽宗即位,徙峡州。寻复官。崇宁中致仕。卒谥正。曾与兄程颢学于周敦颐,同为北宋理学之奠基人,合称二程。学说以"穷理"为主,强调格物致知。因长期居洛阳讲学,故称"洛学"。有《易传》等,后人编有《遗书》《经书》《文集》等,收入《二程全书》。

【注释】

①易:即《周易》,儒家五经之一。传:注释或阐释经义的文字。

②道:宇宙万物的本原、本体。

③悉:全部。备:完备。

④性命:中国古代哲学范畴。指万物的天赋和禀受。

⑤幽明:指有形和无形的事物。

⑥开物:通晓万物的道理。成务:成就事业。

⑦至:深。

⑧湮晦:埋没,消失。

⑨俾(bǐ):使。

⑩《传》:指《程氏易传》。

⑪"以言者"四句:在言辞方面崇尚卦爻辞,在行动方面崇尚卦变,在制造器物方面崇尚卦爻之象,在卜筮预测方面崇尚占问。尚,崇尚。

辞,爻辞,指说明《易》六十四卦各爻象的文辞。变,卦变,谓因爻变而引起卦象的变化。象,卦象,卦所象征的事物及其爻位等关系,术数家视卦象以测天理人事。卜筮,古时预测吉凶,用龟甲称卜,用蓍草称筮,合成卜筮。占,占卜以问吉凶。

⑫体用:中国古代哲学以体用指事物的本体、本质和现象。

⑬有:助词,用作名词词头,无义。元符二年:公元 1099 年。元符,宋哲宗赵煦的年号(1098—1100)。己卯:元符二年为己卯年。庚申:庚申日,古时用干支纪日。

⑭河南:河南府,指洛阳。

【解读】

本文作于宋哲宗元符二年(1099),是作者在完成对《易经》的注释(即《易传》)之后所写的序文。

程颐所作的《易传》,又称《周易程氏传》《伊川易传》。作者借解释《易经》卦辞爻象来阐明义理,并在《易传序》中提出"体用一源,显微无间"的理学命题,认为无形的理寓于有形的象中,理与象即是理与事的体用关系。易象反映天地万物之物象,易理则概括了天地之理。理不仅是天地万物的根本,又是社会等级、人生道德的由来。这里面还包括阴阳、动静变化的思想和关于理欲的观点,反映程颐从宇宙自然到社会人生的较系统的哲学思想,成为宋明理学的重要著作。该书从元代开始被列为科举必读书,其中的哲学思想在封建社会后期有过重大影响。

本文开宗明义,指出易是变易,宇宙万象都随时变易,但都遵循"道"的原则,人类一切活动都在道的原则下进行。这是对《易经·系辞》的简易概括。接着,指出先世圣人创作《易经》一书的用意以及恐后世湮晦无传,所以为之作传的原因,又从辞、变、象、占方面陈述古代圣人根据《易经》进行研究和应用的各自有所侧重的四种情况,立言的推重文辞,行动的推重变化,制器的推重卦象(或宇宙万象),卜筮的推重占验。而最重要的又在文辞,指出"吉凶消长之理,进退存亡之道"全都具备于文辞,推究其辞,考察其卦,就可以知道宇宙万物的变化之道以及象与占的各种应用。还指出对《易经》进行阅读和研究,静居时就观察卦象,并反复研究、体味《易经》的卦爻辞,应用时就多观察其卦象的变化,而反复观察占验所得的结果,有懂其卦爻辞,但不真正了解其意义的这种情况,但相反从不会出现不懂卦爻辞却能深达其义理的情况,所以对卦爻辞的研究和理解是最为重要的。

然后作者进一步提出,最隐微难现的是宇宙万物的原理,最显明易见的就是万事万物所呈现的种种现象。这两者来源相同,其间的联系也都十分紧密。先世圣人观察两者之间的会通处,而制订出人伦的各种行事方式,这在《易经》卦爻辞中都可以找得到它们的理论根据。因此善于学习的人追求至高的义理,一定会从身边的人事物之中加以体察,轻视身边的人事物者是不可能领会《易经》中的文辞的。

最后交代撰写《易传》的重点以及写作本文的时间,指出本书是从《易经》的卦爻辞着手。至于读者,通过对卦爻辞的了解,以达到对《易经》义理的了解,则在乎各人的体察和研究。

本文言简意赅,提纲挈领,阐述扼要,将高深义理纳于尺幅短制之中,显示了作者深厚的功力,可作学术著作序论的典范。

【点评】

"如他平时不喜人说文章,如《易传序》之类,固是说道理,如其他小小记文之类,今取而读之,也不多一个字,也不少一个字。"([宋]朱熹《朱子语类》卷二十一)

"太宗文皇帝又尝一日与侍读学士胡广等说人之为学不可不晓得《周易》。《周易》的道理专为君子谋,不为小人谋,所以至妙处虽变通无常,都不失了正道。伊川程子作《周易传序》,第一句便说随时变易以从道这一句,盖人所遇之时,虽变易不同,都不可违了这所以然之理,最得《周易》之总会,如裳之有要,衣之有领一般,凡一卦一爻中皆

不过此意,惟在人虚心涵泳玩索而后知之。"([明]程敏政《篁墩文集》卷四)

"又如体用二字,亦出佛典,宋儒已前未之闻也。程子作《易传序》,乃曰'体用一源,显微无间',后儒论理学,遂不能舍此二字,不闻因异端尝用而避之也。"([明]姚福《青溪暇笔》卷上)

"伊川《易传序》极精密。其要领则求'言必自近'一语足以蔽之,前半篇皆发挥此意。"([清]恽毓鼎《澄斋日记》)

刑赏忠厚之至论①　　　　苏　轼

尧、舜、禹、汤、文、武、成、康之际②,何其爱民之深,忧民之切,而待天下以君子长者之道也。有一善,从而赏之,又从而咏歌嗟叹之,所以乐其始而勉其终;有一不善,从而罚之,又从而哀矜惩创之③,所以弃其旧而开其新。故其吁俞之声④,欢休惨戚⑤,见于虞、夏、商、周之书⑥。

成、康既没,穆王立而周道始衰⑦,然犹命其臣吕侯,而告之以祥刑⑧。其言忧而不伤,威而不怒,慈爱而能断,恻然有哀怜无辜之心⑨,故孔子犹有取焉。

传曰:"赏疑从与,所以广恩也⑩;罚疑从去,所以谨刑也。"当尧之时,皋陶为士⑪。将杀人,皋陶曰杀之三,尧曰宥之三⑫。故天下畏皋陶执法之坚,而乐尧用刑之宽。四岳曰⑬:"鲧可用⑭。"尧曰:"不可。鲧方命圮族⑮。"既而曰:"试之。"何尧之不听皋陶之杀人,而从四岳之用鲧也?然则圣人之意,盖亦可见矣。

书曰:"罪疑惟轻,功疑惟重。与其杀不辜,宁失不经。"⑯呜呼！尽之矣。可以赏，可以无赏，赏之过乎仁；可以罚，可以无罚，罚之过乎义。过乎仁，不失为君子；过乎义，则流而入于忍人。故仁可过也，义不可过也。古者赏不以爵禄，刑不以刀锯。赏以爵禄，是赏之道行于爵禄之所加，而不行于爵禄之所不加也。刑以刀锯，是刑之威施于刀锯之所及，而不施于刀锯之所不及也。先王知天下之善不胜赏，而爵禄不足以劝也；知天下之恶不胜刑，而刀锯不足以裁也。是故疑则举而归之于仁，以君子长者之道待天下，使天下相率而归于君子长者之道。故曰忠厚之至也。

诗曰："君子如祉，乱庶遄已。君子如怒，乱庶遄沮。"⑰夫君子之已乱，岂有异术哉？时其喜怒，而无失乎仁而已矣。春秋之义⑱，立法贵严，而责人贵宽。因其褒贬之义⑲，以制赏罚，亦忠厚之至也。

【作者简介】

苏轼(1037—1101)，字子瞻，号东坡居士。眉州眉山(今属四川)人。嘉祐二年(1057)举进士，六年复举制科，授大理评事、签书凤翔府判官。治平中，入判登闻鼓院。熙宁中，上书反对王安石新法，迁通判杭州，徙知徐、湖等州。元丰二年(1079)，因"乌台诗案"，贬黄州团练副使、安置黄州。元祐初，被召还朝，授翰林学士。因反对尽废新法，不容于"旧党"，元祐四年(1089)，出知杭州。六年，又召入为翰林学士承旨，旋出知颍州，徙扬州。寻以兵部尚书召还，改礼部兼端明殿、翰林侍读两学士。哲宗亲政，出知定州。绍圣初，御史劾其讥讽先朝罪，贬宁远军节度副使，安置惠州。居三年，又贬琼州别驾，居昌化(儋州)。徽宗即位后赦还。后病死于常州。追谥文忠。苏轼"是全才式的艺术巨匠",在文学艺术的各个方面都造诣颇高。诗题材广阔,清新豪健,善用夸张比喻,独具风格,与黄庭坚并称"苏黄";词雄奇阔大,豪迈奔放,开豪放一派,与辛弃疾并称"苏辛";散文著述宏富,豪放自如,与欧阳修并称"欧苏",与父洵、弟辙合称"三苏",均入唐宋八大家之列;亦擅书法、绘画。著有《东坡全集》《东坡乐府》等。

【注释】

①刑赏忠厚之至:《尚书·大禹谟》:"宥过无大,刑故无小。"孔安国传:"刑疑附轻,赏疑从重,忠厚之至。"

②尧:五帝之一。祁姓,名放勋。初居于陶,后迁居唐,故称陶唐氏,史称唐尧。舜:五帝之一。姚姓;有虞氏,名重华,史称虞舜。相传受尧禅让,后禅位于禹,死在苍梧。禹:或作夏禹、大禹。夏代开国国君。姒姓,名文命。汤:子姓,名履,又名天乙、大乙、成汤。商王朝开国之君,建都于亳。文、武:周文王与周武王。周文王,姬姓,名昌,古公亶父孙。商纣时为西伯。周武王,名发,周文王子。西周王朝的建立者,定都于镐。成、康:周成王与周康王的并称,史称其时天下安宁,刑措不用,故用以称至治之世。

③哀矜:哀怜,怜悯。矜,同情。

④吁俞:叹词,吁表示不同意,俞表示同意。

⑤欢休:欢乐。惨戚:悲伤凄切。

⑥虞、夏、商、周之书:指《尚书》,分《虞书》《夏书》《商书》《周书》四部分。

⑦穆王:周昭王之子,西周第五位君主。《列子·周穆王》:"不恤国事,不乐臣妾,肆意远游。"他为平息国内矛盾,命令大臣伯冏向朝廷官员重申执政规范,并发布《冏命》。又用吕侯(亦作甫侯)为司寇,命作《吕刑》,告四方,以正天下。有墨、劓、剕、宫、大辟五刑,其细则达三千条之多。

⑧祥刑:同"详刑"。谓善用刑罚。

⑨恻然:哀怜、悲伤的样子。无辜:无罪者。

⑩"赏疑"二句:奖赏时如有可疑者应该照样留在应赏之列,为的是推广恩泽。

⑪皋陶(gāoyáo):尧、舜时期的司法长官。士:士师,执掌禁令刑狱的官名。

⑫宥:宽恕。

⑬四岳:唐尧之臣,羲和之四子,分掌四方之诸侯。一说为一人名。

⑭鲧(gǔn):尧的臣子,传说乃大禹的父亲。

⑮方命圮族:违抗命令,毁谤同族。

⑯书:即《尚书》。"罪疑惟轻"四句:出自《尚书·大禹谟》。谓罪行轻重有可疑时,宁可从轻处置;功劳大小有疑处,宁可从重奖赏。与其错杀无辜的人,宁可犯执法失误的过失。

⑰诗:指《诗经》。"君子如祉"四句:出自《诗经·小雅·巧言》。意谓君子如能高兴纳谏,祸乱就会快速止息;君子如果怒责谗言,祸乱也会快速止息。祉,福,喜。此指高兴纳谏。朱熹《诗集传》:"见贤者之言,若喜而纳之,则乱庶几遄已矣。"庶,几乎。遄,快速。已,停止。怒,此指怒斥谗言。沮,终止。

⑱春秋:孔子修订的鲁国编年史。记事的语言极为简练,然而几乎每个句子都暗含褒贬之意,被后人称为"春秋笔法""微言大义"。

⑲因:根据。

【解读】

本文作于宋仁宗嘉祐二年(1057),是作者参加进士考试的文章。进士科在宋代始终是最受重视的贡举科目。其考试内容主要有诗、赋、论、策、帖经、墨义等。其中帖经主要考《论语》,即把书中主要字句贴住,令考生填写;墨义是默写原文,包括经书原文和注疏。以上二者主要考查举人记诵经书的情况,无法显示个人文采,所以宋初即受轻视,考官并不把它们作为考校标准。诗、赋自唐代即为进士科的主要考试内容,它主要测试举人的文辞。策、论则是一种政论性很强的综合性考试,考题从经史或时务中出,多提问一些与治理国家有关的内容,考生必须对所提问题有正确的认识,并运用所学的知识,结合现实,旁征博引,提出自己的见解,这种考试方式既能考出举人的文辞是否通畅,也可从中发现士人对经学、历史及时事的认识水平。宋初,受唐代重视诗、赋风气的影响,进士考试主要取决于诗、赋文辞是否工整。真宗咸平年间,省试增考策、论,而考试顺序为:先诗、赋,后策、论,且实行"逐场去留"法,即诗、赋成绩过关,才有资格考策、论。在最终评定等级时,还往往"但以诗、赋进退,不(参)考文、论"。由于诗、赋只注重文辞修饰,于国计民生关系不大,随着仁宗朝社会矛盾的激化,朝廷对治理国家人才的需求更加迫切,有识之士逐渐认识到,"进士以诗、赋定去留,学者或病声律而不得骋其才",这样的考试内容对治理国家的作用不大,他们奏请皇帝,要求进士科"参考策、论,以定优劣"。仁宗嘉祐二年(1057)正月六日,以翰林学士欧阳修知贡举。《宋史·欧阳修传》:"时士子尚为险怪奇涩之文,号'太学体',修痛排抑之,凡如是者辄黜。"本文就是在仁宗朝进士科试举政策改革的背景下写出来的。苏辙《东坡先生墓志铭》称:"嘉祐二年,欧阳文忠公考试礼部进士,疾时文之诡异,思有以救之。梅圣俞时与其事,得公《论刑赏》,以示文忠。文忠惊喜,以为异人。欲以冠多士,疑曾子固所为。子固,文忠门下士也,乃置公第二。复以《春秋》对义居第一,殿试中乙科。以书谢诸公。文忠见之,以书语圣俞曰:'老夫当避此人,放出一头地。'士闻者始哗不厌,久乃信服。"

本文是作者参加进士科考试最重要的一篇文章。文章以忠厚立论,以古代贤明君主赏善罚恶的例子,阐述朝廷应"待天下以君子长者之道",其奖励与惩罚应以仁义为本,同时提出以春秋之义"立法贵严,而责人贵宽"的原则,阐发了儒家的仁政思想。

第一、二段,以尧、舜、禹、汤等古代贤君爱民、忧民深切的例子,引出"待天下以君子长者之道"的题旨,指出善赏所要达到的目的,就是要"乐其始而勉其终",罚恶的目的要"弃其旧而开其新",从而提出"赏疑从与,所以广恩也;罚疑从去,所以谨刑也"的论点。

第三段,举尧帝待人以宽,而天下乐从的例子,以充实其论证。

第四段,以《尚书》所论"罪疑惟轻,功疑惟重"的论点,论述刑罪要轻,绝不能超过它所应当受的惩罚,超过了就失之不义,有残忍之嫌;而赏善要重,对人的奖励可以超过它所应得的,则天下更易于劝勉,乐于为善。进一步说明朝廷"待天下以君子长者之道",天下就会风行草偃,相率归于君子长者之道,这是刑赏忠厚所能达到的极致效果。

末段,强调"立法贵严,而责人贵宽"的原则,认为人君要善于"时其喜怒",以仁义为法度,以忠厚待天下。

本文立论甚高,紧扣"忠厚"二字,论据有力,说理透彻,而结构严谨,语言平易,用词无所藻饰,所以获得欧阳修、梅圣俞等人的欣赏。

【点评】

"苏子瞻自在场屋,笔力豪骋,不能屈折于作赋。省试时,欧阳文忠公锐意欲革文弊,初未之识。梅圣俞作考官,得其《刑赏忠厚之至论》,以为似《孟子》。然中引皋陶曰'杀之三',尧曰'宥之三',事不见所据,亟以示文忠,大喜。往取其赋,则已为他考官所落矣,即擢第二。及放榜,圣俞终以前所引为疑,遂以问之。子瞻徐曰:'想当然耳,何必须要有出处?'圣俞大骇,然人已无不服其雄俊。"([宋]叶梦得《石林燕语》卷八)

"欧阳公作省试知举,得东坡之文惊喜,欲取为第一人,又疑其是门人曾子固之文,恐招物议,抑为第二。坡来谢,欧阳问坡所作《刑赏忠厚之至论》,有'皋陶曰杀之三,尧曰宥之三',此见何书。坡曰:'事在《三国志·孔融传》注。'欧退而阅之,无有。他日再问坡,坡云:'曹操灭袁绍，以袁熙妻赐其子丕。孔融曰："昔武王伐纣，以妲己赐周公。"操惊问何经见，融曰："以今日之事观之，意其如此。"尧、皋陶之事，某亦意其如此。'欧退而大惊曰：'此人可谓善读书，善用书，他日文章，必独步天下。'"（[宋]杨万里《诚斋诗话》）

"庄子之文，以无为有，东坡平生极熟此书，故其为文驾空行危，惟意所到。其论刑赏也，曰'杀之三'等议论，读者皆知其所欲出，推者莫知其所自来，将无作有，是古今议论之杰然者。"（[明]杨慎《三苏文范》卷五引罗大经）

杨慎云："此东坡所作时论也。天才灿然，自不可及。"又云："每段述事，而断以婉言警语，且有章调。"（[明]杨慎《三苏文范》卷五）

范增论①　　　　　　苏　轼

汉用陈平计②，间疏楚君臣③。项羽疑范增与汉有私④，稍夺其权。增大怒曰："天下事大定矣，君王自为之，愿赐骸骨，归卒伍⑤。"未至彭城，疽发背死⑥。

苏子曰："增之去，善矣。不去，羽必杀增。独恨其不早耳。"然则当以何事去？增劝羽杀沛公，羽不听，终以此失天下，当以是去耶？曰："否。增之欲杀沛公，人臣之分也；羽之不杀，犹有君人之度也。增曷为以此去哉⑦？易曰：'知几其神乎！'⑧诗曰：'如彼雨雪，先集维霰。'⑨增之去，当于羽杀卿子冠军时也⑩。"

陈涉之得民也⑪，以项燕、扶苏⑫。项氏之兴也，以立楚怀王孙心⑬；而诸侯之叛之也，以弑义帝⑭。且义帝之立，增为谋主矣。义帝之存亡，岂独为楚之盛衰，亦增之所与同祸福也,未有义帝亡而增独能久存者也。羽之杀卿子冠军也,是弑义帝之兆也。其弑义帝,则疑增之本也,岂必待陈平哉? 物必先腐也,而后虫生之;人必先疑也,而后谗入之。陈平虽智,安能间无疑之主哉?

吾尝论义帝,天下之贤主也。独遣沛公入关⑮,而不遣项羽;识卿子冠军于稠人之中⑯,而擢以为上将⑰,不贤而能如是乎? 羽既矫杀卿子冠军⑱,义帝必不能堪。非羽弑帝,则帝杀羽,不待智者而后知也。增始劝项梁立义帝⑲,诸侯以此服从。中道而弑之,非增之意也。夫岂独非其意,将必力争而不听也。不用其言,而杀其所立,羽之疑增,必自此始矣。

方羽杀卿子冠军,增与羽比肩而事义帝⑳,君臣之分未定也。为增计者,力能诛羽则诛之,不能则去之,岂不毅然大丈夫也哉? 增年已七十,合则留,不合则去,不以此时明去就之分,而欲依羽以成功,陋矣! 虽然,增,高帝之所畏也;增不去,项羽不亡。呜呼,增亦人杰也哉!

【注释】

①范增(前277—前204):居鄛(今安徽巢县西南)人。秦汉之际,为西楚霸王项羽的主要谋士,被项羽尊为亚父。鸿门宴上曾屡劝项羽杀刘邦,项羽不听;又劝说项庄舞剑,借机行刺刘邦,终未成功。后项羽中陈平离间计,渐削范增权力,范增忿而离去,途中背上毒疮痈疽发作而死。

②汉:指汉王刘邦。沛县丰邑中阳里(今江苏丰县)人。汉朝开国皇帝。出身农家,不事生产。秦朝建立后,任泗水亭长。后因释放刑

徒,亡匿于芒砀山中。陈胜起义后,起兵响应,攻占沛县,自称沛公,投奔项梁。秦二世三年(前207),率军由武关入关中,进驻灞上,接受秦王子婴投降,废除秦朝苛法,约法三章。鸿门宴之后,受封为汉王,统治巴蜀及汉中一带。他能够知人善任,虚心纳谏,充分发挥部下的才能,积极整合反对项羽的力量,于汉五年(前202)赢得楚汉之争,统一天下。陈平:阳武(今河南原阳东南)人,汉初政治家。楚汉相争时,先为项羽部属,后奔刘邦,为刘邦重要谋臣。

③间:离间。疏:离间,使疏远。楚:指项羽的西楚。

④项羽:名籍,楚国贵族出身。秦二世元年(前209),在陈胜影响下,跟从叔父项梁起义。梁死,籍为统帅。巨鹿之战,破釜沉舟,大败秦军主力。秦亡后,自称西楚霸王,定都彭城(今江苏徐州),封刘邦为汉王。楚汉之争中,虽于前期取得优势,但因分封诸侯,内部矛盾重重,加以战略决策失宜,军事形势日益不利,终被围困垓下,突围至乌江,自刎而死。

⑤赐骸(hái)骨:指退休回家。骸骨,多指尸骨。卒伍:秦时乡里基层组织,此指家乡。

⑥疽(jū):毒疮。

⑦曷:怎能。

⑧几:微小。引文见《周易·系辞》。

⑨"如彼"二句:见《诗经·小雅·颏弁》。霰(xiàn),小雪珠。

⑩卿子冠军:即宋义。原为楚国令尹。秦末六国复辟,宋义投到楚将项梁麾下。项梁在定陶为秦将章邯所败,战死,章邯转而攻赵。楚怀王熊心任命宋义为上将军,项羽为次将,范增为末将,领兵援赵。各路部队的将领也都归宋义统领,号为"卿子冠军"。后因屯兵观望不进,为项羽发动兵变所杀。卿子,当时对人的尊称;冠军,指地位在其他将领之上的上将。

⑪陈涉:名胜,字涉,秦末农民起义首领。起义时曾打着项燕、扶

177

苏的旗号,用来争取民心。

⑫项燕:战国末年楚国名将,项羽的祖父。扶苏:秦始皇长子。为人宽仁,有政治远见。始皇死,遗诏扶苏治丧即位。宦官赵高联合丞相李斯,拥立胡亥登基,矫诏逼令扶苏自尽。

⑬楚怀王孙心:楚怀王熊槐的孙子熊心。楚怀王曾被秦国骗去扣留,后客死秦国。楚国灭亡后,熊心隐藏在民间替人牧羊。项梁起事后,采纳范增的建议,立熊心为楚怀王,以争取民心。灭秦后,项羽自立为西楚霸王,尊楚怀王熊心为义帝。

⑭弑(shì):古时称臣杀君、子杀父为"弑"。

⑮关:指关中之地,义帝命宋义、项羽救赵,而命刘邦攻打咸阳,并与诸将约定,先达关中灭秦者为王。

⑯稠(chóu)人:众人。

⑰擢:提拔。

⑱矫杀:假托君令以杀人。

⑲项梁:楚国名将项燕之子,项羽叔父。陈胜起义后,项梁起兵江东,迅速发展壮大。陈胜死后,自号武信君,拥立熊心登位为楚怀王,复立楚国社稷。秦二世二年(前208)九月,因楚军在多个战场取得胜利,项梁有了骄傲自大的心理,在定陶被秦将章邯夜袭,兵败身死。

⑳比肩:并肩,比喻地位相当。

【解读】

本文是史论,题名一作《论项羽范增》。苏轼不囿于陈言旧说,独辟蹊径地提出了新的观点。

文章开篇提出论点,以陈平反间计使项羽与谋臣范增之间疏远,达到使范增离开项羽的目的,并提出范增之去,是项羽对范增有了疑心,其去是必然的,只是去之尚迟。以层层推进之笔,分析项羽之有疑心起于何时,以项羽弑义帝为疑范增之张本,再论其杀卿子冠军为弑义帝之前兆,结论认为范增之去当于项羽杀害卿子冠军之时。此时离开项羽,才能主动,才是真正的"知几"。接着,围绕"去就之分"立论,指出范增之去,并不在陈平使反间之计而使双方关系疏远,其实是项羽早已对范增有了疑心,范增之去尚嫌太迟,是因为其不"知几"。作者在充分肯定范增选择离开项羽正确的同时,也充分赞扬了范增虽非大智,但也是杰出的人才,表达了对他的同情。

本文先实后虚,立意新颖,行文波澜曲折,语言简明畅达。以一问一答,反复设想,层层推论,如由义帝之立,范增为谋主,推断义帝之存亡关乎范增之祸福,又进而推断项羽弑杀义帝,范增必然反对;由义帝之明推测项羽之杀卿子冠军宋义,义帝必不能容忍,又推测义帝必杀项羽,故项羽必杀义帝,层层驳入,环环相扣,有很强的逻辑性。

【点评】

"这一篇要看抑扬处。'吾尝论'一段前平平说来,忽换起放开说,见得语新意相属,又见一起一伏处。渐次引入,难一段之曲折,若无'陈涉之得民'一段,便接'羽杀卿子冠军'一段去,则文字直了,无曲折,'且义帝之立'一段,亦直了。惟有此二段,然后见曲折处。……大凡作汉唐君臣文字,前面若说他好,后面须说他些子不好处。此论前说增不足道,后却说他好,乃是放他一线地。"([宋]吕祖谦《古文关键》卷二)

"此是东坡海外文字,一句一字增减不得,句句有法,字字尽心。后生只熟读暗记此一篇,义理融明,音律谐和,下笔作论,必惊世绝俗。此论最好处在方羽杀卿子冠军时,增与羽比肩事义帝一段,当与《晁错论》并观。"([宋]谢枋得《文章轨范》卷三)

"朱凌溪尝言,康对山谓《范增论》后数句忙杀东坡,盖以峻快斩截为着忙也。此亦有见,但不免溺于一偏。缘康之文全学《史记》之纡徐委曲,重复典厚,而不知峻快斩绝。亦《史记》之所不废,如《韩信传》,任天下武勇以下,载我以其车一节,可见东坡于此等得之。康见之熟,遂以为忙,不知《史记》为文,如军作字,欧师其劲,颜师其肥,虞师其

179

匀圆,各成一体,皆可取法。不可以已好典重纤徐,而遂轻峻快斩绝也。凌溪此言,可谓善求古人之文矣。"([明]何良俊《四友斋丛说》卷二十三)

"前半多从实处发议,后半多从虚处设想。只就增去不能早处,层层驳入,段段回环,变幻无端,不可测识。"([清]吴楚材、吴调侯《古文观止》卷十)

留侯论^①

苏　轼

古之所谓豪杰之士者,必有过人之节^②。人情有所不能忍者,匹夫见辱^③,拔剑而起,挺身而斗,此不足为勇也。天下有大勇者,卒然临之而不惊^④,无故加之而不怒。此其所挟持者甚大^⑤,而其志甚远也。

夫子房受书于圯上之老人也^⑥,其事甚怪,然亦安知其非秦之世有隐君子者出而试之^⑦?观其所以微见其意者^⑧,皆圣贤相与警戒之义,而世不察,以为鬼物^⑨,亦已过矣。且其意不在书。

当韩之亡、秦之方盛也,以刀锯鼎镬待天下之士^⑩。其平居无罪夷灭者^⑪,不可胜数。虽有贲、育^⑫,无所复施^⑬。夫持法太急者,其锋不可犯,而其势未可乘。子房不忍忿忿之心,以匹夫之力,而逞于一击之间^⑭。当此之时,子房之不死者,其间不能容发^⑮,盖亦已危矣。千金之子^⑯,不死于盗贼,何者?其身之可爱^⑰,而盗贼之不足以死也。子房以盖世之才,不为伊尹、太公之谋^⑱,而特出于荆轲、聂政之计^⑲,以侥幸于不死,此固圯上之老人所为深惜者也。是故倨傲鲜腆而深折之⑳。彼其能有所忍也,然后可以就大事,故曰:"孺子可教也㉑。"

楚庄王伐郑,郑伯肉袒牵羊以逆。庄王曰:"其君能下人,必能信用其民矣。"遂舍之。㉒勾践之困于会稽,而归臣妾于吴者,三年而不倦。㉓且夫有报人之志㉔,而不能下人者,是匹夫之刚也。夫老人者,以为子房才有余,而忧其度量之不足,故深折其少年刚锐之气,使之忍小忿而就大谋。何则? 非有平生之素㉕,卒然相遇于草野之间,而命以仆妾之役,油然而不怪者㉖,此固秦皇之所不能惊,而项籍之所不能怒也㉗。

观夫高祖之所以胜㉘,而项籍之所以败者,在能忍与不能忍之间而已矣。项籍唯不能忍,是以百战百胜而轻用其锋;高祖忍之,养其全锋而待其弊㉙,此子房教之也。当淮阴破齐而欲自王,高祖发怒,见于词色。㉚由此观之,犹有刚强不忍之气,非子房其谁全之?

太史公疑子房以为魁梧奇伟,而其状貌乃如妇人女子,不称其志气。㉛呜呼! 此其所以为子房欤!

【注释】

①留侯:张良(? —前186),字子房。秦末汉初杰出谋臣,西汉开国功臣,封留侯。

②节:节操。

③匹夫:普通人。见辱:受到侮辱。

④卒然:突然。卒,通"猝"。

⑤所挟持者:指抱负。

⑥受书:接受兵书。书,指《太公兵法》。圯上:桥上。老人:指黄石公。《史记·留侯世家》:"良尝闲从容步游下邳圯上,有一老父,衣褐,至良所,直堕其履圯下。顾谓良曰:'孺子,下取履!'良愕然,欲殴之;为其老,强忍,下取履。父曰:'履我!'良业为取履,因长跪履之。父以足受,笑而去。良殊大惊,随目之。父去里所,复还,曰:'孺子可教矣。后五日平明,与我会此。'良因怪之,跪曰:'诺。'五日平明,良往。父已先在,怒曰:'与老人期,后,何也?'去,曰:'后五日早会。'五日鸡鸣,良往。父又先在,复怒曰:'后,何也?'去,曰:'后五日复早来。'五日,良夜未半往。有顷,父亦来,喜曰:'当如是。'出一编书,曰:'读此则为王者师矣。后十年兴,十三年孺子见我济北,谷城山下黄石即我矣。'遂去,无他言,不复见。旦日视其书,乃太公兵法也。"

⑦隐君子:隐居的高士。

⑧微:略微,隐约。见:同"现"。

⑨以为鬼物:因黄石公的事迹较为离奇,语或涉荒诞,故有人认为他是鬼神之类。王充《论衡·自然》:"或曰……张良游泗水之上,遇黄石公,授公书。盖天佐汉诛秦,故命令神石为鬼书授人。"

⑩"以刀锯"句:谓秦王残杀成性,以刀锯杀人,以鼎镬烹人。镬(huò),无足鼎,古时煮肉及鱼、腊之器,亦用作烹人的刑具。

⑪夷灭:灭族。

⑫贲、育:孟贲、夏育,战国著名勇士。

⑬无所复施:无法施展本领。

⑭而逞于一击之间:《史记·留侯世家》载"秦灭韩",张良"悉以家财求客刺秦王,为韩报仇……得力士,为铁椎重百二十斤。秦皇帝东游,良与客狙击秦皇帝博浪沙中,误中副车。秦皇帝大怒,大索天下,求贼甚急,为张良故也"。

⑮其间不能容发:比喻情势危急。

⑯千金之子:富贵人家的子弟。

⑰爱:吝惜,舍不得。

⑱伊尹、太公之谋:谓安邦定国之谋。伊尹,名挚,辅佐汤建立商朝,担任尹(相当于丞相)。太公,太公望,即姜子牙,是周武王的开国功臣。

⑲荆轲、聂政之计:谓行刺之下策。荆轲刺秦王与聂政刺杀韩相侠累两事,俱见《史记·刺客列传》。

⑳鲜腆:少善,谓对地位低下的人无谦爱之意。鲜,少。腆,丰厚,美好。

㉑孺子可教:指年轻人有出息,可以造就。孺子,犹小子、竖子,含藐视轻蔑意。

㉒"楚庄王"六句:楚庄王攻克郑国都城,郑伯去衣露体,牵羊以迎,表示屈服。楚庄王认为他能取信于民,便释放了他,并退兵,与郑议和。事见《左传·宣公十二年》。肉袒,去衣露体。逆,迎。

㉓"勾践"三句:《左传·哀公元年》:"吴王夫差败越于夫椒,报槜李(越军曾于此击败吴军)也。遂入越。越王(勾践)以甲楯五千保于会稽(山),使大夫种因吴太宰嚭以行成。"《国语·越语下》载,勾践"令大夫种守于国,与范蠡入宦于吴。三年,而吴人遣之归"。归臣妾于吴,谓投降吴国,为其臣妾。

㉔报人:向人报仇。

㉕非有平生之素:犹言素昧平生(向来不熟悉)。

㉖油然:自然而然。

㉗项籍:项羽,名籍,字羽。

㉘高祖:汉高祖刘邦。

㉙弊:疲困,衰败。

㉚"当淮阴破齐"三句:《史记·淮阴侯列传》载,汉四年(前203),韩信破齐,向刘邦请封"假王"。"当是时,楚方急围汉王于荥阳,韩信使者至,发书,汉王大怒,骂曰:'吾困于此,旦暮望若来佐我,乃欲自立为王!'"张良赶紧提醒他不能得罪韩信。刘邦醒悟,便封韩信为齐王

以笼络他。韩信后降封为淮阴侯，故称为淮阴。

㉛"太史公"三句：《史记·留侯世家》："太史公曰：'……余以为其人计魁梧奇伟，至见其图，状貌如妇人好女。'"不称，不相称。

【解读】

本文作于宋仁宗嘉祐六年（1061），是作者应制科所上《进论》之一。本文并未多叙留侯张良的生平与功业，而只就黄石公授张良兵书一节叙述，围绕"忍"字展开论证，指出"忍小忿而就大谋"是张良建立盖世功业的根本策略。

第一段，先以高屋建瓴之势，树立豪杰之士的标准，即有远大志向，能忍人情所不能忍，为了达到最大目标而不逞匹夫之勇，要为豪杰之大勇。

第二、三段，叙述张良为报秦灭韩国之仇，曾于年青时雇刺客椎击秦始皇于博浪沙的故事，以此为匹夫之勇，后得黄石公于圯上之告诫，并赐兵书。

第四段，借历史事例，论证匹夫之刚不可取，指出圯上老人所以试探张良的目的，是以为"子房才有余，而忧其度量之不足"，所以要"深折其少年刚锐之气，使之忍小忿而就大谋"。张良能忍，故黄石公以为"孺子可教"。

第五段，论述汉高祖所以胜、项羽所以败的原因，是在"能忍与不能忍之间"。项羽不能忍，故轻用其锋，以致灭亡；高祖能忍，而养其全锋，终致胜利。指出胜负的关键，在一"忍"字，这是拜张良之所教。由此知，汉高祖之能胜而有天下，为张良之功不言自明。

末段，用太史公观察到张良的真实相状与心理想象中的巨大落差，虚晃一笔，指出真正的豪杰是在牝牡骊黄之外，非一眼所能洞察。

本文从大处落笔，以一"忍"字总冒通篇大意，又以"忍"字贯通全文。其中自"且其意不在书"一句起，一反旧说，论证圯上老人授书是次要的，而真正目的是在磨砺其意志，教诫其忍性。张以忍又教刘邦，刘邦以忍打败项羽而有天下。文章夹叙夹议，以正反相较，以史印证，文意曲折，条理清楚，逻辑严密，使人信服。末段以闲笔作结，思致新颖，饶有趣味。

【点评】

"主意谓子房本大勇之人，唯年少气刚，不能涵养忍耐，以就大功名，如用力士提铁锤击秦始皇之类，皆不能忍。老父之圯下，始命之取履、纳履，与之期五更相防，数怒骂之，正以折其不能忍之气，教之以能忍也。"（[宋]谢枋得《文章轨范》卷三）

"先说忍与不忍之规模，方说子房受书之事，其意在不忍，此老人所以深惜，命以仆妾之役，使之忍不耻就大谋，故其后辅位高祖，亦使忍之有成。"（[宋]吕祖谦《古文关键》卷二）

"东坡文如长江大河，一泻千里。至其浑浩流转，曲折变化之妙，则无复可以名状，而尤长于陈述叙事。留侯一论，其立论超卓如此。"（[明]杨慎《三苏文范》卷七）

"此文只是一意反覆，滚滚议论，然子瞻胸中见解，亦本黄老来也。王遵岩曰：此文若断若续，变幻不羁，曲尽操纵之妙。"（[明]茅坤《唐宋八大家文钞》卷一百三十）

"此文得意在'且其意不在书'一句起，掀翻尽变，如广陵秋涛之排空而起也。"（[清]金圣叹《天下才子必读书》卷十四）

贾谊论①

苏 轼

非才之难，所以自用者实难。惜乎！贾生，王者之佐，而不能自用其才也。夫君子之所取者远②，则必有所待；所就者大③，则必有所忍。古之贤人，皆有可致之才④，而卒不能行其万一者，未必皆其时君之罪，或者其自取也。

愚观贾生之论⑤，如其所言，虽三代何以远过⑥？得君如汉文⑦，犹且以不用死。然则是天下无尧舜，终不可有所为耶？仲尼圣人，历试于天下，苟非大无道之国，皆欲勉强扶持，庶几一日得行其道⑧。将之荆，先之以冉有，申之以子夏。⑨君子之欲得其君，如此其勤也。孟子去齐，三宿而后出昼⑩，犹曰："王其庶几召我。"君子之不忍弃其君，如此其厚也。公孙丑问曰："夫子何为不豫？"⑪孟子曰："方今天下，舍我其谁哉！而吾何为不豫？"君子之爱其身，如此其至也。夫如此而不用，然后知天下果不足与有为，而可以无憾矣。若贾生者，非汉文之不能用生，生之不能用汉文也。

夫绛侯亲握天子玺而授之文帝⑫，灌婴连兵数十万⑬，以决刘、吕之雌雄，又皆高帝之旧将，此其君臣相得之分，岂特父子骨肉手足哉？贾生，洛阳之少年，欲使其一朝之间，尽弃其旧而谋其新⑭，亦已难矣。为贾生者，上得其君，下得其大臣，如绛、灌之属，优游浸渍而深交之⑮，使天子不疑，大臣不忌，然后举天下而唯吾之所欲为，不过十年，可以得志。安有立谈之间，而遽为人痛哭哉⑯？观其过湘，为赋以吊屈原⑰，纡郁愤闷⑱，趯然有远举之志⑲。其后以自伤哭泣，至于夭绝⑳，是亦不善处穷者也。夫谋之一不见用，则安知终不复用也？不知默默以待其变，而自残至此。呜呼！贾生志大而量小，才有余而识不足也。

古之人，有高世之才，必有遗俗之累㉑。是故非聪明睿哲不惑之主㉒，则不能全其用。古今称苻坚得王猛于草茅之中^㉓,一朝尽斥去其旧臣而与之谋^㉔。彼其匹夫^㉕,略有天下之半^㉖,其以此哉!

　　愚深悲贾生之志,故备论之。亦使人君得如贾谊之臣,则知其有猖介之操^㉗,一不见用,则忧伤病沮^㉘,不能复振。而为贾生者,亦谨其所发哉^㉙!

【注释】

①贾谊(前200—前168):世称贾太傅、贾长沙、贾生,洛阳(今属河南)人。西汉初期的政论家、文学家。年少即以诗文闻于世。后见用于汉文帝,力主改革,受大臣周勃、灌婴排挤,被贬为长沙王太傅。后改任梁怀王太傅。梁怀王堕马而死,自伤无状,忧愤而死,年仅三十三岁。

②所取者:指功业、抱负。

③所就者:指功业、抱负。

④可致之才:能够实现功业、抱负的才能。致,指成就功业。

⑤贾生之论:指贾谊向汉文帝提出的《治安策》。这篇文章论及了文帝时潜在或明显的多种社会危机,涉及中央与地方诸侯之间,汉廷与北方异族之间,以及社会各阶层之间的种种矛盾,贾谊富有针对性地一一指明相应对策和补救措施。

⑥三代:指夏、商、周。

⑦汉文:汉文帝刘恒。汉高祖刘邦第四子,初封代王。刘邦去世后,吕后临朝称制,汉惠帝英年早逝,诸吕掌握朝中大权。吕后去世后,太尉周勃联合丞相陈平等人粉碎诸吕势力,迎立刘恒进京继位。他躬行节俭,励精图治,最终开创"文景之治"的繁盛之局。

⑧庶几:希望,但愿。

⑨"将之荆"三句:《礼记·檀弓上》:"昔者夫子失鲁司寇,将之荆,盖先之以子夏,又申之以冉有,以斯知不欲速贫也。"谓孔子打算前往

楚国,就先让子夏去打听,又让冉有去申明自己的想法。荆,春秋时楚国的旧称。子夏、冉有,孔子弟子。

⑩昼:齐地名,在今山东淄博。孟子曾在齐国为卿,后来见齐王不能行王道,便辞官而去,但是在齐地昼停留了三天,想等齐王改过,重新召他入朝。事见《孟子·公孙丑下》。

⑪豫:喜悦。《孟子·公孙丑下》:"孟子去齐,充虞路问曰:'夫子若有不豫色然。前日虞闻诸夫子曰:"君子不怨天,不尤人。"'曰:'……夫天未欲平治天下也,如欲平治天下,当今之世,舍我其谁也!吾何为不豫哉?'"充虞,孟子弟子,苏轼在这里误为公孙丑。

⑫绛侯:周勃,汉朝开国功臣,官至太尉、丞相。周勃、陈平为首的刘邦旧臣共诛诸吕,迎立代王刘恒为皇帝。刘恒回京路过渭桥时,周勃跪上天子玺。

⑬灌婴:汉朝开国功臣,官至太尉、丞相。诸吕作乱,齐哀王刘襄听到消息,举兵讨伐,吕禄派灌婴迎击。灌婴率兵到荥阳后,不击齐王,而与周勃等共谋,并屯兵荥阳,与齐连和。周勃等诛诸吕后,齐王撤兵回国。灌婴便回到长安,与周勃、陈平等共立文帝。

⑭弃其旧而谋其新:贾谊为太中大夫时,曾向文帝提出"改正朔,易服色,法制度,定官名,兴礼乐"以及列侯就国、更改律令等一系列建议,得罪了周勃、灌婴等人。他做梁怀王太傅时,又向文帝献《治安策》,对治国、御外等方面提出了建议。

⑮优游:从容不迫的样子。浸渍(zì):渐渐渗透的样子。

⑯"立谈"二句:指贾谊在《治安策》中所说:"臣窃惟事势,可为痛哭者一,可为流涕者二,可为长太息者六。"遽,急速,骤然。

⑰过湘,为赋以吊屈原:贾谊因被朝中大臣排挤,贬为长沙王太傅,路过湘水,作赋吊屈原。

⑱纡郁:抑郁,郁积。

⑲趯(tì)然:超然。远举:高飞,此指走避远方,即退隐。贾谊《吊

屈原赋》:"见细德之险征兮,遥增击而去之。"正是远举的意思。

㉑至于夭绝:贾谊在做梁怀王太傅时,梁怀王骑马摔死。他自伤未能尽职,时常哭泣,一年多后就死了。夭绝,指贾谊早死。

㉑遗俗之累:指因不合时宜而招致的困境、忧患。

㉒睿(ruì):智慧通达。

㉓苻坚:东晋十六国时期前秦的国君,雄才大略,与王猛君臣相得,锐意改革,国势大盛,基本统一北方。王猛:字景略。出身贫寒,好读兵书,善用谋略。初隐居华山,后受苻坚召,拜为中书侍郎,后官至丞相。任职十八年,鞠躬尽瘁,综合儒法,选拔廉明,励精图治。

㉔"一朝"句:王猛被用后,受到苻坚的信任,屡有升迁,权倾内外,遭到旧臣仇腾、席宝的反对。苻坚大怒,贬黜仇、席二人,于是上下皆服。

㉕匹夫:指苻坚。

㉖略:夺取。当时前秦削平群雄,占据着北方,与东晋对抗,所以说"略有天下之半"。

㉗狷(juàn)介:孤高,性情正直,不同流合污。

㉘病沮(jǔ):困顿灰心。沮,颓丧。

㉙发:泛指立身处世,也就是上文所谓自用其才。

【解读】

贾谊是中国历史上有名的"怀才不遇者",三十三岁时郁郁而终。前人多惜贾谊之才识,苏轼却一反旧说,从贾谊自身的角度,分析其悲剧产生的缘由,批评贾谊的悲剧在于不能"自用其才",操之过急,气量狭小。

开篇以"自用其才"之难,用孔孟作印证,指出并不是汉文帝不能用贾谊,而是贾谊不能善用汉文帝,并从情理上委曲剖析当时汉文帝所在的时代背景,指出汉文帝在大臣周勃与灌婴等人的扶持下登基,而贾谊只是洛阳一少年,纵使再有才,也不能让文帝在"一朝之间,尽

189

弃其旧而谋其新"，完全撇开旧臣，而专信任贾谊一人，这是违背情理的。作为贾谊所宜采取的方法应当是调节好自己与大臣之间的关系，做到"使天子不疑，大臣不忌"，悠游于权臣与帝皇之间，"不过十年，可以得志"，而不是立谈之间，就要皇帝完全信任自己，一旦不用，则立马自怨自艾，痛哭流涕，以至抑郁自伤，过早夭折。指出贾谊之过，是在"不善处穷"，不知默以待变，从而得出其"志大而量小，才有余而识不足"的缺点。一语中的，印证了开篇提出的不善用其才的论点。

第四段，举前秦苻坚用王猛，"一朝尽斥去其旧臣而与之谋"，至"略有天下之半"的例子，则反转一笔，暗讽汉文帝"故非聪明睿哲不惑之主"，所以也不能全部用好手下如贾谊等"高世之才"。末段"深悲贾生之志"，而惜文帝之不能用，遗憾惋惜之情跃然纸上。同时也提出了对君主使用人才的微婉的劝告，用人才，要充分了解其个性的优缺点，加以优容，而尽其才之所用，以免浪费人才。

本文以不善"自用其才"为论点，表达了作者对贾谊为人、遭际的既同情惋惜又予以针砭的态度。文章立论新颖，见解深刻，说理透彻，富有启发性。

【点评】

"细观此文，子瞻高于贾生一格。荆川曰：不能深交绛灌，不知默默自待，本是两柱，而文字浑融，不见踪迹。王遵岩曰：谓贾生不能用汉文，直是说得贾生倒，而文字翻覆变幻，无限烟波。"（[明]茅坤《唐宋八大家文钞》卷一百三十）

"史称神宗欲骤用轼，韩琦不欲坏成例，沮之，轼以此终身德琦。呜呼，若轼者真可谓自爱其身者欤！作《贾谊论》，宋人谓在其晚年观轼流离颠沛，至挑菜度日，夕宿树下，而若将终身，怡然自得，与贾谊之赋鹏鸟、投文吊屈原者异矣。"（[清]《唐宋文醇》卷四十二）

"起手即拈，不能自用其才，一篇断案。刘海峰曰：'长公笔有仙气，故文极纵荡变化，而落韵甚轻。'沈归愚曰：'中间实还出用汉文处

是苏氏经纬,责备中语语惋惜,笔力最高绝。'又曰:'读此文须知言外有汉文负生之意。'"([清]姚鼐《古文辞类纂》卷四)

"贾生病源全在取忌绛灌,汉文势难独任,正是不能用汉文处。篇中层层责备,却带悲惜意,笔力最高。"([清]林云铭《古文析义》卷十三)

晁错论①　　　　　苏　轼

天下之患,最不可为者②,名为治平无事③,而其实有不测之忧。坐观其变而不为之所④,则恐至于不可救;起而强为之,则天下狃于治平之安而不吾信⑤。惟仁人君子豪杰之士,为能出身为天下犯大难⑥,以求成大功。此固非勉强期月之间⑦,而苟以求名之所为也。

天下治平,无故而发大难之端⑧;吾发之,吾能收之⑨,然后有以辞于天下⑩。事至而循循焉欲去之⑪,使他人任其责,则天下之祸,必集于我。昔者晁错尽忠为汉,谋弱山东之诸侯⑫。山东诸侯并起,以诛错为名。而天子不察,以错为说⑬。天下悲错之以忠而受祸,不知错有以取之也⑭。

古之立大事者,不唯有超世之才,亦必有坚忍不拔之志。昔禹之治水,凿龙门⑮,决大河而放之海⑯。方其功之未成也,盖亦有溃冒冲突可畏之患⑰。惟能前知其当然,事至不惧,而徐为之所,是以得至于成功。

夫以七国之强而骤削之,其为变岂足怪哉?错不于此时捐其身,为天下当大难之冲⑱,而制吴、楚之命,乃为自全之计,欲使天子自将而己居守⑲。且夫发七国之难者谁乎?

191

己欲求其名,安所逃其患?以自将之至危,与居守之至安,己为难首,择其至安,而遗天子以其至危,此忠臣义士所以愤惋而不平者也⑳。当此之时,虽无袁盎㉑,错亦未免于祸。何者?己欲居守,而使人主自将。以情而言,天子固已难之矣,而重违其议㉒。是以袁盎之说,得行于其间㉓。使吴、楚反,错以身任其危,日夜淬砺㉔,东向而待之,使不至于累其君,则天子将恃之以为无恐,虽有百袁盎,可得而间哉?

嗟夫㉕!世之君子,欲求非常之功,则无务为自全之计㉖。使错自将而讨吴、楚,未必无功,唯其欲自固其身,而天子不悦,奸臣得以乘其隙㉗。错之所以自全者,乃其所以自祸欤㉘!

【注释】

①晁错(前200—前154):颍川(今河南禹州)人。西汉政治家、文学家。汉文帝时,任太常掌故,后历任太子舍人、太子家令。景帝即位,任内史,迁御史大夫。进言削藩,剥夺诸侯王的政治特权,以巩固中央集权,损害了诸侯王利益。汉景帝三年(前154),吴、楚等七国以"请诛晁错,以清君侧"为名,发动叛乱。景帝听从袁盎之计,腰斩晁错于东市。

②为:治理,消除。

③治平:政治清明,社会安定。

④所:指处置。

⑤狃(niǔ):习以为常。

⑥出身:挺身而出。犯:冒着。

⑦期(jī)月:一个月。泛指短时期。

⑧发:触发。

⑨收:制止。

⑩然后有以辞于天下:然后才能有力地说服天下人。

⑪循循焉:缓慢的样子。循循,徐徐。

⑫山东:指崤山以东。

⑬"而天子"二句:谓汉景帝没有洞察到起兵的诸侯的用心,用杀晁错来取悦他们以使他们退兵。说,通"悦"。

⑭取:招致。

⑮龙门:山名,在今山西河津西北。

⑯大河:指黄河。

⑰溃冒:冲决泛滥。冲突:谓水流冲击堤岸,亦谓水流奔突。

⑱冲:交通要道。

⑲"欲使"句:想让皇帝御驾亲征平定叛乱,而自己留守京城。自将,亲自率领。

⑳愤惋:怅恨,愤恨。

㉑袁盎:《汉书》称爰盎。西汉大臣。曾为吴相。七国叛乱,奏请斩晁错以平众怒,官拜太常,出使吴国。

㉒"天子"二句:皇帝本来已经觉得这是勉为其难的事情,但又不好反对他的建议。

㉓间:离间。

㉔淬砺:锻炼磨砺。引申为冲锋陷阵,发愤图强。

㉕嗟夫:叹词,表示感叹。

㉖务:从事。

㉗隙:空隙,空子。

㉘欤:语气助词,表感叹。

【解读】

本文是史论。晁错继贾谊提出削藩建议,引发七国之乱,被汉景帝错杀。"晁错之死,人多叹息",苏轼却翻空出奇,以独特的视角,阐述晁错受祸的原因,提出了仁人君子、豪杰之士应"为能出身为天下犯大难,以求成大功"的主张。

文章开篇即作议论,为一篇大意,言治平时期,欲行非常之事,必须非常之策,否则,必致大祸。此议论即暗示晁错削藩一事。接着具体说事,言晁错削藩引起山东七国诸侯叛乱,因受谗被杀,天下悲晁错以忠受祸,而作者则反其言而独断之,认为其祸自取。然后围绕取祸一节,详加分析,举大禹治水,说明做大事,一定得有事先之布置,并有坚忍不拔之意志,方能成功,以见晁错削藩匆忙定计,操之过急,而变起仓猝,又无应对之方,自求安全,而置天子于险境,一错再错,这正是晁错受祸的根本原因。一针见血,使人信服。然后作者又设身处地为晁错着想,假如能当大变时,自己身任其责,不使景帝受祸,则谗言不能得逞,而可以避免祸患。

北宋中期,社会矛盾逐步激化,出现"三冗两积"的局面。作者思治,故本论实是有感而发。文章先道理论证,后事实论证,两相对照,增强了说服力。

【点评】

"此论先立冒头,然后入事,又是一格。老于世故,明于人情,有忧深思远之智,有排难解纷之勇,不特文章之工也。"([宋]谢枋得《文章轨范》卷三)

"于错之不自将而为居守处,寻一破绽作议论,却好。错之误,误在以旧有怨于盎,而欲借吴之反以诛之,此所谓自发杀机也,鬼瞰其室矣。何者?以错之学本刑名故也。"([明]茅坤《唐宋八大家文钞》卷一百三十)

"晁错之死,人多叹息,然未有说出被杀之由者。东坡之论,发前人所未发,有写错罪状处,有代错画策处,有为错致惜处,英雄失足,千古兴嗟。任大事者,尚其思坚忍不拔之义哉!"([清]吴楚材、吴调侯《古文观止》卷十)

"七国削亦反，不削亦反，削则变速而祸小，不削则变迟而祸大。此世所以伤错之忠也。虽然，明知削之则反矣，而不为备反计乎？四顾群臣，既无可属百万兵者，而可轻削之以激其反乎？况有周亚夫之可属百万兵而不知，孰云智囊也？且夫宗社者，犹人之神魂也，百姓者，犹人之肢体也，天下有残肢体以安神魂之理乎？则亦岂有残百姓以安宗社之理也？圣贤处此，岂果舍激之反而灭之之外无他道乎？错亦可谓未能操刀而轻一割矣。错父曰：刘氏安，晁氏危矣。天下骚然，京师几喋血，刘氏果足为安哉？"（[清]《唐宋文醇》卷四十二）

文 说 苏 轼

吾文如万斛泉源①，不择地皆可出。在平地，滔滔汩汩②，虽一日千里无难。及其与石山曲折，随物赋形③，而不可知也。所可知者，常行于所当行，常止于不可不止，如是而已矣④。其他，虽吾亦不能知也。

【注释】

①万斛(hú)：极言容量之多。古代以十斗为一斛，南宋末年改为五斗为一斛。

②滔滔汩汩：水涌流的样子。

③赋形：谓赋予人或物以某种形状。

④是：此，这样。

【解读】

本文一名《自评文》，是作者对自己文章的评价，是他创作实践的绝好写照，文艺思想的集中反映。

作者用比喻的手法，形容自己的文章就像"万斛泉源"，随地都可以冒出。写作内容平顺无阻滞时,文章就很容易滔滔不绝;当碰到较难的地方,就会随着事势的曲折,而自然作相应调整,这都是在自己不知不觉的情况下出现的。自己所知道的是,什么样的内容可以写,什么样的内容不可以写,所以在"不可不止"的情况下,文章自然就结束了。作者的写作经验就是这样,他认为自己也没有其他方面的经验可说。这虽然是他对自己写作经验的描述,其实也是他艺术风格、思想的一种概括反映,充分体现了他学养丰富、思路开阔、不拘常规、委曲赋形、自然随意、波澜曲折、纵横恣肆的特点,这都可以从作者的文章中得到印证。

本文通篇用比,化抽象为具体,把作文时难以言传的见解和体会深入浅出地道了出来。篇幅不长,含义却丰,语言洁净,生动明快,令人叹赏。

上梅直讲书① 苏 轼

轼每读《诗》至《鸱鸮》②,读《书》至《君奭》③,常窃悲周公之不遇④。及观《史》,见孔子厄于陈蔡之间⑤,而弦歌之声不绝⑥;颜渊、仲由之徒⑦,相与问答。夫子曰:"匪兕匪虎,率彼旷野⑧。吾道非耶?吾何为于此?"颜渊曰:"夫子之道至大,故天下莫能容。虽然,不容何病⑨?不容然后见君子。"夫子油然而笑曰⑩:"回,使尔多财,吾为尔宰⑪。"夫天下虽不能容,而其徒自足以相乐如此。乃今知周公之富贵,有不如夫子之贫贱。夫以召公之贤,以管、蔡之亲⑫,而不知其心,则周公谁与乐其富贵?而夫子之所与共贫贱者,皆天下之贤才,则亦足与乐乎此矣。

轼七八岁时,始知读书。闻今天下有欧阳公者⑬,其为人如古孟轲、韩愈之徒;而又有梅公者,从之游,而与之上下其议论⑭。其后益壮,始能读其文词,想见其为人,意其飘然脱去世俗之乐,而自乐其乐也。方学为对偶声律之文⑮,求斗升之禄⑯,自度无以进见于诸公之间。来京师逾年,未尝窥其门。

今年春,天下之士,群至于礼部⑰,执事与欧阳公实亲试之⑱。轼不自意⑲,获在第二。既而闻之人,执事爱其文,以为有孟轲之风,而欧阳公亦以其能不为世俗之文也而取焉,是以在此。非左右为之先容⑳,非亲旧为之请属㉑,而向之十余年间闻其名而不得见者㉒,一朝为知己。退而思之,人不可以苟富贵,亦不可以徒贫贱。有大贤焉而为其徒,则亦足恃矣。苟其侥一时之幸,从车骑数十人,使闾巷小民聚观而赞叹之,亦何以易此乐也。

《传》曰:"不怨天,不尤人。"㉓盖"优哉游哉,可以卒岁"㉔。执事名满天下,而位不过五品,其容色温然而不怒,其文章宽厚敦朴而无怨言,此必有所乐乎斯道也。轼愿与闻焉。

【注释】

①梅直讲:北宋著名诗人梅尧臣,时任国子监直讲。

②《诗》:《诗经》。《鸱鸮(chīxiāo)》:《诗经·豳风》篇名。旧说周成王对周公东征武庚、管叔、蔡叔的叛乱不理解,周公作此诗,以明心志。

③《书》:《尚书》。《君奭(shì)》:《尚书》篇名。君,尊称。奭,召公,姓姬,名奭,是周文王的庶子,和周公共同辅佐成王。旧说他怀疑周公有政治野心,周公作《君奭》,以明心志。

④不遇：谓不为人所理解。

⑤孔子厄于陈蔡之间：据《史记·孔子世家》载，孔子晚年居于陈、蔡之间，楚国欲聘之。陈、蔡大夫恐以后不利于己，"乃相与发徒役围孔子于野。不得行，绝粮。从者病，莫能兴。孔子讲诵弦歌不衰"。

⑥弦歌：弹琴唱歌。

⑦颜渊：名回，字子渊，孔子的学生。仲由：字子路，孔子的学生。

⑧"匪兕(sì)"二句：我不是犀牛老虎那样的野兽，为什么要聚集在野外游荡。语出《诗经·小雅·何草不黄》。匪，通"非"。兕，古代称犀牛一类的兽。率，聚集。

⑨病：担忧。

⑩油然：自然而然的样子。

⑪宰：这里指家臣。

⑫管、蔡：即管叔和蔡叔。管叔名鲜，周文王姬昌第三子；蔡叔名度，文王五子。周武王灭商后，将鲜封于管，度封于蔡，处(文王八子)封于霍，协助、监督商纣王之子武庚，一同治理商朝遗民，史称"三监"。周成王年幼继位，由管叔鲜四弟周公旦摄政。管叔鲜与蔡叔度、霍叔处不满，于是挟持武庚发动叛乱，史称"三监之乱"。不久，周公旦平定叛乱，诛杀管叔鲜和武庚，流放蔡叔度，将霍叔处废为庶民。

⑬欧阳公：指欧阳修。公，对人之尊称。

⑭上下其议论：指相互研讨。

⑮对偶声律之文：指诗赋。

⑯斗升之禄：比喻微薄的俸禄。

⑰礼部：官署名，掌管礼教和学校贡举等事。

⑱执事：原指侍从左右供差遣的人。此指梅尧臣，不直称对方，表示尊敬。

⑲自意：自料，自以为。

⑳左右：指欧阳修、梅圣俞身边亲近的人。先容：事先致意或介绍

198

推荐。

㉑属(zhǔ):通"嘱",托付。

㉒向:从前,原先。

㉓《传》:《左传》。"不怨天"二句:引文见《论语·宪问》。尤,归咎。

㉔"优哉"二句:《左传·襄公二十一年》作"优哉游哉,聊以卒岁"。优哉游哉,形容从容自得,悠闲无事。卒岁,度过岁月。

【解读】

本文是宋仁宗嘉祐二年(1057)作者中进士后写给梅尧臣的信。梅尧臣当时任国子监直讲,为嘉祐二年进士考试的编排评定官,对作者应试文章《刑赏忠厚之至论》非常赞赏,"以为有孟轲之风",便推荐给主考官欧阳修,所以作者写信以表示自己的感谢之意。

开篇就以"常窃悲周公之不遇"立论,迥出常见之外,为什么呢?周公居官富贵而不为贤才、亲人所理解,以致不快乐。接着写孔子自足于道,虽见厄于陈蔡之间,而与弟子弦歌不绝,相与问答,其乐无穷。两相对照,反映出悲、乐不以富贵贫贱区分。而暗以孔子比欧阳修、梅尧臣,以门徒比自己,表现作者安贫乐道和以相知为乐的喜悦心情,也反映出作者志趣的高尚。

然后叙述自己从小对欧、梅二公的倾慕,喜爱他们的道德文章,想象他们的遗俗之乐,而现在竟受到他们的欣赏,提拔为进士,与其游处,真是人间最快乐的事。结尾再次称颂梅尧臣,以"必有所乐乎斯道"作结。

本文因叙士遇知己之乐,故通篇以一"乐"字贯串。先将圣贤师友相乐立案,再说到自己得遇欧、梅之乐,末又以乐乎斯道为梅公颂。节节照应,议论风发,文如行云流水,收纵自如,富有韵致。

【点评】

"此书叙士遇知己之乐,遂首援周公有蔡、管之流言,召公之不悦,

乃不能相知，以形容其乐，而自比于圣门之徒。"（［明］杨慎《三苏文范》卷十三）

"空中忽然纵臆而谈，劣周公，优孔子，岂不大奇？文态如天际白云，飘然从风，自成卷舒。人固不知其胡为而然，云亦不自知其所以然。"（［清］金圣叹《天下才子必读书》卷十四）

"见富贵不足重，而师友以道相乐，乃人间之至乐也。周公孔颜，凭空发论，以下层次照应，空灵飘洒。东坡文之以韵胜者。"（［清］沈德潜《唐宋八家文读本》卷二十三）

喜雨亭记

苏　轼

亭以雨名，志喜也①。古者有喜，则以名物，示不忘也。周公得禾，以名其书②；汉武得鼎，以名其年③；叔孙胜狄，以名其子④。其喜之大小不齐，其示不忘一也。

余至扶风之明年⑤，始治官舍，为亭于堂之北，而凿池其南，引流种木，以为休息之所。是岁之春，雨麦于岐山之阳⑥，其占为有年⑦。既而弥月不雨⑧，民方以为忧。越三月，乙卯乃雨，甲子又雨，民以为未足。丁卯大雨，三日乃止。官吏相与庆于庭，商贾相与歌于市，农夫相与忭于野⑨，忧者以乐，病者以愈，而吾亭适成⑩。

于是举酒于亭上，以属客而告之曰⑪："五日不雨可乎？"曰："五日不雨则无麦。""十日不雨可乎？"曰："十日不雨则无禾⑫。""无麦无禾，岁且荐饥⑬，狱讼繁兴，而盗贼滋炽⑭，则吾与二三子虽欲优游以乐于此亭⑮，其可得耶？今天不遗斯民，始旱而赐之以雨，使吾与二三子得相与优游而乐于此亭者,皆雨之赐也,其又可忘耶?"

　　既以名亭,又从而歌之曰:"使天而雨珠,寒者不得以为襦⑯;使天而雨玉,饥者不得以为粟。一雨三日,繄谁之力⑰?民曰太守。太守不有。归之天子。天子曰不然。归之造物⑱。造物不自以为功,归之太空。太空冥冥⑲,不可得而名,吾以名吾亭。"

【注释】

①志:记。

②"周公"二句:周成王得一种"异禾",转赐周公,周公遂作《嘉禾》篇,"旅(宣扬)天子之命"。

③"汉武"二句:前116年,汉武帝得一宝鼎,于是改年号为元鼎元年。《通鉴考异》认为得宝鼎应在元鼎四年(前113),元鼎年号是后来追改的。

④"叔孙"二句:鲁文公派叔孙得臣抵抗北狄入侵,取胜并俘获北狄国君侨如,叔孙得臣遂更其子名为"侨如",以彰己功。

⑤扶风:凤翔府,治所在今陕西宝鸡。嘉祐六年(1061),苏轼以大理评事签书凤翔府判官。明年:第二年,即嘉祐七年。

⑥雨麦:麦苗返青时正好下雨。阳:山的南面。

⑦占:占卜。有年:丰年。年,年成,收成。

⑧既而:时间副词,犹不久。弥:整、满。

⑨抃(biàn):鼓掌,拍手,表示欢喜、快乐。

⑩适:恰巧。

⑪属(zhǔ):注入,斟酒相劝。

⑫禾:粟,也称小米、谷子。

⑬荐饥:连年饥荒,连续饥荒。荐,《左传·僖公十三年》:"晋荐饥。"孔颖达疏引李巡曰:"连岁不熟曰荐。"

⑭滋:增多。炽:旺盛。

⑮优游:悠闲自得。

⑯襦(rú):短衣,短袄。此泛指衣服。

⑰繄(yī):语气助词。

⑱造物:造物主,上天。

⑲冥冥:高远渺茫。

【解读】

作者于宋仁宗嘉祐六年(1061)十二月到凤翔府签判任,"至扶风之明年",作此文,是在嘉祐七年(1062)。

作者在凤翔府签判任上,始治官舍,并建亭于官舍之北,作为休息之所。恰此年之春,麦子播种时,下了场雨,接着弥月不下雨。过了三个月,才又下雨,民以为不足,却天随人愿,又下了一场雨,而且一直下了三日。雨水充足,庄稼就可以丰收,所以官民相庆。此时正值自己修建的亭子完成,于是作者遂以"喜雨"二字名亭,并写此文记叙建亭的经过及命名之意。

全文分四段,开篇点题。第二段叙建亭经过,点明建亭缘起,及人物、时间、地点及周围环境;接着写久旱之后,得雨之喜,而与亭结合起来,故以喜雨命亭。第三段,寓议论于对话之中,说出亭与喜雨的关系。末段以歌作结。

本文写法很有特色,以"喜雨"二字为叙事和抒情的贯穿线索,将叙事与抒情结合起来,寓议论于对话与歌咏之中,层层递进,剥茧抽丝,步步深入,结构紧凑而脉络清晰,衔接自然,首尾呼应,文情并茂,作者由衷与民同乐的心情遂跃然纸上。

【点评】

"《食货志》云:'珠玉金银,饥不可食,寒不可衣。'后汉刘陶铸大钱，议亦然。《喜雨亭记》即是用此语。但结尾活泼泼地把捉不得，为不可及。时东坡年二十三。"（[宋]谢采伯《密斋笔记》卷三）

"子瞻《喜雨亭记》结云：'太空冥冥，不可得而名，吾以名吾亭。'是化无为有；《凌虚台记》结云：'盖世有足恃者，而不在乎台之存亡也。'是化有为无。"（[宋]李耆卿《文章精义》）

"此篇题小而语大，议论干涉国政民生大体，无一点尘俗气，自非具眼者，未易知也。"（[明]杨慎《三苏文范》卷十四引虞集）

"只就'喜雨亭'三字，分写，合写，倒写，顺写，虚写，实写，即小见大，以无化有。意思愈出而不穷，笔态轻举而荡漾，可谓极才人之雅致矣。"（[清]吴楚材、吴调侯《古文观止》卷十一）

"居官兴建，当言与民同乐。但亭在官舍，为休息之所，无关民生。髯苏却借旱后大雨，语语为民，便觉阔大。若言雨是雨，亭是亭，两无交涉，则言虽大而近夸也。此却自喜雨之后，追言无雨必不能乐此亭，是亭以雨故，方感其为亭，何等关系！末忽撰出歌来，而以雨力不可忘处层层推原，皆有至理。不但舍雨之外无可名此亭，亦舍亭之外无可名此雨，把一个太守私亭，毋论官吏、商贾、农夫，即天子、造物、太空，无不一齐挽入，岂非异样大观？"（[清]林云铭《古文析义》卷十三）

凌虚台记　　　　苏　轼

国于南山之下①，宜若起居饮食与山接也②。四方之山，莫高于终南；而都邑之丽山者③，莫近于扶风④。以至近求最高，其势必得。而太守之居⑤，未尝知有山焉。虽非事之所以损益，而物理有不当然者。此凌虚之所为筑也⑥。

方其未筑也，太守陈公杖履逍遥于其下⑦，见山之出于林木之上者，累累如人之旅行于墙外而见其髻也⑧。曰："是必有异。"使工凿其前为方池，以其土筑台，高出于屋之檐而止。然后人之至于其上者，恍然不知台之高⑨，而以为山之踊跃奋迅而出也。

公曰："是宜名凌虚。"以告其从事苏轼⑩，而求文以为记。

轼复于公曰："物之废兴成毁，不可得而知也。昔者荒草野田，霜露之所蒙翳⑪，狐虺之所窜伏⑫。方是时，岂知有凌虚台耶？废兴成毁，相寻于无穷⑬，则台之复为荒草野田，皆不可知也。尝试与公登台而望，其东则秦穆之祈年、橐泉也⑭，其南则汉武之长杨、五柞⑮，而其北则隋之仁寿、唐之九成也⑯。计其一时之盛，宏杰诡丽⑰，坚固而不可动者，岂特百倍于台而已哉⑱！然而数世之后，欲求其髣髴⑲，而破瓦颓垣，无复存者，既已化为禾黍荆棘、丘墟陇亩矣，而况于此台欤！夫台犹不足恃以长久⑳，而况于人事之得丧，忽往而忽来者欤！而或者欲以夸世而自足㉑，则过矣。盖世有足恃者，而不在乎台之存亡也。"既已言于公，退而为之记。

【注释】

①国：指都市，城邑。此处用作动词，建城。南山：终南山，在今陕西西安市南。

②宜若：似乎，好像。

③丽：附着，靠近。

④近于：比……近。扶风：凤翔府，府治在今陕西宝鸡。

⑤太守：官名。宋称知州或知府，这里沿用旧称。

⑥所为筑：所以要建筑的原因。所为，同"所以"。

⑦陈公：当时的知府陈希亮，字公弼，青神（今属四川）人。宋仁宗天圣年间进士。公，对人的尊称。杖履：指老人持杖着履出游。

⑧累累（léiléi）：多而重叠的样子。旅行：群行，结伴而行。髻（jì）：挽在头顶或脑后的发结。

⑨恍然：模糊不清，茫然。

⑩从事：官名，汉以后三公及州郡长官皆自辟僚属，多以从事为称。苏轼当时签书凤翔府判官，是陈希亮的下属。

⑪蒙翳（yì）：掩蔽，遮盖。

⑫虺（huǐ）：毒虫，毒蛇。窜伏：潜藏，逃匿。

⑬相寻：相互循环。寻，通"循"。

⑭秦穆：即秦穆公，春秋时秦国的君主，曾称霸西戎。祈年、橐（tuó）泉：据《汉书·地理志·雍》颜师古注，祈年宫是秦惠公所建，橐泉宫是秦孝公所建。传说秦穆公墓在橐泉宫下。

⑮汉武：即汉武帝刘彻。长杨、五柞（zuò）：长杨宫，旧址在今陕西周至县东南。本秦旧宫，汉时修葺。宫中有垂杨数亩，故名。五柞宫，旧址也在周至县东南。汉朝的离宫，有五柞树，其树荫盖数亩之大，故名。

⑯仁寿：宫名。隋文帝杨坚于开皇十三年（593）建。故址在今陕西麟游县境内。九成：宫名。本隋仁寿宫。唐太宗贞观五年（631）重修，为避暑之所，因山有九重，改名九成。

⑰宏杰：宏伟。诡丽：奇异华丽。

⑱特：止，仅。

⑲髣髴：同"仿佛"。约略的形迹。

⑳恃：依赖，凭借。

㉑而：如果，假如。或者：有人，有些人。

205

【解读】

作者于宋仁宗嘉祐六年(1061)任凤翔府签判,十二月到任。嘉祐八年(1063),陈希亮代宋选知凤翔府。王文诰《苏诗编年总案》卷四载:"陈希亮于后圃筑凌虚台以望南山,属公为记,公因以讽之。"陈希亮亦四川眉州人,与作者同乡,年长,性颇严,对作者不仅以属官,且以晚辈待之。起初作者与长官陈希亮性情与处事风格是不合的,于是在本文中借谈兴废之理,对陈希亮予以讽劝。孔凡礼《苏轼年谱》载:"记谓物之成败,不可得而知,台不足恃以长久,'而或者欲以夸世而自足,则过矣。盖世有足恃者,而不在乎台之存亡也',郎晔注谓希亮(公弼)览文后,有'不吾乐耶'之语,意为轼不乐希亮涂改其文,轼实有讽之之意。然希亮'不易一字,亟命刻之石',是赞其才也。"

本文分四段,第一段叙述凤翔府的地理位置及太守筑台之缘起。第二段写未筑之先,太守择地、凿池、筑台事,及筑成之后,太守登台远眺,有飘然凌虚之意,交代太守命作者写记之由。接着笔锋一转,从物之兴废成败,以示台之兴,亦必有废,并述所观历史上宫殿遗址的感受,以见此台之不足恃。第四段由台之不足恃转到人事,指出世有足恃者,不在乎台之存亡,表现了作者历史的沧桑感和旷达的人生态度。

文章借题发挥,重在说理,实则对太守陈希亮修建此台暗含讽刺,但以至理存于其中,故陈心知其意,仍能优容包含之,亦足显出太守之雅量。

孔凡礼《苏轼年谱》载:"《陈公弼传》:'公于轼之先君子,为丈人行,而轼官于凤翔,实从公二年。方是时,年少气盛,愚不更事,屡与公争议,至形于言色,已而悔之。'《邵氏闻见后录》卷十五谓希亮览苏轼所撰《凌虚台记》,笑曰:'吾视苏明允犹子也,某犹孙子也。平日故不以辞色假之者,以其年少暴得大名,惧夫满而不胜也,乃不吾乐耶?'又谓苏轼签判凤翔,吏呼苏贤良。公弼怒曰:'府判官何贤良也?'杖其吏不顾。又谓苏轼作府斋醮,祷祈诸小文,希亮必涂墨改定,数往反。"可作参考。

【点评】

"《凌虚台记》末句云:'盖世有足恃者,而不在乎台之存亡也。'其论甚高,其文尤妙,终篇收拾,尽在此句,而意在言外,讽咏不尽。"([宋]黄震《黄氏日钞》卷六十二)

"《喜雨亭记》,全是赞太守;《凌虚台记》,全是讥太守。《喜雨亭》直以天子造化相形,见得有补于民;《凌虚台》则以秦汉隋唐相形,见得无补于民,而机局则一也。"([明]杨慎《三苏文范》卷十四)

"台为求山而筑,原无关于有无之数。篇中开口从山引起,点出此台自无之有,当自有归无。李卓吾谓是一篇骂太守文字,然宋朝无不识字之太守,岂有骂而不知,知而复用乎?按凌虚之名,实太守所命,谓其突起空中,无所附丽,如蜃楼,如彩云,如飞鸟。蜃楼未有不灭,彩云未有不散,飞鸟未有不还。在太守命名之时,已有此意。坡翁于登是台之时,当面诠破,随以作记,不添一字。末转入人事,而归本于足恃者,有不朽之实,视世间凌虚之物,其存其亡,原无关于有无之数,乃一篇认题目文字。故《喜雨亭》单言雨,《超然台》单言乐,非骂太守,非勉太守,亦非卖弄自家了悟也。行文亦有凌虚之概,踊跃奋迅而出,大奇。"([清]林云铭《古文析义》卷十三)

超然台记　　　　苏　轼

凡物皆有可观。苟有可观,皆有可乐,非必怪奇伟丽者也。馎糟啜醨①,皆可以醉;果蔬草木,皆可以饱。推此类也,吾安往而不乐?

夫所为求福而辞祸者,以福可喜而祸可悲也。人之所欲无穷,而物之可以足吾欲者有尽。美恶之辨战乎中,而去取之择交乎前,则可乐者常少,而可悲者常多,是谓求祸而辞福。夫求祸而辞福,岂人之情也哉?物有以盖之矣^②。彼游于物之内,而不游于物之外。物非有大小也,自其内而观之,未有不高且大者也。彼挟其高大以临我,则我常眩乱反复^③,如隙中之观斗,又乌知胜负之所在?是以美恶横生,而忧乐出焉。可不大哀乎!

余自钱塘移守胶西^④,释舟楫之安^⑤,而服车马之劳^⑥;去雕墙之美^⑦,而蔽采椽之居^⑧;背湖山之观^⑨,而适桑麻之野^⑩。始至之日,岁比不登^⑪,盗贼满野,狱讼充斥,而斋厨索然^⑫,日食杞菊^⑬,人固疑余之不乐也。处之期年^⑭,而貌加丰,发之白者,日以反黑。余既乐其风俗之淳,而其吏民亦安予之拙也^⑮。于是治其园圃,洁其庭宇,伐安丘、高密之木^⑯,以修补破败,为苟完之计^⑰。而园之北,因城以为台者旧矣,稍葺而新之^⑱。

时相与登览,放意肆志焉^⑲。南望马耳、常山^⑳,出没隐见,若近若远,庶几有隐君子乎^㉑!而其东则庐山^㉒,秦人卢敖之所从遁也^㉓。西望穆陵^㉔,隐然如城郭,师尚父、齐威公之遗烈^㉕,犹有存者。北俯潍水,慨然太息,思淮阴之功,而吊其不终^㉖。

台高而安,深而明,夏凉而冬温。雨雪之朝,风月之夕,余未尝不在,客未尝不从。撷园蔬^㉗,取池鱼,酿秫酒^㉘,

瀹脱粟而食之㉙。曰:"乐哉游乎!"方是时,余弟子由适在济南㉚,闻而赋之,且名其台曰超然。以见余之无所往而不乐者,盖游于物之外也。

【注释】

①餔(bū):吃。糟:酒糟。啜(chuò):饮。醨(lí):淡酒。

②盖:掩盖,遮蔽。

③眩乱:迷乱。反复:指悲喜忧乐变化无常。

④钱塘:即杭州。胶西:即密州,治所在今山东诸城。苏轼于熙宁七年(1074)由杭州通判移知密州。

⑤释:放弃。舟楫:指行船。

⑥服:承受,承担。

⑦去:犹弃,摒去。雕墙:饰以浮雕、彩绘的墙壁。

⑧蔽:遮蔽,此犹言居于。采椽:以柞木作椽,不加削斫,此指简陋的房屋。采,柞木。

⑨背:离开。湖山之观:指美景。观,景象。

⑩适:到,往。桑麻之野:指农田。

⑪岁:年景,一年的农业收获。比:连续。登:丰收。

⑫斋厨:指厨房。索然:空乏。

⑬杞菊:枸杞和菊花。指野菜。

⑭期(jī)年:一周年。

⑮拙:拙朴,质朴。

⑯安丘、高密:两县名,当时均属密州,今属山东。

⑰苟完:大致完备。

⑱葺:修理。

⑲放意肆志:纵情快意而无所顾忌。

⑳马耳、常山:二山名,在密州城南。

㉑庶几:也许,或许。隐君子:隐士。

㉒庐山:山名。即卢山,在密州城东。

㉓卢敖:秦博士,本齐国(一说燕国)方士。曾为秦始皇寻求古仙人羡门、高誓及芝奇长生仙药。后见秦始皇刚愎拒谏,专横失道,遂避难隐遁,居于故山(后名卢山)。

㉔穆陵:关名,在今山东临朐东南大岘山上。

㉕师尚父:对姜太公吕尚的尊称。武王灭商后,吕尚被封于齐。齐威公:即齐桓公。宋钦宗名"桓",故宋时将齐桓公改称齐威公。遗烈:功业。穆陵为齐地,吕尚封于齐,桓公霸于齐,故称。

㉖"北俯"四句:韩信伐齐,项羽使龙且率兵二十万救齐,两军夹河列阵。韩信乃夜壅潍水,后使人决壅,大败楚军,杀龙且,因功封齐王。后韩信被诬谋反被杀。见《史记·淮阴侯列传》。潍水,即今潍河。太息,叹息。淮阴,淮阴侯韩信。吊,伤悼。不终,不得善终。

㉗撷(xié):摘取。

㉘秫(shú):粟米之黏者。

㉙瀹(yuè):煮。脱粟:糙米,只去皮壳,不加精制的米。

㉚子由:苏轼弟弟苏辙,字子由。

【解读】

作者于宋神宗熙宁七年(1074)自杭州通判移知密州,本文当作于熙宁八年(1075)十一月,孔凡礼《苏轼年谱》:"稍葺所居园北旧台而新之,弟辙名之曰超然,作赋。自作记。"本文反映了作者知足常乐、超然达观的人生态度,也隐含了少许内心苦闷、失意之情。此时王安石新法已实行很久,言者以为本文有讥讽新法之意。

本文从论述哲理写起,从一"乐"字宕开,说明人的不快乐是因被物欲所束缚,而能不拘于物欲,则无往而不可以快乐,暗伏"超然"之题旨。然后转入叙述修整旧台的背景和经过。作者由杭州通判任到山东胶西，由繁华而之僻壤，却能以苦为乐，超然处之，并乐其风俗之淳厚，与吏民相得，因此作台。接着写登台之乐，由四周之景而发思古之幽情，而感慨今之时世，抒发其超然物外之情，是本文重点。作者因反对王安石变法，无法立足朝廷，多年在地方任职，抑郁不得志，却能自我排解苦闷，达到心理平衡，其原因正是自己能超然于物外，故处逆境而亦乐。末段，点题归结，指出其弟苏辙命名超然以及命名之意，回应前文"安往而不乐"，及"游于物之外"句，超然之意，得此一结，更有点睛之效。

　　文章虚实相生，逐层递进，层次分明，脉络清晰，融议论、抒情、描写于一炉，笔意爽健，格调流畅，倾注了作者的生活情趣，有飘忽"超然"的意绪。

【点评】

　　"前发超然之意，后段叙事解意，兼叙事格。"（〔明〕唐顺之《苏文忠公文钞》卷二十五）

　　"子瞻本色，与《凌虚台记》并本之庄生。"（〔明〕茅坤《唐宋八大家文钞》卷一百四十一）

　　"台名超然，看他下笔便直取'凡物'二字，只是此二字已中题之要害。便以下横说竖说，说自说他，无不纵心如意也。须知此文手法超妙，全从庄子《达生》《至乐》等篇取气来。"（〔清〕金圣叹《天下才子必读书》卷十五）

　　"黄道周曰：此篇不惟文思温润有余，而说安遇顺性之理极为透彻。此坡翁生平实际也，故其临老谪居海外，穷愁颠倒，无不自得，真能超然物外者矣。"（〔清〕《唐宋文醇》卷四十四）

　　"台名超然，作文不得不说入理路去。凡小品文字说到理路，最难透脱。此握定无往不乐一语，归根于游物之外，得南华逍遥大旨，便觉倏然自远。其登台四望一段，从习凿齿《与桓秘书》脱化而出。与《凌虚台》同一机轴，点染生趣。"（[清]林云铭《古文析义》卷十三）

放鹤亭记

苏　轼

　　熙宁十年秋^①，彭城大水^②，云龙山人张君之草堂^③，水及其半扇。明年春，水落，迁于故居之东，东山之麓^④。升高而望，得异境焉，作亭于其上。彭城之山，冈岭四合，隐然如大环，独缺其西一面，而山人之亭适当其缺。春夏之交，草木际天；秋冬雪月，千里一色。风雨晦明之间^⑤，俯仰百变^⑥。

　　山人有二鹤，甚驯而善飞。旦则望西山之缺而放焉，纵其所如，或立于陂田^⑦，或翔于云表，暮则傃东山而归^⑧，故名之曰放鹤亭。

　　郡守苏轼时从宾客僚吏往见山人，饮酒于斯亭而乐之。挹山人而告之曰^⑨："子知隐居之乐乎？虽南面之君^⑩，未可与易也。《易》曰：'鸣鹤在阴，其子和之^⑪。'《诗》曰：'鹤鸣于九皋，声闻于天^⑫。'盖其为物，清远闲放，超然于尘垢之外，故《易》《诗》人以比贤人君子。隐德之士，狎而玩之^⑬，宜若有益而无损者，然卫懿公好鹤则亡其国^⑭。周公作《酒诰》^⑮，卫武公作《抑》戒^⑯，以为荒惑败乱无若酒者，而刘伶、阮籍之徒以此全其真而名后世^⑰。嗟夫！南面之君，虽清远闲放如鹤者，犹不得好；好之，则亡其国。而山林遁世之士，虽荒惑败乱如酒者，犹不能为害，而况于鹤乎！由此观之,其为乐未可以同日而语也。"

山人忻然而笑曰⑱:"有是哉!"乃作放鹤招鹤之歌曰:

鹤飞去兮,西山之缺。高翔而下览兮,择所适。翻然敛翼兮,宛将集兮⑲。忽何所见,矫然而复击⑳。独终日于涧谷之间兮,啄苍苔而履白石。

鹤归来兮,东山之阴。其下有人兮,黄冠草履㉑,葛衣而鼓琴㉒。躬耕而食兮㉓,其余以汝饱。归来归来兮,西山不可以久留!

元丰元年十一月初八日记㉔。

【注释】

①熙宁十年:1077年。熙宁,宋神宗年号(1068—1077)。

②彭城:即徐州(今属江苏)。熙宁十年(1077)四月至元丰二年(1079)三月,苏轼知徐州。

③云龙山人张君:张天骥,字圣涂,自号云龙山人,又称张山人。不求闻达,醉心于道家修身养性之术,隐居徐州云龙山西麓黄茅岗。云龙山,在徐州城南。

④麓:山脚。

⑤晦明:阴晴,明暗。

⑥俯仰:俯视仰视之间,比喻时间短暂。

⑦陂(bēi):池塘。

⑧傃(sù):向着,沿着。

⑨挹(yì):酌酒。

⑩南面:古代以坐北朝南为尊位,故帝王诸侯见群臣,或卿大夫见僚属,皆面向南而坐,因用以指居帝王或诸侯、卿大夫之位。

⑪"鸣鹤在阴"二句:《周易·中孚》九二爻辞。鹤鸣于幽隐之处,

213

其雏应而和之。表示同类事物互相感应。

⑫"鹤鸣于九皋"二句:语出《诗经·小雅·鹤鸣》。鹤鸣于湖泽的深处,它的声音很远都能听见。比喻贤士身隐名著。皋,水泽。

⑬狎(xiá):亲近。

⑭"卫懿公"句:据《左传·闵公二年》,卫懿公好鹤,封给鹤各种爵位,让鹤乘车而行,因此遭致臣民怨恨。狄人伐卫,卫国兵士发牢骚说:"使鹤,鹤实有禄位,余焉能战?"卫军惨败,卫懿公被杀。

⑮《酒诰》:《尚书》篇名,是中国最早的禁酒令。据《尚书·康诰》序,周武王以商旧都封康叔,当地百姓皆嗜酒,所以周公以成王之命作《酒诰》,以戒康叔。

⑯《抑》戒:《抑》是《诗经·大雅》篇名。相传为卫武公所作,以刺周厉王并自戒。其中第三章云:"颠覆厥德,荒湛于酒。"荒湛于酒,即过度逸乐沉湎于酒。

⑰刘伶、阮籍:皆西晋"竹林七贤"中人。皆沉醉于酒,不与世事。

⑱忻然:喜悦、愉快的样子。

⑲"翻然"二句:指鹤转身敛翅,恍惚将要止歇。集,鸟栖止于树。

⑳矫然:矫健有力。击:振翅飞翔。

㉑黄冠:道士所戴之冠。草履:草鞋。

㉒葛衣:葛布制成的夏衣。葛,多年生草本植物,茎蔓生,茎皮可以制葛布。鼓:弹奏。

㉓躬耕:亲自从事农业生产。

㉔元丰元年:1078年。元丰,宋神宗年号(1078—1085)。

【解读】

本文作于宋神宗元丰元年(1078)十一月初八日,作者于徐州任知州时。《庆湖遗老诗集》卷二《游云龙张氏山居·序》:"云龙山距彭城郭南三里,郡人张天骥圣途筑亭于西麓。元丰初,郡守眉山苏公屡登,燕于此亭下。畜二鹤,因以放鹤名亭,复为之记。"

本文与《超然台记》主旨相同,都是表现作者"超然物外"的思想,但表现手法却迥然有别。

第一段,叙述建亭时间、缘由及地点,并叙登亭而望,彭城山景之美及四季之变化。

第二段,由山景自然引出山人之二鹤,并以之命名此亭之经过。为文错落有致。

第三段,写作者与宾客僚吏常游于此亭,并在亭上饮宴,感到十分快乐。并引经据典,阐述隐居之乐及鹤之象征意义,《易经》《诗经》都比之于贤人君子,因为它的习性是"清远闲放,超然于尘垢之外"。至此却突然一转折,作者从卫懿公好鹤而亡其国,刘伶、阮籍好酒全真而有名后世,说明鹤、酒本身并不是引起亡国与"荒惑败乱"的原因,而是因为身份不同,利害之相关也不同,所以好鹤之乐,也只有隐居之士才能享受。回应上文"虽南面之君,未可与易也"之意。作者用相反相成笔法,突出叙写隐士之乐,玲珑跳脱,极行文波澜翻卷之能事。

末段,通过歌咏的形式,再一次表达对鹤和隐士的颂扬,以及本人对"超然物外"生活的向往。

本文主要通过饶有趣味的对答歌咏形式写出了隐逸者超然尘世的生活图景和不为世事俗务所囿的自由心境,行文含蓄委婉,韵致极为高远。

【点评】

"文字请客对主极难,独子瞻《放鹤亭记》以酒对鹤。大意谓清闲者莫如鹤,然卫懿公好鹤则亡其国;乱德者莫如酒,然刘伶、阮籍之徒反以酒全其真而名后世。南面之乐,岂足以易隐居之乐哉?鹤是主,酒是客,请客对主,分外精神。又归得放鹤亭隐居之意切,然须是前面嵌'饮酒'二字,方入得来,亦是一格。"([宋]李耆卿《文章精义》)

"插入饮酒一段,见人君不可留意于物,而隐士之居,不妨轻世肆志。此南面之君,未易隐居之乐也。中间'而况于鹤乎'一句,玲珑跳脱,宾主分明,极行文之能事。"([清]沈德潜《唐宋八家文读本》卷二十三)

"绝妙思路。仲长统《乐志论》,念不到此。"([清]王符曾《古文小品咀华》)

石钟山记①

苏　轼

《水经》云:"彭蠡之口②,有石钟山焉。"郦元以为下临深潭③,微风鼓浪④,水石相搏⑤,声如洪钟⑥。是说也,人常疑之。今以钟磬置水中⑦,虽大风浪不能鸣也,而况石乎!至唐李渤⑧,始访其遗踪⑨,得双石于潭上,扣而聆之⑩,南声函胡⑪,北音清越⑫,枹止响腾⑬,余韵徐歇⑭,自以为得之矣。然是说也,余尤疑之。石之铿然有声者⑮,所在皆是也,而此独以钟名,何哉?

元丰七年六月丁丑⑯,余自齐安舟行,适临汝⑰。而长子迈将赴饶之德兴尉⑱,送之至湖口⑲,因得观所谓石钟者。寺僧使小童持斧,于乱石间择其一二扣之,硿硿焉⑳,余固笑而不信也。至莫夜月明㉑,独与迈乘小舟,至绝壁下。大石侧立千尺,如猛兽奇鬼,森然欲搏人㉒;而山上栖鹘闻人声亦惊起㉓,磔磔云霄间㉔;又有若老人欬且笑于山谷中者㉕,或曰:"此鹳鹤也㉖。"余方心动欲还,而大声发于水上,噌吰如钟鼓不绝㉗,舟人大恐。徐而察之,则山下皆石穴罅^㉘,不知其浅深,微波入焉,涵澹澎湃而为此也^㉙。舟回至两山间,将入港口,有大石当中流,可坐百人,空中而多窍^㉚,与风水相吞吐,有窾坎镗鞳之声^㉛,与向之噌吰者相应,如乐作焉。因笑谓迈曰:"汝识之乎^㉜?噌吰者,周景王之无射也^㉝;窾坎镗鞳者,魏庄子之歌钟也^㉞。古之人不余欺也。"

事不目见耳闻而臆断其有无^㉟,可乎?郦元之所见闻,殆与余同^㊱,而言之不详;士大夫终不肯以小舟夜泊绝壁之下,故莫能知;而渔工水师^㊲,虽知而不能言,此世所以不传也。而陋者乃以斧斤考击而求之^㊳,自以为得其实。余是以记之,盖叹郦元之简,而笑李渤之陋也。

【注释】

①石钟山:在江西湖口鄱阳湖东岸,有南、北二山,城南的叫上钟山,城北的叫下钟山。明清时,有人认为苏轼关于石钟山得名由来的说法也是错误的,正确的说法是:"盖全山皆空,如钟覆地,故得钟名。"今人经过考察,认为石钟山之所以得名,是因为它既具有钟之"声",又具有钟之"形"。

②彭蠡(lǐ):鄱阳湖的别称。

③郦元:即郦道元,字善长。北魏时人,地理学家。著《水经注》四十卷,详细记载了一千多条大小河流及有关的历史遗迹、人物掌故、神话传说等,是中国古代最全面、最系统的综合性地理著作。

④鼓:振动。

⑤搏:击,拍。

⑥洪钟:大钟。

⑦磬(qìng):古代打击乐器,形状像曲尺,用玉或石制成。

⑧李渤:唐朝人,写过一篇《辨石钟山记》。

⑨遗踪:旧址,陈迹。此指所在地。

⑩扣:同"叩"。敲击。聆:听,闻。

⑪南声函胡:南边(那座山的石头)的声音重浊而模糊。函胡,通"含糊"。

⑫北音清越:北边(那座山的石头)的声音清脆而响亮。越,高扬。

⑬枹(fú)止响腾:鼓槌停止了(敲击),声音还在传播。枹,鼓槌。腾,传播。

⑭韵:声音。徐:缓慢。

⑮铿(kēng)然:敲击金石所发出的响亮的声音。

⑯元丰七年:1084年。元丰,宋神宗年号(1078—1085)。六月丁丑:此指农历六月初九。

⑰齐安:齐安郡,即黄州,今湖北黄冈。适:到,往。临汝:即汝州。当时苏轼由黄州团练副使改官汝州团练副使。

⑱饶之德兴:饶州府德兴县(今属江西)。尉:县尉,县令佐官,掌治安捕盗之事。

⑲湖口:今属江西。

⑳硿硿(kōngkōng):拟声词,金击石声。

㉑莫(mù)夜:晚上。莫,通"暮"。

㉒森然:阴森的样子。

㉓栖鹘(hú):宿巢的隼。鹘,也叫隼。鹰类中的最小者,飞速善袭。

㉔磔磔(zhézhé):拟声词,鸟鸣声。

㉕欬(kài):咳嗽。

㉖鹳鹤:水鸟名,似鹤而顶不红,嘴长而直,常活动于水旁,夜宿

高树。

㉗噌吰(chēnghóng)：拟声词，形容钟鼓声。

㉘罅(xià)：裂缝。

㉙涵澹：水激荡的样子。澎湃：波浪相互冲击。

㉚空中：中间是空的。窍：窟窿。

㉛窾(kuǎn)坎：击物声。镗鞳(tāngtà)：钟鼓声。

㉜识：知道。

㉝周景王之无射(yì)：《国语》记载，周景王二十三年(前522)，铸成无射钟。

㉞魏庄子之歌钟：《左传》记载，鲁襄公十一年(前562)，郑人以歌钟二肆(悬钟十六为一肆)献给晋侯，晋侯赐大夫魏绛一肆。庄子，魏绛的谥号。歌钟，古乐器，伴唱的编钟。

㉟臆断：根据主观猜测来判断。臆，胸，指推测。

㊱殆：大概。

㊲渔工水师：渔人(和)船工。

㊳陋者：浅陋的人。斧斤：斧头之类的工具。考：敲击。

【解读】

本文是元丰七年(1084)作者游石钟山后写的一篇考察性游记。作者通过对石钟山的实地考察，了解石钟山得名的真相，从而得出要正确判断一件事物，不能臆断，必须深入实际，认真调查的道理，表明了他对事物不轻信、不盲从的态度。

第一段，提出石钟山得名由来的两种说法(郦道元、李渤)及作者对这两种说法的怀疑，引出作者探访石钟山的行动。

第二段，记叙作者实地考察，得以探明石钟山得名由来的经过。

末段写考察所得及感想，表明写作意图。"事不目见耳闻而臆断其有无，可乎？"以反问句式点明全篇主旨。

本文有叙有议，或寓论断于叙事之中，或在叙事的基础上发表议论，用笔丝丝入扣。第二段对泛舟石钟山下夜景的描写，形象生动，亦是有声有色之文。

【点评】

"坡公此记，议论，天下之名言也；笔力，天下之至文也；楷法，天下之妙画也。"（[宋]刘克庄《后村先生大全集》卷一百一十）

"通篇讨山水之幽胜，而中较李渤、寺僧、郦元之简，又辨出周景王、魏献子之钟音，其转折处，以人之疑起己之疑，至见中流大石，始释己疑，故此记遂为绝调。"（[明]杨慎《三苏文范》卷十四）

"平铺直叙，却自波折可喜，此是性灵上带来文字，今古所希。千古文人，唯南华老仙、太史公、苏长公字字挟飞鸣之势。"（[明]郑之惠《苏长公合作》卷二）

文与可画筼筜谷偃竹记^①　　苏　轼

竹之始生，一寸之萌耳^②，而节叶具焉。自蜩腹蛇蚹以至于剑拔十寻者^③，生而有之也。今画者乃节节而为之，叶叶而累之，岂复有竹乎！故画竹必先得成竹于胸中，执笔熟视，乃见其所欲画者，急起从之，振笔直遂^④，以追其所见，如兔起鹘落^⑤，少纵则逝矣^⑥。与可之教予如此。予不能然也，而心识其所以然。夫既心识其所以然而不能然者，内外不一，心手不相应，不学之过也。故凡有见于中而操之不熟者，平居自视了然^⑦，而临事忽焉丧之，岂独竹乎！子由为《墨竹赋》以遗与可曰^⑧："庖丁，解牛者也，而养生者取之⑨；轮扁，斫轮者也，而读书者与之⑩。今夫夫子之托于斯竹也，而予以为有道者，则非耶?"子由未尝画也，故得其意而已。若予者，岂独得其意，并得其法。

与可画竹，初不自贵重，四方之人持缣素而请者⑪，足相蹑于其门⑫。与可厌之，投诸地而骂曰："吾将以为袜。"士大夫传之，以为口实⑬。及与可自洋州还，而余为徐州。与可以书遗余曰："近语士大夫，吾墨竹一派⑭，近在彭城，可往求之。袜材当萃于子矣⑮。"书尾复写一诗，其略曰："拟将一段鹅溪绢⑯，扫取寒梢万尺长。"予谓与可："竹长万尺，当用绢二百五十匹，知公倦于笔砚，愿得此绢而已。"与可无以答，则曰："吾言妄矣，世岂有万尺竹也哉。"余因而实之，答其诗曰："世间亦有千寻竹，月落庭空影许长。"与可笑曰："苏子辩则辩矣。然二百五十匹，吾将买田而归老焉。"因以所画《筼筜谷偃竹》遗予，曰："此竹数尺耳，而有万尺之势。"筼筜谷在洋州，与可尝令予作《洋州三十咏》，《筼筜谷》其一也。予诗云："汉川修竹贱如蓬，斤斧何曾赦箨龙。料得清贫馋太守，渭滨千亩在胸中。"⑰与可是日与其妻游谷中，烧笋晚食，发函得诗，失笑喷饭满案。

元丰二年正月二十日⑱，与可没于陈州⑲。是岁七月七日，予在湖州曝书画⑳，见此竹，废卷而哭失声。昔曹孟德祭桥公文有"车过""腹痛"之语㉑，而予亦载与可畴昔戏笑之言者㉒，以见与可于予亲厚无间如此也。

【注释】

①文与可：文同（1018—1079），字与可，号笑笑居士、笑笑先生。梓州永泰（今四川盐亭）人，苏轼的表兄兼好友。宋仁宗皇祐元年（1049）进士。曾知湖州，世称文湖州。以学名世，擅诗文书画。尤擅画竹，开后世"湖州竹派"。筼筜(yúndāng)谷：在今陕西汉中洋县西北。文同知洋州时，曾在谷中筑披云亭，经常往游其间。筼筜，一种高大的竹子，皮薄，节长而竿高。汉杨孚《异物志》："筼筜生水边，长数丈，围一尺五六寸，一节相去六七尺，或相去一丈。"偃竹：仰斜的竹子。

②萌：植物的嫩芽。

③蜩(tiáo)腹：蝉的肚皮。蛇蚹(fù)：蛇腹下的横鳞。这里用来形容笋，因为笋外面包裹着一层层的箨，跟蝉腹、蛇蚹的形状有些像。剑拔：如剑从鞘中出。形容笋脱箨而成竹。寻：八尺为寻。十寻，言极高，并非实指。

④直遂：一往直前。形容画画时运笔迅速。遂，进。

⑤兔起鹘(hú)落：谓兔子刚出窝，鹘立即降落捕捉。极言动作敏捷。亦比喻作画、写文章下笔迅速。

⑥少：通"稍"。

⑦平居：平日，平素。

⑧子由：苏轼的弟弟苏辙，字子由。遗(wèi)：馈赠。

⑨"庖丁"三句：庖丁，名丁的厨师。养生者，文惠君，即魏惠王，战国时魏国第三任国君。《庄子·养生主》载，庖丁解牛的技艺高妙，因为他能洞悉牛的骨骼肌理，运刀自如，十九年解了数千只牛，其刀刃还同新磨的一样，毫无损伤。文惠君听了庖丁的介绍后，说："善哉！吾闻庖丁之言，得养生焉。"

⑩"轮扁"三句：轮扁，春秋时齐国有名的造车工人。斲(zhuó)轮，斲木制造车轮。斲，用刀斧等砍或削。读书者，指齐桓公。《庄子·天

222

道》载,齐桓公在堂上读书,轮扁在堂下斫轮。轮扁放下工具,说桓公所读的书都是古人的糟粕,桓公责问其由。轮扁说,他斫轮"不徐不疾,得之于手而应于心,口不能言,有数存焉于其间",却无法用口传授给别人。"古之人与其不可传也死矣,然则君之所读者,古人之糟粕已夫!"

⑪缣(jiān)素:供书画用的白色细绢。

⑫足相蹑于其门:指人不断地涌进他家里,以致脚踩着脚。蹑,践踏。

⑬口实:话柄,谈笑的资料。

⑭墨竹一派:善画墨竹的人,指苏轼。

⑮袜材当萃于子矣:谓求画的细绢当聚集到你处。

⑯鹅溪:在今四川盐亭西北,附近产名绢,称鹅溪绢,宋人多用作书画材料。

⑰汉川:汉水。蓬:飞蓬,一种草。箨(tuò)龙:指竹笋。箨,竹笋皮,笋壳。渭滨千亩:指渭水畔千亩修竹。渭,指渭河。

⑱元丰二年:1079 年。元丰,宋神宗年号(1078—1085)。

⑲陈州:治所在今河南周口淮阳区。

⑳湖州:今属浙江。时苏轼任湖州知州。

㉑"昔曹孟德"句:曹操年少时不为人所器重,而桥玄却很赏识他。桥玄死后,曹操有次行军经过桥玄的故乡睢阳,曾遣使致祭桥玄,并作《祀故太尉桥玄文》,文中说:"承从容约誓之言:'殂逝之后,路有经由,不以斗酒只鸡过相沃酹,车过三步,腹痛勿怪。'虽临时戏笑之言,非至亲之笃好,胡肯为此辞乎?"苏轼以此典比喻自己与文与可的情谊笃厚。

㉒畴昔:往日,从前。

本文于宋神宗元丰二年(1079)七月作于湖州,是一篇记人兼论绘画理论的散文,阐述了画竹要有"成竹于胸"的绘画理论;通过与文与可的诗画应酬,表现了两人之间深厚的感情及文与可廉介不俗的高雅品格;又因曝画而睹物思人,表达了对亡友的悼念之情。

第一段,从文与可的画竹理论写起,生面别开,谓画竹要有成竹在胸,画时方能振笔直遂。然后写自己的画竹实践,心手不相应,反衬文与可绘画艺术的高超。又借苏辙之赋,高度评价文与可的理论与艺术实践。

第二段,叙述文与可与自己诗画往来的趣事。第一件是文与可戏言让人找作者求画,表现了他不愿以画作世俗应酬、沽名钓誉的不从俗的高洁品质,及与作者之间关系的亲密。第二件是"二百五十匹绢",讨价还价式的调笑,实是彼此心照不宣地谈论绘画的艺术。第三件是《筼筜谷偃竹》这幅画的由来,切题,刻画文与可豁达、爽朗、旷达的品格,又以诗照应"成竹于胸"的理论。

末段,记叙写作缘由,因曝画而悼念亡友,发自肺腑,极沉痛、真挚。

本文叙事生动,感情真挚,行文自然流畅,妙趣丛生。

【点评】

"自画法说起,而叙事错列,见与可竹法之妙,而公与与可之情,尤最厚也。笔端出没,却是仙品。"([明]杨慎《三苏文范》卷十四引邱濬)

"中多诙谐之言,而论画竹入解。"([明]茅坤《唐宋八大家文钞》卷一百四十)

"诙嘲游戏皆可书而诵之,此记其一班也。须知此出天才,尤不易学,学之辄俚俗村鄙,令人欲呕矣。明袁中郎诸人制作何如?不若且

放让坡老独步。"（[清]储欣《唐宋十大家全集录·东坡先生全集录》卷五）

"此篇洒脱轻灵，如行云流水，触处生机，以诙谐写沉痛，以洒脱状深情，非惟见东坡之高才，更是见东坡之至情的妙文。"（陶文鹏编选《苏轼集》）

记承天寺夜游①　　　苏　轼

元丰六年十月十二日夜②，解衣欲睡，月色入户，欣然起行。念无与为乐者，遂至承天寺寻张怀民③。怀民亦未寝，相与步于中庭。庭下如积水空明④，水中藻荇交横⑤，盖竹柏影也。何夜无月，何处无竹柏，但少闲人如吾两人耳⑥。

【注释】

①承天寺：在黄州（今湖北黄冈）城南。元丰二年（1079），苏轼因乌台诗案被贬黄州。

②元丰六年：1083 年。元丰，宋神宗年号（1078—1085）。

③张怀民：名梦得，字怀民，清河（今属河北）人。元丰六年（1083）也被贬到黄州，初寓居承天寺。曾筑亭于住所之旁，以纵览江山之胜概，苏轼名之为"快哉亭"，苏辙因作《黄州快哉亭记》。

④庭下如积水空明：庭院中的月光宛如一泓积水澄净明亮。

⑤藻荇（xìng）：两种水草名。

⑥闲人：苏轼时被贬为黄州团练副使，却"本州安置，不得签书公事"，有职无权，故自称"闲人"。

【解读】

本文作于宋神宗元丰六年(1083),以简短的文字,记叙了与张怀民夜游承天寺的经过,描写了寺中月夜美景,表达了他壮志难酬的苦闷和自我排遣,以及旷达乐观的人生态度。

首句即点明时间,接着交代事由,正想睡时,见月色入户,便欣然有了游寺的冲动。但如此良辰,得有好友同游,于是前往承天寺找张怀民,遂与之在承天寺院子中间散步。接着叙写散步所见,"庭下如积水空明,水中藻荇交横,盖竹柏影也",三句写尽月夜承天寺幽旷绝美的景色,以竹柏影相映衬,使月色之光明跃然纸上,十分生动形象。最后,感慨何夜无此月景,可有闲情雅致来欣赏的却只有"闲人如吾两人耳",隐寓着两人之被贬而闲置,委婉地抒发了宦途失意的苦闷和悲凉。

本文短小精悍,叙事自然,描写生动,感情委婉,余韵悠长。

【点评】

"仙笔也。读之觉玉宇琼楼,高寒清澈。"([清]储欣《唐宋十大家全集录·东坡先生全集录》卷九)

记游庐山^①

苏 轼

仆初入庐山^②,山谷奇秀,平生所未见,殆应接不暇^③,遂发意不欲作诗。已而,见山中僧俗皆云:"苏子瞻来矣!"不觉作一绝云:"芒鞋青竹杖^④,自挂百钱游^⑤。可怪深山里,人人识故侯^⑥。"既自哂前言之谬^⑦,又复作两绝云:"青山若无素,偃蹇不相亲^⑧。要识庐山面,他年是故人。"又云："自昔忆清赏，初游杳霭间⑨。如今不是梦，真个是庐山。"

是日有以陈令举《庐山记》见寄者⑩，且行且读，见其中云徐凝、李白之诗⑪，不觉失笑。旋入开先寺⑫，主僧求诗，因作一绝云："帝遣银河一派垂，古来惟有谪仙辞。飞流溅沫知多少，不与徐凝洗恶诗。"

往来山南北十余日，以为胜绝，不可胜谈，择其尤者，莫如漱玉亭、三峡桥，故作此二诗⑬。最后与总老同游西林⑭，又作一绝云："横看成岭侧成峰，到处看山了不同⑮。不识庐山真面目，只缘身在此山中。"仆庐山诗尽于此矣。

【注释】

①庐山：又名匡山、匡庐。位于江西九江。耸峙于长江中下游平原与鄱阳湖畔，以雄、奇、险、秀闻名于世，素有"匡庐奇秀甲天下"之誉。

②仆：自称的谦词。

③殆：大概，几乎。应接不暇：谓美景太多，来不及欣赏。

④芒鞋：用芒茎外皮编织成的鞋，亦泛指草鞋。

⑤百钱：晋朝的阮修常步行，以百钱挂杖头，至酒店，便畅饮。

⑥故侯：秦东陵侯召平，秦亡后为布衣，故称"故侯"。他种的瓜称"故侯瓜"。此为苏轼自指。

⑦自哂（shěn）：自嘲。哂，讥笑。谬（miù）：谬误，错误。

⑧偃蹇（yǎnjiǎn）：骄横，傲慢。

⑨杳霭：云雾飘缈的样子。

⑩陈令举:即陈舜俞(1026—1076),字令举,号白牛居士。秀州嘉兴乌程(今浙江湖州)人。北宋著名诗人,与欧阳修、苏东坡、司马光等交往甚密。著有《庐山记》三卷,附《庐山纪略》一卷。

⑪徐凝:唐代诗人。有《庐山瀑布》诗:"虚空落泉千仞直,雷奔入江不暂息。今古长如白练飞,一条界破青山色。"即苏轼所指"恶诗"。李白:唐代大诗人,世称谪仙人。曾五次到庐山,留下四十余篇诗作,如《望庐山瀑布》《庐山谣寄卢侍御虚舟》等。

⑫旋:不久,立刻,随即。开先寺:五代南唐建,在庐山南麓秀峰。《舆地纪胜》卷二十五:"寺后有瀑布泉,李白诗云'飞流直下三千尺',谓此也。"

⑬漱玉亭、三峡桥:均在开先寺内。苏轼有《庐山二胜》诗两首,其一《开先漱玉亭》:"高岩下赤日,深谷来悲风。擘开青玉峡,飞出两白龙。乱沫散霜雪,古潭摇清空。余流滑无声,快泻双石𪃡。我来不忍去,月出飞桥东。荡荡白银阙,沉沉水精宫。愿随琴高生,脚踏赤鲩公。手持白芙蕖,跳下清泠中。"其二《栖贤三峡桥》:"吾闻太山石,积日穿线溜。况此百雷霆,万世与石斗。深行九地底,险出三峡右。长输不尽溪,欲满无底窦。跳波翻潜鱼,震响落飞狄。清寒入山骨,草木尽坚瘦。空蒙烟霭间,澒洞金石奏。弯弯飞桥出,激激半月彀。玉渊神龙近,雨雹乱晴昼。垂瓶得清甘,可咽不可漱。"

⑭总老:庐山东林寺长老常总法师。西林:即西林寺,在庐山北麓,与东林寺相对。东晋太元中僧慧永建。

⑮到处看山了不同:今通俗传本苏轼《题西林壁》诗此句作"远近高低各不同"。

【解读】

本文作于宋神宗元丰七年(1084)四月间,作者从黄州调任汝州,途经江西九江,游庐山。在叙述游庐山的前后经过时,作者巧妙地将写庐山的五首诗融入其中,既描绘了庐山的奇丽风光,同时也将对庐山的喜爱及感慨等情怀抒发无遗。

开篇写作者初入庐山,所见山谷奇秀,为平生所未见,当时决定不为庐山作诗,但到见了庐山中僧俗对自己的欢迎之忱,受其感动,不自觉作了一首绝句,写见僧俗之喜。既打破了前面的决定,遂一发不可收拾,接着又作了两首绝句,叙述于庐山一见如故,感觉亲切,并叙以前庐山是在梦中,如今则亲临其境,见其真面,写身临其境之喜。接着写见到陈令举《庐山记》中提到徐凝、李白的诗,觉徐凝的诗鄙陋,不觉失笑,遂至开先寺中,主僧求诗时,遂又写一绝,表达对徐凝恶诗的鄙弃之情。又叙述往来庐山南北十多天中,所见风景,最美者为漱玉亭、三峡桥,又作二诗,文中未录。最后与总老同游西林,遂作著名的《题西林壁》一首。作者于此诗指明身在其中,有时反而不能认识事物的全貌。文中《题西林壁》与今通行的诗句有别,在第二句"到处看山了不同",今通行本是"远近高低各不同",诗人感兴之间,哲理即在其中,未必演绎理念,读者可于此处体味作诗的消息。

本文韵散错落,文以诗贯,诗以文缀,诗文珠联璧合。潇洒自如的行笔中,和之以透彻妙悟的隽秀诗章,曲尽巧传庐山之美。

记游松风亭 苏　轼

余尝寓居惠州嘉祐寺①,纵步松风亭下②,足力疲乏,思欲就亭止息③。望亭宇尚在木末④,意谓是如何得到⑤,良久忽曰:"此间有甚么歇不得处!"由是如挂钩之鱼,忽得解脱。若人悟此,虽兵阵相接⑥,鼓声如雷霆,进则死敌⑦,退则死法⑧,当恁么时也不妨熟歇⑨。

【注释】

①寓居:寄居。惠州:今属广东。嘉祐寺:故址在今惠州东坡小学内。

②纵(zòng)步:漫步。

③就:靠近。止息:停下来休息。

④亭宇:泛指亭台楼阁。木末:树梢。

⑤意谓:心里说,心想。

⑥虽:即使。兵阵:两军对阵交锋。

⑦死敌:死于敌手。

⑧死法:死于军法。

⑨恁(nèn)么时:这时候。熟歇:充分休息。

【解读】

绍圣元年(1094),宋哲宗亲政,起用变法派章惇为相,苏轼被贬惠州,居于嘉祐寺,游览松风亭而有此作。他虽登亭未遂,却领悟了随遇而安的生活态度,表现了他乐观、豁达的精神。

作者寓居惠州嘉祐寺,松风亭在后山顶上,而作者纵步亭下,想到松风亭上去休息。作者时年五十九,正是忧患频来、晚年多病之际,半途中突感足疲,而遥望亭子尚在山顶上树梢之际,距离很远,心想这么远怎样走得到呢? 思考良久,突然大悟,既要休息,则就半途休息,与到亭子上休息,有什么区别呢? 有了这个领悟,心中就突然放开,就像衔钩的鱼一样,顿时得到解脱,其愉快之情可以想见。作者由此推论,人只要懂得了进退之理,任其自然,就无论在什么时候或什么情境下都可以停下来,都可以不被心中执念所束缚,到达自在自如之境。其意暗喻作者宦途奔波,一贬再贬,历经忧患,已经参透了进无可进,就不必再为勉强,透露了作者知天命,激流勇退的心理。

文章很短，语义相关，思之所至，笔亦随之，直白自然，余味隽永，富含禅意。

刚　说

苏　轼

孔子曰："刚毅木讷，近仁。"① 又曰："巧言令色，鲜矣仁。"② 所好夫刚者，非好其刚也，好其仁也；所恶夫佞者③，非恶其佞也，恶其不仁也。吾平生多难，常以身试之，凡免我于厄者④，皆平日可畏人也；挤我于险者，皆异时可喜人也⑤。吾是以知刚者之必仁，佞者之必不仁也。

建中靖国之初，吾归自海南⑥，见故人，问存没，追论平生所见刚者，或不幸死矣。若孙君介夫讳立节者⑦，真可谓刚者也。始吾弟子由为条例司属官⑧，以议不合引去⑨。王荆公谓君曰⑩："吾条例司当得开敏如子者⑪。"君笑曰："公言过矣，当求胜我者。若我辈人，则亦不肯为条例司矣。"公不答，径起入户⑫，君亦趋出⑬。君为镇江军书记⑭，吾时通守钱塘⑮，往来常、润间⑯，见君京口⑰。方新法之初，监司皆新进少年⑱，驭吏如吏湿⑲，不复以礼遇士大夫，而独敬惮君，曰："是抗丞相不肯为条例司者。"

谢麟经制溪洞事宜⑳，州守王奇与蛮战死㉑，君为桂州节度判官㉒，被旨鞫吏士之有罪者㉓。麟因收大小使臣十二人付君并按㉔，且尽斩之。君持不可。麟以语侵君㉕。君曰："狱当论情㉖，吏当守法。逗挠不进㉗，诸将罪也，既伏其辜矣㉘，余人可尽戮乎！若必欲以非法斩人，则经制司自为之^㉙，我何与焉。"麟奏君抗拒，君亦奏麟侵狱事。刑部定如君言，十二人皆不死，或以迁官^㉚。吾以是益知刚者之必仁也。不仁而能以一言活十二人于必死乎！

方孔子时，可谓多君子，而曰"未见刚者"^㉛，以明其难得如此。而世乃曰"太刚则折"！士患不刚耳，长养成就^㉜，犹恐不足，当忧其太刚而惧之以折耶！折不折，天也，非刚之罪。为此论者，鄙夫患失者也^㉝。

【注释】

①见《论语·子路》。刚毅木讷，坚毅质朴而不善辞令。

②见《论语·学而》。巧言令色，指用花言巧语和媚态伪情来迷惑、取悦他人。

③佞(nìng)：巧言善辩，谄谀。

④厄：灾难，困苦。

⑤异时：往时，从前。

⑥"建中靖国"二句：绍圣四年(1097)，苏轼被贬海南岛儋州。宋徽宗继位，元符三年(1100)四月大赦，六月苏轼自海南岛渡海北归。建中靖国，宋徽宗赵佶年号(1101年)。

⑦孙君介夫讳立节：即孙立节，字介夫。宋虔州虔化(今江西宁都)人。仁宗皇祐五年(1053)进士。从李觏学，与曾巩友善。学问淹贯，尝作《春秋传》，孙复见之，自叹不如。反对王安石变法，不愿附安石为官。后任镇江军书记、桂州节度判官。

⑧子由：苏轼的弟弟苏辙，字子由。条例司：宋官署"制置三司条例司"的简称。熙宁变法开始时的决策机构。三司，即度支、户部、盐铁，主管财政。变法以前，宰相、枢密使不得与闻财政大计，造成兵、财、民三权的脱节，问题丛生。为改变这种情况，熙宁二年(1069)二月

二十七日,王安石任参知政事的同时,即创建了这个机构,作为变法的领导机构,"经画邦计,议变旧法,以通天下之利"。权力凌驾于三司之上,中书及门下皆不得过问。熙宁三年(1070)五月十五日诏罢。

⑨引去:离去,引退。

⑩王荆公:即王安石,封荆国公,故称。

⑪开敏:通达敏捷。

⑫径起:直接站起来。径,迅速,直接。

⑬趋出:小步疾行退出,以示恭敬。

⑭镇江军:北宋开宝八年(975)置,属两浙路。治所在丹徒县(今江苏镇江丹徒区)。辖境相当今江苏镇江、丹阳、金坛三市地。政和三年(1113)改为镇江府。书记:从事公文、书信工作的僚属。

⑮通守钱塘:通守,即通判,官名,即共同处理政务之意思,地位略低于州府长官。钱塘,即杭州。熙宁四年(1071),苏轼上书谈论新法的弊病,触怒王安石,于是请求出京任职,被授为杭州通判。

⑯常:常州,今属江苏。润:润州,今江苏镇江润州区。

⑰京口:即镇江。

⑱监司:负有监察之责的官吏。

⑲束湿:捆扎湿物。旧时形容官吏驭下苛酷急切。

⑳谢麟:字应之。建州瓯宁(今福建建瓯)人。仁宗嘉祐间进士。神宗熙宁中通判辰州,改知沅州,时傜民起兵,麟剿抚兼施,一方以宁。经制:经理节制。溪洞:亦作"溪峒"。古代指今部分苗族、侗族、壮族、傜族等及其聚居地区。事宜:关于事情的安排和处理,事情。

㉑蛮:旧称南方未开化的少数民族,此指溪洞叛乱的傜民。

㉒桂州:宋广南西路治所,今广西桂林。

㉓被旨:承奉圣旨。鞫(jū):通"鞠",审讯。吏士:犹言官兵,或泛指官府属吏。

㉔收：逮捕，拘捕。并按：一并查办。按，查办，举劾。

㉕侵：逼迫。

㉖狱：讼案，刑罚。

㉗逗挠：亦作"逗桡"。谓因怯阵而避敌。

㉘既伏其辜：已经按照他们的罪责服罪。伏辜，承担罪责而死。

㉙经制司：宋朝经制使司、经制发运使司、经制边防财用司的简称。此代指谢麟。

㉚迁官：升官。

㉛未见刚者：《论语·公冶长》："子曰：'吾未见刚者。'或对曰：'申枨。'子曰：'枨也欲，焉得刚？'"

㉜长养：抚育培养，长大成人。成就：成功，成器。

㉝鄙夫患失者：就是那些庸俗浅陋的生怕失去自己位置的人。鄙夫，庸俗浅陋的人。患失，生怕失去。《左传·昭公十八年》："大人患失而惑。"杨伯峻注："患失即《论语·阳货篇》之'患失之'，患失位也。"

【解读】

宋徽宗初年，苏轼遇赦从儋州北返，途中得知友人孙立节去世，悲痛之余，写下这篇铿锵之作，颂扬孙立节刚直不阿的精神，阐述"刚者之必仁"这一主题。

首先以孔子所言之正反两面表现，指出仁是刚的本质，并以生平经历，"凡免我于厄者，皆平日可畏人也；挤我于险者，皆异时可喜人也"，也从正反两面证实"刚者之必仁"。

第二、三段，以孙介夫为例，认为他是真正的刚者，以两个例子说明之。一是王安石变法时，孙介夫并不以王宰相之威而受屈，而是敢于直面抗论；二是谢麟经制溪洞事宜时，州守王奇战死，谢麟收此役中攻战不力的吏士十二人付孙介夫按察治罪，希望将十二人全部处斩。但孙介夫不同意，谢麟则"以语侵君"，孙以"狱当论情"，战败之罪，有

234

诸将自当之,既已伏罪,余人自当赦之,不能"以非法斩人",所以孙介夫坚不从命。谢麟因将此事奏报朝廷,以孙抗上司之命。刑部通过审查,最终采纳了孙介夫的意见,使十二人都得以不死,且其中还有迁官者。通过这两个例子,作者得出"刚者之必仁"的结论。

末段论证刚毅之难得,即使是孔子,也说"未见刚者";又批驳世人"太刚则折"的说法,而寄望于士人修养品行,成为利国利民的刚毅之士。

本文论点鲜明,论断斩截,层次清楚,语言掷地有声,其中引经据典,从正反两面展开,又以实例加以佐证,言之有理,持之有据,有很强的说服力。

养生说 苏 轼

已饥方食,未饱先止。散步逍遥,务令腹空。当腹空时,即便入室,不拘昼夜,坐卧自便,惟在摄身①,使如木偶。常自念言:"今我此身,若少动摇,如毛发许,便堕地狱! 如商君法,如孙武令②,事在必行,有犯无恕!"又用佛语及老聃语③,视鼻端白④,数出入息⑤,绵绵若存,用之不勤⑥。数至数百,此心寂然,此身兀然⑦,与虚空等,不烦禁制⑧,自然不动。数至数千,或不能数,则有一法,其名曰"随":与息俱出,复与俱入,或觉此息,从毛窍中,八万四千⑨,云蒸雾散,无始以来⑩,诸病自除,诸障渐灭⑪,自然明悟。譬如盲人,忽然有眼,此时何用求人指路! 是故老人言尽于此。

【注释】

①摄身：管理、保养身体。

②商君法：战国时法家商鞅的法令。孙武令：春秋时兵家孙武的号令。商君法、孙武令的共同特色是法令严苛，号令必行。

③佛语及老聃语：佛教和道教的言语。老聃，即老子，姓李名耳，被尊为道教创始人，此处即指道教。

④鼻端白：佛教修行法之一。注目谛观鼻尖，时久鼻息成白。

⑤出入息：指一出一进的呼吸气息。

⑥"绵绵"二句：语出《老子》第六章。此指修行时，进入到一定境界，人的气息就会越来越轻、越来越长。不勤，不尽，不穷竭。

⑦兀然：昏然无知的样子。

⑧禁制：控制，约束。

⑨八万四千：本为佛教表示事物众多的数字，后用以形容极多。

⑩无始：佛教语，未有起源。

⑪障：佛教语，业障，烦恼。

【解读】

本文收入《东坡志林》，为五十五条之一。

本文阐述了作者的养生理念和方法。主要体现在两个方面：其一，随性自然、节制、自律。"饥方食"，是随性自然；"未饱先止"，是节制；"务令腹空"，"事在必行"，是自律。其二，静心，身心合一。通过观察呼吸数数，使自己达到"此心寂然，此身兀然，与虚空等"的境界；数数到数千，则使人忘却身边所有烦恼，放下一切俗事杂物，达到身与心的合一。

作者对养生的追求，达到了较高的境界，将保养身心与修心养性合二为一，形神共养。其随性、自然、节慎、静达、怡情等养生理念，及其在实践上采取的食养、药养、修养、怡养的各种方法,融合了儒释道医诸家精华,有着鲜明的特色,也对后世产生了一定的影响。

论修养帖寄子由^①　　　苏　轼

任性逍遥,随缘放旷^②,但尽凡心,别无胜解^③。以我观之,凡心尽处,胜解卓然。但此胜解不属有无,不通言语,故祖师教人到此便住。如眼翳尽^④,眼自有明,医师只有除翳药,何曾有求明药? 明若可求,即还是翳。固不可于翳中求明,即不可言翳外无明。而世之昧者^⑤,便将颓然无知认作佛地^⑥,若如此是佛,猫儿狗儿得饱熟睡,腹摇鼻息,与土木同,当恁么时^⑦,可谓无一毫思念,岂谓猫狗已入佛地?故凡学者,观妄除爱^⑧,自粗及细,念念不忘,会作一日,得无所住^⑨。弟所教我者,是如此否? 因见二偈警策^⑩,孔君不觉耸然^⑪,更以闻之。书至此,墙外有悍妇与夫相殴,詈声飞灰火^⑫,如猪嘶狗嗥^⑬。因念他一点圆明^⑭,正在猪嘶狗嗥里面,譬如江河鉴物之性,长在飞砂走石之中。寻常静中推求,常患不见,今日闹里忽捉得些子。元丰六年三月二十五日。

【注释】

①论修养帖:指论述道家、佛学修养的帖子。帖,用简短言词书写的便条。子由:苏轼的弟弟苏辙,字子由。

②放旷:豪放旷达,不拘礼法。

③胜解:妙解,此指对佛禅的领悟。

④翳（yì）：眼病引起的障膜。

⑤昧者：愚昧的人，糊涂的人。

⑥頹然：糊涂无知的样子。佛地：佛的地位，谓超脱生死、灭绝烦恼的境界。

⑦恁（nèn）么时：宋、元时的俗语，这样时，那样时。

⑧观妄除爱：观察虚妄，摒除贪爱。

⑨无所住：佛教语，意为不被任何意念、事物所拘执。

⑩偈（jì）：梵语"偈佗"（gāthā）的简称，即佛经中的唱颂词。通常以四句为一偈。警策：以鞭策马，引申形容文句精炼扼要而含义深切动人。

⑪孔君：戏称毛孔。耸然：惊惧的样子。

⑫詈（lì）：骂。

⑬嘶：牲畜鸣叫。嗥（háo）：吼叫。

⑭圆明：佛教语，指人本来具有的圆满光明的心性。

【解读】

本文是给其弟苏辙所写的信，作于宋神宗元丰六年（1083）三月二十五日，此时作者在黄州已任团练副使四年。

本文的"修养"非儒家所谓道德修养，而是有关道家率性自然、佛家明心见性的觉解。文章开篇提出"任性逍遥，随缘放旷，但尽凡心，别无胜解"十六字，为一文主旨，其中除"凡心"又为一篇主骨。"任性逍遥"，是道家的本旨；"随缘放旷"，是佛家的修为。作者认为人的修养没有特别的妙解，只是要任性随缘，将凡心除去。凡心去尽，就会对人生有超出寻常的见解。接着讲述历代佛门中祖师教人的方法，不在有无之中，也不能用言语描述，一切都在各人的觉悟。以下以眼睛为例，没有眼翳，眼睛就会看得见。如果有了眼翳，医生只有将眼翳除掉的药，却没有让眼睛明亮的药方。要让眼睛明亮，根本的方法就是除去眼翳。又举世上愚昧的人,将颓然无知认作佛地,若如此,猫儿狗子平日常是颓然无知,那岂不是已经进入了佛的境界。作者指出佛的境界绝不是颓然无知,同时要求学者,要观察自心,除掉爱着,无论大小精粗,所有事象,都念念不忘,有朝一日,就会将凡心除尽。这是平时苏辙以禅教作者的观点,所以作者下一问句问其弟苏辙,以前你所教我的是不是这样?接着说,因见到孔平仲两个偈子很警策,你(苏辙)可以再去问他。

作者写信到此,突然听到外面有悍妇与其丈夫相互殴打,骂声不绝,就猪狗叫一样。忽然想到他那一点圆明(觉悟)之性,正在这猪嘶狗嗥里面,只是被平时烟尘所污,不能发现,今日偶然从这喧闹中有所领悟。

本文可以看出作者受佛教思想的影响,他认为果如某些禅家所言"青青翠竹,尽是法身;郁郁黄花,无非般若",则猫狗早已成佛,而人之一点圆明,是在剔去平日"飞砂走石"的烟尘,使其自然呈现,如上文所喻,除去"眼翳",方得"眼明",亦即尽去"凡心",即能到达觉悟。这与佛教禅宗五祖座下大徒弟神秀的法偈道理相应,与六祖慧能的顿悟也是相通的。

潮州韩文公庙碑①　　　苏　轼

匹夫而为百世师,一言而为天下法,是皆有以参天地之化②,关盛衰之运。其生也有自来,其逝也有所为。故申、吕自岳降③,傅说为列星④,古今所传,不可诬也。

孟子曰:"我善养吾浩然之气。"⑤是气也,寓于寻常之中,而塞乎天地之间⑥。卒然遇之,则王、公失其贵,晋、楚失其富⑦，良、平失其智⑧，贲、育失其勇⑨，仪、秦失其辩⑩。是孰使之然哉？其必有不依形而立，不恃力而行，不待生而存，不随死而亡者矣。故在天为星辰，在地为河岳，幽则为鬼神，而明则复为人。此理之常，无足怪者。

自东汉以来，道丧文弊⑪，异端并起⑫。历唐贞观、开元之盛⑬，辅以房、杜、姚、宋而不能救⑭。独韩文公起布衣，谈笑而麾之⑮，天下靡然从公⑯，复归于正，盖三百年于此矣⑰。文起八代之衰⑱，而道济天下之溺⑲；忠犯人主之怒⑳，而勇夺三军之帅㉑。此岂非参天地，关盛衰，浩然而独存者乎？

盖尝论天人之辨㉒，以谓人无所不至，惟天不容伪。智可以欺王公，不可以欺豚鱼㉓；力可以得天下，不可以得匹夫匹妇之心。故公之精诚，能开衡山之云㉔，而不能回宪宗之惑；能驯鳄鱼之暴㉕，而不能弭皇甫镈、李逢吉之谤㉖；能信于南海之民㉗，庙食百世㉘，而不能使其身一日安于朝廷之上。盖公之所能者，天也；其所不能者，人也。

始潮人未知学，公命进士赵德为之师。自是潮之士，皆笃于文行㉙，延及齐民㉚，至于今，号称易治。信乎孔子之言："君子学道则爱人，小人学道则易使也。"㉛潮人之事公也，饮食必祭，水旱疾疫，凡有求必祷焉。而庙在刺史公堂之后，民以出入为艰。前太守欲请诸朝作新庙，不果。元祐五年㉜，朝散郎王君涤来守是邦㉝。凡所以养士治民者，一以公为师。民既悦服，则出令曰："愿新公庙者，听。"民欢趋之，卜地于州城之南七里㉞，期年而庙成。

或曰："公去国万里而谪于潮㉟，不能一岁而归㊱。没而有知㊲，其不眷恋于潮也审矣㊳。"轼曰："不然。公之神在天下者，如水之在地中，无所往而不在也。而潮人独信之深，思之至，焄蒿凄怆㊴，若或见之。譬如凿井得泉，而曰水专在是，岂理也哉？"

元丰七年㊵，诏封公昌黎伯㊶，故榜曰"昌黎伯韩文公之庙"㊷。潮人请书其事于石，因作诗以遗之㊸，使歌以祀公。其词曰：

公昔骑龙白云乡，手抉云汉分天章㊹，天孙为织云锦裳㊺。飘然乘风来帝旁，下与浊世扫秕糠㊻。西游咸池略扶桑㊼，草木衣被昭回光㊽。追逐李杜参翱翔㊾，汗流籍湜走且僵㊿。灭没倒影不能望[51]，作书诋佛讥君王。要观南海窥衡湘，历舜九嶷吊英皇[52]。祝融先驱海若藏[53]，约束蛟鳄如驱羊。钧天无人帝悲伤[54]，讴吟下招遣巫阳[55]。犦牲鸡卜羞我觞[56]，於粲荔丹与蕉黄[57]。公不少留我涕滂，翩然被发下大荒[58]。

【注释】

①潮州：今属广东。韩文公：即韩愈，谥号"文"。元和十四年(819)，韩愈因谏迎佛骨，被贬为潮州刺史。

②参天地之化：《礼记·中庸》："可以赞天地之化育，则可以与天地参矣。"朱熹注："与天地参，谓与天地并立为三也。"

③申、吕自岳降：申、吕，指周宣王时的申伯和吕侯（亦称甫侯），伯夷的后代。相传他们是山岳之神降生的。

④傅说为列星：傅说，商王武丁的宰相。相传他死后飞升上天，和

241

众星并列。

⑤我善养吾浩然之气:见《孟子·公孙丑上》。浩然之气,盛大刚直的正气。

⑥塞:充满,充实。

⑦晋、楚:春秋时期,晋、楚一度是两个最富强的国家,争霸百年。《孟子·公孙丑下》:"曾子曰:'晋、楚之富,不可及也。'"

⑧良、平:张良和陈平,都是汉高祖刘邦的开国功臣,都以足智多谋著称。

⑨贲(bēn)、育:孟贲和夏育,战国时期著名的勇士。

⑩仪、秦:张仪和苏秦,战国时著名的纵横家,能言善辩。

⑪道:指儒家的学说思想,即儒家的道统。

⑫异端:儒家把道家、墨家等不同的学派斥为异端。此指汉、魏以来长期兴盛的佛教与道教。

⑬贞观:唐太宗李世民年号(627—649)。开元:唐玄宗李隆基年号(713—741)。这两个时期,历史上号称"太平盛世",分别称为"贞观之治"和"开元盛世"。

⑭房、杜:即房玄龄和杜如晦,房谋杜断,并为唐太宗时的贤相。姚、宋:即姚崇和宋璟,姚崇善应变成务,宋璟善守法持正,并为唐玄宗前期的名相。

⑮麾:指挥。

⑯靡然:草木顺风而倒的样子。喻望风响应,闻风而动。

⑰盖三百年于此:从韩愈倡导古文到苏轼时期将近三百年。

⑱八代:指东汉、魏、晋、宋、齐、梁、陈、隋。

⑲道济天下之溺:指韩愈提倡儒家之道,把天下人从沉溺佛、老等异端的困境中拯救出来。济,拯救。

⑳忠犯人主之怒:元和十四年(819)正月,唐宪宗李纯派使者往凤

翔迎佛骨入宫。韩愈上表进谏,言词激切,触怒宪宗,几乎被处死。幸大臣裴度、崔群等营救,才被贬为潮州刺史。

㉑勇夺三军之帅:长庆元年(821)七月,韩愈任兵部侍郎。当时镇州兵变,杀成德节度使田弘正,另立王廷凑。朝廷派兵征剿,诸军劳师无功,韩愈奉命前去宣抚。大臣们都替他担心,认为有被杀的危险,但他只用一次谈话便说服了作乱的将士。回京后穆宗大为高兴,转韩愈为吏部侍郎。

㉒天人之辨:中国哲学中长期争论的重要问题。天,指天道或自然;人,指人道或人为。在两者关系上,唯心主义思想家通常把天解释为精神实体,认为天人感应,天能干预人事;唯物主义思想家则把天解释为物质的自然,认为天人的职能不同,自然界和人类社会发展有不同的法则。

㉓豚鱼:小猪和鱼。多比喻微贱之物。《周易·中孚》:"豚鱼,吉。信及豚鱼也。"

㉔能开衡山之云:衡山,南岳,在湖南衡阳。据韩愈《谒衡岳庙遂宿岳寺题门楼》诗:"我来正逢秋雨节,阴气晦昧无清风。潜心默祷若有应,岂非正直能感通!须臾静扫众峰出,仰见突兀撑青空。"

㉕能驯鳄鱼之暴:韩愈任潮州刺史时,听说鳄鱼危害百姓,便作《祭鳄鱼文》,命令鳄鱼迁走。据说后来鳄鱼果然向西迁移六十里。

㉖不能弭皇甫镈、李逢吉之谤:韩愈贬潮州后,上表谢罪。宪宗看后,很是后悔,想叫他官复原职,但遭到宰相皇甫镈的中伤阻止,就改韩愈为袁州刺史。唐穆宗时,宰相李逢吉曾弹劾韩愈,罢去韩愈御史大夫职务,降为兵部侍郎。弭,消除。

㉗南海:潮州临南海,所以借南海指潮州。

㉘庙食:接受后世的立庙祭祀。

㉙文行:文章与德行。

㉚齐民:犹平民。

㉛"君子"二句:语见《论语·阳货》。君子,指士大夫。小人,指百姓。

㉜元祐五年:1090 年。元祐,宋哲宗赵煦年号(1086—1094)。

㉝朝散郎:文散官名,官阶为从七品上。王涤:字长源。元祐五年(1090)知潮州,时年已六旬有余。到任后,"增学田以赡学生,建韩庙以尊先贤,浚芹菜沟以疏水患,筑梅溪堤以障民田","养士治民,一以韩愈为师"。元祐七年(1092)去任。

㉞卜地:选择地址。

㉟国:国都。谪:古代官吏因罪而被降职或流放。

㊱不能一岁:不到一年。韩愈于唐宪宗元和十四年(819)正月贬潮州刺史,同年十月改袁州刺史,在潮州不到一年。

㊲没:通"殁",死亡。

㊳审:明白。

㊴焄(xūn)蒿凄怆:祭祀时引起悲伤的情感。焄蒿,祭祀时祭品所发出的香味,后亦用指祭祀。

㊵元丰七年:1084 年。

㊶昌黎:韩愈的祖籍在昌黎(今属河北)。

㊷榜:匾额。

㊸遗(wèi):馈赠,送给。

㊹抉:拨开,挑开。云汉:天河,银河,比喻美好的文章。天章:天文,指文采,好文章。

㊺天孙:星名,即织女星。

㊻秕糠:秕子和糠,均属于糟粕,此处比喻邪说异端。

㊼咸池:神话中太阳沐浴的地方。略:到。扶桑:神话中日出的地方。

㊽草木衣被昭回光:谓韩愈的道德文章辉映一代,如同日月光照

244

大地，泽及草木一样。

㊾李杜：李白和杜甫。参：并立。

㊿籍湜：张籍和皇甫湜，唐代文学家，韩愈同时代人。汗流、走且僵：都是形容追赶不上。

(51)灭没倒影不能望：形容张籍、皇甫湜像倒影一样容易灭没，不能仰望韩愈日月般的光辉。

(52)九嶷：山名，又名苍梧，在今湖南宁远境内。英皇：女英、娥皇，尧帝的两个女儿，同嫁舜帝为妃。

(53)祝融：传说的火神。海若：传说中的海神。

(54)钧天：天的中央。帝：天帝。

(55)讴吟：唱歌。巫阳：神巫名。

(56)犦（bó）牲：用于祭祀的犦牛。犦，犦牛，又叫犎牛、封牛、峰牛，一种领肉隆起的野牛。鸡卜：用鸡骨占卜。羞我觞：指进酒。羞，进献食物。觞，酒器。

(57)於粲：对鲜明美好的赞叹。荔丹：红色的荔枝。蕉黄：黄色的香蕉。以上两句指庙中的祭品。

(58)翩然被发下大荒：祈望韩愈快快降临人世享受祭祀。被，同“披”。大荒，即大地。

【解读】

宋哲宗元祐七年（1092）二月，潮州太守王涤等重修韩愈庙，因请作者撰韩文公庙碑，言是“潮民之意”，时作者已有移知扬州之任，但尚在颍州任上，以“迫行冗甚，未暇成之，愿稍宽假，递中附往”。后钱勰亦以其庙碑相请，作者答应到扬州当下笔。三月二十六日到扬州任，遂撰成此篇。朱熹曾讲述作者迟未写碑的原因，见《朱子语类》卷一百三十九：“向尝闻东坡作《韩文公庙碑》，一日思得颇久。（饶录云：‘不能得一起头，起行百十遭。’）忽得两句云：‘匹夫而为百世师，一言而为天下法。'遂扫将去。"

韩愈(768—824),字退之。唐河南河阳(今河南孟州)人。因郡望昌黎,世称韩昌黎。三岁而孤,随兄嫂生活。自幼攻读六经百家之书。贞元八年(792)进士。授四门博士,升监察御史。曾上书谏宫市之弊,贬阳山县令。永贞元年(805),遇赦迁江陵法曹参军,途中,著《原道》《原性》《原毁》《原人》《原鬼》等文,提出自尧至孟轲一脉相承的道统说,以道统继承者自任。元和后,历任国子博士、中书舍人等。力主统一,反对割据。十二年,随裴度平淮西之乱,擢为刑部侍郎。十四年,上表谏迎佛骨,陈历代崇佛之祸,被贬为潮州刺史。鄙六朝骈体文风,推崇古体散文,其文质朴无华,气势雄健,为古文运动之滥觞,被后世列为唐宋八大家之首。穆宗即位,召为国子祭酒。卒谥文。

开篇以"匹夫而为百世师,一言而为天下法"定调,通过对历史圣人的叙述,说明杰出人物与众不同为世之常理,作一篇之冒。接着从文、道、忠、勇四点说尽韩愈不平凡的一生,回应首段,见出韩愈为圣贤一类人物。然后笔锋一转,写韩愈受到不公正对待被贬潮州之事,接着记韩愈在潮州政事,如提倡教育、驯鳄鱼等,以及潮州人重修庙宇及请作者写碑经过。文章高度颂扬了韩愈在儒学和文学上的历史贡献,被贬潮州后的政绩,以及潮州人对他的爱戴及深切怀念之情,同时也寄托了作者的身世之感。

这篇碑文将议论、描述、引征、对话、诗歌等熔铸一炉,高论卓识,雄健奔放,骈散兼施,文情并茂,可与韩文相匹,是历代碑文中别具一格的佳品。

【点评】

"如东坡则雄节迈伦,高气盖世,故不深于诗。只如作《唐韩文公庙碑》,可谓发扬蹈厉。"([宋]史绳祖《学斋佔毕》卷一)

"后生熟读此等文章,下笔便有气力,有光彩。"([宋]谢枋得《文章

"此文于先生生平，另是一手。大约凡作三段，一段冒起，一段正叙，一段辨庙。段段如有神助。"（[清]金圣叹《天下才子必读书》卷十四)

"王世贞曰：此碑自始至末，无一字懈怠，佳言格论，层见叠出，太牢悦口，夜明夺目，苏文古今所推，此尤其最得意者，其关系世道亦大矣。"（[清]《唐宋文醇》卷四十九)

"文亦以浩然之气行之，故纵横挥洒，而不规规于联络照应之法。合以神，不必合以迹也。""前一段见参天地、关盛衰，由于浩然之气；中一段见公之合于天而乖于人，是所以贬斥之故；后一段是潮人所以立庙之故，脉理极清。"（[清]沈德潜《唐宋八家文读本》卷二十四)

前赤壁赋　　　　　　　苏　轼

壬戌之秋①，七月既望②，苏子与客泛舟游于赤壁之下。清风徐来③，水波不兴④。举酒属客⑤，诵明月之诗，歌窈窕之章⑥。少焉⑦，月出于东山之上，徘徊于斗牛之间⑧。白露横江⑨，水光接天。纵一苇之所如，凌万顷之茫然⑩。浩浩乎如冯虚御风⑪，而不知其所止；飘飘乎如遗世独立⑫，羽化而登仙⑬。

于是饮酒乐甚，扣舷而歌之⑭。歌曰："桂棹兮兰桨⑮，击空明兮溯流光⑯。渺渺兮予怀⑰，望美人兮天一方⑱。"客有吹洞箫者，倚歌而和之⑲，其声呜呜然，如怨如慕⑳，如泣如诉，余音袅袅㉑，不绝如缕㉒。舞幽壑之潜蛟㉓，泣孤舟之嫠妇㉔。

苏子愀然㉕，正襟危坐而问客曰㉖："何为其然也㉗？"客曰:"'月明星稀,乌鹊南飞'㉘,此非曹孟德之诗乎㉙?西望夏口㉚,东望武昌㉛,山川相缪㉜,郁乎苍苍㉝,此非孟德之困于周郎者乎㉞?方其破荆州,下江陵,顺流而东也㉟,舳舻千里㊱,旌旗蔽空,酾酒临江㊲,横槊赋诗㊳,固一世之雄也,而今安在哉?况吾与子,渔樵于江渚之上㊴,侣鱼虾而友麋鹿。驾一叶之扁舟㊵,举匏樽以相属㊶。寄蜉蝣于天地㊷,渺沧海之一粟㊸。哀吾生之须臾㊹,羡长江之无穷。挟飞仙以遨游,抱明月而长终㊺。知不可乎骤得㊻,托遗响于悲风㊼。"

苏子曰:"客亦知夫水与月乎?逝者如斯㊽,而未尝往也;盈虚者如彼㊾,而卒莫消长也㊿。盖将自其变者而观之,则天地曾不能以一瞬(51);自其不变者而观之,则物与我皆无尽也,而又何羡乎?且夫天地之间,物各有主,苟非吾之所有,虽一毫而莫取。惟江上之清风,与山间之明月,耳得之而为声,目遇之而成色,取之无禁,用之不竭,是造物者之无尽藏也(52),而吾与子之所共适(53)。"

客喜而笑,洗盏更酌(54)。肴核既尽(55),杯盘狼藉(56)。相与枕藉乎舟中(57),不知东方之既白。

【注释】

①壬戌:元丰五年(1082)。

②既望:农历每月十六。农历每月十五日为"望日",十六日为"既望"。

③徐:缓慢,缓缓地。

④兴:起。

⑤属(zhǔ)客:为客斟酒,劝客(进酒)。属,斟酒相劝。

⑥明月之诗:指《诗经·陈风·月出》。窈窕之章:该诗共三章,每章四句。其第一章为:"月出皎兮,佼人僚兮。舒窈纠兮,劳心悄兮。""窈纠",同"窈窕"。

⑦少焉:很短的一段时间,一会儿。

⑧斗牛:星宿名,即二十八星宿中的斗宿、牛宿。

⑨白露:白茫茫的水气。横江:横贯江面。

⑩"纵一苇"二句:任凭小船在宽广的江面上飘荡。纵,任凭。一苇,比喻极小的船。语出《诗经·卫风·河广》:"谁谓河广,一苇杭之。"如,往。凌,越过。万顷,谓极为宽阔的江面。茫然,旷远的样子。

⑪冯(píng)虚御风:乘风腾空而遨游。冯虚,凭空,凌空。冯,通"凭",乘。虚,太空。御,驾御。

⑫遗世:离开尘世。

⑬羽化:指飞升成仙。登仙:登上仙境。

⑭扣舷:敲打着船边,指打节拍。

⑮桂棹(zhào)兮兰桨:桂树做的棹,兰木做的桨。棹,船桨。

⑯空明:月亮倒映水中的澄明之色。溯:逆流而上。流光:在水波上闪动的月光。

⑰渺渺:悠远的样子。

⑱美人:指所思慕的人,古人常用来作为圣主贤臣或美好理想的象征。

⑲倚歌:按照歌曲的声调节拍。和:同声相应,唱和。

⑳怨:哀怨。慕:眷恋。

㉑余音:不绝之音,感人至深之音。袅袅(niǎoniǎo):形容声音婉转悠长。

㉒缕:细丝。

㉓幽壑:深谷,深渊。

㉔嫠(lí)妇:寡妇。白居易《琵琶行》写孤居的商人妻云:"去来江口守空船,绕船明月江水寒。夜深忽梦少年事,梦啼妆泪红阑干。"这里化用其事。

㉕愀(qiǎo)然:容色改变的样子。

㉖正襟危坐:整理衣襟,(严肃地)端坐着。

㉗何为其然也:(箫声)为什么会这么悲凉呢?

㉘"月明"二句:出自曹操《短歌行》。此诗以沉郁顿挫的笔调抒写求贤若渴的思想感情和统一天下的雄心壮志。

㉙曹孟德:曹操(155—220),字孟德。东汉末年权相,曹魏的奠基者。早年参与镇压黄巾军。及董卓擅政,乃散家财起兵,与袁绍等共讨董卓。之后军阀割据,迎汉献帝至许(今河南许昌东),挟天子以令诸侯,先后消灭袁术、袁绍、乌桓、韩遂、马超等势力,统一北方。建安十三年(208),攻荆州,与孙权、刘备联军战于赤壁,败归,三国鼎立之势成。儿子曹丕代汉称帝后,追尊曹操为太祖武皇帝。

㉚夏口:故城在今湖北武汉蛇山之上。

㉛武昌:今湖北鄂州。

㉜缪(liáo):通"缭"。盘绕,缠绕。

㉝郁:茂盛的样子。苍苍:茂盛,众多。

㉞孟德之困于周郎:指汉献帝建安十三年(208),周瑜在赤壁之战中击溃曹操号称的八十万大军。周郎,周瑜二十四岁为中郎将,吴中皆呼为周郎。

㉟"方其"三句:指建安十三年(208),刘表之子刘琮率众向曹操投降,曹军不战而占领荆州。方,当时。荆州,辖南阳、南郡、江夏、长沙等八郡,今湖南、湖北一带。江陵,当时的荆州首府,今湖北荆州。

㊱舳舻(zhúlú):船头和船尾的并称,泛指前后首尾相接的船。

㊲酾(shī)酒：斟酒。

㊳横槊(shuò)：横执长矛，形容气概豪迈。槊，长矛。

㊴渔樵：打鱼砍柴。渚(zhǔ)：小洲，水中的小块陆地。

㊵扁(piān)舟：小舟。

㊶匏(páo)樽：用葫芦做成的酒器。匏，葫芦。

㊷寄：寄托。蜉蝣(fúyóu)：一种朝生暮死的昆虫。此句比喻人生之短暂。

㊸渺：小。沧海：大海。此句比喻人类在天地之间有如一粒粟米在大海之间那么渺小。

㊹须臾：片刻，短时间。

㊺长终：永久。

㊻骤得：屡次得到。骤，屡次。

㊼遗响：余音，指箫声。悲风：秋风。

㊽逝者如斯：流逝的像这江水。语出《论语·子罕》："子在川上曰：'逝者如斯夫，不舍昼夜。'"逝，往。斯，指水。

㊾盈虚者如彼：指月亮的圆缺。

㊿卒：最终。消长：增减。

(51)曾(zēng)：副词，乃，竟。一瞬：一眨眼的工夫。

(52)无尽藏(zàng)：无穷无尽的宝藏。

(53)适：享受，享用。

(54)盏：浅而小的杯子。酌：斟酒。

(55)肴核：肉类和果类食品。肴，熟肉。核，有核的果品。

(56)狼藉：乱七八糟，杂乱不堪。

(57)枕藉：物体纵横相枕而卧。

【解读】

宋神宗元丰五年(1082)七月十六日，作者与客泛舟赤壁，遂作此赋。时苏轼因乌台诗案被贬黄州三年。据年谱载,《诗集》卷二十一《次韵孔毅夫久旱已而甚雨三首》其三有"杨生自言识音律,洞箫入手清且哀"之句。杨生乃道士杨世昌。赋所云"客有吹洞箫者",或即杨世昌。此赋手迹后自题云:"钦之有使至求近文,遂亲书以寄。多难畏事,钦之爱我,必深藏之不出也。"可见借江月以遣怀为其作赋之由,托古讽今为其用意所在。

本文记叙了作者与客人于七月既望之日月夜泛舟游于赤壁之下的经过,以作者所见所闻,及其主观感受为线索,描绘了清风、明月、秋江、夜色及由此美景而感受到的快乐。再由箫声哀怨而引起悲感,通过主客问答,借由曹操诗句引出三国东吴火烧赤壁的往事,而今都成陈迹,回应文题,使人由衷发出人生之暂的感慨。继以水月为喻,探讨了人生与宇宙变与不变的道理,悟得"物与我皆无尽"而"造物者之无尽藏"皆为我所悦乐,故无必要对此悲感。末以"客喜而笑"作结,表现了作者在贬谪生活中复杂、矛盾的心理,既流露了一定的悲观情绪,又表达了超脱的人生态度和乐观情怀。

本文挥洒自如,文势奔放流畅,如行云流水,写景、抒情、议论融合无间,诗情画意,跃然纸上,余韵悠长。

【点评】

"此赋学《庄》《骚》文法,无一句与《庄》《骚》相似,非超然之才,绝伦之识,不能为也。潇洒神奇,出尘绝俗,如乘云御风而立乎九霄之上,俯视六合,何物茫茫? 非惟不挂之齿牙,亦不足入其灵台丹府也。余尝中秋夜泛舟大江,月色水光与天宇合而为一,始知此赋之妙。"([宋]谢枋得《文章轨范》卷七)

"太史公《伯夷传》,苏东坡《赤壁赋》,文章绝唱也。其机轴略同《伯夷传》……东坡步骤太史公者也。"([宋]罗大经《鹤林玉露》)

"《赤壁赋》谓:'自其变者而观之,则天地曾不能以一瞬;自其不变者而观之,则物与我皆无尽也。'此盖用《庄子》句法:'自其异者而眡之,肝胆楚越也;自其同者而眡之,万物皆一也。'又用《楞严经》意,佛告波斯匿王言:'汝今自伤,发白面皱,其面必定皱于童年,则汝今时观此恒河,与昔童时观河之见,有童耄不?'王言:'不也,世尊。'佛言:'汝面虽皱,而此见精性未尝皱。皱者为变,不皱非变。变者受生灭,不变者元无生灭。'"东坡《赤壁赋》多用《史记》语,如杯盘狼藉,归而谋诸妇,皆《滑稽传》;正襟危坐,《日者传》;举网得鱼,《龟策传》;开户视之,不见其处,则如《神女赋》。所谓以文为戏者。"([宋]周密《浩然斋雅谈》卷上)

"以文体论,似游赤壁记也,然记不用韵,而赋方用韵,此盖以记而为赋者也。故文带叙带赋,忽用韵,忽不用韵,古赋如《风赋》《好色赋》,皆此类也。以文法论,纯得吹箫一段生波,下乃发出如许妙理。公尝参禅学佛,故号东坡居士;其笔墨之飘洒,机趣之活泼,又似于仙,故世号曰坡仙。此文前乐、中悲、后乐,有似王右军《兰亭叙》;其借客发慨,不必实有其言,亦如昌黎之《进学解》,乃巧为避忌也。辑注评:'风月作线索,悲乐作转折,引曹孟德为赤壁设色,照应点缀,杼轴亦工。篇中凡十二用韵。'"([清]李扶九《古文笔法百篇》)

后赤壁赋　　　　苏　轼

　　是岁十月之望①,步自雪堂②,将归于临皋③。二客从予,过黄泥之坂④。霜露既降,木叶尽脱。人影在地,仰见明月。顾而乐之,行歌相答⑤。已而叹曰⑥:"有客无酒,有酒无肴,月白风清,如此良夜何⑦?"客曰:"今者薄暮⑧,举网得鱼,巨口细鳞,状似松江之鲈⑨。顾安所得酒乎⑩?"归而谋诸妇,妇曰:"我有斗酒⑪,藏之久矣,以待子不时之须。"

于是携酒与鱼,复游于赤壁之下。江流有声,断岸千尺⑫,山高月小,水落石出。曾日月之几何,而江山不可复识矣⑬!予乃摄衣而上⑭,履巉岩⑮,披蒙茸⑯,踞虎豹⑰,登虬龙⑱,攀栖鹘之危巢⑲,俯冯夷之幽宫⑳。盖二客不能从焉。划然长啸㉑,草木震动,山鸣谷应,风起水涌。予亦悄然而悲㉒,肃然而恐㉓,凛乎其不可留也㉔。反而登舟㉕,放乎中流㉖,听其所止而休焉。时夜将半,四顾寂寥。适有孤鹤,横江东来,翅如车轮,玄裳缟衣㉗,戛然长鸣㉘,掠予舟而西也㉙。

须臾客去,予亦就睡。梦一道士,羽衣翩仙㉚,过临皋之下,揖予而言曰㉛:"赤壁之游,乐乎?"问其姓名,俛而不答㉜。"呜呼噫嘻㉝!我知之矣。畴昔之夜㉞,飞鸣而过我者,非子也耶?"道士顾笑㉟,予亦惊寤㊱。开户视之,不见其处。

【注释】

①望:农历十五。

②步自雪堂:从雪堂步行出发。雪堂,苏轼在黄州,寓居临皋亭,就东坡筑雪堂,故址在今湖北黄冈东。堂在大雪时建成,画雪景于四壁,故名。

③临皋(gāo):亭名,在黄冈南长江边上。苏轼初到黄州时住在定惠院,不久就迁至临皋亭。

④黄泥之坂(bǎn):黄冈东面东坡附近的山坡叫"黄泥坂"。坂,斜坡,山坡。

⑤行歌相答:边行边吟诗,互相唱和。

⑥已而:过了一会儿。

⑦如此良夜何:怎样度过这个美好的夜晚呢? 如……何,怎样对待……。

⑧今者薄暮:今天傍晚的时候。薄暮,太阳将落天快黑的时候。薄,迫,逼近。

⑨松江之鲈:即松江鲈鱼,体扁,嘴大,鳞细,味鲜美。又称四鳃鲈。

⑩顾安所得酒乎:但是从哪儿能弄到酒呢? 顾,但是,可是。安所,何所,哪里。

⑪斗:古代盛酒的器具。

⑫断岸:江边绝壁。

⑬"曾日月"二句:时间并未过去多久,眼前的江山就再也不认识了。此句是联系前次赤壁之游说的。前次游赤壁在"七月既望",距离这次仅仅三个月,时间很短,所以说"曾日月之几何"。前次所见的是"水光接天","万顷茫然",这次所见的是"断岸千尺","水落石出",所以说"江山不可复识"。曾日月之几何,即曾几何时,谓时间没过去多久。

⑭摄衣:提起衣襟。

⑮履巉(chán)岩:登上险峻的山崖。履,践,踏。巉,险峻陡峭。

⑯披蒙茸:分开乱草。蒙茸,杂乱的丛草。

⑰踞(jù):蹲或坐。虎豹:指形似虎豹的山石。

⑱虬龙:传说中的一种有角的小龙,此指枝柯弯曲形似虬龙的树木。

⑲栖鹘(hú):睡在树上的鹘。栖,鸟宿。鹘,隼,鹰的一种。危:高。

⑳冯夷:水神。幽:深。这两句是说,上登山的极高处,下临江的极深处。

㉑划然:拟声词。

㉒悄然:忧愁的样子。

㉓肃然:畏惧的样子。

㉔凛:畏惧。

㉕反:同"返",返回。

㉖放:放纵。此指任船飘荡。

㉗玄裳缟(gǎo)衣:下服是黑的,上衣是白的。玄,黑。裳,下服。缟,白。衣,上衣。仙鹤身上的羽毛是白的,尾巴是黑的,故有此说。

㉘戛然:拟声词,形容鹤雕一类的鸟高声叫唤的声音。

㉙掠:擦过。

㉚羽衣:称道士或神仙所穿之衣。翩仙:同"蹁跹"。飘逸飞舞的样子。

㉛揖(yī):拱手施礼。

㉜俛(fǔ):同"俯",低头。

㉝呜呼噫嘻:四个字都是叹词。

㉞畴昔:往日,从前。畴,从前,以前。昔,昨天。

㉟顾:回头看。

㊱寤(wù):觉,醒。

【解读】

本文与《前赤壁赋》为姊妹篇,为前赋三月之后重游赤壁所作。与前赋写秋夜泛舟,所见景物绝美,而主客生出感慨,发出议论不同,本文则以记游为主,写冬夜登山,泛舟江上的见闻感受,通过不雕琢的天然佳句,给人一种壮阔的美感;中间对踞石攀木、俯江长啸的细致描写,也真切地表达了作者月夜登临的情绪,并用道士化鹤虚幻的梦境表现了作者超绝尘世以求登仙解脱的情怀。

本文分三段。第一段，交代时间、人物、地点及复游赤壁的缘起。作者从雪堂归临皋中途经黄泥坂，有二客相从，写冬景之美，主客之乐，而叹良夜之无法消遣，乃游兴大发，而客正举网得鱼，家中又藏有酒，于是携酒与鱼，复游赤壁。

第二段，用简练的文笔刻画出江水山月等赤壁冬夜之景，并叙作者登山情况，其叙山之险峻幽深，二客不能从，及叙登山之后划然长啸，引起山鸣谷应，风起水涌的主观感受，再到"悄然而悲，肃然而恐"的对身临其境的大自然的悲恐之感，描写了冬景的萧森凛慄。然后叙述下山及登舟放游江中的情况，突出孤鹤横江东来掠舟而过的形象，给人以神秘恐怖之感。

末段，写客人走后，作者入睡而有梦，点明梦中道士为鹤所化，扑朔迷离，曲折反映了作者身处逆境，力求解脱的独特感受。虞集云："末用道士化鹤之事，尤出人意表。"李扶九云："末设梦与道士数句，尤见无中生有。"都说出篇末结构之妙。

【点评】

"坡公《前赤壁赋》已曲尽其妙，《后赋》尤精于体物，如'山高月小，水落石出'，皆天然句法。末用道士化鹤之事，尤出人意表。"（[元]虞集《道园学古录》）

"《前赤壁赋》为禅法道理所障，如老学究着深衣，遍体是板；《后赋》平叙中有无限光景，至末一段即子瞻亦不知其所以妙。"（[明]杨慎《三苏文范》卷十六引袁宏道）

"东莱先生谓《后赤壁赋》结尾用韩文公《石鼎联句》叙弥明意，俞文豹谓不然，盖弥明真异人，文公纪其实也，与此不同。东坡先生贯通内典，尝赋《西江月》词云：'休言万事转头空，未转头时皆梦。'赤壁之游，乐则乐矣，转眼之间，其乐安在？以是观之，则我与二客、鹤与道士皆一梦也。"（[清]沈辰垣等《历代诗余》卷一一五引《清夜录》）

"前赋设为问答，此赋不过写景叙事，而寄托之意，悠然言外者，与前赋初不殊也。"（［清］储欣《唐宋八大家类选》卷十四）

黠鼠赋①

苏　轼

苏子夜坐，有鼠方啮②。拊床而止之③，既止复作。使童子烛之，有橐中空④。嘐嘐聱聱⑤，声在橐中。曰："噫，此鼠之见闭而不得去者也⑥。"发而视之⑦，寂无所有。举烛而索，中有死鼠。童子惊曰："是方啮也，而遽死耶⑧？向为何声，岂其鬼耶？"覆而出之，堕地乃走，虽有敏者，莫措其手。

苏子叹曰："异哉，是鼠之黠也。闭于橐中，橐坚而不可穴也⑨。故不啮而啮，以声致人⑩；不死而死，以形求脱也。吾闻有生，莫智于人。扰龙伐蛟⑪，登龟狩麟⑫，役万物而君之⑬，卒见使于一鼠，堕此虫之计中，惊脱兔于处女⑭。乌在其为智也⑮？"

坐而假寐⑯，私念其故。若有告余者曰："汝为多学而识之，望道而未见也。不一于汝，而二于物，故一鼠之啮而为之变也。人能碎千金之璧，而不能无失声于破釜⑰；能搏猛虎，不能无变色于蜂虿⑱，此不一之患也。言出于汝，而忘之耶？"余俯而笑，仰而觉。使童子执笔，记余之作。

【注释】

①黠：狡猾。

②啮：咬。

③拊：拍。

④橐(tuó)：袋子。

⑤嘐嘐(jiāojiāo)聱聱(áoáo)：形容老鼠咬物的声音。

⑥见闭：被关闭。见，被。

⑦发：打开。

⑧遽：疾速，突然。

⑨穴：孔，洞。此指打洞。

⑩致：招引。

⑪扰：驯服。伐：击，刺杀。此指擒。

⑫登：捕捉，捉取。狩：打猎。

⑬君：统治。

⑭脱兔于处女：起初像处女一样沉静(使敌方不做防备)，然后像逃跑的兔子一样突然行动，使对方来不及出击。指老鼠从静到动的突变。

⑮乌：何，哪里。

⑯假寐：和衣打盹。

⑰釜：古代的炊事用具，相当于现在的锅。

⑱虿(chài)：蝎子一类的毒虫。

【解读】

本文是一篇咏物赋，文字简短，寓哲理于趣味之中，使读者于诙谐的叙述中获得有益的启示。通过叙述一只老鼠在人面前施展诡计逃脱的事，说明一个道理：做事要专心，不要被突然的事变所左右。

第一段叙黠鼠橐中啮咬及堕地逃走的始末。在这里，作者赋鼠之黠是虚实相因，老鼠虽出场不多，直赋其形的只是装死、逃跑，但老鼠之黠却表现得淋漓尽致。通过写人听到老鼠咬东西的声音，拍击床板，拿蜡烛照床下，发现袋子，打开袋子，发现死老鼠，倒掉老鼠等一系列反应，间接写老鼠之狡猾。通过这种写法，不仅使文章生气勃勃，跌宕起伏，意趣横生，且为咏物寓理做了铺垫。

第二段通过分析老鼠骗人逃脱的伎俩,写作者悟出鼠之狡猾,感慨身为万物之灵的人也不免被小小老鼠所蒙骗。如果说本文是寓理于叙事之中,此层则是由叙事转入说理的桥梁,承上启下。先由老鼠的行动推测其动机,用以说明老鼠之"黠";接着又从人能降服强大的四物,役使世界上所有的东西,来说明人比老鼠要高明得多。但人却遭到老鼠的暗算,原因何在?于是就自然地过渡到下面一段寻找原因,显得天衣无缝。

第三段写人为物所役的原因——志不凝,心不专。揭示中心:不能与自然万物合一,反而受外物役使,为其所用,这是人被老鼠欺骗的真正原因。这一层是全篇重点。收笔之处,作者以朴素的语言写来,虽语朴而情真,绾合叙事之始末。

全篇洋溢着浓厚的情趣,又渗透着隽永的哲理。读之若身临其境,仿佛看到了老鼠的一次精彩表演,又似上了一堂有趣的哲学课,真可谓"趣幽旨深"。文章的布局结构也很有特色,叙事与说理密切结合,叙事为说理张本;人、鼠活动穿插其间,使文情错落,一波三折。

【点评】

"呆拈黠鼠,不成文理矣。会得有黠鼠,便有为黠鼠所愚者,从此发挥,笔如游龙。见役黠鼠,不堪现身说法,故借童子作陪。著作文者化板为活,所争只在一笔两笔,切勿轻易看过。"([清]王符曾《古文小品咀华》)

日　喻

苏　轼

生而眇者不识日①,问之有目者。或告之曰:"日之状如铜槃②。"扣槃而得其声③。他日闻钟,以为日也。或告之曰："日之光如烛。"扪烛而得其形④。他日揣籥⑤，以为日也。

日之与钟、籥亦远矣，而眇者不知其异，以其未尝见而求之人也。道之难见也甚于日，而人之未达也，无以异于眇。达者告之，虽有巧譬善导⑥，亦无以过于槃与烛也。自槃而之钟，自烛而至籥，转而相之，岂有既乎⑦！故世之言道者，或即其所见而名之，或莫之见而意之，皆求道之过也。然则道卒不可求欤？苏子曰："道可致而不可求⑧。"何谓致？孙武曰⑨："善战者致人，不致于人。"子夏曰⑩："百工居肆以成其事⑪，君子学以致其道。"莫之求而自至，斯以为致也欤！

南方多没人⑫，日与水居也，七岁而能涉⑬，十岁而能浮⑭，十五而能没矣。夫没者，岂苟然哉⑮，必将有得于水之道者。日与水居，则十五而得其道。生不识水，则虽壮，见舟而畏之。故北方之勇者，问于没人，而求其所以没，以其言试之河，未有不溺者也⑯。故凡不学而务求道，皆北方之学没者也。

昔者以声律取士⑰，士杂学而不志于道。今者以经术取士⑱，士求道而不务学。渤海吴君彦律⑲，有志于学者也，方求举于礼部，作《日喻》以告之。

【注释】

①眇（miǎo）：谓两眼皆失明。

②槃（pán）：同"盘"。木盘。

③扣：敲，击。

④扪：抚摸。

⑤揣：持。籥（yuè）：古管乐器。像编管之形，似为排箫之前身。有吹籥、舞籥两种。吹籥似笛而短小，三孔；舞籥长而六孔，可执作舞具。

⑥巧譬（pì）善导：巧妙的比喻，优秀的引导。

⑦"转而"二句：辗转互相推导，难道还有穷尽吗？ 既，穷尽。

⑧致：招致，招引。

⑨孙武：孙子，春秋时期军事家，著有《孙子兵法》。

⑩子夏：卜商，字子夏，孔子弟子。

⑪居肆：在作坊里，在店铺里。

⑫没：潜水。

⑬涉：徒步渡水。

⑭浮：游水，游泳。

⑮苟然：随随便便。

⑯溺：溺水，淹死在水里。

⑰声律：指语言文字的声韵格律，代指诗赋。

⑱经术：犹经学，以儒家经典为研究对象的学问。

⑲渤海：渤海郡，即棣州，治所在今山东阳信。

【解读】

本文作于宋神宗元丰元年(1078)，时作者知徐州。

本文先讲述一则盲人识日的寓言，借以说明凡事须亲见，不以耳代目，才能获得完整知识的道理。然后导入正题，认为对于道的探求也一样，不能简单地依靠第二手材料。接着叙述南方人水性好的现象，说明南方人日与水打交道，所以有得于水之道，证明了亲身长期实践才能得到真理的道理。末段联系实际并交代为文目的，勉励士人要

262

脚踏实地去求学以致其道。

本文夹叙夹议，由浅入深，通过两则寓言，形象地说明认识过程的两个阶段，环环相接，逐层递进，使寓言所含主旨更趋明白、深刻。最后以简短的语言阐明题旨，更突出了本文的意义。

【点评】

"《日喻》与《稼说》二作，长公皆根极道理，确非漫然下笔。宋儒谓其文兼子厚之愤激，永叔之感慨，而发之以谐谑。如此等文，殆不然矣。"([明]杨慎《三苏文范》卷十六)

"此明学道也。起语设问日者，说明道不可过求；后设学没水一段话，明道不可不学，有据之论。"([明]杨慎《三苏文范》卷十六引陆贞山)

"文以道与学并重，而譬喻入妙，如白香山诗，能令老妪都解。"([清]王文濡《评校音注古文辞类纂》)

"宋自王安石始以经术取士，一时求仕者皆改其妃青媲白，而谈道德仁义；及致之于用，则茫然失据，亦与妃青媲白无二焉，此苏轼《日喻》所以作也。"([清]《唐宋文醇》卷三十八)

六国论①

苏　辙

愚读六国世家②，窃怪天下之诸侯③，以五倍之地，十倍之众，发愤西向，以攻山西千里之秦④，而不免于灭亡。常为之深思远虑，以为必有可以自安之计。盖未尝不咎其当时之士虑患之疏而见利之浅⑤，且不知天下之势也。

夫秦之所以与诸侯争天下者，不在齐、楚、燕、赵也，而在韩、魏之郊；诸侯之所与秦争天下者，不在齐、楚、燕、赵也,而在韩、魏之野⑥。秦之有韩、魏,譬如人之有腹心之疾也。韩、魏塞秦之冲⑦,而蔽山东之诸侯⑧,故夫天下之所重者,莫如韩、魏也。

昔者范雎用于秦而收韩⑨,商鞅用于秦而收魏⑩。昭王未得韩、魏之心,而出兵以攻齐之刚、寿,而范雎以为忧⑪。然则秦之所忌者可以见矣。秦之用兵于燕、赵,秦之危事也。越韩过魏而攻人之国都,燕、赵拒之于前,而韩、魏乘之于后⑫,此危道也。而秦之攻燕、赵,未尝有韩、魏之忧,则韩、魏之附秦故也。夫韩、魏,诸侯之障⑬,而使秦人得出入于其间,此岂知天下之势邪!委区区之韩、魏⑭,以当虎狼之强秦⑮,彼安得不折而入于秦哉!韩、魏折而入于秦,然后秦人得通其兵于东诸侯⑯,而使天下遍受其祸。

夫韩、魏不能独当秦,而天下之诸侯藉之以蔽其西,故莫如厚韩亲魏以摈秦⑰。秦人不敢逾韩、魏以窥齐、楚、燕、赵之国,而齐、楚、燕、赵之国因得以自安于其间矣。以四无事之国,佐当寇之韩、魏,使韩、魏无东顾之忧,而为天下出身以当秦兵。以二国委秦,而四国休息于内以阴助其急。若此,可以应夫无穷,彼秦者将何为哉!不知出此,而乃贪疆埸尺寸之利⑱,背盟败约,以自相屠灭。秦兵未出,而天下诸侯已自困矣。至使秦人得伺其隙以取其国,可不悲哉!

【作者简介】

苏辙(1039—1112),字子由,一字同叔,晚号颍滨遗老。眉州眉山

(今属四川)人。仁宗嘉祐二年(1057)进士,初授试秘书省校书郎、商州军事推官。宋神宗时,因反对王安石变法,出为河南留守推官,此后随张方平、文彦博等人历职地方。哲宗继位后入朝,历官右司谏、御史中丞、尚书右丞、门下侍郎,位列执政。哲宗亲政后,因上书谏事而被贬知汝州,连谪数处。晚年居许州,以太中大夫致仕。唐宋八大家之一,与父洵、兄轼齐名,合称三苏。生平学问深受其父兄影响,以散文著称,苏轼赞其"汪洋澹泊,有一唱三叹之声,而其秀杰之气终不可没"。尤擅政论和史论,行文立论不落窠臼。著有《栾城集》等。

【注释】

①六国:齐、楚、燕、赵、韩、魏。

②世家:《史记》中用以记述诸侯王家世的传记。

③窃:私下,用作表示个人意见的谦词。

④山西:指崤山以西。

⑤咎:怪罪。疏:疏忽。

⑥韩、魏与秦接壤,秦吞六国,韩、魏首当其冲。郊,邑外为郊野。周制,离都城五十里为近郊,百里为远郊。后泛指城外、野外。与"韩、魏之野"的"野"同义,都是田野、国土的意思。

⑦塞:阻塞,挡住。冲:要冲,军事要道。

⑧山东:崤山以东。

⑨范雎:字叔,战国时魏人。入秦说秦昭王:"天下无变则已,天下有变,其为秦患者孰大于韩乎?王不如收韩。"(《史记·范雎蔡泽列传》)收韩:收服韩国。

⑩商鞅:战国时卫人,后入秦,劝说孝王伐魏:"秦之与魏,譬若人之有腹心疾,非魏并秦,即秦并魏。""孝公以为然。使卫鞅将而伐魏……尽破之以归秦。"魏惠王恐,"乃使使割河西之地献于秦以和"。见《史记·商君列传》。

⑪"昭王"三句:范雎说秦昭王曰:"夫穰侯越韩、魏而攻齐纲寿,非计也。少出师,则不足以伤齐;多出师,则害于秦。……越人之国而攻,可乎?其于计疏矣。……王不如远交而近攻。得寸,则王之寸也;得尺,亦王之尺也。今释此而远攻,不亦缪乎!"(《史记·范雎蔡泽列传》)刚,在今山东宁阳。寿,在今山东郓城。

⑫乘:乘势攻击。

⑬障:屏障。

⑭委:托付。区区:小,少。

⑮当:抵挡,抵御。

⑯东诸侯:山东的诸侯,此指齐、楚、燕、赵。

⑰摈(bìn):排斥。

⑱疆埸(yì):边界。

【解读】

三苏为文,长于议论,尤喜论古今成败得失。《六国论》,苏洵以"赂秦"为六国之罪,本文则以六国目光短浅,"不知天下之势"为论点。一从秦国方面着笔,作者强调韩、魏在七国争雄中的关键地位。对秦来说,韩、魏的存在乃是其腹心之疾;对山东各诸侯国来说,韩、魏是他们理想的屏障。因此,在七雄相争的形势下,韩、魏的地位就显得特别重要,此是当时起决定作用的"天下之势"。后用正反两面作例证,以此说明六国决策者目光短浅,不识"天下之势",相互间破坏盟约,自相残杀,以致为秦各个击破,最终覆灭。文章议论纵横,语言明快,分析层层深入,鞭辟入里,有很强的说服力。

【点评】

"此文甚得天下之势。""识见大而行文亦妙。"([明]茅坤《唐宋八大家文钞》卷一百五十引唐顺之)

"看得透，写得快。笔如骏马下坂，云腾风卷而下，只为留足不住故也。此文在阿兄手中，犹是得意之作。'三苏'之称，岂曰虚语？"（［清］金圣叹《天下才子必读书》卷十五）

"老泉论六国之异在赂秦，盖借以规宋也，故言激切而淋漓。颍滨论天下之势在韩魏，直设身处地为六国谋矣，故其言笃实而明著。两作未易议优劣也。"（［清］储欣《唐宋十大家全集录·栾城先生全集录》卷五）

"当时苏秦非不为此论，所以卒不成者，六国无明君，朝聚暮散，为秦人所欺而不悟也。"（［清］《唐宋文醇》卷五十一引王志坚）

"战国合纵之说，后人以成败聚讼纷纷，总不出苏秦唾余。此篇单就六国攻秦一着言之。按慎靓王三年，楚、燕、三晋同伐秦，至函谷关，败走。始皇六年，又同伐秦，败走。似诸侯未尝不欲胜秦，但不明天下之势，藉韩、魏之蔽而助之兵，不得所以胜之策耳。若诸侯肯并力而为此，而不必攻秦，秦亦不能为山东之害，可以应夫无穷也。其行文一气流转，且确切不易，坡翁真难为兄矣。"（［清］林云铭《古文析义》卷十五）

"熟悉天下大势，了然于心口之间，当时范睢深见及此，故有远交近攻之说。惜乎六国不悟，乃自相并吞，遂致折而入于秦也。"（［清］唐德宜《古文翼》卷八）

上枢密韩太尉书①　　　　苏　辙

　　太尉执事②：辙生好为文，思之至深。以为文者气之所形，然文不可以学而能，气可以养而致③。孟子曰："我善养吾浩然之气④。"今观其文章，宽厚宏博，充乎天地之间，称其气之小大。太史公行天下⑤，周览四海名山大川⑥，与燕、赵间豪俊交游⑦，故其文疏荡⑧，颇有奇气⑨。此二子者，岂尝执笔学为如此之文哉？其气充乎其中而溢乎其貌，动乎其言而见乎其文，而不自知也。

辙生十有九年矣。其居家所与游者，不过其邻里乡党之人⑩。所见不过数百里之间，无高山大野可登览以自广。百氏之书⑪，虽无所不读，然皆古人之陈迹，不足以激发其志气。恐遂汩没⑫，故决然舍去，求天下奇闻壮观，以知天地之广大。

过秦、汉之故都⑬，恣观终南、嵩、华之高⑭，北顾黄河之奔流，慨然想见古之豪杰。至京师，仰观天子宫阙之壮⑮，与仓廪府库、城池苑囿之富且大也⑯，而后知天下之巨丽。见翰林欧阳公⑰，听其议论之宏辩，观其容貌之秀伟，与其门人贤士大夫游，而后知天下之文章聚乎此也。

太尉以才略冠天下，天下之所恃以无忧，四夷之所惮以不敢发⑱。入则周公、召公⑲，出则方叔、召虎⑳，而辙也未之见焉。且夫人之学也，不志其大，虽多而何为？辙之来也，于山见终南、嵩、华之高，于水见黄河之大且深，于人见欧阳公，而犹以为未见太尉也！故愿得观贤人之光耀，闻一言以自壮，然后可以尽天下之大观而无憾者矣。

辙年少，未能通习吏事。向之来㉑，非有取于升斗之禄㉒。偶然得之㉓，非其所乐。然幸得赐归待选㉔，使得优游数年之间㉕，将归益治其文，且学为政。太尉苟以为可教而辱教之㉖，又幸矣。

【注释】

①枢密：指枢密使，官名，掌军政大权。韩太尉：韩琦（1008—

1075),字稚圭,相州安阳(今属河南)人,嘉祐元年(1056)任枢密使。太尉,官名。秦至西汉设置,为全国军政首脑。枢密使相当于太尉,故称韩琦太尉。

②执事:左右的人。旧时表示尊敬的客套话,意思是不敢直接接触,只敢通过对方的办事人员转致。

③致:招致,获得。

④浩然之气:正气,正大刚直之气。

⑤太史公:指司马迁,曾任太史令。

⑥周览:遍览,巡视。

⑦燕、赵:指战国时燕、赵二国,亦泛指其所在地区,即今河北省北部及山西省西部一带。

⑧疏荡:洒脱而不拘束。

⑨奇气:不平凡的气势或气象。

⑩乡党:泛称家乡。周制,一万二千五百家为乡,五百家为党。

⑪百氏:指诸子百家。

⑫汨(gǔ)没:埋没。

⑬秦、汉之故都:秦都咸阳,汉都长安、洛阳。

⑭恣(zì):尽情。终南:终南山,秦岭的一段,在今西安南。嵩:嵩山,中岳,在河南登封。华:华山,西岳,在陕西华阴。

⑮宫阙:古时帝王所居宫门前有双阙,故称宫殿为宫阙。阙,宫门、城门两侧的高台,中间有道路,台上起楼观。

⑯仓廪(lǐn):贮藏米谷的仓库。廪,粮仓。府库:旧指国家贮藏财物、兵甲的处所。城池:指城墙和护城河。苑囿(yòu):古代畜养禽兽供帝王玩乐的园林。

⑰翰林欧阳公:指欧阳修。嘉祐二年(1057)二月,欧阳修以翰林学士权知贡举,苏轼、苏辙兄弟同时中进士。

269

⑱"四夷"句：四方边境的民族都有所畏惧而不敢发动侵略。四夷，古代对四方少数民族的统称，含有轻蔑之意。惮，畏惧。发，行动，发动。

⑲周公、召（shào）公：周成王时共同辅政的周公旦和召公奭（shì）。两人分陕而治，皆有美政。

⑳方叔、召虎：周宣王时的名臣，均征战有功。方叔率兵车三千辆南征荆楚，北伐猃狁；召虎率军征伐淮夷，开辟疆土

㉑向：先前。

㉒升斗之禄：微薄的俸禄。

㉓偶然得之：嘉祐二年（1057）苏辙登进士第。

㉔赐归待选：允许回乡等待朝廷的选拔。赐，对帝王下达旨意的敬称。

㉕优游：游玩。

㉖苟：如果。辱教之：屈尊教导我。辱，谦辞。

【解读】

宋仁宗嘉祐元年（1056），苏轼、苏辙兄弟随父亲苏洵同往京师，得到当时文坛盟主欧阳修的赏识。嘉祐二年，十九岁的苏辙与兄长苏轼同中进士。本文是作者在中进士后给枢密使韩琦写的一封干谒信。

文章开篇即入题，无寒暄语，即将自己的思考和盘托出，提出"文不可以学而能，气可以养而致"的观点，举孟子的言论与太史公的事例加以印证，得出"气充乎其中"就会"见乎其文"的结论。

接着用以上标准检验自己的不足。先介绍自己十九年来，居家所与结交的人不过是邻里乡党之人，所见范围又狭窄，在数百里之间，又无高山大野可以登览，以拓宽自己的眼界。虽然读了不少书，也都是古人的陈迹，不足以激发自己的志气。担心自己埋没，所以决心探求天下的奇观，了解天下的广大。于是过秦汉之都，恣观山河之壮美，又

270

慨然想见古之豪杰。到了京师,见到了当今宫阙之壮丽,及仓廪府库、城池苑囿之富大,又见到了翰林欧阳公,得亲聆其宏辩的议论,观其容貌之秀伟,并与其门下士大夫游,然后才知道天下的文章都聚集在欧阳公门下。以上都是铺垫,以积蓄气势,最重要的是引出下一段的正题。

第四段,是正题。先颂扬太尉才略冠天下,其持重可措天下于泰山之安,出将入相,以周公、召公、方叔、召虎四位周代贤人相比,认为自己不曾见过此等人物,要学就要向最高标准的人物学。自己出蜀一路行来,于山见了终南、嵩山、华山之高标,于水见了黄河之大且深,于人见了人文之盛的欧阳公,但还没有见到太尉,还是很遗憾的。所以渴望能一见太尉,得一言以自壮。

末段又申说自己虽年少,但来京并非在意升斗之禄,进士科名也只是偶然得之,并不使自己十分快乐。希望朝廷让自己回去等待铨选,自己得以有几年的时间从容学习,将文章研治得更好,且学为政。如果太尉能有教导的地方,自己就又更觉得幸运了。表明了作者虽年少,但胸怀远大,又能从容涵养的品质。最后又归结到学养与治文,与开篇之养气以作文相呼应。

干谒之文,自不免以褒扬为主,而韩琦实又足以当之,所以说之亦为自然,而见其言之恳切,而言之立足于"学",有上进之意,为读书人本色。

【点评】

"胸臆之谈,笔势规草原从司马子长《自叙》中来。欧阳公转韩太尉身上,可谓奇险。"([明]杨慎《三苏文范》卷二十八引楼昉)

"上书大人先生,更不作喁喁细语,一落笔便纯是一片奇气。此一片奇气最难得。若落笔时写不得着,即此文通篇都无有。"([清]金圣叹《天下才子必读书》卷十五)

"意只是欲求见太尉，以尽天下之大观，以激发其志气，却以得见欧阳公，引起求见太尉。以历见名山大川、京华人物，引起得见欧阳公。以作文养气，引起历见名山大川、京华人物。注意在此，而立言在彼，绝妙奇文。"（[清]吴楚材、吴调侯《古文观止》卷十一）

"养气为行文主本，自宜灌注全篇，而既引孟子一言，向后略无管照，心窃惑之。久之，始悟厥旨，盖以太史之游，当孟子之养，其写境写人，皆是写气之助，与孟子之文，原两意也。英迈无双，一扫自荐窠臼。"（[清]浦起龙《古文眉诠》卷七十）

黄州快哉亭记

苏　辙

江出西陵①，始得平地，其流奔放肆大。南合沅湘，北合汉沔②，其势益张③。至于赤壁之下④，波流浸灌⑤，与海相若。清河张君梦得⑥，谪居齐安⑦，即其庐之西南为亭，以览观江流之胜，而余兄子瞻名之曰"快哉"⑧。

盖亭之所见，南北百里，东西一舍⑨。涛澜汹涌，风云开阖⑩。昼则舟楫出没于其前，夜则鱼龙悲啸于其下。变化倏忽⑪，动心骇目⑫，不可久视。今乃得玩之几席之上⑬，举目而足⑭。西望武昌诸山⑮，冈陵起伏，草木行列⑯，烟消日出，渔夫樵父之舍，皆可指数⑰。此其所以为快哉者也。至于长洲之滨⑱，故城之墟⑲，曹孟德、孙仲谋之所睥睨⑳，周瑜、陆逊之所骋骛㉑，其流风遗迹，亦足以称快世俗㉒。

昔楚襄王从宋玉、景差于兰台之宫㉓，有风飒然至者㉔，王披襟当之㉕，曰："快哉此风㉖！寡人所与庶人共者耶㉗？"宋玉曰："此独大王之雄风耳，庶人安得共之！"玉之言，盖有讽焉㉘。夫风无雌雄之异，而人有遇不遇之变。楚王之所以为乐，与庶人之所以为忧，此则人之变也，而风何与焉㉙？

士生于世，使其中不自得，将何往而非病？使其中坦然，不以物伤性㉚，将何适而非快？今张君不以谪为患，窃会计之余功㉛，而自放山水之间㉜，此其中宜有以过人者。将蓬户瓮牖㉝，无所不快，而况乎濯长江之清流㉞，挹西山之白云㉟，穷耳目之胜以自适也哉㊱？不然，连山绝壑㊲，长林古木，振之以清风㊳，照之以明月，此皆骚人、思士之所以悲伤憔悴而不能胜者㊴，乌睹其为快也哉㊵？

元丰六年十一月朔日㊶，赵郡苏辙记㊷。

【注释】

①江出西陵：长江从西陵峡流出。江，长江。西陵，西陵峡，长江三峡之一，西起湖北秭归西的香溪口，东止宜昌南津关。

②南合沅湘，北合汉沔(miǎn)：南面汇合沅水和湘水，北面汇合汉水。沅，沅水，也称沅江，在湖南常德入洞庭湖。湘，湘水，也称湘江，在湖南湘阴入洞庭湖。汉沔，就是汉水，又名汉江。源出陕西宁羌，初名漾水；东流经沔县(今陕西勉县)南，称沔水；又东经襄城，纳襄水，始称汉水。汉水在长江北岸。

③张：大。

④赤壁：赤鼻矶，在今湖北黄冈西北江滨，苏辙误以为周瑜破曹操处。

⑤浸灌：淹没。此处指水势浩大。

⑥清河：县名，今属河北。张君梦得：张梦得，字怀民，苏轼朋友。

273

⑦谪:贬谪,贬官。齐安:齐安郡,即黄州,今湖北黄冈。

⑧子瞻:苏轼,字子瞻。

⑨一舍(shè):三十里。古代行军每天走三十里宿营,叫作"一舍"。

⑩风云开阖(hé):风云变化。谓风云有时出现,有时消失。开,开启。阖,闭合。

⑪倏(shū)忽:顷刻之间,一瞬间。

⑫动心骇目:犹言"惊心动魄"。指景色变化万端,能使见者心惊,并不是说景色可怕。

⑬玩:观赏,欣赏。几席:几和席,为古人凭依、坐卧的器具。

⑭举目而足:抬起眼来就可以看个够。

⑮武昌:今湖北鄂州。

⑯草木行列:草木成行成列,指草木繁荣。

⑰指数:用手指清点。

⑱长洲:江中长条形的沙洲。

⑲故城之墟:旧日城郭的遗址。故城,指隋朝以前的黄州城(唐朝把县城迁移了)。墟,旧有的建筑物已被毁平而尚留有遗迹的空地。

⑳"曹孟德"句:曹操(字孟德)、孙权(字仲谋)所傲视的地方。睥睨,斜视的样子,引申为傲视。赤壁之战时,曹操、孙权都有气吞对方的气概。

㉑"周瑜"句:周瑜、陆逊所纵横驰骋的地方。周瑜、陆逊均为三国时东吴的重要将领。周瑜曾破曹操于赤壁,陆逊曾袭关羽于荆州,败刘备于夷陵,破魏将曹休于皖城。骛骜(wù),驰骋,奔走。

㉒称快世俗:使世俗之人称快。

㉓"楚襄王"句:楚襄王使宋玉、景差侍从于兰台宫。宋玉有《风赋》,专记此事,旨在讽楚襄王之骄奢。楚襄王,即楚顷襄王,名横,楚

怀王之子。宋玉、景差都是顷襄王之侍臣。兰台宫，遗址在湖北钟祥东。

㉔飒然：形容风雨声。

㉕披襟当之：敞开衣襟迎接风的到来。

㉖快哉此风：即"此风快哉"，意为这风让人感到多么畅快啊！

㉗寡人：古代君主的谦称。庶人：众人，平民，百姓。

㉘讽：讽谏，用委婉的语言暗示、劝告或讥刺、指责。

㉙与（yù）：参与。

㉚以物伤性：因外物（指环境）而伤害天性（本性）。

㉛窃：偷得，此为"利用"之意。会计：指征收钱谷、管理财务等行政事务。余功：公事之余，空余时间。

㉜自放：自我放纵，任情。

㉝蓬户：用蓬草编门。瓮牖（yǒu）：用破瓮做窗。

㉞濯：洗涤。

㉟挹：通"揖"。拱手行礼。此谓面对（西山白云）。

㊱自适：悠然闲适而自得其乐。

㊲壑（hè）：坑谷，深沟。

㊳振：摇动。

㊴骚人：诗人，文人。思士：忧思善感之士。胜：承受。

㊵乌：哪里。

㊶元丰六年：1083 年。元丰，宋神宗年号（1078—1085）。朔：农历每月初一。

㊷赵郡：苏辙先世为赵郡栾城（今河北石家庄栾城区）人。

【解读】

元丰二年（1079），苏轼因"乌台诗案"贬黄州（今湖北黄冈），苏辙上书营救而获罪，被贬监筠州（今江西高安）盐酒税，"五年不得调"。

元丰五年(1082),苏辙来黄州与兄轼相聚,畅叙患难之中的手足之情。元丰六年(1083),谪居黄州的张梦得为览观江流,建"快哉亭",邀苏辙为文以记。文章通过描述快哉亭上所见景物,以"快哉"一意贯串全篇,借题发挥,阐述只有胸怀坦然,不因个人得失而影响心境,才能从大自然中得到快乐。既劝慰谪居中的张梦得与苏轼,亦有自慰之意。

本文第一段,从远处落笔,先从大江出西陵峡之后,江面宽阔写起,又会合诸水,奔流直下,形成当前"与海相若"的壮观。然后叙写清河张梦得谪居齐安,于其庐之西南作亭的原因,是为了"览观江流之胜",而其兄长苏轼则给亭取了"快哉"之名。

第二段,即叙写在亭上所见到的景物。描写分两个层次,先写四周"动心骇目"的大江景象,在舟楫鱼龙的变化倏忽之中,渲染出雄伟奔放的气势;继写极目西望中对岸武昌的秀丽风光,动静结合,形成生动的画图之美。作者据此揣测命名"快哉"的原因。接着由现实之景转入怀古之情,遥想当年曹操与孙权在此争雄,其风流遗迹,亦足使人称快世俗。此两层(江山雄伟秀丽风光使人得到的快乐与历史风流遗迹使人得到的快乐),更增加了此亭名厚重的意蕴。

第三段援引楚襄王与宋玉于兰台之宫"快哉此风"的对话,由此生发议论,认为宋玉之言意含讥讽,风无雄雌之异,对于人来说,则有"遇与不遇之变",楚王的快乐与庶民的忧愁主要取决于各自具体的情境,跟风没有关系。

第四段,仍是议论,进一步直指本文所谓"快哉"的本质,即人生在世,如果心不自得,则在任何地方、时间都会不快乐;反之,其心中坦然,不以外在的物质而伤及其自性,则在任何地方、时间都会觉得快乐。然后切入本文的缘起,是作亭者张梦得"不以谪为患",而"自放山水之间","蓬户瓮牖",或江山胜景,在而为乐,则其中必有超过普通人的地方,要不然"连山绝壑,长林古木"之类都是古代骚人、思士"悲伤憔悴"不尽的所在,为什么张公却不伤感,而无往而不快呢? 以反诘句作结,显得意犹未尽,而作者所要表达的正是张梦得有"不以物喜,不以己悲"的古仁人情怀。

全文结构严谨,气势宏放,笔致委曲明畅,紧绕"快哉"二字展开,融叙事、写景、抒情、议论于一炉,由景写情,由议显义,借题发挥,淋漓尽致地表达了心中自得,而"坦然不以物伤性",则无往而不快之题旨。

【点评】

"因'快哉'二字发一段议论,寻说到张梦得身上,若断若续,无限烟波。前半极力叙写快字,后半即谪居寻出快字意来,首尾神机一片。文致汪洋,笔力雄劲,自足与长公相雁行。"(〔清〕过琪《古文评注》卷十)

"全篇止拿定'快哉'二字洗发,可与乃兄《超然亭记》并传。盖'超然'二字出《庄子》,'快哉'二字出《楚辞》,皆有自乐其乐之意。'超然'乃子由命名,而子瞻为文,言其何适而非快,俱从居官不得意时看出,取意亦无不同也。文中一种雄伟之气,可笼罩海内,与乃兄并峙千秋。子瞻尝云:'四海四知惟子由,天伦之中岂易得?'此安得不令人羡煞!"(〔清〕林云铭《古文析义》卷十五)

"前幅握定'快哉'二字洗发,后幅俱从谪居中生意。文势汪洋,笔力雄壮。读之令人心胸旷达,宠辱俱忘。"(〔清〕吴楚材、吴调侯《古文观止》卷十一)

"孙执升云:通篇俱就'快'字发论。盖因张君谪居齐安,世俗以为不快,而张君独能作亭揽胜,于不快中自有大快。此其度量有过人处。故篇中略叙作亭之由,下一段写今日所见之快,一段写往古流遗之快,然后借楚王、宋玉之言,引起张公今日意中之快,非复骚人志士之悲伤憔悴者比。如此写来,便令'快'字通篇出色。行文豪宕自得,真是用意高拔。"(〔清〕唐德宜《古文翼》卷八)

与王观复书^①

黄庭坚

庭坚顿首启^②：蒲元礼来^③，辱书^④，勤恳千万^⑤。知在官虽劳勚^⑥，无日不勤翰墨^⑦，何慰如之^⑧！即日初夏^⑨，便有暑气，不审起居何如^⑩？

所送新诗，皆兴寄高远，但语生硬，不谐律吕^⑪，或词气不逮初造意时^⑫，此病亦只是读书未精博耳。"长袖善舞，多钱善贾^⑬"，不虚语也。南阳刘勰尝论文章之难云^⑭："意翻空而易奇，文征实而难工。"^⑮此语亦是。沈、谢辈为儒林宗主时^⑯，好作奇语，故后生立论如此。

好作奇语，自是文章病，但当以理为主。理得而辞顺，文章自然出群拔萃。观杜子美到夔州后诗^⑰，韩退之自潮州还朝后文章^⑱，皆不烦绳削而自合矣^⑲。往年尝请问东坡先生作文章之法，东坡云："但熟读《礼记·檀弓》^⑳，当得之。"既而取《檀弓》二篇读数百过^㉑，然后知后世作文章不及古人之病，如观日月也。

文章盖自建安以来好作奇语^㉒，故其气象衰苶^㉓，其病至今犹在。唯陈伯玉、韩退之、李习之^㉔，近世欧阳永叔、王介甫、苏子瞻、秦少游乃无此病耳^㉕。公所论杜子美诗，亦未极其趣。试更深思之，若入蜀下峡年月，则诗中自可见。其曰"九钻巴巽火，三蛰楚祠雷"^㉖，则往来两川九年^㉗，在夔府三年，可知也。恐更须改定，乃可入石^㉘。

适多病，少安之余，宾客妄谓不肖有东归之期^㉙，日月到门,疲于应接。蒲元礼来告行,草草具此。世俗寒温礼数^⑩,非公所望于不肖者,故皆略之。

三月二十四日。

【作者简介】

黄庭坚(1045—1105),字鲁直,号涪翁、山谷道人。洪州分宁(今江西修水)人。英宗治平四年(1067)进士,调叶县尉。神宗熙宁初,教授北京国子监,知太和县。哲宗立,累进秘书丞,兼国史编修官。绍圣初,出知宣州、鄂州。章惇、蔡卞劾其所修《神宗实录》多诬,贬涪州别驾,黔州安置。徽宗即位,监鄂州税,起知太平州,复谪宜州。卒谥文节。工诗词文章,受知于苏轼,与张耒、晁补之、秦观并称苏门四学士。论诗推崇杜甫,讲究修辞造句,强调"无一字无来处",开创江西诗派。擅长行、草书,楷法亦自成一家。有《豫章黄先生文集》等。

【注释】

①王观复:王本,字观复,洪州分宁人。元丰八年(1085)进士,累官至扬州知州兼淮南东路兵马钤辖,颇有政绩。与黄庭坚是同乡好友,多有唱和。

②顿首:磕头。旧时礼节之一,以头叩地即举而不停留。作为书简表奏用语,表示致敬。启:禀告。

③蒲元礼:黄庭坚好友蒲远犹之子。蒲远犹与黄庭坚同榜进士,历知重庆、福州。其诗词书法皆精,被誉为川西大儒。蒲元礼亦进士,任职礼部。

④辱:谦词,表示承蒙。

⑤勤恳:诚挚恳切。

⑥劳勩(yì):劳苦。

⑦勤:忙于,致力于。翰墨:笔墨,借指文章书画。

⑧何慰如之:还有什么比这更欣慰的呢！意谓感到非常欣慰。

⑨即日:近日。

⑩不审:不清楚。起居:指饮食寝兴等一切日常生活状况。

⑪律吕:古代校正乐律的器具。用竹管或金属管制成,共十二管,管径相等,以管的长短来确定音的不同高度。从低音管算起,成奇数的六个管叫作"律",成偶数的六个管叫作"吕",合称"律吕"。后亦用以指乐律或音律。

⑫不逮:不及。

⑬长袖善舞,多钱善贾:《韩非子·五蠹》:"鄙谚曰:'长袖善舞,多钱善贾。'此言多资之易为工也。"长衣袖合于舞蹈,本钱多便于做生意。比喻有所凭借,事情容易成功。

⑭南阳:古地名,战国齐地。《孟子·告子下》:"一战胜齐,遂有南阳。"杨伯峻注:"即汶阳,在泰山之西南,汶水之北。"刘勰:南朝梁文学理论批评家。字彦和,祖籍东莞郡莒县(今属山东),世居京口(今江苏镇江)。所著《文心雕龙》五十篇,为中国古代文学理论批评的杰作。

⑮"意翻空"二句:出自刘勰《文心雕龙·神思》,意为写作时,文思凭空想象,意蕴容易奇特,但要用具体切实的语言表达出来,却常常难以运用得巧妙。

⑯沈、谢:南朝宋谢灵运与南朝梁沈约的并称。两人均为著名文学家。儒林:指儒家学者之群,泛指士林、读书人的圈子。宗主:众所景仰归依者,某一方面的代表与权威。

⑰杜子美:杜甫,字子美。夔州:治所在奉节县(今属重庆)。大历元年(766)春末,五十五岁的杜甫几经漂泊,携家来到夔州。杜甫在夔州不到两年,以极大的创作热情,写了四百多首传世诗篇,是其诗歌创作的巅峰。

⑱韩退之:韩愈,字退之。元和十四年(819),韩愈因谏迎佛骨,被

贬为潮州刺史。韩愈此后的诗文创作产生重要变化,扬弃险怪,趋向平易。

⑲绳削:指木工弹墨、斧削。引申指纠正,修改。

⑳《礼记·檀弓》:《礼记》又名《小戴礼记》《小戴记》,儒家经典之一,相传为西汉礼学家戴圣所编。它是中国古代一部重要的典章制度选集,共二十卷四十九篇。《檀弓》是其中的两篇,分《檀弓上》《檀弓下》,主要讲对死亡、丧葬和祭祀的态度及礼节。

㉑过:遍。

㉒建安:汉献帝年号(196—220)。这期间,在曹操父子的推动下形成了以曹氏父子(曹操、曹丕、曹植)为代表的建安文学。

㉓衰苶(nié):衰弱疲倦。

㉔陈伯玉:陈子昂,字伯玉。初唐诗文革新人物之一,转变了初唐时期的诗文风格,使唐诗彻底摆脱了齐梁颓靡诗风的影响和束缚。李习之:李翱,字习之。曾从韩愈学古文,推进古文运动。阐释了韩愈关于“道”的观念,强调文以明道,主张反佛、反道、“复性”,其思想为后来道学的发展奠定了基础。

㉕欧阳永叔:欧阳修,字永叔。王介甫:王安石,字介甫。苏子瞻:苏轼,字子瞻。秦少游:秦观,字少游。

㉖“九钻”二句:出自杜甫《秋日荆南述怀三十韵》。

㉗两川:东川和西川的合称。唐肃宗至德二年(757),剑南道置东川、西川两节度使,因有两川之说。代指四川。

㉘入石:雕刻在石头上。

㉙不肖:自称的谦词。

㉚世俗寒温礼数:世俗间一般人互相应酬寒暄的礼节。

【解读】

本文作于宋哲宗元符三年(1100),以亲切朴实的语言,阐明了黄庭坚的写作主张,其核心为"文以理为主",即以思想内容为主。

全文除首尾寒暄语外,主要内容可分三段。第一段,主要是破题,批评了"语生硬,不谐律吕"的诗歌和"好作奇语"的文风。第二段,立论。作者提出了自己的主张,即"文以理为主",举杜甫、韩愈及苏轼的例子加以论证。第三段,批评了建安以来"好作奇语"的文风,肯定了陈子昂、韩愈等人朴素充实的文风,再次论证"文以理为主"的主张。

如何评判文章的优劣?作者认为,内容充实,思想深刻,语言也就会流畅,"文章自然出群拔萃"。为文不能像沈约和谢灵运一样靠新奇的语言撑持门面,掩盖贫乏的内容。"好作奇语,自是文章病"正是指此一代文风。同时,作者认为,写文章要避免"语生硬,不谐律吕","词不逮意",而要朴实自然并合乎韵律。

怎样才能写好文章?作者主张广泛阅读,深入思考义理,学习借鉴前人作文构思之法。他以苏轼教其读《檀弓》的体会,说明熟读深思的好处。既讲道理,又教方法,让人感到切实可行。当然,这其中也包含了作者自己创作的经验。

注重内容,多读书,多借鉴,这是写好文章的重要方法,也是作者创作的经验。这对于今天的学者,依然有重要的启迪意义。

【点评】

"苏黄文字妙一世,殆是天才难学,然亦尚有蹊径可得而寻。……鲁直又云:'文章好奇,自是一病。学作议论文字,须取苏明允文字观之,并熟看董、贾诸文。'又云:'欲作楚辞,追配古人,直须熟读《楚辞》,观古人用意曲折处讲学之,然后下笔。譬如巧女文绣妙一世,若欲作锦,必得锦机乃能作锦。'观其所论,则知其不苟作,不似今之学者,但率意为之,便以为工也。"([宋]陈善《扪虱新语》)

题李白诗草后①

黄庭坚

余评李白诗，如黄帝张乐于洞庭之野，无首无尾，不主故常②，非墨工椠人所可拟议③。吾友黄介读李杜优劣论曰④："论文政不当如此⑤。"余以为知言。及观其藁书⑥，大类其诗，弥使人远视慨然⑦。白在开元至德间⑧，不以能书传，今其行草殊不减古人⑨，盖所谓不烦绳削而自合者欤⑩。

【注释】

①诗草：诗的草稿。

②"黄帝张乐"三句：语出《庄子·天运》："北门成问于黄帝曰：'帝张咸池之乐于洞庭之野……'帝曰：'汝殆其然哉！……吾又奏之以阴阳之和，烛之以日月之明。其声能短能长，能柔能刚，变化齐一，不主故常。'"指黄帝在广漠的原野上奏乐，音声浩瀚、美妙，刚柔兼美，无拘无束，变化万千，不可捉摸。张乐，置乐，奏乐。不主故常，指不拘守旧套常规。

③墨工：制墨的工匠。椠（qiàn）人：刻字的匠人。拟议：揣度议论。

④黄介：字几复。南昌（今属江西）人。与黄庭坚少年交游，交情很深。李杜优劣论：元稹《唐故工部员外郎杜君墓系铭》："时山东人李白，亦以奇文取称，时人谓之李杜。余观其壮浪纵恣，摆去拘束，模写物象，及乐府歌诗，诚亦差肩于子美矣。至若铺陈终始，排比声韵，大或千言，次犹数百，词气豪迈而风调清深，属对律切而脱弃凡近，则李尚不能历其藩翰，况堂奥乎！"认为杜诗优于李诗。

⑤政：同"正"。

⑥藁（gǎo）书：书体名。草书的别称。

⑦弥:更加。慨然:感情激昂的样子。

⑧开元:唐玄宗年号(713—741)。至德:唐肃宗年号(756—758)。

⑨不减:不次于。

⑩绳削:木工弹墨,斧削。引申指纠正、修改。

【解读】

本文是作者给李白诗草题写的后记文字。文字极短,可谓精悍警拔,文中对李白的诗歌及书法均作了极高评价,也表达了对李白的极度敬仰之情。

李白的诗名太大,掩盖了他的书法之名。李白的诗风是不事雕饰,而大气浩瀚,自然奔放。李白的诗歌代表了一个时代,是开元天宝年间的盛唐风格的体现。郑振铎在《插图本中国文学史》中说:"在我们的文学史上,没有第二个像开、天的万流辐辏,不名一轨的时代;也没有第二个像李白似的那么同样作风的。他是不可模拟的!"

本文开篇点题,以黄帝张乐于洞庭喻李白的诗,极言其无拘无束、变化万千,不拘守于旧套常规的风格。元稹《唐故工部员外郎杜君墓系铭》中以杜优于李,朋友黄介认为论文不应当像元稹那样过分偏袒一方,作者表示同意朋友的说法。接着,切入本题,在作者看到李白手写的书稿后,为李白的书法所倾倒,认为李白的书法"大类其诗",即跟他的诗的风格相当,越远看越见得其书法挥洒雄浑,天才超逸,使作者异常感慨。于是下评论道:在唐玄宗开元至肃宗至德年间,李白不以书法出名,但现在看他的行草绝不下于古人,不事雕琢而自然合乎书法最高境界。据解缙《春雨杂述·书学传授》,以李白得草圣张旭真传,与"二王"(王羲之、王献之)同出一系,印证了本文李白"行草殊不减古人"的定论。

题渡水罗汉画[①]

黄庭坚

右摹写唐人画行脚僧渡水[②]，已渡而休，与泛济而未及济者[③]，涉深水者，老惫极，少者扶持，几欲不济者，有临流未涉者，有见险在前依石坐卧者，颇极其情状。明窗净几，散发解衣而纵观之，亦是幻法中无真假[④]。往在都时[⑤]，冯当世有此画本[⑥]，是古人创业缣素也[⑦]，题云："王右丞画渡水罗汉[⑧]。"余为题云："阿罗汉皆具神通，何至拖泥带水如此？使王右丞作罗汉画如此，何处有王右丞耶？"当世不悦，为余题破渠好画[⑨]。余曰："顾画何如[⑩]，岂因誉而完，因毁而破也？"

【注释】

①罗汉：佛教语，梵语 arhat（阿罗汉）的省称。小乘的最高果位，称为"无学果"。谓已断烦恼，超出三界轮回，应受人天供养的尊者。此指高僧。

②摹写：依样描画。行脚僧：游方僧，也叫云游僧，指无一定的居所，或为寻访名师，或为自我修持，或为教化他人而广游四方的僧人。

③泛济：乘船渡河。泛，乘船浮行。济，渡河。

④幻法：佛教语，指一切虚幻的事物。

⑤往：从前，过去。都：国都，指汴梁（今河南开封）。

⑥冯当世：即冯京（1021—1094），字当世。鄂州江夏（今湖北省武汉市武昌区）人。仁宗皇祐元年（1049）进士第一。官至参知政事。

⑦创业：创立基业。缣素：细绢，可供书画。代指书册或书画。

⑧王右丞：即王维（701—761），开元二年（760）任尚书右丞，世称

"王右丞"。王维以诗名盛于开元、天宝间,因笃诚奉佛,有"诗佛"之称。书画特臻其妙,后人推其为南宗山水画之祖。苏轼评云:"味摩诘之诗,诗中有画;观摩诘之画,画中有诗。"

⑨渠:第三人称代词,他。

⑩顾:视,看。

【解读】

本文是一篇很有意思的小品文。作者先描写画面情形:一众行脚僧渡河,有已经渡河了在休息的,有在船上正在渡河的,有已经到了深水区的,有年老了极疲惫而在年轻的牵引扶持下几乎不想渡河的,有到了河边还没有渡河的,有见到前面有危险而倚靠在江边石头上坐卧休息的,凡此种种,都非常逼真形象。接下来写作者观画的情形,"明窗净几",环境清幽。观画者呢?"散发解衣而纵观之",披散着头发,解开衣服,尽情观赏,极其用心投入。结论呢? 就像在幻法的世界一样,没有真假之分,真是画得太像了。接下来,有故事了。以前在东京的时候,当朝高官冯当世有这个画本,在上面题字为:"王右丞画渡水罗汉。"王右丞即王维,唐朝诗人、画家,诗画造诣皆高。作者认为不对,于是题词:"阿罗汉皆具神通,何至拖泥带水如此? 使王右丞作罗汉画如此,何处有王右丞耶?"冯当世不高兴了,说作者将他的好画弄坏了。但是,在作者看来,画不因人赞美而变好,也不会因人批评而损坏,画的好坏是它本身决定的。苏东坡云作者"以磊落人数细碎事",于此可见一斑。世间万物不都是这样吗?

全文语言简练,寥寥数语,描写出各种场面,不得不佩服作者的语言功力。

书《洛阳名园记》后 　　李格非

洛阳处天下之中，挟殽渑之阻①，当秦陇之襟喉②，而赵魏之走集③，盖四方必争之地也。天下常无事则已，有事则洛阳必先受兵④。予故尝曰："洛阳之盛衰，天下治乱之候也。"

方唐贞观、开元之间，公卿贵戚开馆列第于东都者⑤，号千有余邸。及其乱离，继以五季之酷⑥，其池塘竹树，兵车蹂践⑦，废而为丘墟；高亭大榭⑧，烟火焚燎，化而为灰烬，与唐共灭而俱亡者，无余处矣。予故尝曰："园圃之废兴，洛阳盛衰之候也。"

且天下之治乱，候于洛阳之盛衰而知；洛阳之盛衰，候于园圃之废兴而得。则名园记之作，予岂徒然哉⑨？

呜呼！公卿大夫方进于朝⑩，放乎一己之私以自为⑪，而忘天下之治忽⑫，欲退享此，得乎？唐之末路是矣！

【作者简介】

李格非（约1045—约1105），北宋文学家。字文叔，齐州章丘（今山东省济南市章丘区）人，女词人李清照之父。幼时聪敏警俊，刻意于经学，著《礼记说》数十万言。神宗熙宁九年（1076）考中进士，初任冀州司户参军、试学官，后为郓州教授。历任太学正、广信军通判、校书郎、礼部员外郎、提点京东路刑狱。崇宁元年（1102），因名列"元祐党"，被罢官。著有诗文四十五卷，今已佚，仅有《洛阳名园记》一卷传世。

【注释】

①挟(xié)：夹持。殽渑(xiáomiǎn)：即殽底，也称渑池，在殽山山谷之底。殽，同"崤"。崤山，又名嵚崟山，在河南省洛宁县西北。山分东西二崤，中有谷道，阪坡峻陡，为古代军事要地。

②秦陇：指今陕西、甘肃之地。襟喉：比喻要害之处。

③走集：行走集散之地。形容交通要道。

④受兵：遭战争之苦。

⑤开馆列第：营建公馆府邸。东都：指洛阳。

⑥五季：五代，指五代十国时期。

⑦蹂(róu)：蹂躏，践踏。

⑧榭(xiè)：高台上的敞屋。

⑨徒然：白白地。

⑩进于朝：被朝廷提拔任用。

⑪放：放纵。自为：随心所欲，任意而为。

⑫治忽：这里指治乱。忽，灭绝。

【解读】

本文作于宋哲宗绍圣二年(1095)，是作者《洛阳名园记》一书的后记文字。通行本在书末作为"论"的形式出现，是对其所著《洛阳名园记》一书的总结性论述。

文章立论角度是因小及大，结构则是由大及小。第一层，先从洛阳地理位置的险要起笔——洛阳居于中原，依仗崤黾之险峻，是通往秦、陇、赵、魏间的要道，故为兵家必争之地，强调洛阳的盛衰是天下治乱的征候。第二层，从唐贞观、开元之间官僚贵族建千余所公卿名园的事实，阐述园圃的兴废是洛阳盛衰的标志，结尾则明确指出公卿大夫在朝廷任职，就要排除私念，以天下治乱为己任，只有国家治理，天下太平,个人才可以得"退享"园林之乐,否则,唐朝的末路就是显明的借鉴。文章先声夺人,高屋建瓴,而后逐层推理,逻辑严密;语言干净利落,结尾戛然而止,警醒有力。

【点评】

"洛阳名公卿园林为天下第一,靖康以后为祝融回禄尽取以去矣。予得李格非文叔《洛阳名园记》,读之至流涕。文叔出东坡之门,其文亦可观。如论天下之治乱,候于洛阳之盛衰;洛阳之盛衰,候于园圃之兴废。其知言哉!"([宋]邵博《邵氏闻见后录》卷二十四)

"名园特游观之末,今张大其事,恢广其意,谓园圃之兴废,乃洛阳盛衰之候;洛阳之盛衰,乃天下治乱之候,是至小之物关系至大。有学有识,方能为此文。"([宋]谢枋得《文章轨范》卷六)

"大儒眼中,固无细事;大儒胸中,固无小计;大儒手中,固无琐笔。定当如此。"([清]金圣叹《金圣叹批才子古文》)

新城游北山记①

晁补之

去新城之北三十里,山渐深,草木泉石渐幽。初犹骑行石齿间②,旁皆大松,曲者如盖③,直者如幢④,立者如人,卧者如虬⑤。松下草间有泉,沮洳伏见⑥,堕石井,锵然而鸣。松间藤数十尺,蜿蜒如大蚿⑦。其上有鸟,黑如鸲鹆⑧,赤冠长喙⑨,俯而啄,磔然有声⑩。稍西一峰高绝,有蹊介然⑪,仅可步。系马石觜⑫,相扶携而上。篁筱仰不见日⑬,如四五里⑭,乃闻鸡声。有僧布袍蹑履来迎⑮,与之语,愕而顾⑯,如麋鹿不可接⑰。顶有屋数十间,曲折依崖壁为栏楯⑱,如蜗鼠缭绕乃得出⑲,门牖相值⑳。既坐,山风飒然而至㉑,堂殿铃铎皆鸣㉒。二三子相顾而惊,不知身之在何境也。

且莫皆宿㉓,于时九月,天高露清,山空月明,仰视星斗,皆光大,如适在人上。窗间竹数十竿相摩戛㉔,声切切不已。竹间梅棕㉕,森然如鬼魅离立突鬓之状㉖。二三子又相顾魄动而不得寐,迟明皆去㉗。

既还家数日,犹恍惚若有遇,因追记之。后不复到,然往往想见其事也。

【作者简介】

晁补之(1053—1110),字无咎,济州巨野(今属山东)人。十七岁从父至杭州,著《钱塘七述》,为苏轼赞颂,被称为苏门四学士之一。元丰二年(1079)举进士。元祐初,除太学正。累迁著作佐郎,坐修《神宗实录》失实,贬监处、信二州酒税。徽宗立,拜吏部员外郎、礼部郎中,兼国史编修、实录检讨官。党论起,被论罢,出知河中府,修河桥以便民。历知湖、密、果诸州,提举西京崇福宫、南京鸿庆宫,后隐居自娱。大观末,除党籍,起知达州,又改知泗州。嗜学不倦,工诗文,尤精《楚辞》。著有《变离骚》《鸡肋集》《晁氏琴趣外篇》等。

【注释】

①新城:旧县名,治所在今浙江省杭州市富阳区新登镇。北山:官山,在原新登县北三十里。

②石齿:突出如齿的碎石。

③盖:车盖,古代车上用以遮雨蔽日的篷,状如伞,有柄。

④幢(chuáng):旌幡一类的东西。把织物围成圆筒形,垂悬于直柄顶端的一个侧面。

⑤虬(qiú)：传说中的一种有角的小龙。

⑥沮洳(jùrù)：低湿的地方。伏：水潜流于地下。

⑦蚖(wán)：即蝮蛇。

⑧鸲鹆(qúyù)：八哥，一种能学人说话的鸟。

⑨喙(huì)：鸟兽的嘴。

⑩磔(zhé)然：鸟鸣声。

⑪蹊：小路。介然：间隔，隔开。形容道路的界限分明。

⑫觜(zuǐ)：鸟嘴。泛指形状或作用像嘴的东西。

⑬篁筱(huángxiǎo)：竹林。篁，竹林，竹丛。筱，小竹。

⑭如四五里：往前行走四五里。如，往，去。

⑮蹑履：趿拉着鞋。古人家居脱鞋席地而坐，蹑履谓来不及穿鞋，拖着鞋子匆忙出迎。形容对来人的热情欢迎。

⑯愕：惊讶。

⑰麋鹿：鹿的一种。麋鹿见生人，即惊慌不定。

⑱栏楯(shǔn)：栏杆。纵为栏，横曰楯。

⑲蜗：蜗牛。

⑳牖(yǒu)：窗户。相值：相对。

㉑飒然：形容风雨声。

㉒铃铎(duó)：挂于殿、阁、塔、观檐角的风铃。

㉓且莫：将要昏暮。莫，同"暮"。

㉔摩戛(jiá)：摩擦击打。戛，敲击。

㉕梅棕：一作海棕。岭南椰木。

㉖离立突鬓：两两并立、鬓发怒张的样子。

㉗迟(zhì)明：等到天明。迟，比及，等到。

【解读】

本文记叙了作者游历新城北山的经过及感受，以时间顺序及游踪作线索,生动地再现了作者眼前的奇异景观。

全文分三段。第一段记作者深入北山的沿途所见及投宿荒寺的情景。仿佛高明的摄影师,作者采用移步换景的手法,运用各种镜头,将一幅幅画面展现在读者眼前。读者宛若身临其境,骑行在乱石丛间,渐深渐幽。随后,镜头转向两旁,在一片青翠的松林中选摄了几株姿态各异的苍松特写,有曲有直,有立有卧,形态不一,或如车篷,或如旗帜,或如立人,或如虬龙。继而,镜头俯视并缓缓推向远方,在松荫下低湿的草丛中,时隐时现的清澈的泉水潜流,细涓汇聚,注入石井,发出叮咚叮咚的清脆响声。行文至此,有声有色。接着镜头向上,长有数丈而形如蝮蛇的藤萝,缠绕着松干与松枝,身黑冠红嘴长的八哥栖歇在上面,不时地磔磔啄木。在幽深的林莽中再往前行,西面是高高的山峰,在葱茏的树木下,一条仅可容人上攀的小道显得格外分明。舍马而徒步攀登,扶携而上。浓密的竹林,遮闭了阳光,多么幽深可怖!走了四五里,忽然听到鸡鸣,居然还有人家!这是一个怎样的深山人家呢?不由得引发了读者的好奇心。突然,一个和尚轻手轻脚地前来,刚欲与之说话,他却疑惧地看了作者这个外面世界的人一眼,便倏忽离去,游人只好顺其踪影前行。真是奇境奇人!山顶有房屋数十间,依壁傍崖曲曲折折筑了栏杆,人行其中,像蜗牛与老鼠一般盘旋屈伸而上。好不容易来到僧舍,稍稍歇息,然而置身于这奇异寂静的氛围之中,不由产生一种惶然压抑之感。没想到,山风飒飒吹响了殿堂铃铎,发出时轻时重、断续单调的声音,进一步烘托出死一般的沉寂静谧。若断若续,飘忽不定的钟声,在山谷间回荡,更使人有一种空灵的感觉,似乎空间在无限扩大,人却越发渺小,窒息得令人心惊胆战,游人相视而叹,不知来到一个什么境地。

第二段写空山月明景象及夜卧禅房看到树木怪影的惊惧心情。"天高露清,山空月明,仰视星斗,皆光大,如适在人上",仅仅二十个字,描画了一个天空清朗,表里澄澈的琼玉世界。庭中的修竹在微风中摇曳,沙沙作响,作者不觉一怔。向窗外望去,不是"疏影横斜,竹摇清影"的倩影逸姿,而是梅树与棕树在月光下所呈现的令人鬓发直竖的鬼影,阴森透骨,魂魄为之一动,哪里还能安睡?白日心惊尚未平复,此刻又增添了魂魄悸动,越发显得幽微玄冥难测了。待天亮,要赶快离开这个鬼地方。

文章结尾,没有按惯例署明来者姓名及写作时间,而是写归来心情与追记缘由。归家几天后,那个恐怖的地方,仍然恍恍惚惚在眼前飘荡,余悸难消,因而追记。以后虽不会再去,可是,刻骨铭心的印象却常常在脑际浮现。作者以情托景,又重新唤起读者对荒寺奇遇的回忆,回顾前文,加深之前印象。

本文主要采用白描手法,语言简短,叙事精练,多用比喻,描写生动形象并传神,既寓情于景,而又情景交融。纯是游记,而无说教,风格清新,又峭刻冷峻,殆脱胎于柳宗元及至六朝小品。

【点评】

"此文摹写物状,微嫌用力,然瞑目思之,颇历历如见。其响彻光怪不如子厚者,子厚行气,能屹然山立。晁文段疏荡之笔,方能停顿。且子厚赋色结响,均自出机轴;晁文则八用'如'字,必假物以为形似。此其所以不如也。"([清]林纾《选评古文辞类纂》卷九)

"摹写极工,巉刻处直逼柳州。"(高步瀛《唐宋文举要》)

子长游赠盖邦式①　　　　马　存

予友盖邦式,尝为予言②:"司马子长之文章有奇伟气,窃有志于斯文也③,子其为说以赠我④。"予谓:"子长之文章

293

不在书,学者每以书求之,则终身不知其奇。予有史记一部,在天下名山大川、壮丽奇怪之处,将与子周游而历览之,庶几乎可以知此文矣⑤。

"子长平生喜游,方少年自负之时⑥,足迹不肯一日休,非真为景物役也⑦,将以尽天下之大观以助吾气⑧,然后吐而为书。今于其书观之,则其平生所尝游者皆在焉。南浮长淮⑨,溯大江⑩,见狂澜惊波,阴风怒号,逆走而横击⑪,故其文奔放而浩漫⑫;望云梦洞庭之陂⑬,彭蠡之潴⑭,涵混太虚⑮,呼吸万壑而不见介量⑯,故其文停滀而渊深⑰;见九疑之芊绵⑱,巫山之嵯峨⑲,阳台朝云⑳,苍梧暮烟,态度无定㉑,靡曼绰约㉒,春妆如浓,秋饰如薄,故其文妍媚而蔚纡㉓;泛沅渡湘,吊大夫之魂㉔,悼妃子之恨㉕,竹上犹斑斑,而不知鱼腹之骨尚无恙者乎㉖,故其文感愤而伤激;北过大梁之墟㉗,观楚汉之战场,想见项羽之暗呜㉘,高帝之谩骂㉙,龙跳虎跃,千兵万马,大弓长戟,交集而齐呼,故其文雄勇猛健,使人心悸而胆栗㉚;世家龙门,念神禹之鬼功㉛,西使巴蜀,跨剑阁之鸟道㉜,上有摩云之崖,不见斧凿之痕,故其文斩绝峻拔而不可攀跻㉝;讲业齐鲁之都,睹夫子之遗风,乡射邹峄,彷徨乎汶阳洙泗之上㉞,故其文典重温雅,有似乎正人君子之容貌。凡天地之间,万物之变,可惊可愕,可以娱心,使人忧、使人悲者,子长尽取而为文章,是以变化出没,如万象供四时而无穷。今于其书而观之,岂不信矣!

"予谓欲学子长之为文,先学其游可也。不知学游以

294

求奇,而欲操觚弄墨、组缀腐熟㉟,乃其常常耳。昔公孙氏善舞剑而学书者得之㊱,乃入于神;庖丁善操刀而养生者得之㊲,乃极其妙。事固有殊类而相感者㊳,其意同故也。今天下之绝踪诡观,何以异于昔?子果能为我游者乎?吾欲观子矣。醉把杯酒,可以吞江南吴越之清风;拂剑长啸,可以吸燕赵秦陇之劲气。然后归而治文著书,子畏子长乎?子长畏子乎?不然,断编败册㊴,朝吟而暮诵之,吾不知所得矣。"

【作者简介】

马存(?—1096),字子才。饶州乐平(今属江西)人。师事徐积,卒业于其门。时士习新经,以穿凿放诞为高,存毫无所染,为文雄直。哲宗元祐三年(1088)进士。历官镇南节度推官,再调越州观察推官。有《马子才集》。

【注释】

①子长:司马迁(约前145—?),字子长,生于龙门(在今陕西韩城东北,山西河津西北)。司马谈之子。司马迁游历各地的经历,他在《史记·太史公自序》中说:"二十而南游江、淮,上会稽,探禹穴,窥九疑,浮于沅、湘;北涉汶、泗,讲业齐、鲁之都,观孔子之遗风,乡射邹、峄;厄困鄱、薛、彭城,过梁、楚以归。于是迁仕为郎中,奉使西征巴、蜀以南,南略邛、笮、昆明,还报命。"二十八岁继父职任太史令,子承父业,著述历史。天汉二年(前99),因替投降匈奴的李陵辩解,触怒武帝,被系狱处以腐刑。出狱后,任中书令,发愤完成所著史籍,时称《太史公书》,后人称为《史记》。《史记》是我国第一部纪传体通史,被公认为我国史书的典范。其中许多传记,状人写物,栩栩如生,具有很高的

文学价值,对后世史学与文学都有深远影响。盖邦式:其人不详,作者的朋友。

②尝:曾经。

③窃:私下。

④为说:陈述见解。

⑤庶几:差不多,近似。

⑥自负:自许,自以为了不起。

⑦役:役使,差遣。

⑧大观:盛大壮观的景象。

⑨浮:水上航行。长淮:指淮河。

⑩溯:逆水而上。

⑪走:疾趋,奔跑。

⑫浩漫:广大深远的样子。

⑬云梦:古大泽名,在今湖北境内,后渐渐填淤成陆。洞庭:湖名,在今湖南境内。陂:湖泊。

⑭彭蠡:即鄱阳湖,在今江西境内。潴:水停聚处。

⑮涵混:包含,包容。太虚:天空。

⑯不见介量:谓无边无际。介,边际,界。量,界限。

⑰停潴:停留积蓄,此指深沉。渊深:深邃,深厚。

⑱九疑:山名,亦作"九嶷",下文又称"苍梧",相传为舜的葬地,在今湖南宁远。芊绵:草木茂盛的样子。

⑲巫山:山名,在今重庆、湖北、湖南交界处。嵯峨:山高峻的样子。

⑳阳台朝云:用宋玉《高唐赋》典:"妾在巫山之阳,高丘之阻。旦为朝云,暮为行雨,朝朝暮暮,阳台之下。"

㉑态度:姿态,气势。

㉒靡曼:华美,华丽。绰约:柔婉美好。

㉓妍媚:美丽可爱。蔚:文采华美。纡:文笔曲折。

㉔大夫:指屈原,曾任楚国三闾大夫,自沉于汨罗江。汨罗江流入湘水,所以有时也称屈原自沉湘水。

㉕妃子:指舜的妃子娥皇和女英。舜死后,二妃痛哭,血泪洒在江边竹子上,以后竹上即生斑斑血痕,故称湘妃竹,亦称斑竹。

㉖鱼腹之骨:指代屈原的尸骨。《楚辞·渔父》:"宁赴湘流,葬于江鱼之腹中。"

㉗大梁:战国时魏国都城,今河南开封。

㉘项羽之暗呜:《史记·淮阴侯列传》:"项王暗恶叱咤,千人皆废。"暗呜,怒喝。

㉙高帝:汉高祖刘邦。谩骂:辱骂。刘邦出身低微,喜欢辱骂下属及士人。

㉚心悸而胆栗:谓心惊胆战。悸,惊惧。栗,通"慄"。哆嗦,发抖。

㉛"世家"二句:司马迁生于龙门。龙门在今陕西韩城东北、山西河津西北。黄河至此,两岸峭壁对峙,形如门阙,故名。相传夏禹导黄河至龙门,即凿开了山以通流,故又称禹门口。

㉜"西使"二句:司马迁曾奉使巴蜀,经过剑阁。剑阁为长安入蜀要道,甚险要。鸟道,只有鸟能飞过的道路,喻指险要。

㉝斩绝:陡峭。峻拔:高耸挺拔。攀跻:攀登。跻,升登,达到。

㉞"讲业"四句:齐都临淄(今山东淄博),鲁都曲阜(今属山东)。司马迁曾到两地,访曲阜城北泗上的孔子墓,并细心体会和观察孔子的遗风,参观儒生们按时习礼的情景。讲,学习。乡射,古代射箭饮酒的礼仪。邹峄(yì),山名,即山东邹城东南之峄山。汶阳,地名,在今山东宁阳北。洙泗(zhūsì),春秋时鲁国境内的洙水和泗水。孔子曾在洙泗之间聚徒讲学,后人因以洙泗代称孔子及儒家文化。

㉟操觚(gū):拿着木简,谓写文章。觚,古代写字用的木简。组

297

缀：编组。腐熟：陈腐的思想和语言。

㊱"公孙氏"句：公孙大娘，唐开元间有名的女舞蹈家，精于剑器浑脱舞。唐代草书大家张旭说："始吾闻公主与担夫争路而得笔法之意，后见公孙氏舞剑器而得其神。"

㊲"庖丁"句：庖丁，名丁的厨师。养生者，文惠君，即魏惠王，战国时魏国第三任国君。《庄子·养生主》载，庖丁解牛的技艺高妙，因为他能洞悉牛的骨骼肌理，运刀自如，十九年解了数千只牛，其刀刃还同新磨的一样，毫无损伤。文惠君听了庖丁的介绍后，说："善哉！吾闻庖丁之言，得养生焉。"

㊳殊类而相感：谓不同事情之间互相启发。

㊴断编败册：指陈腐的文章。

【解读】

本文是一篇讲读书方法的文章。在作者看来，读书应该深入实际考察，拓宽视野；深切感悟，触类旁通；切忌死读书，因循前人。作者以司马迁作《史记》为例展开论述。

全文分为三段。首段以盖邦式求"说"开头。盖邦式欣赏司马迁文章奇特雄伟的气韵，有意研读其文章，故向作者求说。作者陈述自己的观点：司马迁的文章精髓不在书上，求学的人仅从他的书中去探求其精髓，便终其一生也不知道其奇特之处。作者建议去游历名山大川。

第二段以司马迁的游览经历为例证明自己的观点。过淮河长江，见江上惊涛骇浪，阴风怒号，故其文章奔放旷远；观云梦、洞庭、鄱阳之包容万物，无边无际，故其文章深沉深邃；登九疑、巫山，朝云暮雨，变化万千，绰约多姿，故其文章华美曲折；游沅江、湘江，凭吊屈原的亡灵和悼念二妃的遗恨，故其文章感伤愤激；过楚汉之争的古战场，想象千军万马，龙腾虎跃，齐声呐喊，故其文章雄勇猛健；出游巴蜀，跨越剑阁险道,临接天高崖,故其文章斩绝峻拔不可攀登;在齐鲁一带研习儒学,观瞻孔子的遗风,邹峄的礼仪,故其文章典重温雅,好似正人君子……作者在这一段列举了七种不同的景观而影响的七种不同的文章风格,论证其司马迁的文章"在天下名山大川、壮丽奇怪之处"的观点。

第三段,总结上文,深化其论点,提出"欲学子长之为文,先学其游"的观点。通过学习书法的人从善舞剑的公孙大娘处得到启发,养生者从庖丁解牛得道,论述学习不可因循守旧,而应该从不同事物中去寻找其相通的规律,触类旁通,举一反三,融会贯通。最后,勉励盖邦式走出书斋,去游历名山大川,成就一番事业。

本文文气浩瀚,铺排纵横,一气写来,有逸兴遄飞之势。

【点评】

"文在游不在书,此韩、柳、欧、苏所未尝发者,应亦从游而得,非以《史记》为印本,而即有此杰作也。不然,劈首明说子长文不在书,今又本子长之书而为文,自相矛盾矣,且何以训人在游,而不必读其书乎?"(〔清〕李扶九《古文笔法百篇》)

"文以游而奇,最得子长文之妙处。文之奇伟壮丽,亦可与子长文相上下。此真宋文中之翘楚也,不为过誉矣。"(〔清〕过珙《古文评注》)

词　论

李清照

乐府声诗并著①,最盛于唐。开元天宝间②,有李八郎者③,能歌擅天下。时新及第进士开宴曲江④,榜中一名士先召李,使易服隐姓名,衣冠故敝⑤,精神惨沮⑥,与同之宴所,曰:"表弟愿与坐末⑦。"众皆不顾。既酒行乐作,歌者进,时曹元谦、念奴为冠⑧。歌罢,众皆咨嗟称赏⑨。名士忽指李曰："请表弟歌。"众皆哂⑩，或有怒者。及转喉发声，歌一曲，众皆泣下，罗拜曰⑪："此李八郎也。"

自后郑卫之声日炽⑫，流靡之变日烦⑬，已有《菩萨蛮》《春光好》《莎鸡子》《更漏子》《浣溪沙》《梦江南》《渔父》等词，不可遍举。五代干戈，四海瓜分豆剖⑭，斯文道熄⑮。独江南李氏君臣尚文雅⑯，故有"小楼吹彻玉笙寒""吹皱一池春水"之词⑰。语虽奇甚，所谓亡国之音哀以思者也⑱。

逮至本朝⑲，礼乐文武大备。又涵养百余年，始有柳屯田永者㉑，变旧声作新声，出《乐章集》，大得声称于世。虽协音律，而词语尘下㉒。又有张子野、宋子京兄弟、沈唐、元绛、晁次膺辈继出㉓，虽时时有妙语，而破碎何足名家！至晏元献、欧阳永叔、苏子瞻㉔，学际天人㉕，作为小歌词，直如酌蠡水于大海㉖，然皆句读不葺之诗尔㉗。又往往不协音律者，何耶？盖诗文分平侧㉘，而歌词分五音㉙，又分五声㉚，又分六律㉛，又分清浊轻重㉜。且如近世所谓《声声慢》《雨中花》《喜迁莺》，既押平声韵，又押入声韵；《玉楼春》本押平声韵，又押上去声，又押入声。本押仄声韵，如押上声则协；如押入声，则不可歌矣。王介甫、曾子固文章似西汉㉝，若作一小歌词，则人必绝倒㉞，不可读也。乃知别是一家，知之者少。后晏叔原、贺方回、秦少游、黄鲁直出㉟，始能知之。又晏苦无铺叙；贺苦少典重㊱；秦即专主情致，而少故实㊲，譬如贫家美女，虽极妍丽丰逸，而终乏富贵态；黄即尚故实，而多疵病㊳，譬如良玉有瑕㊴，价自减半矣。

　　李清照(1084—1155),号易安居士。齐州章丘(今山东济南)人。李格非女,赵明诚妻。与明诚共同致力于金石书画之收藏研究。金人据中原,避乱南方。明诚病卒,她在东南各地漂泊奔走,境况凄苦悲凉。晚年整理完成明诚所著《金石录》。工诗文,以词擅名,为南宋婉约派宗主。所作词,前期多写其悠闲生活,后期多悲叹身世,情调感伤。形式上善用白描手法,自辟蹊径,语言清丽。论词强调协律,崇尚典雅,反对以作诗文之法作词。有《易安居士文集》《易安词》,已散佚。后人有《漱玉词》辑本。

【注释】

　　①乐府:本汉代官署名,掌管宫廷、巡行、祭祀所用的音乐,兼采民歌配以乐曲。后用作诗体名,初指乐府官署所采制的诗歌,后将魏晋至唐可以入乐的诗歌以及仿乐府古题的作品统称乐府。声诗:指可以演唱的五七言诗歌。

　　②开元、天宝:唐玄宗李隆基年号。开元为713至741年,天宝为742至756年。

　　③李八郎:李衮,唐代著名歌唱家。

　　④曲江:曲江池,在陕西西安。唐时考中的进士,放榜后大宴于曲江池。

　　⑤故弊:破旧。

　　⑥惨沮:忧伤沮丧。

　　⑦坐末:下座陪坐。

　　⑧曹元谦、念奴:二人皆为唐代著名歌唱家。

　　⑨咨嗟:赞叹。

　　⑩哂:讥笑。

　　⑪罗拜:团团下拜。

⑫郑卫之声:指春秋时郑卫两国新兴起的一种长于言情的音乐,后来便用作靡靡之乐的代称。炽:昌盛、兴盛。

⑬流靡:谓过分华美,萎靡不振。烦:繁多,繁杂。

⑭瓜分豆剖:形容四分五裂。

⑮斯文:指礼乐教化、典章制度。

⑯江南李氏:指南唐。中主李璟和后主李煜,均以词著称。

⑰"故有"句:马令《南唐书·冯延巳传》:"元宗乐府辞云'小楼吹彻玉笙寒',延巳有'风乍起,吹皱一池春水'之句,皆为警策。元宗尝戏延巳曰:'吹皱一池春水,干卿何事?'延巳曰:'未如陛下小楼吹彻玉笙寒。'元宗悦。""小楼"句见李璟《摊破浣溪沙》词,"吹皱"句见冯延巳《谒金门》词。

⑱"亡国之音"句:《礼记·乐记》:"亡国之音哀以思,其民困。"哀以思,悲哀而愁思之意。

⑲逮:及,等到。

⑳涵养:滋润养育。

㉑柳屯田永:柳永,字耆卿,原名三变。崇安(今福建武夷山)人。以屯田员外郎致仕,故世称柳屯田。柳永是第一位对词进行全面革新的词人。词至柳永,体制始备。有《乐章集》传世。

㉒尘下:庸俗低下。

㉓张子野:张先,字子野。乌程(今浙江湖州)人。宋仁宗天圣进士,工诗,尤擅词。其词语言清新工巧,情韵浓郁,意韵恬淡,意象繁富,内在凝练,于两宋婉约词史上影响巨大。有《张子野词》。

宋子京:宋祁,字子京,安陆(今属湖北)人。与兄长宋庠并有文名,时称"二宋"。官至工部尚书,因《玉楼春》词中有"红杏枝头春意闹"句,世称"红杏尚书"。其词善雕琢,笔力工巧,今传《宋景文公长短句》。

沈唐:字公述,官大名府签判,有词见《花庵词选》。

元绛:字厚之,钱塘(今浙江杭州)人,能词,但传世甚少。

晁次膺:晁端礼,一作元礼,字次膺。澶州清丰(今河南濮阳)人。曾得蔡京举荐,诏至京师,适宫中嘉莲生,次膺效乐府体,填词进献,得到徽宗赞赏,授大晟府协律郎,未就任而卒。词集《闲适集》已佚,今传《闲斋琴趣外篇》六卷。

㉔晏元献:晏殊,字同叔,抚州临川(今属江西)人。仁宗时宰相,卒谥元献。其词和婉明丽,风流蕴藉,开创北宋婉约词风。著有《珠玉词》。

欧阳永叔:欧阳修,字永叔。其词疏隽婉丽,格调较高。今传《六一词》。

苏子瞻:苏轼,字子瞻。其词开豪放一脉,突破了词为"艳科"的传统格局,提高了词的文学地位,使词从音乐的附属品转变为一种独立的抒情诗体,从根本上改变了词史的发展方向。今传《东坡乐府》。

㉕学际天人:指学问渊博。

㉖酌蠡:舀取。酌,挹取。蠡,瓢。

㉗句读不葺之诗:谓以诗为词。葺,整理。

㉘平侧:平仄。

㉙五音:我国古代五声音阶,即宫、商、角、徵、羽。

㉚五声:汉语字音的五种声调,即阴平、阳平、上、去、入。

㉛六律:古代乐音标准名,六律即黄钟、太簇、姑洗、蕤宾、夷则、无射。

㉜清浊轻重:即清音、浊音、轻声、重声。

㉝王介甫:王安石,字介甫。其诗文均很有造诣。词作不多,但"瘦削雅素,一洗五代旧习",不受当时绮靡之风的影响。曾子固:曾巩,字子固。主要成就在文,亦能诗,词仅存《赏南枝》一首。

㉞绝倒:笑倒。

㉟晏叔原:晏几道,字叔原,号小山。晏殊幼子。其词"工于言

情"，多流露出惆怅、感伤情调。有《小山词》传世。

贺方回：贺铸，字方回，号庆湖遗老。卫州（今河南卫辉）人。其词风格明朗雄健。有《庆湖遗老集》。

秦少游：秦观，字少游，号淮海居士。扬州高邮（今属江苏）人。苏门四学士之一，长于诗文，尤善词。其词以情韵见长，风格近柳永。有《淮海居士长短句》。

黄鲁直：黄庭坚，字鲁直。其词以"俗中见雅，由俗入雅"的语言风格见称。有《山谷琴趣外编》。

㊱典重：典雅庄重。

㊲故实：典故、史实。

㊳疵病：缺点，毛病。

㊴瑕：玉上的斑点或裂痕。

【解读】

本文是古代中国女性作的第一篇文学批评，始见于南宋胡仔《苕溪渔隐丛话》后集卷三十三"晁无咎"条，称"李易安评"，未提引自何处，且似节录。当是作者南渡之前所作。据徐培均《李清照集笺注》推知本文"应作于政和三年（1113）"，时年二十九岁。

本文叙述词的渊源演变，总结以前各家创作的优缺点，提出了词体的特点及创作的标准。作者以阐述唐世乐歌的繁荣，及乐歌和词曲的密切关系，作为她提出词"别是一家说"的根据。指出：词是"歌词"，必须有别于诗，词在协音律，以及思想内容、表现形式、艺术风格等方面，都应有自己的特色。本文就词区别于诗的各种特点进行了认真的考索，提出了许多独特的见解。

全文分三段。第一段，首先指出乐府的声音（歌）与诗最繁荣而又并列发展的时代是唐代。接着举唐开元、天宝间李八郎在新及第进士曲江宴上，"易服隐姓名"，而于众中发喉歌唱一曲，折服众人的故事，说明当时乐歌的盛行。

第二段，写此后像郑卫淫逸华靡的乐歌越来越流行，唐后期即有《菩萨蛮》《春光好》等词。五代时战争纷纷，国家分裂，传统的礼乐正道停息，独有偏居江南的南唐中主李璟、后主李煜君臣崇尚文雅，他们颇作小词，语言虽新奇，但那都是亡国的哀音，使人悲苦。

末段叙述至本朝，亦即宋朝，礼乐文武大备，又涵养百余年，后始有柳永，变旧乐府词而作新乐府词，出《乐章集》，获得极大成功。虽然音律和谐，但词语却卑下。接着依次品评张先、宋祁兄弟等人，在乐府词方面虽时有妙语，但比较破碎，不足以名家。至晏殊、欧阳修、苏轼等人出现，因为他们学问极高，作词本是非常轻易的事，只是他们作的乐府词看起来仍像断句不整齐的诗，意谓他们的乐府词虽然有了词的形式，但本质上还是诗的内容，往往不协于音律。接着分析，诗文与歌词的区别，诗只是分一个平仄，而歌词要讲究的东西更多，它分五音，又分五声、六律，又分清浊轻重，其押韵也各各不同，《声声慢》等词牌既可以押平声韵，又押入声韵；《玉楼春》等本押平声韵，又押上去声，还可以押入声；还有的本押仄声韵的，押上声则音律和谐，押入声就不能歌唱了。如王安石、曾巩的文章写得很好，风格类似西汉的典雅，但作一小歌词，就会不可诵读，让人笑倒。因此，词与诗是不同的，作者于此提出词"别是一家"的论点，但这道理一般人很少知道。直到后来晏几道、贺铸、秦观、黄庭坚等人出来，才了解其中的区别。作者又指出以上各人的弊病，认为晏几道缺少铺叙；贺铸缺少典重；秦观则专从情致一方着力，而缺少故实（典故），就像贫家美女那样，虽然长得很漂亮，也很有风韵，但终于缺乏富贵之态；而黄庭坚则推崇故实，但也多疵病，譬如美玉有了斑点或裂痕，它的价值就减半了。文章到此结束，结论呼之欲出——对乐府歌词最精通、擅长者，当世之中，舍我其谁。指斥前辈，一无假借，在古代，能有此非常勇气者，非奇女子李清照莫属。

本文叙议结合，以议为主，作为一篇理论文章，虽不严整，但是自己的经验总结及切身体会,得自心源,究非官样文章所可及。

【点评】

"易安历评诸公歌词,皆摘其短,无一免者。此论未公,吾不凭也。其意盖自谓能擅其长,以乐府名家者。"([宋]胡仔《苕溪渔隐丛话后集》卷三十三)

"易安自恃其才,藐视一切,语本不足存,第以一妇人能开此大口,其妄不待言,其狂亦不可及也。"([清]冯金伯《词苑萃编》卷九引裴畅)

"李清照在《词论》里主张协律,又历评北宋诸家,皆有所不满,而曰:'乃知词别是一家,知之者少。'似乎夸大。现在我们看她的词却能够相当地实行自己的理论,并非空谈欺世。她擅长白描,善用口语,不艰深,也不庸俗,真是所谓'别是一家'。"(俞平伯《唐宋词选释·前言》)

"依此所说,知易安所认为歌词之最高标准,应须具备下列各事:(一)协律,(二)铺叙,(三)典重,(四)情致,(五)故实。神明变化于五者之中,文辞与音律并重,乃为当行出色。彼于柳永以'词语尘下'为病,而对东坡则嫌其'不协音律'。果以东坡之'逸怀豪气',运入声调谐美之歌曲,庶几力争上游,而为易安所心悦诚服矣。"(龙榆生《漱玉词叙论》)

五岳祠盟记^①

岳 飞

自中原板荡^②,夷狄交侵^③,余发愤河朔^④,起自相台^⑤,总发从军^⑥,历二百余战。虽未能远入夷荒^⑦,洗荡巢穴,亦且快国雠之万一^⑧。今又提一旅孤军,振起宜兴,建康之城,一鼓败虏^⑨,恨未能使匹马不回耳^⑩!故且养兵休卒,蓄锐待敌,嗣当激励士卒^⑪,功期再战^⑫。北踰沙漠,蹀血虏廷^⑬,尽屠夷种^⑭。迎二圣归京阙^⑮,取故地上版图^⑯,朝廷无虞^⑰,主上奠枕^⑱,余之愿也。河朔岳飞题。

【作者简介】

岳飞(1103—1142),字鹏举。相州汤阴(今属河南)人。南宋著名的抗金英雄、军事家。出身农家,二十岁从军。自建炎二年(1128)遇宗泽至绍兴十一年(1141)止,先后参与、指挥大小战斗数百次。金军攻打江南时,独树一帜,力主抗金,收复建康。绍兴四年(1134),收复襄阳六郡。绍兴六年(1136),率师北伐,顺利攻取商州、虢州等地。绍兴十年(1140),完颜宗弼毁盟攻宋,岳飞挥师北伐,在郾城、颍昌大败金军,进军朱仙镇。宋高宗赵构和宰相秦桧却一意求和,以十二道"金字牌"催令"岳家军"班师。在宋金绍兴和议中,岳飞遭受秦桧、张俊等人诬陷入狱。绍兴十一年十二月二十九日(1142年1月27日),以"莫须有"罪名,与长子岳云、部将张宪一同遇害。宋孝宗时,平反昭雪,追谥武穆,宁宗时追封鄂王。有文学才华,后人辑有《岳武穆集》。

【注释】

①五岳祠:在今江苏宜兴张渚镇。盟:古代诸侯为释疑取信而对神立誓缔约的一种仪礼。泛指发誓、起誓。

②板荡:《板》《荡》都是《诗经·大雅》中讥刺周厉王无道而导致国家败坏、社会动乱的诗篇。后因以指政局混乱或社会动荡。

③夷狄:古称东方部族为夷,北方部族为狄。此指女真。

④河朔:黄河以北地区。宋时相州属河北路,故文末题河朔岳飞。

⑤相台:即相州(治所在今河南安阳),州内有曹操建的铜雀台,故称相台。

⑥总发:束发,古代男孩成童时(八岁,一说十五岁)束发为髻,因代指成童之年。岳飞二十从军,当为加冠。

⑦夷荒:蛮夷荒远之地。

⑧雠（chóu）：仇恨，怨恨。

⑨"振起"三句：《宋史·岳飞传》："建炎四年（1130），兀术攻常州，宜兴令迎飞移屯焉。……金人再攻常州，飞四战皆捷；尾袭于镇江东，又捷；战于清水亭，又大捷，横尸十五里。兀术趋建康，飞设伏牛头山待之。夜，令百人黑衣混金营中扰之，金兵惊，自相攻击。兀术次龙湾，飞以骑三百、步兵二千驰至新城，大破之。兀术奔淮西，遂复建康。"宜兴，今属江苏。建康，今江苏南京。虏，对敌人的贱称。

⑩恨：可惜，遗憾。

⑪嗣：接着，随后。

⑫功期再战：期望在下次战役中立功。

⑬蹀血：流血很多，踏血而行。形容杀人之多。虏廷：指金国国都上京会宁府（今黑龙江哈尔滨阿城区南）。

⑭夷种：对女真的贱称。

⑮二圣：指被金兵掳到北方的宋徽宗、宋钦宗父子。京阙：皇宫，亦指京城。

⑯故地：指被金人占据的疆土。版图：户籍册和疆域图。

⑰虞：忧虑，忧患。

⑱奠枕：安枕，谓高枕无忧。奠，安定。

【解读】

宋高宗建炎三年（1129），金人再度南侵，南宋都城建康（今江苏南京）失守，高宗和隆祐太后分别逃往江西和浙西，形势十分危急。岳飞在宜兴屡败金兵，次年率军收复建康，稳定了整个局势。岳飞在重回宜兴的行军途中，于张渚镇的五岳祠壁间题写了这篇"盟记"，时年二十八岁。

文章开头简洁地交待了时代的大背景，"板荡"用典，形容天下大乱，社会动荡不堪。自"靖康之变"后，中原被金军占领，人民反抗不断，宋室南渡，退守江南。金人多次南侵，半壁江山岌岌可危，此时正处于危亡的关头。

接着叙述自己从军作战经历。中原的陷落激起了岳飞的一腔热血。他少年时便发愤图强，毅然从军，数年间经历两百多次战斗。在这里，岳飞已向"神明"告白自己为国征战的夙愿，为后文的立誓做了铺垫。

然后承前"快国雠之万一"而叙目前的战争形势。这次在宜兴孤军作战，振奋而起，击杀敌虏，冲锋陷阵，出语如利刃长鞭，气势强锐。"一鼓败虏"，第一遍鼓就将敌人击败，言其士气高涨、锐不可当；"恨未能使匹马不回耳"，既表明了要全歼敌人的雄心壮志，又带有未能全歼敌军的惋惜之情，且为后一部分的誓词作进一步铺陈。

"故且养兵休卒，蓄锐待敌"句起承上启下作用。后面誓盟可分为两层来理解。其一是激励士兵在未来的大战中彻底打败敌人，一路向北，越过沙漠，杀入敌人的老巢，将其消灭殆尽。其二是迎接徽、钦二帝回京，收复被侵占的土地，解除朝廷和皇上的忧患，使天下归于太平。这一段对"神明"所立的誓言，发于肺腑，至诚至恳，滔滔汩汩，一泻而下。这从英雄血管里喷出的滚烫誓言，亦是其毕生宏图大愿，充分表现了一位忠义英雄强烈的爱国精神和以天下为己任的责任感和使命感，令人钦佩之至。

本文篇幅虽小，但热血充沛，充满了抗击侵略、恢复河山的雄心壮志。语言刚劲有力，给人以血脉偾张的力量。故金庸《射雕英雄传》第二十八回，当郭靖得到了武穆遗书，"随手翻阅，但见一字一句之中，无不忠义之气跃然，不禁大声赞叹"。黄蓉让他念一段，郭靖正巧翻阅到的就是这篇盟记。郭靖读后，金庸于是写道："这篇短记写尽了岳飞一生的抱负。郭靖识字有限，但胸中激起了慷慨激昂之情，虽然有几个字读错了音，竟也把这篇题记读得声音铿锵，甚是动听。"

【点评】

"常州宜兴县张渚镇，临溪，有山水之胜，乃过广德大路。镇有张氏名大年，临涧为圃，号桃溪，尝倅黄，藏书教子，一子登第，一恩科。岳侯尝馆于其家，题其厅事之屏云："近中原版荡，金贼长驱，如入无人之境，将帅无能，不及长城之壮。余发愤河朔，起自相台，总发从军，小大历二百余战，虽未及远涉夷荒，讨荡巢穴，亦且快国雠之万一。今又提一垒孤军，振起宜兴，建康之城，一举而复，贼拥入江，仓皇宵遁，所恨不能匹马不回耳。今且休兵养卒，蓄锐待敌，如或朝廷见念，赐予器甲，使之完备，颁降功赏，使人蒙恩，即当深入虏庭，缚贼主，蹀血马前，尽屠夷种，迎二圣复还京师，取故地再上版籍，他时过此，勒功金石，岂不快哉！此心一发，天地知之，知我者知之。建炎四年六月望日，河朔岳飞书。'后陷入罪，其家洗去之，今尚有遗迹隐然。"（[宋]赵彦卫《云麓漫钞》卷一）

诗经集传序①

朱　熹

或有问于予曰："诗何为而作也？"

予应之曰："人生而静，天之性也。感于物而动，性之欲也。夫既有欲矣，则不能无思。既有思矣，则不能无言。既有言矣，则言之所不能尽，而发于咨嗟咏叹之余者②，必有自然之音响节族而不能已焉③。此诗之所以作也。"

曰："然则其所以教者④，何也？"

曰："诗者，人心之感物，而形于言之余也。心之所感有邪正，故言之所形有是非。惟圣人在上，则其所感者无不正，而其言皆足以为教。其或感之之杂，而所发不能无可择者，则上之人必思所以自反，而因有以劝惩之⑤。是亦所以为教也。昔周盛时，上自郊庙朝廷⑥，而下达于乡党间巷⑦,其言粹然无不出于正者⑧。圣人固已协之声律,而用之乡人,用之邦国,以化天下。至于列国之诗⑨,则天子巡守⑩,亦必陈而观之⑪,以行黜陟之典⑫。降自昭穆而后⑬,浸以陵夷⑭。至于东迁⑮,而遂废不讲矣。孔子生于其时,既不得位,无以行劝惩黜陟之政。于是特举其籍⑯,而讨论之⑰,去其重复,正其纷乱。而其善之不足以为法,恶之不足以为戒者,则亦刊而去之⑱,以从简约,示久远,使夫学者即是而有以考其得失⑲,善者师之,而恶者改焉。是以其政虽不足以行于一时,而其教实被于万世。是则诗之所以为教者然也。"

曰:"然则国风、雅、颂之体⑳,其不同若是,何也?"

曰:"吾闻之,凡诗之所谓风者,多出于里巷歌谣之作,所谓男女相与咏歌,各言其情者也。惟《周南》《召南》㉑,亲被文王之化以成德㉒,而人皆有以得其性情之正。故其发于言者,乐而不过于淫㉓,哀而不及于伤。是以二篇独为风诗之正经。自邶而下㉔,则其国之治乱不同,人之贤否亦异,其所感而发者,有邪正是非之不齐。而所谓先王之风者,于此焉变矣。若夫雅、颂之篇,则皆成周之世朝廷郊庙乐歌之辞㉕,其语和而庄,其义宽而密,其作者往往圣人之徒,固所以为万世法程㉖,而不可易者也㉗。至于雅之变者㉘,亦皆一时贤人君子闵时病俗之所为㉙,而圣人取之。其忠厚恻怛之心㉚,陈善闭邪之意㉛,尤非后世能言之士所能及之。此诗之为经,所以人事浃于下㉜,天道备于上,而无一理之不具也。"

曰："然则其学之也,当佘何㉝?"

曰："本之二南,以求其端;参之列国,以尽其变;正之于雅,以大其规;和之于颂㉞,以要其止㉟。此学诗之大旨也。于是乎,章句以纲之㊱,训诂以纪之㊲,讽咏以昌之㊳,涵濡以体之㊴,察之情性隐微之间,审之言行枢机之始㊵,则修身及家,平均天下之道㊶,其亦不待他求,而得之于此矣。"

问者唯唯而退㊷。余时方辑诗传㊸,因悉次是语㊹,以冠其篇云㊺。

淳熙四年丁酉冬十月戊子㊻,新安朱熹序㊼。

【作者简介】

朱熹(1130—1200),字元晦,一字仲晦,号晦庵,晚称晦翁。徽州婺源(今属江西)人。绍兴十八年(1148)进士。任同安主簿。孝宗即位,应诏上封事,力陈反和主战、反佛崇儒的主张。淳熙中,知南康军兼管内劝农事,兴复白鹿洞书院。浙东大饥,因在南康救荒有方,除提举浙东常平茶盐公事,救荒革弊。光宗即位,知漳州。宁宗时,除焕章阁待制兼侍讲,提举南京鸿庆宫,遭诬告,落职罢祠。卒,赐谥文。始受学于李侗,深得程颢、程颐之学说,既博求经传,复广交有识之士,授徒讲学,著书立说,集理学之大成,被后世尊称为朱子。生平著作甚多,有《四书章句集注》《伊洛渊源录》《近思录》《通鉴纲目》《楚辞集注》《周易本义》及《诗集传》等。后人辑有《朱子大全》《朱子语类》等。

【注释】

①诗经集传:书名,又称《诗集传》。南宋朱熹著。《宋史·艺文志》作二十卷。今本八卷,系后人所并。熹说《诗》,原推尊《毛诗序》,

后读郑樵《诗辨妄》，乃改从其说。书杂采《毛诗》《郑笺》，间用三家义，而以己意为取舍，探求《诗经》本义。见解与《毛诗序》多有不同，如谓《国风》之"风"为"民俗歌谣之诗"等，打破了自汉以来迷信《毛诗序》的传统。

②咨嗟：赞叹，叹息。

③节族（zòu）：节奏。族，通"奏"。

④教：政教，教化。

⑤劝惩：奖惩。劝，奖勉，鼓励。

⑥郊庙：古帝王祭天地的郊宫和祭祖先的宗庙。

⑦乡党：泛指乡里。周制，一万二千五百家为乡，五百家为党。闾巷：里巷，乡里，借指民间。

⑧粹然：纯粹的样子。正：当中，不偏。

⑨列国：指周代分封的诸侯国。

⑩巡守：亦作"巡狩"。谓天子出行，视察邦国州郡。

⑪陈：陈列，排列。

⑫黜陟（chùzhì）：指人才的进退，官吏的升降。典：制度，法规，法律。

⑬降：表示在此范围之内。昭穆：周昭王、周穆王的并称。周昭王（？—前977），姬姓，名瑕，周康王姬钊之子，周朝第四任君主。昭王亲帅六师伐楚，结果全军覆没，死于汉水之滨。周穆王（前1026？—前922？），姬姓，名满，又称"穆天子"，周昭王之子，西周第五位君主。一说在位五十五年，是西周在位时间最长的。周穆王一生富于传奇色彩，在位期间，曾征犬戎（一作畎戎）、伐徐戎、作甫刑（亦称《吕刑》）。

⑭寖（jìn）：逐渐。陵夷：由盛到衰，衰颓，衰落。

⑮东迁：指周平王将京都由镐京东迁到洛邑。

⑯籍：书册，书籍。

⑰讨论：谓探讨研究并加以评论。

⑱刊：砍斫，削除。

⑲即是：根据这，就此。

⑳国风、雅、颂：又称"风、雅、颂"，诗经根据乐调的不同所分的三种形式。国风，简称"风"，大抵是指周初至春秋间各诸侯国的民间诗歌。包括《周南》《召南》和《邶风》《鄘风》《卫风》《王风》《郑风》《齐风》《魏风》《唐风》《秦风》《陈风》《桧风》《曹风》《豳风》，也称为"十五国风"，共一百六十篇。"雅"即所谓正声雅乐，为周王朝宫廷宴享或朝会时的乐歌，按音乐的不同又分为《大雅》三十一篇，《小雅》七十四篇，共一百零五篇。"颂"是宗庙祭祀的舞曲歌辞，内容多是歌颂祖先功业的。《颂》诗又分为《周颂》三十一篇，《鲁颂》四篇，《商颂》五篇，共四十篇。

㉑《周南》《召南》：《诗经》十五国风之首二，共二十五篇。成王时代，周公旦和召公奭分陕而治。《周南》《召南》当是分别由周公、召公统治下的江汉流域的一些小国的民歌。二南是西周末、东周初的作品。历来治《毛诗》的学者认为是西周初年的诗歌，歌颂"文王之化""后妃之德"，错误地将其产生时间上推到周文王时代。

㉒文王：指周文王姬昌（约前1152—前1056），周王朝的奠基者。成德：成就品德。

㉓淫：过度，无节制。

㉔邶（bèi）：古国名，周代诸侯国之一。周武王封殷纣王之子武庚于此，约相当于今河南淇县以北，汤阴东南一带地方。此指邶风，《诗经》十五国风之一，共十九篇，为邶地民歌。

㉕成周之世：指周公辅佐成王的兴盛时代。成周，周成王、周公。

㉖法程：法则，程式。

㉗易：改变。

㉘雅之变者：即变雅，和正雅相对，指《大雅》《小雅》中反映周政衰

乱的作品。

㉙闵:同"悯"。哀伤,怜念。病:忧虑。

㉚恻怛(dá):忧伤,指忧世伤时。恻,忧伤,悲痛。怛,悲伤,愁苦。

㉛陈善闭邪:指臣下对君主陈述善法美政,借以堵塞君主的邪心妄念。

㉜浃(jiā):融洽。

㉝当奈何:应当怎么办?

㉞和之于颂:对于"颂"的吟咏,使他的心性和顺。

㉟要(yāo)其止:约束他的仪态举止。

㊱章句:剖章析句。经学家解说经义的一种方式,亦泛指书籍注释。纲:提纲,纲领。这里作动词,作为提纲,作为纲领。

㊲训诂:对字句(主要是对古书字句)作解释。亦指对古书字句所作的解释。纪:丝缕的头绪。这里作动词,别理散丝的头绪,引申为治理,综理。

㊳讽咏:讽诵吟咏。昌:同"倡",叹赏。

㊴涵濡:滋润,沉浸。体:体会,体察。

㊵枢机:枢与机。比喻事物的关键部分。

㊶平均:齐一,使整齐。

㊷唯唯:恭敬的应答声。

㊸辑:纂集,编辑。诗传:《诗经》的注解。传,解说,注释。

㊹悉:尽,全。次:编次,编纂。

㊺冠:指放置在前头。

㊻淳熙四年:1177年,本年为丁酉年。淳熙,宋孝宗年号(1174—1189)。

㊼新安:新安郡,即徽州(治所在今安徽歙县)。朱熹为婺源人,婺源当时属徽州辖县。

【解读】

本文是朱熹为自己所著《诗集传》作的序言。全文采用一问一答的形式,回答了《诗》之所以产生的原因、《诗》的教化作用、《诗》的体制和演变及怎样学习《诗》四个方面的问题。本文是朱熹研究《诗经》、撰写《诗集传》的指导思想,其核心是强调《诗经》的教化作用。

第一个问题:"诗何为而作也"? 在作者看来,这是一个自然而然的过程。人的天性是安静的,受外物所影响而感动,这是自然的欲望。有欲望就会有思想,就会产生语言。语言产生后,有一些思想是语言所不能完全表达的。在赞叹吟咏之余,一定会有自然的音响节奏响起,诗于是产生了。诗歌源于情,源于人们的喜怒哀乐,诗歌所抒发的就是作者的情思。

第二个问题:"然则其所以教者,何也"? 诗为什么会有教化的功能呢? 作者认为,人内心所感的东西,会用语言的形式表达出来,但是会有是和非两种类型。第一种是圣人所感而言,没有不正确的,所以都够得上教化的范本。另一种是其他人所感,会良莠不齐,但是经过圣人的劝诫惩罚,也可以成为教化的范本。接下来,作者指出,"昔周盛时",诗教大兴;及至衰微,"遂废而不讲"。而孔子于乱世整理编订《诗经》,使"其教实被于万世"。

第三个问题:"然则国风、雅、颂之体,其不同若是,何也"? 作者认为,体不同源于出处不同。风出于"里巷歌谣",为男女情歌。朱熹是理学家,在他看来,这些表达男女之情的"淫"歌是不利于教化的。但《周南》《召南》经过文王的熏陶感化,乐而不淫,哀而不伤,"独为风诗之正经",是于教化有利的。雅颂诸篇,处于朝廷庙堂之上,作者是圣人之徒,是合于"理"的。在理学家看来,"理"即是万物的本源。合于理即是找到了事物的本源,是永恒的真理,当然是于教化有大利的。

最后一个问题:"然则其学之也,当奈何"? 怎样来学习呢? 朱熹认为,学诗的途径首先是按照风、雅、颂的不同体制分别"求其端""尽其变""大其规""要其止",也就是要从整体上把握诗的基本精神。然后剖析章句,解释字词,讽诵吟咏,沉浸体察,来探究诗篇的具体含义。最后将诗的教化作用落实到修身、齐家、治国、平天下的实践之中。

这篇序文在写法上颇具特色,采用问答方式,通过四问四答,自然地转移论题,使得论题醒目,条理井然,加之论说透辟浅显,语言整饬精炼,是古代序文中的名篇。

【点评】

"朱子集中,如《大学》《中庸》《诗集传序》《资治通鉴序》,皆极大文字,不可不读。"([清]陆世仪《思辨录辑要》卷三十五)

送郭拱辰序① 朱熹

世之传神写照者②,能稍得其形似,已得称为良工。今郭君拱辰叔瞻,乃能并与其精神意趣而尽得之,斯亦奇矣。

予顷见友人林择之、游诚之③,称其为人,而招之不至。今岁惠然来自昭武④,里中士夫数人⑤,欲观其能,或一写而肖⑥,或稍稍损益⑦,卒无不似,而风神气韵,妙得其天致⑧。有可笑者,为予作大小二像,宛然麋鹿之姿⑨,林野之性⑩。持以示人,计虽相闻而不相识者⑪,亦有以知其为予也。

然予方将东游雁荡⑫,窥龙湫⑬,登玉霄⑭,以望蓬莱⑮;西历麻源⑯,经玉笥⑰,据祝融之绝顶⑱,以临洞庭风涛之壮;北出九江⑲,上庐阜⑳,入虎溪㉑,访陶翁之遗迹㉒,然后归而思自休焉。彼当有隐君子者,世人所不得见,而予幸将见之,欲图其形以归。而郭君以岁晚思亲㉓,不能久从予游矣。予于是有遗恨焉,因其告行,书以为赠。

淳熙元年九月庚子晦翁书㉔。

【注释】

①郭拱辰:字叔瞻。三山(今福建福州)人。游戏丹青,善写照。曾入朱熹门下游学。

②传神写照者:绘人物画像的人。

③顷:往时。林择之:林用中,字择之,号东屏。古田(今属福建)人。朱熹门人,嗜学不倦,朱熹谓之"畏友",终身不求仕进。深得朱熹理学精髓,与"闽学干城"蔡元定齐名。游诚之:游九言,字诚之,号默斋。建阳(今福建南平建阳区)人。朱熹门人张栻的弟子。

④惠然:随顺的样子。昭武:三国时所置县,晋文帝时避司马昭讳改邵武,今属福建南平。

⑤里中士夫:指本地的士大夫、读书人。

⑥肖:相似,类似。

⑦损益:增减。指修改。

⑧天致:天然的情趣意态。

⑨宛然:仿佛,好像。麋鹿之姿:山野人的模样。苏轼《和陶饮酒》之八:"我坐华堂上,不改麋鹿姿。"

⑩林野:树木丛生的山野。指隐居之地。

⑪计:估计,料想。

⑫雁荡:山名,在浙江东部。分南、北两个山群:南雁荡在平阳西,北雁荡在乐清东北。山多悬崖、奇峰、瀑布,为著名风景名胜之一。

⑬龙湫:北雁荡山顶有大水池,名龙湫。

⑭玉霄:山峰名,在浙江天台山。传说为仙人所居。

318

⑮蓬莱:古代传说中的海上三神山之一。

⑯麻源:地名,在江西南城西,麻姑山山脚。麻姑山是道教胜地,洞天福地之一。

⑰玉笥:山名,在江西峡江,道教名山,洞天福地之一。

⑱祝融:山峰名,在湖南衡山,是衡山七十二峰的最高峰,湘水环绕山下。

⑲九江:朱熹以注入洞庭湖的沅、湘等水为九江。

⑳庐阜:即庐山,在江西九江。

㉑虎溪:庐山上的溪水名,在东林寺前。

㉒陶翁:陶渊明,浔阳柴桑(今江西九江)人。

㉓岁晚:年末。思亲:思念父母。

㉔淳熙元年:1174 年。九月庚子:九月十六日。晦翁:朱熹号晦翁。

【解读】

本文是一篇赠序。乾道五年(1169)九月,朱熹母去世,朱熹建寒泉精舍(在福建南平),守墓治学。淳熙元年(1174)五月,朝廷以朱熹屡诏不起,特改宣教郎,主管台州崇道观,故文中朱熹将有北游之举,本文作于其时。文中先写郭拱辰画技高超,而以郭君不能从行为憾,隐约透露出国土日蹙、贤人在野之意。

文章开篇即以传神之笔,以映衬之法,将郭氏的高超画技写出,超凡入胜,令人称“奇”。短短几语,极迭宕开合之势。“世之传神写照者”,“稍得其形似”,即为“良工”,而郭氏“乃能并与其精神意趣而尽得之”,岂不强良工百倍!

美赞不虚,所以接着写郭氏为己与“里中士夫”画像,从实处证明郭非寻常画工可比,表现在:一是郭招而不至的不凡气度;二是为“里中士夫”画像能妙得天资,传其风神气韵,因而令观画者露出会心的笑;三是为作者“作大小二像”,宛然有隐士之风采,获得了“持以示人,计虽相闻而不相识者”,亦知其为作者之像的逼真传神之效。作者经

319

过由虚入实的描写，郭拱辰的风采神态及其画技之妙绝已经活灵活现了。

然而作者并不就此停止对郭的描写，而是荡出远神写出难以言传的意象，通过抒写自己的襟怀愿望，进一步写出郭氏行云野鹤般的气度。作者欲与郭氏游雁荡，窥龙湫，登玉霄，望蓬莱；历麻源，经玉笥，据祝融，临洞庭；出九江，上庐阜，入虎溪，访遗迹之后，图隐君子之形以归。而郭氏岁晚思亲而辍游，作者的愿望落空，成为憾事。这样，郭氏欲画则画，欲游则游，欲辍则辍的风慨给读者留下了无尽的回味余地，内中隐含着的贤人遁迹，仕路一空的弦外之音也就微微可闻了。看是淡淡写来，实则语浅意深，含有未予言说的悲慨。

本文叙事明白，层次清楚，用语平易温雅，描写中能三言两语得人物要趣，诚为妙笔。而其文借赞郭君之画技，而叙写自己之为人及心境，言在此而意在彼，曲折而婉转，使人不自觉其妙，而神妙在其中矣。朱子之为文，"平说而意自长"，于此可见。

【点评】

"从写真小技中，发出如许大想头，盖彼时幅员日蹙，其东西北三面可一览而尽，贤人循迹，仕路一空。欲图其形，正以见其皆麋鹿之姿，林野之性，与己相类也。语虽壮而实悲，要于言外得之。其笔法亦从《史记》中得来。"（[清]林云铭《古文析义》卷十五）

百丈山记①

朱 熹

登百丈山三里许，右俯绝壑②，左控垂崖③，叠石为磴④，十余级乃得度。山之胜，盖自此始。

循磴而东⑤，即得小涧。石梁跨于其上⑥，皆苍藤古木，虽盛夏亭午⑦，无暑气。水皆清澈，自高淙下⑧，其声溅溅然⑨。度石梁，循两崖曲折而上，得山门⑩，小屋三间，不能容十许人。然前瞰涧水⑪，后临石池，风来两峡间，终日不绝。门内跨池，又为石梁。度而北，蹑石梯数级⑫，入庵。庵才老屋数间，卑庳迫隘⑬，无足观。独其西阁为胜，水自西谷中循石罅奔射出阁下⑭，南与东谷水并注池中。自池而出，乃为前所谓小涧者。阁据其上流，当水石峻激相搏处⑮，最为可玩。乃壁其后，无所睹。独夜卧其上，则枕席之下，终夕潺潺⑯，久而益悲，为可爱耳。

出山门而东十许步，得石台，下临峭岸，深昧险绝⑰。于林薄间东南望⑱，见瀑布自前岩穴瀵涌而出⑲，投空下数十尺。其沫乃如散珠喷雾，日光烛之⑳，璀璨夺目，不可正视。台当山西南缺，前揖芦山㉑，一峰独秀出，而数百里间，峰峦高下，亦皆历历在眼㉒。日薄西山㉓，余光横照，紫翠重叠，不可殚数㉔。旦起下视，白云满川㉕，如海波起伏，而远近诸山出其中者，皆若飞浮来往，或涌或没，顷刻万变。台东径断㉖，乡人凿石容磴以度，而作神祠于其东，水旱祷焉㉗。畏险者或不敢度，然山之可观者，至是则亦穷矣㉘。

余与刘充父、平父、吕叔敬、表弟徐周宾游之。既皆赋诗以纪其胜，余又叙次其详如此㉙。而最其可观者，石磴、小涧、山门、石台、西阁、瀑布也，因各别为小诗以识其处㉚，呈同游诸君，又以告夫欲往而未能者㉛。年月日记。

【注释】

①百丈山：在建宁府建阳县（今福建省南平市县建阳区）东北。

②绝壑（hè）：深谷。

③控:临。垂崖:陡峭的山崖。

④磴:石头台阶。

⑤循:顺。

⑥梁:桥。

⑦亭午:正午。

⑧淙:流注,灌注。

⑨溅溅:水流声。

⑩山门:佛寺的外门。代指佛寺。

⑪瞰:俯视。

⑫蹑:踏,踩。

⑬卑庳迫隘:指房屋低矮狭窄。

⑭罅:裂缝。

⑮水石峻激:即水激石峻,指湍急的水流和峻峭的山石。

⑯潺潺:流水声。

⑰昧:昏暗。

⑱林薄:交错丛生的草木。

⑲濆(fèn)涌:喷涌。

⑳烛:照。

㉑揖:如人作揖,这里是"对"的意思。

㉒历历:清晰的样子。

㉓薄:迫近。

㉔殚:尽。

㉕川:平野,平地。

㉖径:小路。

㉗祷:祈祷。

㉘穷:尽。

㉙叙次:按照次序记叙。

㉚各别为小诗:各个另外作了短诗。所作小诗是六首五绝,见《朱文公文集》卷六《百丈山六咏》。识:记载,记述。

㉛夫:代词,那些。

【解读】

本记作于宋孝宗淳熙二年(1175)。是年作者与朋友共游百丈山。作者有《游百丈山以徙倚弄云泉分韵赋诗得云字》《百丈山六咏》,诗中得知游山在夏五六月间,而诗与记作在同时。

本文侧重于对自然景物的客观描绘,简洁地介绍了百丈山的优美风景。作者的描写以行踪(时间顺序)为线索,而且愈向前走,景观愈有兴味,最后到了瀑布、石台之处,更是色彩绚烂。文字由简约到繁复,境界由平淡到奇幻多变,层次分明,重点突出,引人入胜。

第一段,从"登百丈山三里许"直接切入,上山经过,所见所闻,一概略过,开门见山:"山之胜,盖自此始。""右俯绝壑,左控垂崖",一"俯"一"控",写出了地势的险要。

第二段,描述循水游览景观,详写涧水的美及作者由此萌生的审美情趣。山门前后诸景点的描绘,作者以"跨""度""上"等动词展示过程,一笔不漏地描述了游览经过和所见胜景,突出了景物的幽静美。以"涧"为中心,贯穿着水的描绘。"苍藤古木"的掩映下,"水皆清澈,自高淙下,其声溅溅然",有声有色。"盛夏亭午,无暑气","风来两峡间,终日不绝",描绘了清幽的氛围和清凉的感受。这里,作者先略提小涧,谛听水声溅溅,俯瞰涧水流淌,再写"水自西谷中循石罅奔射出阁下,南与东谷水并注池中。自池而出,乃为前所谓小涧者",探寻了水源,照应前文。并以"阁据其上流,当水石峻激相搏处,最为可玩",表达了作者的欣赏态度,最后归结为"独夜卧其上,则枕席之下,终夕潺潺,久而益悲,为可爱耳"的描述,显露了作者的审美趣味和情调。

第三段,写壮美的瀑布及美姿美态的山峰。首先写瀑布。以"下临峭岸,深昧险绝"的险奇美作映衬,再写出"于林薄间东南望"的瀑布景象。"瀑布自前岩穴潢涌而出,投空下数十尺",凌空而下,气势磅礴,"沫乃如散珠喷雾,日光烛之,璀璨夺目,不可正视",多彩耀眼。次写山峰。作者先选取了一个独特的视角,从缺口中遥望远山,"台当山西南缺,前揖芦山"。然后又以一峰挺拔高出和群山透迤而去相组合,形成了一幅远近层次感丰富的图画。"一峰独秀出,而数百里间,峰峦高下,亦皆历历在眼"。接着作者以固定的景点,绘出傍晚和清晨两幅风格迥异的图画,进一步突出了壮美的特征。"日薄西山,余光横照,紫翠重叠,不可殚数",突出的是傍晚的色彩绚烂美;清晨"白云满川,如海波起伏,而远近诸山出其中者,皆若飞浮来往,或涌或没,顷刻万变",凸现的是云海的变幻美。这样,百丈山景观就兼具了险奇、幽静、五彩、飞动、变幻等诸种美的形态。

最后点明了写作目的:导游——引导人们去游览百丈山。"而最其可观者,石磴、小涧、山门、石台、西阁、瀑布也",这是对全文的总结。

本文继承、发展了前代山水游记的笔法,叙事写景,情景交融,极生动形象。

观月记

张孝祥

月极明于中秋。观中秋之月,临水胜①;临水之观,宜独往;独往之地,去人远者又胜也。然中秋多无月,城郭宫室安得皆临水②?盖有之矣,若夫远去人迹,则必空旷幽绝之地,诚有好奇之士,亦安能独行以夜,而之空旷幽绝③,蕲顷刻之玩也哉④?今余之游金沙堆⑤,其具是四美者与⑥。

盖余以八月之望过洞庭⑦,天无纤云⑧,月白如昼。沙当洞庭青草之中⑨,其高十仞⑩,四环之水,近者犹数百里。余系舡其下⑪,尽却童隶而登焉⑫。沙之色正黄⑬,与月相夺^⑭，水如玉盘，沙如金积，光采激射，体寒目眩^⑮，阆风、瑶台、广寒之宫^⑯，虽未尝身至其地，当亦如是而止耳。盖中秋之月，临水之观，独往而远人，于是为备。书以为金沙堆观月记。

【作者简介】

张孝祥(1132－1170)，字安国，别号于湖居士。历阳和州乌江(今安徽和县乌江镇)人。高宗绍兴二十四年(1154)状元及第，授承事郎，签书镇东军节度判官。因上书为岳飞辩冤，为权相秦桧所忌，诬陷其父张祁有反谋，并将其父下狱。次年，秦桧死，授秘书省正字。历任校书郎、尚书礼部员外郎、集英殿修撰、权中书舍人等职。宋孝宗时，任中书舍人，直学士院。隆兴元年(1163)，张浚出兵北伐，兼都督府参赞军事，领建康留守。又为荆南、湖北路安抚使，还出任过抚州、平江府、静江府、潭州等地长官，颇有政绩。乾道五年(1169)，以显谟阁直学士致仕。善诗文，尤工词，风格宏伟豪放。有《于湖集》《于湖词》。

【注释】

①临：靠近。胜：更好，最好。

②城郭：内城和外城，也泛指城市。

③之：到，往。

④蕲(qí)：通"祈"。祈求。玩：欣赏。

⑤金沙堆：在洞庭湖与青草湖之间，是由湖沙堆积而成的小岛。

⑥四美：指上文所说赏月最理想的四个条件：中秋之月，临水之观，独往，去人远。

⑦望：农历每月十五日。

⑧纤云：微云，轻云。

⑨青草：湖名，在今湖南岳阳西南。因青草山而得名。一说湖中

多青草,冬春水涸,青草弥望,故名。唐宋时湖周二百六十五里,北有沙洲与洞庭湖相隔,水涨时则与洞庭相连。

⑩仞:古代长度单位,七尺为一仞。一说八尺。

⑪舡(chuán):船。

⑫童隶:书童仆役。

⑬正黄:纯黄。正,指没有杂色。

⑭与月相夺:和月光争辉。

⑮目眩(xuàn):眼花。

⑯阆(làng)风:传说中神仙居住的地方,在昆仑之巅。瑶台:传说中的神仙居处,在昆仑山上,以五色玉为台基。广寒之宫:广寒宫,即月宫。

【解读】

宋孝宗乾道二年(1166),张孝祥在知静江府(今广西桂林)、广南西路经略安抚使任上因他人进谗而被免官,自桂林北上,途经洞庭湖,泊舟金沙堆观月,作文以记之。全文表达了作者中秋时节登金沙堆观月时的舒畅心情,也透露出罢官后欲寄情山水,在大自然中寻找乐趣以排遣烦恼的心态。

作者先提出观月之"四美":"中秋月""临水胜""宜独往""去人远"。此"四美"之说,表现了作者的审美趣味,其中"宜独往""去人远"云云,与作者罢官后的心情也不无关系。后连用两个问句,极言"四美"之不可全得。下文金沙堆却四美兼备,岂不给人惊喜?沙洲青草葱茏,四面绿水环抱。中秋月下的金沙堆,一片金黄,沙色与月光争辉,黄金般的积沙与白玉盘似的湖水"光采激射",作者描绘出一幅光、色可见的图画,这是静景。一阵微风吹过,凉意袭来,似觉眼花,虽然没有亲身到达过阆风、瑶台、广寒仙境,其美好也不过如此吧?

本文在景物描写方面的特点是光色具备,动静结合。在表现手法方面,有议论、叙述,有描写、抒情,意到笔随,挥洒自如,令人目不暇接。

留耕堂记

叶 适

"但存方寸地^①，留与子孙耕。"余孩稚时^②，闻田野传诵，已识其趣^③；出游四方，所至闾巷无不道此相训切^④。今葛君自得遂取以名堂，盖其词意质而劝戒深^⑤，殆非文于言语者所能窥也。

凡人衣食、居处、嗜好之须^⑥，当身而足^⑦，则所留固狭矣^⑧。然而念迫于室家，莫之赢焉^⑨；爱牵于子孙，不能业焉^⑩。四民百艺^⑪，朝营暮逐^⑫，各竞其力，各私其求，虽危而终不惧，已多而犹不足者，以其所留不止于一身故也。嗟夫！若是则诚不可禁已。虽然，其留者则必与是心俱，彼心不丧，术不谬，阡连陌接^⑬，谷量山积，而隐诸方寸之小^⑭，无惭焉可也。不然，则货虽留而心不足以留也。留之家，家不能受；留之子孙，子孙不能守。甚至刑祸戮辱^⑮，水火盗贼，俄反顾失之^⑯，皆是也。故广欲莫如少取，多贪莫如寡愿，有得莫如无争。货虽不留，心足以留也。岂惟田野闾巷，而士君子何独不然！

葛君宅才数亩，无高垣大屋之居，桑麻果树，依约可数。有二子，行称其文，卑躬侧履^⑰，非礼不动，草衣木食^⑱，自乐其乐。然后知方寸之小为无穷，而所留者异乎人之留也。若夫由是以致其用，则犹外物也哉^⑲！

【作者简介】

叶适（1150—1223），字正则，号水心居士。温州永嘉（今属浙江）

人。淳熙进士。孝宗朝,官至太常博士兼实录院检讨官,尝荐陈傅良等三十四人,时称得人。光宗朝,历知蕲州、尚书左选郎官。宁宗朝,韩侂胄北伐失败,他以知建康府兼沿江制置使,多次派兵攻江北金兵,并依山水险要处筑堡坞,屯田练兵。韩侂胄被杀,适被劾,夺职,奉祠十三年,授宝文阁学士、正议大夫。卒,谥文定。叶适主张功利之学,反对空谈性命,对朱熹学说提出批评,为永嘉学派集大成者。著有《水心先生文集》《水心别集》《习学记言序目》等。

【注释】

①方寸地:一寸见方的土地,比喻少量的田产,并喻心地。

②孩稚:幼年,幼儿。

③趣:旨趣,意思。

④训切:恳切训勉。

⑤质:朴实,淳朴。

⑥须:需要。

⑦当身:自身所用。

⑧狭:窄,小,少。

⑨赢:盈满,盈余。

⑩业:成业。

⑪四民:士、农、工、商。百艺:各行各业的人。

⑫朝营暮逐:日夜经营追逐财富。

⑬阡陌:田界,泛指田间小路。

⑭隐:审度。

⑮刑祸戮辱:受到刑罚,遭到杀戮。

⑯俄:短暂的时间,一会儿。

⑰卑躬侧履:恭谨谦逊的样子。

⑱草衣木食:编草为衣,采果为食,喻生活清苦。

⑲犹:仍然。

【解读】

"但存方寸地,留与子孙耕",这是一句流传甚广的谚语。意思是说:与其为富不仁、刻薄成家,将田连阡陌的大产业留传给后代,不如传之以忠厚之心,让子孙在小块田地中辛勤耕种,自食其力。本文记述了葛自得以这句谚语作为堂名的缘由,着重阐述了忠厚传家、寡愿少取的道理,这在"众皆竞进以贪婪兮,凭不厌乎求索"的社会里,有一定的惩恶劝善的教化作用。

开篇以谚语直接承题,点明取谚语名堂的原因,是"词意质而劝戒深",作为全文立论的依据,亲切自然。接着分析"四民百艺,朝营暮逐,各竞其力,各私其求"的现象,是"所留不止于一身"的人之常情,从而提出了"其留者则必与是心俱"的命题。"是心"是什么心?勤耕寡取的忠厚之心也。紧接着,从财货与忠厚之心俱留和"货虽留而心不足以留"的正反对比论证中,得出"广欲莫如少取,多贪莫如寡愿,有得莫如无争"的主旨。最后,以葛君之二子为例,劝戒人们守礼教,勤耕读,忠厚传家。

本文语言简洁精当,布局精巧,论证周密。

【点评】

"但存方寸地,留与子孙耕。《王直方诗话》:张嘉甫言,少见人诵此诗,不知谁作。后过毗陵汪迪家,出所藏晋水部贺公手书,乃知此诗贺作。按,贺为五代石晋人。俞文豹《唾玉集》作贺知章诗,《七修类稿》作宋贺仙翁诗,皆误。《叶水心集》有《留耕堂记》云:余童稚时,已闻田野传诵。出游四方,所至闾巷,无不道此相训切,盖其辞意质而劝戒深也。葛君资深取之,颜其所居之堂。又罗大经《鹤林玉露》采此语,著《方寸地说》。"([清]翟灏《通俗编》卷二)

送朱择善序

真德秀

　　自余归卧西山之草庐,掩关谢客①,足不越中宾门之域者②,将期年于兹矣③。居一日,乌程朱君来谒④,以书先焉⑤。余视之,辞义卓然⑥,意气甚伟,亟延入与语⑦。问其族出与素所师友⑧,则丞相忠靖之孙⑨,且尝游于絜斋袁先生之门者也⑩。酒数行⑪,作而言曰⑫:“仆之始学也,闻诚意正心之说⑬,以为直易易耳。今从事于此固已有年⑭,而一临利害之境,则自私之念峥嵘乎其中⑮,有不可遏者,夫然后知其为匪易也。君将何以教我,使免于是邪?”

　　予曰:“昔人不云乎,君以为难则易将至矣。惟吾子前日之易也,是以一念之忽而去道远焉。今而难之,是子进德之机也⑯。虽然,予尝闻之君子,盖学问之道有三,曰省察也⑰,克治也⑱,存养也⑲,是三者不容有一阙也⑳。夫学之治心者犹其治疾然㉑,省察焉者,视脉而知疾也;克治焉者,用药以去病也;而存养者,则又调虞爱护以杜未形之疾者也㉒。今吾子于私意之萌能察而知之,其亦可谓善学者矣。然知私意之为害而未能勇以去之,是知疾之所由生而惮于药之治者也㉓。昔者颜子问仁于夫子㉔,夫子以克己告之㉕。克云者㉖,战胜攻取之谓,而非悠悠玩愒之可言也㉗。吾子诚欲绝其私意之萌,盍亦感励奋发如去蟊贼㉘,如殄寇雠㉙,毋徒恃其知而已也! 书曰:‘若药弗瞑眩,厥疾弗瘳。’㉚夫瞑眩所以愈疾,疾愈矣,然后和平之剂施焉。此存养之功,所以必继于克治之后也。”

"然则亦有其要乎?"曰:"敬为要。""敬何所自始?"曰:"自戒惧谨独始㉛。子归取圣贤之书而熟复之,当有以知余言之非谬也。然余之于学,亦所谓知之而弗能允蹈者也㉜。斯言也,岂独以励吾子,盖因以自励云。"

【作者简介】

真德秀(1178—1235),字景元,一字希元,号西山。本姓慎,避孝宗赵昚讳改。建宁府浦城(今属福建)人。宁宗庆元五年(1199)进士,授南剑州判官。开禧元年(1205)中博学宏词科,入朝为太学正。理宗时擢礼部侍郎兼直学士院。史弥远惮之,被劾落职。绍定五年(1232),因理宗崇奉理学而重获起用,接连知泉州、福州。端平元年(1234),入朝为户部尚书,改翰林学士、知制诰。次年拜参知政事,进资政殿学士。旋卒,谥文忠。立朝有直声,于时政多所建言,奏疏不下数十万字。学宗朱熹。庆元党禁后,程朱理学得以复盛,与力为多。有《真文忠公集》。

【注释】

①掩关:关门,闭门。谢客:谢绝客人。

②宾门:客厅。域:范围。

③期(jī)年:一周年,一整年。

④乌程:古县名,在今浙江湖州。谒(yè):晋见,拜见。

⑤以书先焉:用一封书信先行致意。先,致意,介绍。

⑥卓然:卓越的样子。

⑦亟(jí):疾速。

⑧"问其"句:探问他族姓出自何处以及平日所接触的老师、朋友的情况。

⑨丞相忠靖:即朱胜非(1082—1144),字藏一,蔡州(今河南上蔡)

人。南宋初年宰相。谥忠靖。

⑩絜斋袁先生：即袁燮（1144—1224），字和叔，庆元府鄞县（今浙江宁波鄞州区）人。南宋哲学家。学者称其为"絜斋先生"。

⑪酒数行：斟了几次酒。行，斟酒。

⑫作：起来，起身。

⑬诚意：使心志真诚。正心：谓使人心归向于正。语出《礼记·大学》："欲正其心者，先诚其意。"《大学》是一篇论述儒家修身治国平天下思想的散文，相传为曾子所作，是古代讨论教育理论的重要著作。它提出儒家教育的基本原则和方法，即"三纲领"（明明德、亲民、止于至善）、"八条目"（格物、致知、诚意、正心、修身、齐家、治国、平天下），强调修己是治人的前提，修己的目的是为了治国平天下，说明治国平天下和个人道德修养的一致性。内涵深刻，影响深远。

⑭有年：多年。

⑮峥嵘：形容波涛汹涌。

⑯进德：犹言增进道德。

⑰省察：检查，内省。如曾子言"吾日三省吾身"这样检查自己。

⑱克治：谓克制私欲邪念。

⑲存养：存心养性。

⑳阙：同"缺"，缺失。

㉑治心：修养自身的思想品德。

㉒调：调理，调养。虞：准备，防范。杜：断绝，制止。

㉓惮：畏难，畏惧。

㉔颜子：即颜回（前521—前490或前481），曹姓，颜氏，字子渊，春秋末期鲁国思想家，孔门七十二贤之首。夫子：古代对男子的敬称。因孔门尊称孔子为夫子，这里特指孔子。

㉕克己：谓克制私欲，严以律己。语见《论语·颜渊》："颜渊问仁。子曰：'克己复礼为仁。一日克己复礼，天下归仁焉。为仁由己，而由

人乎哉?'"

㉖云者:助词。用于句末,表提顿,以引起下文。

㉗玩愒(kài):谓贪图安逸,旷废时日。愒,贪恋,贪图。

㉘盍(hé):副词,表示反诘,犹何不。蟊(máo)贼:吃禾苗的两种害虫。喻危害人民或国家的人。

㉙殄(tiǎn):灭绝,灭尽。寇雠(chóu):仇敌,敌人。

㉚"书曰"句:《尚书·说命篇》:"若药不瞑眩,厥疾不瘳。"是说治病的时候如果不出现瞑眩反应,疾病难以痊愈。瞑眩,指用药后产生的头晕目眩的强烈反应。瘳(chōu),病愈。

㉛戒惧:警戒恐惧。谨独:犹慎独,谓在独处时谨慎不苟。

㉜允蹈:恪守,遵循。

【解读】

本文是一篇赠序,主要通过对话阐述儒家教育的原则,强调个人道德修养的完善是一个渐进的过程。

开篇即言作者远离世俗,闭门谢客,"足不越中宾门之域者,将期年于兹矣"。既然如此,有没有例外呢?如果有,那这个拜访者一定不一般。下文即言这个非一般的拜访者,真乃未见其人,先闻其言。先致书作者,"余视之,辞义卓然,意气甚伟",语言卓越不凡,意气宏大,原来是个有理想有才华的拜访者。"亟延入与语",一个"亟"字,作者爱才惜才的忠厚长者形象就出来了。说些什么呢?他的出身和师友,拜访者系宰相朱胜非的孙子,哲学家絜斋先生袁燮的学生,名门之后,大家弟子。拜访者的形象愈伟,作者喜爱之情愈切。作者为当时的理学大家,拜访者是来"问道"的,极言正心诚意之说的不易。这一段主要讲晚生后辈求教,作者的喜悦之情,叙述相当紧凑。

下一段,主要是作者讲道悟道。先言难易的相对性——"君以为难则易将至矣",接着阐述觉得难,那就离"道"近了,是个人道德增进的时机。然后讲君子治学之道——省察、克治、存养,以治病喻治学。

指出拜访者能够察觉到自己"私意之萌",是一个"善学者",肯定其学习能力。为什么知道"私意"的危害却没能克服它呢,这就好像是知道生病的原因却不敢用药一样。紧接着,以颜回问道孔子的故事告诉拜访者,要战胜自己的私欲,而不能够贪图安逸。接下来,列举去私欲的几法:曰"去蟊贼","殄寇雠",下猛药。当疾病将愈时,然后用平和的药来存养身体,疾病一定能痊愈。再次用治病喻治学修身。作者用生动形象的比喻,将深奥的道理讲得明白畅晓。

第三段,补充求学悟道的关键是要有敬畏之心,敬畏始于慎独。指出拜访者的学习是达到了知道不能为但还是不能遵循的程度。然后勉励他,作者也是如此,求学悟道的历程是一个不断完善提高的过程。

本文妙用比喻,将大道理用身边的小事作喻,叙事生动形象,说理明白透彻。

文文山先生像赞① 刘辰翁

闲居忽忽②,万古咄咄③。天风惨然④,如动生发⑤。如何寻约⑥,亦念束刍⑦;岂可英爽,犹累形躯。同时之人,能不颡泚⑧。昔忌其生⑨,今妒其死⑩。焉有如此,而在人下;焉有如此,而获令终⑪。其像不下钦若⑫,其量不及魏公⑬。所以为世之重者,为宋五忠⑭。呜乎!此庐陵之风⑮。

【作者简介】

刘辰翁(1232—1297),字会孟,号须溪。吉州庐陵(今江西吉安)人。少补太学生。理宗景定三年(1262)廷试,因忤贾似道,置丙第,以亲老请濂溪书院山长。江万里荐居史馆,除太学博士,皆固辞。宋亡不仕,隐居以终。工词,多抒家国之恨,沉痛真率。有《须溪集》《班马异同评》《放翁诗选后集》等。

【注释】

①文文山先生：即文天祥，号文山，吉州庐陵（今江西吉安）人，南宋抗元英雄。作者与文天祥系同学同乡。像赞：为人物画像所作的赞辞。

②忽忽：倏忽，急速的样子。

③万古：犹万代，万世。形容经历的年代久远。咄咄：感叹声。表示感慨。

④天风：风行天空，故称。

⑤生发：生人的头发，活的头发。

⑥寻约：八尺长的绳子。《左传·哀公十一年》："公孙挥命其徒曰：'人寻约，吴发短。'"杜预注："约，绳也。八尺为寻。吴发短，欲以绳贯其首。"

⑦束刍：捆草成束。《诗经·唐风·绸缪》："绸缪束刍，三星在隅。"《新唐书·忠义传中·张巡》："明日贼攻城，设百楼，巡栅城上，束刍灌膏以焚焉。"

⑧颡泚(sǎngcǐ)：《孟子·滕文公上》："其颡有泚，睨而不视。"赵岐注："颡，额也。泚，汗出泚泚然也。见其亲为兽虫所食，形体毁败，中心惭，故汗泚泚然出于额。"后因以"颡泚"表示心中惭愧、惶恐。

⑨忌：憎恶，忌惮。

⑩妒：同"妒"，妇女相忌妒，泛指忌人之长。

⑪令终：谓保持善名而死，或谓尽天年而寿终。

⑫钦若：即王钦若（962—1025），字定国，新喻（今江西新余）人。北宋时期的主和派代表人物，五鬼之一。宋真宗、宋仁宗时期两度担任宰相。官至司空、门下侍郎等要职。

⑬魏公：即韩琦（1008—1075），字稚圭，相州安阳（今属河南）人。经仁宗、英宗、神宗三朝，十年辅相，执掌大政。欧阳修赞其"临大事，

决大议,垂绅正笏,不动声色,而措天下于泰山之安,可谓社稷之臣"。

⑭五忠:文天祥之前,庐陵有"四忠一节":欧阳修,谥文忠;杨邦乂,谥忠襄;胡铨,谥忠简;周必大,谥文忠;杨万里,谥文节。刘辰翁认为文天祥必将被列入其中。果然,文天祥在明代追谥曰忠烈。

⑮庐陵:郡名,即吉州(今江西吉安)。

【解读】

江西吉安古称庐陵,在宋代有"四忠一节"五位乡贤:欧阳修,谥文忠;杨邦乂,谥忠襄;胡铨,谥忠简;周必大,谥文忠;杨万里,谥文节。本文是同郡的刘辰翁为文天祥写的像赞,认为他必定会名列其中。

像赞的大意:安闲居家,时光过得很快,一万代也就只那么久的时间。惨淡昏暗的天风刮过文天祥的肖像,就像吹动活人的头发,其形象栩栩如生。为什么手上握着一根八尺长的绳子,也许想着要捆束柴草,效唐朝烈士张巡浇上油脂焚烧阻击敌人。难道允许这么英俊豪爽的形象还被这个躯壳所牵累?与忠烈公文天祥同时代的人,能不惭愧、惶恐吗?过去,这些人忌妒文忠烈生时的成就;现在又嫉妒他死后获得的荣誉。看了文忠烈的肖像,怎能有如此相貌的人,能够屈居在他人之下;又怎能有如此精神的人,能够获得尽天年而寿终的结局?他的像貌不差于北宋宰相王钦若,但他的度量比不上北宋名臣韩魏公韩琦。之所以被世上的人所尊重,那是因为他是宋朝的五位忠臣之一。哎呀,这就是我们江西庐陵人的风操。

本文描画生动,感情深挚,对忠臣文天祥的崇敬之情跃然纸上。

指南录后序^①　　　　　　文天祥

德祐二年正月十九日^②,予除右丞相兼枢密使^③,都督诸路军马。时北兵已迫修门外^④,战、守、迁皆不及施。缙绅、大夫、士萃于左丞相府⑤，莫知计所出。会使辙交驰⑥，北邀当国者相见⑦。众谓予一行为可以纾祸⑧。国事至此，予不得爱身，意北亦尚可以口舌动也。初，奉使往来，无留北者。予更欲一觇北⑨，归而求救国之策。于是辞相印不拜，翌日以资政殿学士行⑩。

初至北营，抗辞慷慨，上下颇惊动，北亦未敢遽轻吾国⑪。不幸吕师孟构恶于前⑫，贾余庆献谄于后⑬，予羁縻不得还国⑭，事遂不可收拾。予自度不得脱，则直前诟虏帅失信⑮，数吕师孟叔侄为逆⑯，但欲求死，不复顾利害。北虽貌敬，实则愤怒。二贵酋名曰馆伴⑰，夜则以兵围所寓舍，而予不得归矣。未几，贾余庆等以祈请使诣北⑱。北驱予并往，而不在使者之目。予分当引决⑲，然而隐忍以行⑳，昔人云："将以有为也。"㉑至京口㉒，得间奔真州㉓，即具以北虚实告东西二阃㉔，约以连兵大举。中兴机会，庶几在此。留二日，维扬帅下逐客之令㉕。不得已，变姓名㉖，诡踪迹，草行露宿，日与北骑相出没于长淮间㉗。穷饿无聊㉘，追购又急㉙，天高地迥㉚，号呼靡及㉛。已而得舟，避渚洲㉜，出北海㉝，然后渡扬子江，入苏州洋㉞，展转四明、天台㉟，以至于永嘉㊱。

呜呼！予之及于死者，不知其几矣。诋大酋当死㊲；骂逆贼当死；与贵酋处二十日，争曲直，屡当死；去京口，挟匕首以备不测，几自刭死；经北舰十余里㊳，为巡船所物色㊴，几从鱼腹死㊵；真州逐之城门外，几彷徨死㊶；如扬州，过瓜洲、杨子桥㊷，竟使遇哨㊸，无不死；扬州城下，进退不由，殆例送死[44]；坐桂公塘上围中[45]，骑数千过其门，几落贼手死；贾家庄几为巡徼所陵迫死[46]；夜趋高邮[47]，迷失道，几陷死；质明[48]，避哨竹林中，逻者数十骑，几无所逃死；至高邮，制府檄下[49]，几以捕系死[50]；行城子河(51)，出入乱尸中，舟与哨相后先(52)，几邂逅死(53)；至海陵(54)，如高沙(55)，常恐无辜死；道海安、如皋(56)，凡三百里，北与寇往来其间，无日而非可死；至通州(57)，几以不纳死；以小舟，涉鲸波出(58)，无可奈何，而死固付之度外矣。呜呼！死生，昼夜事也。死而死矣，而境界危恶，层见错出，非人世所堪。痛定思痛，痛何如哉！

予在患难中，间以诗记所遭，今存其本，不忍废，道中手自抄录。使北营，留北关外(59)，为一卷；发北关外，历吴门、毗陵(60)，渡瓜洲，复还京口，为一卷；脱京口，趋真州、扬州、高邮、泰州、通州，为一卷；自海道至永嘉，来三山(61)，为一卷。将藏之于家，使来者读之，悲予志焉。

呜呼！予之生也幸，而幸生也何为(62)？所求乎为臣，主辱臣死，有余僇(63)；所求乎为子，以父母之遗体，行殆而死(64)，有余责。将请罪于君，君不许；请罪于母，母不许；请罪于先人之墓。生无以救国难，死犹为厉鬼以击贼，义也。赖天之灵，宗庙之福，修我戈矛，从王于师，以为前驱，雪九庙之耻(65)，复高祖之业(66)，所谓誓不与贼俱生，所谓鞠躬尽力，死而后已，亦义也。嗟夫！若予者，将无往而不得死所矣！向也使予委骨于草莽，予虽浩然无所愧怍，然微以自文于君亲(67)，君亲其谓予何？诚不自意，返吾衣冠(68)，重见日月(69)，使旦夕得正丘首(70)，复何憾哉！复何憾哉！

是年夏五^⑦，改元景炎^⑦。庐陵文天祥自序其诗，名曰《指南录》。

【作者简介】

文天祥(1236—1283)，字宋瑞，又字履善，自号文山。吉州庐陵(今江西吉安)人。宝祐四年(1256)状元及第。开庆初元兵攻鄂州，宦官董宋臣劝理宗迁都，他上书乞斩宋臣。除军器监兼权直学士院，起草制语讥贾似道，被劾罢。德祐初，元兵东下，他率兵入卫临安。德祐二年(1276)，任右丞相兼枢密使，使元兵议和，被拘，在镇江逃脱，浮海至温州。与陆秀夫拥赵昰为帝，复任右丞相，与陈宜中等议事不合。坚持抗击元兵，但因众寡悬殊，于广东五坡岭被元将张弘范俘。拒其诱降，书《过零丁洋》诗以明志。被解至大都，在燕三年，屡经威逼利诱，仍拒绝劝降，从容就义。文天祥多有忠愤慷慨之文，其诗风至德祐年间后一变，气势豪放，允称诗史。

【注释】

①指南录:《指南录》共四卷，文天祥自编诗集。收集他自出使元营谈判、被扣押、脱险直至福建期间所作诗，并间有纪事。诗集取名于他的《渡扬子江》诗:"臣心一片磁针石，不指南方不肯休。"

②德祐二年:1276年。德祐，宋恭帝赵㬎的年号(1275—1276)。

③枢密使:宋代掌管军事的最高长官，地位与宰相相等。

④北兵:即元兵。修门:《楚辞·招魂》:"魂兮归来，入修门些。"本指楚国郢都城门，此处代指南宋都城临安的城门。

⑤缙绅:指官员。萃:聚集，汇集。左丞相:当时吴坚任左丞相。

⑥会:当时，恰遇。使辙交驰:指双方使臣的来往十分频繁。

⑦当国者:指宰相。

⑧纾(shū):解除。

⑨觇(chān):侦察，窥视。

⑩资政殿学士:宋代特置的一种荣誉官衔,常授予罢政的宰相或其他大臣。

⑪遽:立即。

⑫吕师孟:时为兵部尚书。构恶:作恶。吕师孟曾于德祐元年(1275)出使元营求和,提出愿意向元称侄纳币。此次文天祥在元营中谈判,正相持不下的时候,吕师孟却带来降表。

⑬贾余庆:官同签书枢密院事,知临安府。时与文天祥同出使元营,却暗中和元军统帅伯颜商定投降之事,并唆使元军扣留文天祥。献诌:讨好。《指南录·纪事》:"予既絷维,贾余庆以逢迎继之。""献诌"之事当即指此。

⑭羁縻:拘禁。

⑮诟:责骂。虏帅:指元军统帅伯颜。失信:指元军扣押使臣事。

⑯数(shǔ):列举罪责,加以谴责。吕师孟叔侄为逆:吕师孟叔父是降元的襄阳守将吕文焕。

⑰馆伴:接待外国使臣的人员。

⑱祈请使:奉表请降的使节。诣:前往,到。

⑲分:本分。引决:自杀。

⑳隐忍:屈志忍耐,忍辱而活。

㉑"昔人"句:文天祥引用韩愈《张中丞传后叙》中语,意谓自己将暂时隐忍,保全性命,以图有所作为。昔人,指唐代名将南霁云,张巡部将,安史之乱中死守睢阳,遏制叛军南犯。

㉒京口:今江苏镇江,当时为元军占领。

㉓奔:逃走。真州:治所在今江苏仪征,当时仍为宋军把守。

㉔东西二阃(kǔn):指宋淮东制置使李庭芝和淮西制置使夏贵。阃,城郭门限,代指在外统兵的将帅。

㉕维扬帅:指淮东制置使李庭芝。维扬,扬州,当时为淮东制置使所驻之地。下逐客之令:文天祥到真州后,与真州安抚使苗再成计议,

340

约与李庭芝、夏贵共破元军。李庭芝因听信谗言,怀疑文天祥通敌,令苗再成将其杀死。苗再成不忍,放文天祥脱逃。

㉖变姓名:时文天祥称自己是刘洙。

㉗长淮:淮河。指当时的淮东路,今江苏中部地区。

㉘无聊:没有依靠,难以支撑。

㉙追购:悬赏追缉。

㉚迥:远。

㉛靡:不。

㉜渚洲:指长江中的沙洲,时已被元兵占领。

㉝北海:指淮海,东海的里海。

㉞苏州洋:长江口外偏南的一片海面。

㉟四明:今浙江宁波。天台:指台州,治所在今浙江天台。

㊱永嘉:今浙江温州。

㊲诋:辱骂。大酋:指元军统帅伯颜。

㊳北舰:指元军舰队。

㊴物色:按形貌搜寻。

㊵从鱼腹死:投水淹死,葬身鱼腹。

㊶彷徨:徘徊,心神不宁的样子。

㊷瓜洲:在扬州南长江中。杨子桥:在扬州南。

㊸竟使:假使。

㊹殆例送死:几乎等于去送死。殆,大概,几乎。例,类乎,等同。

㊺桂公塘:地名,在扬州城外。土围:土造围墙。

㊻贾家庄:地名,在扬州城北。巡徼(jiào):巡卒。陵迫:欺侮迫害。文天祥在贾家庄遇到宋军骑兵,他们挥刀要杀文天祥,只好贿以钱财,才免遭毒手。

㊼高邮:县名,今属江苏。

㊽质明:黎明。

341

㊾制府：指淮东制置使官署。檄：原指晓喻或声讨的文书，此指李庭芝追捕文天祥的文书。

㊿捕系：捕捉。

(51)城子河：在高邮县境内。

(52)舟与哨相后先：谓乘坐的船与元军哨兵险些遭遇。

(53)邂逅：不期而遇。

(54)海陵：今江苏泰州。

(55)如：像。高沙：高邮西南城子河滨。

(56)海安、如皋：县名，今均属江苏省。

(57)通州：今江苏南通。

(58)涉鲸波出：指出海。鲸波，指惊涛骇浪。

(59)北关外：指临安城北门外明因寺，文天祥于此会见伯颜。

(60)吴门：今江苏苏州。毗陵：今江苏常州。

(61)三山：今福建福州，因城中有闽山（乌山）、越王山（屏山）、九仙山（于山），故名“三山”。

(62)“予之”二句：谓我能活下来是幸运的，但侥幸活下来是为了做什么呢？

(63)僇（lù）：侮辱。

(64)“以父母”二句：《礼记·祭义》：“不敢以先父母之遗体行殆。”父母之遗体，父母授予自己的身体。殆，危险。

(65)九庙：指帝王的宗庙。此指代国家。

(66)高祖：指宋太祖赵匡胤。

(67)微以：无以。自文：自我表白。

(68)返吾衣冠：回到我的衣冠之乡，即回到南宋。

(69)日月：这里指皇帝和皇后。

(70)正丘首：传说狐狸死时，头必朝向出生时的山丘。此处用来表明不忘故国的情怀。

⑦夏五:即夏五月。

⑦改元景炎:由于宋恭帝为元兵掳去,德祐二年(1276)五月,文天祥等人在福州立赵昰为帝,是为端宗,改元景炎。

【解读】

德祐二年(1276),元丞相伯颜帅兵进逼临安,文天祥奉命到元营谈判,被扣押,后乘隙逃脱,颠沛流离,万死南归。《指南录》就是他出使、被扣押和逃归途中的纪行诗集。他有诗句云"臣心一片磁针石,不指南方誓不休",这就是诗集命名的由来。本文是他为诗集写的后序,体现了他坚定不移的战斗意志,威武不屈的民族气节和生死不渝的爱国激情。

全文分七段。前三段自叙出使元营和逃归福州的始末,文字简明扼要。第四段,一连例举十八种面临死亡的险境,说明万死一生的情况,交织着作者的悲愤与忠忱。第五段介绍诗集的内容和编次。第六段是一番充满血和泪的感叹,抒发了这位忧患天下苍生的抗元英雄的救国宏愿。第七段交代写作情况。文章气势奔放,慷慨激昂。

从语言来看,本文很有感染力。句法骈散结合,灵活多变;词汇方面,用词多样,大量同义动词的运用和"死"字的二十八次重复出现,准确地表现了作者颠沛流离的艰辛和遭遇困厄的悲苦。

从表现手法来看,叙述、抒情和议论相结合是本文的特点。如先写他临危受命,时"欲一觇北,归而求救国之策";再写他被胁迫北上,本应自杀,因"将以有为",才"隐忍以行";然后写他逃出敌营,奔走救国,历尽艰难的险厄遭遇,隐含着作者走投无路的悲怆之情。首段以叙为主,寓情于叙;随后以抒情为主,结合叙事,又间断插入议论,使叙事、抒情、议论融于一体,表现了作者威武不屈的浩然正气和面对山河破碎的亡国之痛。

南宋末年,激烈的民族矛盾激发了许多士人的爱国热忱,写出了不少爱国主义的作品,本文就是其一。本文和《指南录》中的一些诗为人们广泛传诵,成为中华民族反抗外敌入侵、坚持斗争的思想武器。

【点评】

"先生负豪杰之才,蓄刚大之气,而充之以正心之学。自其少时,游学官,见乡先生忠节祠,慨然曰:'没不俎豆其间,非夫也。'及举进士,奉廷对,识者论其所对,古谊若龟鉴,忠肝如铁石。已而值时多难,诏诸路勤王,先生捧诏涕泣,且曰:'乐人之乐者,忧人之忧;食人之食者,死人之事。'其心盖已有定志矣。志发于言而为文,其诗、辞、序、记等作,或论理叙事,或写怀咏物,或吊古而伤今,大篇短章,宏衍巨丽,严峻剀切,皆惓惓焉爱君忧国之诚,匡济恢复之计,至其自誓尽忠死节之言,未尝辍诸口,读之使人流涕感奋,可以想见其为人。其言可谓有定论矣。惟其志定论定,故以一身任天下之重,尽心力而为之,艰难险阻,千态万状,不惮其劳,不易其心。既而国事已去,被执久系,挟之以刀锯而不屈,诱之以大用而不从,卒之南面再拜,从容就义,以成光明俊伟之事业,非其守之一定不移,能若是乎?"([明]韩雍《文山先生文集序》)

图书在版编目（CIP）数据

宋文选读 / 伍恒山编著 . -- 武汉 ：崇文书局，
2023.9
（中华诗文选读丛书）
ISBN 978-7-5403-7423-5

Ⅰ．①宋… Ⅱ．①伍… Ⅲ．①古典散文－散文集－中
国－宋代 Ⅳ．① I264.4

中国国家版本馆 CIP 数据核字（2023）第 181031 号

出 品 人：韩　敏
选题策划：曾　咏　张　弛
责任编辑：陈春阳
封面设计：杨　艳
责任校对：董　颖　吴　丹
责任印刷：李佳超

宋文选读
SONGWEN XUANDU

出版发行：长江出版传媒 崇文书局
地　　址：武汉市雄楚大街 268 号 C 座 11 层
电　　话：(027)87677133　　邮政编码：430070
印　　刷：湖北新华印务有限公司
开　　本：880×1230　　　1/32
印　　张：11.25
字　　数：280 千
版　　次：2023 年 9 月第 1 版
印　　次：2023 年 9 月第 1 次印刷
定　　价：45.00 元
（如发现印装质量问题，影响阅读，由本社负责调换）